조정래 장편소설

천년의 질문

3

천년의 질문

3

조정래 장편소설

해냄

3

조정래 장편소설

천년의
질문

| 차례 |

유관 기관 재취업 = 행정 범죄

1

《시사포인트》 심층추적팀장님께

안녕하십니까. 저는 《시사포인트》 애독자입니다. 《시사포인트》의 진실한 보도, 믿을 수 있는 보도에 위안을 받고 희망을 가질 수 있기 때문에 매주 애독해 왔습니다.

그런데 제가 이렇게 제보의 편지를 쓰게 된 것은 우리 대학에서 벌어져서는 안 되는 비리가 벌어졌기 때문입니다. 그건 다름이 아니라 이번에 교육부에서 퇴직한 공무원이 우리 대학 기획홍보실 실장 자리를 차지하는 낙하산 인사가 자행되었습니다. 이것은 엄연히 퇴직 공무원의 유관 기관 재취업 금지를 위반하는 범법 행위입니다. 또한 이런 위법 인사 행위를 저지르는 것은, 그동안 끊임없이 비리 의혹을 받아오고 있는 재단이 그 사람을 방패막이로 내세워 교육부의 감시 감독을 쉽게 피하려 하는 의도를 가지고 있기 때문입니다. 이 부당한 처사를 해당 부서인 교육부에 알려야 하나, 자기들의 이해관계로 결탁되어 있는 부패하고 타락한 공무원들이 이 문제를 올바르게 해결할 리가 없습니다. 자기들의 선배이고 동료인 그 사람을 감싸기만 하는 집단 이기주의를 발동시켜 저의 고발을 깨끗하게 묵살하고 말 것입니다. 그뿐만 아니라 교육부의 누군가는 제보자인 저의 인적 사항을 학교 쪽이나 그 당사자에게 넘겨줘 오히려 저를 제거하고 말 것입니다. 그런 앙갚음은 그동안 수없이 일어났고, 가끔 신문에 보도되기도 했습니다. 그런 두려움 때문에 어쩔 수 없이 《시사포인트》를 택할 수밖에 없었습니다.

정권이 바뀌면 새 세상이 될 줄 알았습니다. 그런 꿈을 꾸었던 제가 너무 순진했던 것이겠지요. 그러나 그 꿈을 그냥 뭉개버리기에는 너무 비참하고 슬픈 생각이 들어서 몇 번 망설이다가 글을 올립니다. 저의 신뢰를 저버리지 마시고 심층 추적하시어 이 잘못된 일을 필히 바로잡아주시기를 간절히 바랍니다.

미광대학교 김명균 올림

"이거 어떻게 생각해?"

팀장이 장우진 기자에게 물었다.

"예, 법관들의 전관예우가 나라 망쳐먹을 사법 범죄라면 고급 공무원들의 유관 기관 재취업은 똑같은 행정 범죄지요."

장 기자의 단호한 대꾸였다.

"아니, 범행에 대해 작명하라는 것이 아니고, 이 제보에 대한 취재 여부 말야."

"아니, 팀장님 벌써 갱년기 시작됐어요? 머리가 희끗거리기 시작하긴 하지만."

"아니, 그 무슨 김새는 소리야? 요새 머리 자꾸 빠져서 신경질 나는 판에."

팀장이 발끈 화내는 척했다.

"그거 물으나 마나라는 거지요. 우리 신문 존재 이유가 뭐예요. 이 사람이 보내는 것과 같은 독자들의 절대적 신뢰잖아요. 그리고 그 사건은 반드시 척결하지 않으면 안 되는 공무원들의 고질적인 병폐고 망국적 범죄예요. 그러니 두말 필요 없이 심층 추적해야지요."

정색을 한 장우진은 진지하게 말하고는 주먹 쥔 손으로 입을 천천히 문질렀다.

"고마워. 박지성이만 산소 탱크가 아니야. 장 기자도 식을 줄 모르고 지칠 줄 모르는 산소 탱크야. 잘 부탁해."

팀장이 장 기자의 어깨를 툭 쳤다.

"치이……. 말만으론 안 돼요. 점심 쏘세요." 장 기자가 불쑥 말했고, "알았어. 오늘은 콩나물국밥이 아니라 삼겹살에 쐬주까지 곁들이지." 팀장이 흔쾌하게 대꾸했고, "쿠아아……, 오늘이 내 생일이네." 장 기자가 긴 머리를 활기차게 넘기며 큭큭거렸다.

"언제부터 시작할 건데?" 사무실을 나서며 팀장이 물었고, "그 잘나신 분 인적 사항 좀 파악해야 하고……, 천생 모레 아침 일찍 대전행이지요 뭐." 장 기자가 기다리고 있었다는 듯 대답했고, "거 왜 지방 대학들이 더 극성이지?" 팀장이 혀를 찼고, "그야 목마른 놈이 샘 파는 것 아닌가요? 재정은 허약하고 학생 수는 늘 간당간당하고, 재단은 딴 주머니 차고 싶고, 그러니 교육부 지원을 한 푼이라도 더 받아내려고 발버둥 치면서 그런 일도 마구 저질러대는 거지요." 장 기자는 텔레비전 토론 패널처럼 술술 말했다.

"근데 교육부가 한 해에 대학에 지원하는 돈이 얼마나 되지? 5조가 훨씬 넘잖아?" 엘리베이터를 타며 팀장이 물었고, "예. 해마다 조금씩 다른데, 평균 6조 정도예요." 장 기자가 콧등을 찡그리며 대답했고, "히야, 그거 어마어마하네. 그 많은 돈을 꼭 대줘야 하나? 그 돈 학생들을 위해 제대로 쓰이고 있는지 교육부에서는 감사를 철저히 하고 있나?" 팀장이 씁쓰름한 얼굴로 말했고, "그거야말로 '글쎄올시다'지요. 전국 각 대학에 교육부 출신들이 안 박혀 있는 데가 거의 없을 거예요. 그들이 방패막이로, 호위무사로 버티고 있는데, 그거 짜고 치는 고스톱 따로 있겠어요?" 장 기자가 콧방귀를 뀌었고, "근데 대학들이 평균 4~5천억, 제일 많은 대학은 8~9천억의 적립금을 쌓아놓고 있다는 보도가 있었잖아? 대학이 기업체도 아닌데 그 많은 돈들을 왜 쌓아놓고 있는 거지? 학생들 교육을 위해 쓰지 않고. 그리고 교육부는 왜 그 많은 돈을 쌓아놓고 있는 대학들에 계속 돈을 대주는 거야? 아까운 국민 세금을." 팀장이 짜증기를 드러냈고, "그거 뻔하잖아요. 통제, 지배하고 싶은 DNA의 발동이지요. 저 군사독재 시절부터 뿌리박혀 온 버릇." 장 기자가 떫은 입맛을 다셨고, "대학에 돈 대주는 것 딱 끊고, 동시에 통제하고 지배하려는 욕구도 버리고, 모든 걸 대학 자율에 맡겨야 해. 그 말썽 많은 대학 입시도 국가 통제 때문에 그 모양 된 거 아니냔 말야. 미국, 유럽식으로 모두 대학 자율에 맡기면 몇 년 과도기를 거치며 자연스럽게 해결될 거라구. 그리고 대학에 지원할 돈을 전부 공공유치원 증설에 투입하는 거야. 해마다 취학 아동 자연 감소로 초등학교마다 빈 교실이 늘어간다고 하잖아. 그걸 병설유치원으로 이용하면 최소 비용으로 최대 효과를 발휘하게 되잖아. 그렇게 5년만 하면 해마다 늘어나는 맞벌이 부부들의 심각한 아동교육 문제 완전히 해결되고, 일자리 창출은 얼마나 많이 되겠어." 평소부터 많이 생각을 해온 듯 팀장이 거침없이 말했고, "아니, 언제 교육학 석사과정 등록하셨어요? 그 문제로 다음다음 번 심층 추적 기사 꾸밀까요?" 장 기자가 정색을 하고 말했고, "아, 시끄러워, 시끄러워. 빨리 내리기나 해." 엘리베이터가 멈추자 팀장이 장 기자 등을 떠밀었고, "아니, 농담이 아니에요. 대학 자율화와 입시 난제 해결, 맞벌이 부부 시대의 유치원 문제 해결, 이건 아주 중대한 현안 문제잖아요. 팀장님 생각이 무척 합리적이고 현실성이 있어요. 대학 자율화는 모든 대학이 원하는 바이고요. 교육부 예산이 제일 많은데 실효는 낮다는 건 국가적으로 큰 문제고, 대수술이 필요하다는 증거거든요." 장 기자는 더욱 진지하게 말했고, "그래, 장 기자도 동감이라면 국장님과 함께 다시 생각해 보자고." 팀장이 장 기자의 등을 두들겼다.

'미광대학교 기획홍보실장 이동식.'

장우진은 하루 동안 그에 대한 기본적인 인적 사항들을 모았다. 그리고 이튿날 아침 일찍 고속버스에 몸을 실었다. 고속도로를 달려야 하는 장거리는 직접 운전하는 것을 피하려고 했다. 고속버스가 더 빠르고, 안전하고, 편안했던 것이다. 무엇보다도 고속도로를 달려야 하는 긴장과 피곤이 싫었다. 우등고속버스는 자리도 편했고, 마음 놓고 잘 수 있어서 피곤이 훨씬 덜했다. 거기다가 교통비도 싸니 그보다 더 좋은 일은 없었던 것이다.

'공무원……, 100만이 넘는 그 말썽 많은 공룡 집단은 도대체 무엇인가. 국가 권력을 제각기 나눠 쥐고 앉아서 횡포 부려대고 부정 저지르고 그것도 모자라 퇴직하고 나서도 나라 망쳐먹을 짓들을 계속 해대고…… 그 거대 조직을 어떻게 해야만 선진국 수준으로 바로잡을 수 있을까. 유럽 선진국들과 우리나라와의 정부 신뢰도는 너무나 큰 차이가 난다. 스위스가 80퍼센트이고, 룩셈부르크가 68퍼센트, 노르웨이가 66퍼센트인데, 우리나라는 고작 24퍼센트에 지나지 않는다. 그런데도 공무원들은 아무런 위기의식 없이 무사태평하게 자기네 잇속 챙기기에만 바쁘다. 국회의원들은 그나마 국민 눈치를 보는 척은 한다. 국민이 직접 뽑기 때문이다. 그런데 공무원들은 국민을 무시하다 못해 아예 안중에 없다. 국민이 직접 뽑는 것이 아니라 국가 임명직이기 때문이다. 국민의 힘이 직접 미치지 않는 안전지대에서 철밥통을 끌어안은 그들은 매일매일 국민 위에 군림하는 국가 권력을 행사한다. 공무원들의 일상생활 일거수일투족이 권력 행사고, 그들에게는 너무나 과도한 권력이 주어져 있다. 그래서 그들은 하나같이 오만·자만·거만이 체질화되어버려 자기들이 애를 써서 국민들을 먹여 살린다고 생각하고, 자기들이 나라를 이끌어가는 거라는 착각에 빠져 국민들을 개돼지로 취급하는 것이었다. 착각은 규제할 수가 없다는 말은 딱 그들을 두고 하는 말이다. 국민 세금이 아니면 그들은 어찌 되는가. 꼼짝없이 다 굶어 죽는다. 오로지 국민이 세금 내서 그들을 먹여 살린다. 그런데 그들의 의식에는 그런 생각이 전혀 없다. 그러니까 국민에 대한 고마움도 없다. 그래서 '공무원은 국민에게 봉사해야 한다'는 헌법 조항도 그들은 까맣게 잊고 산다. 그 중병은 어떻게 해야 고쳐지는 거지? 애초에……, 해방이 되고 새 나라를 세울 때부터 뭐가 잘못된 거지……? 아, 아, 그렇구나! 그 뿌리는 친일파를 완전히 척결하지 못한 데 있다. 식민지 지배를 하는 총독부 일본 관료들은 폭력을 앞세워 군림했고, 친일파들은 그 아래서 굴종하며 그 폭력성을 그대로 익혔다. 그리고 해방이 되어 척결되기는커녕 오히려 직급이 높아져 새 나라의 공무원이 된 것이다. 일제의 잔재를 고스란히 물려받은 그들이 국가 권력을 깔고 앉아 그다음에 맞이한 것이 군부독재 30년이었다. 군대 또한 일본 군대의 폭력을 그대로 이어받아 지난 70년 동안 폭행을 자행해 온 집단 아닌가. 공무원 집단은 자체적인 일제 잔재에다가 군대식 폭력성까지 더해져 30년 군부독재를 떠받들어온 것이다. 그러니 아무리 세월이 흘러가고, 세대가 바뀐다 해도 골수에 박힌 그 DNA가 변할 리가 없는 것이다. 법조계가 일본 잔재에 완전히 찌들어 있듯

이…….'

이런 생각을 하다가 차가 톨게이트를 지날 무렵 장우진은 시름시름 잠이 들었다.

"와아……!"

"잘한다, 잘해!"

사람들의 환성에 장우진은 화들짝 잠이 깼다.

"아 참, 아슬아슬하네."

"그거 하나 넣기가 그리 어렵나 그래."

"하이고, 이제 체면치레는 했네."

승객들은 서로 모르는 사이인데도 제각기 한마디씩 하며 한마음으로 어우러지고 있었다.

장우진은 눈을 비비고 껌벅이며 저 앞의 텔레비전 화면에 눈길을 보냈다. 거기서는 재빠른 동작으로 한창 운동 시합이 벌어지고 있었다. 모두 스케이트를 타면서 긴 스틱을 거칠게 휘둘러대고 있었다.

'옳거니, 여자 아이스하키 남북 단일팀!'

장우진은 속으로 중얼거렸다.

그러고 보니 사람들이 다 함께 환호하고 있는 상황이 단박에 이해가 되었다. 게임마다 약체로 밀리기만 하던 우리 남북 단일팀이 마침내 한 골을 넣은 것이었다.

장우진은 신선하고도 훈훈한 기운이 차 안에 가득한 것을 느끼고 있었다. 처음 차를 탈 때는 서로 아무런 감정의 교류가 없었던 사람들이 지금은 한 덩어리가 되어 남북 단일팀을 뜨겁게 응원하고 있었다.

'아, 아, 이 설명할 수 없고, 설명할 필요가 없는 이 일체감은 무엇인가…….'

이 생각과 함께 장우진은 가슴이 뭉클해지는 것을 느끼고 있었다.

그것은 더 말할 것 없이, 같은 민족이라는 것, 한 겨레라는 것, 같은 핏줄이라는 것, 서로 똑같은 말을 쓰며 감정이 통한다는 동질성의 발동이었다.

그 민족 동일성을 가장 극적으로 보여주었던 것이 2002년에 개최된 부산 아시안게임 때였다. 그때 남쪽에서는 국민들의 동의에 따라 북쪽 선수 전체의 경비 일체를 다 대고 초청했었다. 그런데 북쪽에서는 배편으로 응원단을 따로 보냈다. 전체 여성들로 이루어진 그 응원단이 도착하자마자 남쪽 사람들은 재빠르게 '이쁜이 응원단'이라고 이름 붙였다. 그만큼 젊은 여성들은 고르게 인물이 고왔던 것이다. 그런데 그 응원단은 어느 호텔에서 숙식을 하는 것이 아니라 자기들이 타고 온 배 만경봉호에서 자고 먹었다. 그러다 보니 그들은 단체로 버스에 올라 경기장에 가고 오고 해버려 남쪽 사람들과 전혀 접촉이 안 되었다. 자유분방한 남쪽 사람들이 그 답답한 상황을 인내할 리가 없었다. 주로 젊은 사람들이 부두에 자꾸 자꾸 모여들어 수백 명이 되었다. 그들은 마침내 배를 향해 외쳐대기 시작했다. "나와라! 나와라!" 이 순수한 손짓에 결국 북쪽이 응답했다. 그 '이쁜이 응원단'은 다 부두로 쏟아져 나와 즉석 공연을 펼치기 시작했다. 그들은 단순히 절도 있고 활기찬 북한 특유의 응원을 펼치는 응원단만이 아니었다. 정작은 북한의 국가급 공연단이었던 것이다. 그들의 공연에 남쪽 사람들은 열렬한 박수갈채를 보내며 화답했고, 텔레비전을 통해서 그 광경을 본 모든 국민들도 환호했다. 한순간에 하나가 되는 느낌이었다.

그렇게 가까워져 서로 손 흔들고, 웃음 주고받고 지내다가 그들이 떠나는 날이 되었다. 그들이 탄 버스가 떠나려 하는데 한 청년이 외쳐댔다. "너 나하고 결혼하자. 이름이 뭐냐?" 손가락질 당한 아가씨가 수줍은 웃음을 곱게 피워내며 차창에다 호호 입김을 불어 두 글자를 썼다. '순이.' 그리고 버스는 떠났다.

1945년부터 2002년까지, 분단 57년째. 그동안 남과 북의 정치 세력들은 서로를 원수, 주적으로 삼고 분단을 획책해 왔다. 그런데 젊은 남남북녀는 단 며칠 사이에 철통같이 여겨져 온 정치적 분단의 벽을 허물어버리며 서로의 마음을 주고받은 것이었다. 그건 민족 동질성이 발휘한 기적 같은 힘이었고,

민족 동질성만이 꾸며낼 수 있는 감동적인 드라마였다.

그리고 16년 세월이 흘러 민족 동질성은 다시금 분단의 벽을 허물며 한 물줄기로 흐르려는 용틀임을 하고 있었다. 그것은 평창 동계올림픽이 이룩해 낸 크나큰 성과였다.

남북 단일팀 결성은 그야말로 번개 치듯 이루어졌고, 전 정권 같았으면 꿈도 꿀 수 없는 일이었기에 그 누구나 '기적'이라는 말에 동의하고 기뻐했다. 짧은 시간에 상상력이 따라갈 수 없도록 신속하게 이루어진 단일팀 성사는, 서로가 진정한 마음만 있으면 남북한 간에 못 할 일이 없다는 것을 보여준 좋은 본보기였다.

남북 단일팀 결성으로 평창 동계올림픽은 '평창 평화올림픽'으로 이름을 바꾸게 되었다. 그리고 우리 정부는 남북한 간의 미래 관계를 '평화 공존, 공동 번영'으로 천명했다. 그 네 단어는 민족의 밝고 행복한 미래를 싣고 가는 네 개의 수레바퀴로서 더 바랄 것 없이 건설적이고 합리적이며 완벽한 것이었다. '함께 평화롭게 살면서, 함께 번영을 이루어 나아간다.' 이 높고 깊은 뜻에 국민들은 아낌없는 박수를 뜨겁게 보냈다. 그리고 국민 지지율이 80퍼센트를 돌파했다. 왜 지지하느냐는 언론의 질문에 보수 세력들은 대답했다. "내 자식들은 전쟁 없는 세상에서 살기를 바라니까." 그것은 보수 스스로가 그동안의 분단 정책을 부정하는 것이었다. 평창 동계올림픽은 그 사실 하나만을 이룩해 낸 것으로도 몇천억 이상 몇조의 흑자를 낸 것보다 더 큰 성공을 거둔 셈이었다. '평창 평화올림픽'은 그렇게 민족의 신새벽을 열고 있었다.

남북 단일팀은 한 점도 더 추가하지 못하고 스웨덴에게 1 대 6으로 졌다. 그런데도 선수들은 서로 얼싸안고 얼음 위를 뛰며 감격의 눈물을 흘리고 있었다. 그리고 스탠드의 모든 사람들은 그들에게 기립박수를 한정 없이 보내고 있었다. 지고서도 박수를 받는 선수들…….

장우진은 남과 북의 여러 문제들이 계속 순조롭게 잘 풀려 진정으로 '평화 공존'을 이루어 '공동 번영'을 해나가는 시대가 오기를 바라며 고속버스에서 내렸다.

장우진은 택시를 타고 대학교로 가면서 연방 놀라고 있었다. '한밭'이라는 아름다운 옛 이름을 가진 대전도 10여 년 사이에 알아볼 수 없도록 변해 있었던 것이다. 한국의 줄기찬 경제 발전은 도시들의 급속한 변화가 잘 증거하고 있었다. 잘지은 대형 건물들의 탄생은 계속 도시를 낯설게 만들고 있었다. 장우진은 도시들의 그런 변화가 과히 달갑지 않았다. 그건 부의 편중의 살아 있는 증거였고, 부가 부동산 투기로 변모한 것이기 때문이었다. 부는 건강하게 재투자를 거듭해야만 모두에게 그 과실이 고루 나누어지게 되는 것이었다.

장우진은 대학 정문에서 택시를 내렸다. 그는 캠퍼스를 두

루두루 살피며 느리게 발걸음을 옮겼다. 그러면서 깊은 심호흡을 했다. 대학 특유의 냄새, 그립기 그지없는 추억의 냄새가 가슴을 가득 채우고 있었다. 그리고 스르르 감긴 눈앞에 대학 시절의 장면 장면들이 생생하게 스쳐 지나가고 있었다. '아, 아……, 가난했으나 활기찼던 그 시절……, 청춘인 줄 모르고 지나쳐버렸던 그 좋은 시절…….' 장우진은 어느 대학 캠퍼스에서나 느끼곤 했던 생의 아쉬움을 다시 느끼고 있었다. 대학 시절은 짧았으나 추억은 진하고 길었다.

그 추억 속에서 당연한 것처럼 고석민이 떠올랐다. 그와 함께 재단의 비리 속에서 학교를 구해 내고자 했던 동아리 활동의 투쟁은 결국 무엇이었던가. 일시적 성공, 영원한 패배 아니었을까. 상습 노름꾼으로 학교 재정을 부실하게 만든다고 소문난 설립자의 아들을 재단 이사에서 내몰았다. 그리고 총장도 교수와 학생 들의 직선으로 뽑았다. 그것이 완전한 성공인 줄 알았다. 그러나 졸업을 하고 몇 년이 지나서 보니 그 아들이 재단 이사가 아니라 이사장 자리를 떡 차지하고 앉아 있었다. 그리고 총장도 재단에서 좌지우지하고 있었다. 그건 세월의 망각을 틈탄 재단과 교육부의 야합이 만들어낸 작품이었다. 그 야합의 전통은 해방 이후 줄기차게 이어져온 것이었다. 강력한 교육 개혁 의지 없는 정권은 계속 바뀌고, 그 속에서 대통령보다 더 의지가 박약한 장관들은 더욱 자주 바뀌고, 그 무관심의 안식처에서 무사안일을 구가하는 공무원들은 철밥통을 두들기며 학교 측과 야합의 향연을 만끽해 온 것이었다. 그 향연은 현직에서 끝나지 않고 퇴직한 다음까지 줄기차게 이어졌다. 그 하나의 표본이 이 미광대학 기획홍보실장 자리를 차지하고 있는 이동식이었다.

예상했던 대로 기획홍보실은 바로 총장실 옆에 자리 잡고 있었다.

"저는 《시사포인트》 기자 장우진입니다. 이동식 실장님 계십니까?"

장우진은 약간 눌러 무게 실은 목소리로 상대방이 확실히 알아들을 수 있게 또렷하게 말했다. 자신의 존재감을 상대방에게 분명하게 인식시키기 위한 방법이었다.

"기자……, 기자시라구요?"

여직원이 좀 뜻밖이라는 기색으로 빠르게 눈동자를 굴렸다. 그 눈이 '당신 정말 신문 기자 맞아?' 하는 말을 담고 있었다.

"《시사포인트》가 유명한 주간지인 것 몰라요? 값이 좀 비싸서 탈이지만."

장우진은 여직원에게 명함을 쑥 내밀었다. '그걸 읽어야 사람값 제대로 하는 건데' 하고 말하고 싶었지만 그건 상대방을 무시하는 말이 될 수 있어서 얼른 '값이 좀 비싸서 탈이지만'

하고 바꾼 것이었다.

"왜 그러시는데요?"

여직원이 명함과 장우진을 번갈아 보며 물었다.

"취재 왔어요. 빨리 좀 전해 주세요."

"취재요? 우리 학교 선전이 되는 건가요?"

홍보실 여직원답게 물었다.

"선전……? 예에, 신문에 나면 어쨌든 선전은 되는 거지요."

장우진은 억지웃음을 지으며 고개를 끄덕였다.

"예, 그럼 잠깐 기다리세요. 제가 금방 모시고 올게요."

여직원이 발 빠르게 밖으로 나갔다.

장우진은 바지 뒷주머니에서 핸드폰을 꺼냈다. 그리고 녹음 기능을 작동시켰다. 재판 증거용이 아니기 때문에 그의 동의를 얻지 않고 녹음하려는 거였다. 받아쓰다가 놓치는 것을 충실하게 보충하기 위한 보완 장치였다.

"아 예, 뭘 취재하시려고요?"

여직원을 뒤따라 들어온 이동식이 대뜸 물었다.

"아……! 예에……."

이동식과 눈이 마주친 순간 장우진은 멈칫했다. 그 눈빛이 섬뜩했던 것이다.

"예, 필요한 것은 뭐든지 다 물으십시오. 자세히 말씀드리겠습니다."

이동식은 웃음 띤 얼굴로 악수를 청하며 아주 친절하게 말했다. 그런데 그 눈이 웃음 담은 얼굴과는 전혀 다르게 살벌하고 교활함을 품고 있었다. 쉽게 볼 수 없는 고약한 눈이었다.

"예, 좀 조용한 장소가 없을까요? 실장님과 단둘이……."

장우진은 이동식의 기분 나쁜 눈을 제압하려는 듯이 눈길을 똑바로 겨누며 묵직하게 말했다.

"예, 좋습니다. 제 방으로 들어가시지요. 별로 좋지는 않습니다만."

이동식 실장은 헛기침을 하며 자기 방으로 앞장섰다.

'어떻게 사람 눈이 저렇게 생겼지?' 불량스럽고 살기를 띤 눈들은 미행자들한테서 많이 봤지만 저렇게 약아빠지고 뺀들거리는 느낌의 회색빛 눈은 생전 처음 보는 눈이었다. 장우진은 사르르 기분이 나빠지면서 경계의 촉수를 날카롭게 세웠다.

장우진은 실장실로 들어서며 놀랐다. '별로 좋지 않다'는 그의 말과는 정반대로 사무실은 너무 넓고 잘 꾸며져 있었다. 일반 교실 크기의 사무실에는 열 명이 넘게 앉을 수 있는 회의 탁자와 소파가 따로따로 자리 잡고 있었다. 상급 감독 기관에서 내려온 이동식이가 얼마나 우대받고 있는지 한눈에 알아보게 했다.

'신선놀음이 따로 없으시군. 교육부 주사님 위세 대단하셔.'

장우진은 대한민국 공무원 노릇 참 해먹을 만하다며 씁쓰레한 웃음을 흘리고 있었다.

"욜로 앉으십시오. 우리 학교 무엇에 대해 알고 싶으신지요?"

이동식은 소파에 자리를 권하며 성급함을 드러냈다.

"아 예에……." 장우진은 명함을 건네며 자리에 앉았고, "예, 아까 직원한테 받아서 알고 있습니다." 이동식이 밝게 웃으며 말했다. 그러나 그 밝은 웃음도 사람 기분 나쁘게 하는 눈빛을 바꾸지는 못했다.

"저는 학교에 대해서 알고 싶은 게 있는 게 아니라 이 실장님에 대해서 알고 싶은 게 있어서 찾아온 겁니다."

장우진은 이동식의 기분 나쁜 눈빛을 무찌르듯이 응시하며 말했다.

"뭐, 뭐라구요? 나에 대해서?" 이동식은 깜짝 놀라며 얼굴색이 싹 변하더니, "나에 대해서 뭘 알아보겠다는 거요? 난 잘못한 게 아무것도 없소." 그는 눈이 더 고약해지며 단호하게 내쏘았다.

"이 실장님에 대해 제보가 들어왔습니다."

장우진은 상대방의 감정이 격해지는 것을 자극하지 않으려고 나직하게 말했다.

"뭘 제보해요? 그게 어떤 놈이오. 이름을 대시오."

이동식의 목소리는 거칠고 커졌다.

"제보자의 인적 사항을 상대 쪽에 알려주는 것은 법에 저촉되는 건 알고 계시지요? 그리고 기자들에게는 취재원 보호권이 있다는 것도 기억해 주시기 바랍니다. 그 점 확실히 인식하시고 취재에 협조해 주시면 고맙겠습니다."

장우진은 더욱 침착하게 말했다.

"아니, 나는 아무것도 할 말이 없어요. 기자한테 취재를 당할 만큼 잘못한 게 없으니까."

이동식은 화를 내며 손을 내저었다.

"예, 이 실장님 기분 충분히 이해합니다. 그 누구든 이런 입장이 되면 기분 좋을 리 없습니다. 그러나 이 취재를 피한다고 이 실장님 입장이 좋아지는 것이 아닙니다. 오히려 아주 나빠질 수 있습니다. 왜냐하면 실장님이 무조건 취재를 거부해 버렸다는 사실을 밝힌 다음 제가 제보받은 사실들만 가지고 제 마음대로 기사를 쓰게 되기 때문입니다. 그렇게 되면 실장님은 방어권과 자기 진실의 증명 기회를 상실하고 법적으로 아주 불리한 궁지에 몰릴 수도 있습니다. 그러니까 저의 취재를 무조건 기분 나쁘다고 생각하지 마시고 충분히 하실 말씀 하셔서 자기 정당성과 결백함을 주장하고 입증하는 기회로 삼는 것이 훨씬 현명한 일이라는 것을 깊이 생각하시기 바랍니다. 저는 기자로서 그 누구의 편도 아닌 엄정 중립입니다. 그러니 실장님은 마음 놓고 하실 말씀 다 하시기 바랍니다."

장우진은 이동식에게 부드러운 눈길을 보내며 차분하게 말을 해나갔다.

"거짓말하지 마시오. 어떤 놈이 내가 뭘 잘못했다고 제보한 것을 믿고 여기 온 것 아니오. 그럼 이미 그놈 편을 들고 있는 건데 무슨 소리요. 누굴 바보로 알아요?"

이동식은 얼굴을 일그러뜨리며 적대감을 드러냈다.

"아닙니다. 그건 큰 오햅니다. 기자는 제보를 받으면 무조건 취재에 나서는 게 아닙니다. 신문사는 제보를 받고, 그 제보의 객관적 타당성을 점검하고, 그 사건의 사회적 중요성과 비중을 판단하고, 그리고 취재 여부를 회의를 통해 결정하게 됩니다. 따라서 취재 결정이 내려지면 기자는 엄정한 사실을 확인하고, 객관적 입장에서 글을 써나갈 뿐 그 누구의 편도 들지 않습니다. 이런 사실 정도는 이 실장님께서 평생 교육부에 근무하셨으니 잘 아시는 상식 아닙니까?"

이동식은 장우진의 눈길을 피하며 짙은 한숨을 토해 냈다. 그리고 한참을 있다가 입을 열었다.

"도대체 그놈이 내가 뭘 잘못했다고 제보를 했습니까?"

그 질문은 어쩔 수 없이 취재에 응하겠다는 표시였다.

"예, 그건 다름이 아니라 공무원 사회에서 흔히 저질러지는 일이더군요. 그거……, 퇴직 공무원의 유관 기관 재취업 금지를 위반한 것입니다."

"흥, 나 그럴 줄 알았어요. 미안하지만 그건 아무 죄도 안 됩니다. 기자님, 괜히 멀리까지 헛걸음하셨군요. 좀 자세히 알고 취재에 나서실 일이지……."

이동식은 거세게 콧방귀를 뀌며 경멸적인 비웃음과 함께 장우진을 쏘아보았다. 그 눈빛이 서늘한 독기를 내쏘고 있었다.

"예, 2014년에 개정된 '교피아 방지법(공직자윤리법)' 말하는 모양이지요? 4급 이상 퇴직 관료가 사립대학 법인 이사나 총장·부총장 등에 재취업할 수 없다는 것. 그러니까 이 실장님은 6급 주사로 퇴직해 사립대 기획홍보실장으로 재취업한 거니까 아무런 위법 사항 없이 정당하다 그런 말씀이죠?"

취재 시작이라 장우진은 여유롭고 부드럽게 말했다.

"아니, 그걸 어찌 다……."

이동식은 주춤 놀랐다.

"예, 기본적으로 그 정도는 파악해야 객관적 취재가 이루어지지 않겠습니까. 그런데 그 법이 '반쪽짜리 규제'라는 비판이 계속되어온 것을 이 실장님도 잘 알고 계시겠지요?"

"그건 아무것도 모르는 자들이 괜히 떠들어대는 불평불만일 뿐입니다. 일고의 가치도 없습니다."

"실장님은 일고의 가치도 없다고 자신 있게 말씀하시는데, 이 학교의 다른 사람들은 일고의 가치가 있다고 생각하고 있습니다. 이 점을 어떻게 생각하십니까."

"예에? 그게 무슨 소립니까?"

이동식이 어리둥절해했다.

"예, 어려울 것 없습니다. 이 실장님이 기획홍보실장 자리에 앉아서 학교와 학생들에게 이익 되는 일을 하는 게 아니라 반대로 부당하고 손해를 끼치는 일만 한다고 생각한다 그 말입니다. 그러니까 일고의 가치가 있는 거지요."

"뭐라구요? 무슨 근거로 그따위 밀고를 하는 겁니까. 나쁜 놈들이!"

이동식은 뿌드득 소리가 나도록 이를 갈았다.

"예, 그 근거가 없지 않더군요. 이 실장님의 주 임무가 교육부를 상대로 재단 비리를 감싸는 호위 무사 노릇이라는 겁니다. 그건 분명 학교와 학생들에게 피해를 주는, 일고의 가치가 있는 일 아닐까요?"

"내가 그랬다는 증거를 대시오. 나는 평생 이 나라 교육 발전을 위해 헌신해 온 사람이오. 이놈들이 그 공도 모르고 뒤에서 모함이나 해대고, 나쁜 놈들 같으니라고."

이동식은 물을 벌컥벌컥 들이켰다.

"이 실장님은 교육부에서 다섯 대학을 담당하셨지요?"

"아니, 그걸 어떻게……. 내 뒷조사도 다 했습니까?"

이동식이 눈빛이 고약해지며 불쾌감을 그대로 드러냈다.

"아니, 뒷조사라니요. 신문사에서 정식으로 문의했고, 교육부에서는 당연히 응답을 해준 사항입니다. 그러니까 불법적 뒷조사가 아니라 합법적 앞조사로 알게 된 사실입니다."

"합법적 앞조사……."

낮게 중얼거리는 이동식의 얼굴은 마구 구겨댄 종이처럼 구겨지고 있었다.

"그 다섯 대학 중에서 이 실장님은 여기로 오셨고, 아드님과 따님은 각기 다른 대학 교원으로 취직되어 있더군요."

"아니……, 그걸……. 그래서 어쨌다는 겁니까."

이동식의 얼굴이 싹 굳어지며 몸을 부르르 떨었다.

'아니, 그걸 어떻게 알았느냐고? 그거야 뒷조사로 알았지. 그 정도 못 알아내선 기자 못 해먹지.'

장우진의 결정타를 맞고 이동식은 기가 완전히 꺾여버리고 말았다. 그는 눈길만 떨군 것이 아니라 어깨까지 움츠러들어 있었다.

'내가 너무 심했나.'

장우진은 실눈을 뜨고 그런 이동식을 바라보며 냉소를 흘리고 있었다.

"이 실장님은 만년 주사로 퇴직하셨지요?"

"예에……."

"만년 주사 노릇이라……. 승진을 안 하신 겁니까, 못 하신 겁니까?"

"예에……?"

"모를 소리 아니잖아요. 네다섯 대학씩 담당하는 그 자리가 노른자위를 넘어 황금 의자라서 일부러 손써서 승진 안 하고 만년 주사로 모두 버티다가 퇴직과 함께 대학으로 KTX를 타는 거잖아요."

"아니 그걸……."

"그런 건 나만 아는 게 아니에요. 교육부 출입 기자들은 다 알아요. 알면서도 근본적인, 완전히 뿌리 뽑고 새로 세울 대책이 마땅찮으니까 그냥 덮어왔던 거지요. 국방부 방산 비리처럼. 자아, 퇴직과 동시에 대학 고위직에 자리 잡는 건 왜 그러는 겁니까? 왜 대학이 고위직으로 모시는 겁니까?"

"그건……."

이동식의 목소리는 들릴락 말락 했다.

"이 실장님이 맡았던 대학에 대한 업무는 교육부가 지출하는 막대한 지원금을 효율적이고 객관적으로 잘 사용하는가의 여부를 감시 감독하는 거지요?"

"예, 그렇지요."

"아까 실장님은 '나는 평생 이 나라 교육 발전을 위해 헌신해 온 사람'이라고 자신 있게 말씀하셨습니다. 그럼 교육부에서 대학들의 감시 감독 업무를 이 나라 교육 발전을 위해서 한 점 모자람도, 부끄러움도 없이 철두철미하게 했다고 자신하십니까?"

"……."

"왜 세 대학에서 이 실장님에게 세 자리를 내놓았을까요?"

"……."

"그만큼 이 실장님이 대학에 편익을 주었기 때문이라는 명백한 증거 아닙니까?"

"……."

"계속 침묵만 지키시는데, 이 침묵은 긍정으로 간주된다는 사실을 잊지 마시기 바랍니다."

"……."

장우진은 자리를 고쳐 앉으며 물컵을 들었다.

"대학에 편익을 준 것이 교육 발전을 정면에서 저해한 사익 추구라는 것을 인정합니까?"

"……."

"법조계의 전관예우라는 것을 알고 계시죠?"

"예에……."

이동식은 이제야 겨우 대답했다.

"그게 옳은 일이라고 생각하십니까?"

"그게……, 무슨 말씀이신지……."

"말뜻을 모르는 겁니까, 평소에 그런 생각을 전혀 안 해본 겁니까?"

"글쎄……, 그게 관행 아닙니까?"

"아, 관행! 그래서 나쁠 것 없다, 그런 생각입니까?"

"관행이라는 건 관행이라서……."

"그럼, 이 실장님이나 다른 행정 관료들의 유관 기관 재취업도 관행이라 괜찮다 그런 뜻입니까?"

"아니, 제 생각이라기보다는 계속 내려온 관행이라……."

"공무원들을 비롯한 모든 권력자들이 자기들이 저지른 비리와 잘못 들을 변명하고 감추는 데 가장 편리하게 써먹는 말이 바로 '관행'입니다. 그러나 그 말의 정확한 뜻은 '습관화된 권력 범죄'라고 할 수 있습니다. 이 실장님이 실장으로 오고, 두 자식이 대학에 취직할 수 있도록 이 실장님이 저지른 일들이 바로 '습관화된 권력 범죄'에 해당한다 그 말입니다. 동의하십니까?"

"범죄……, 그건 좀……. 예, 관행이었을 뿐입니다. 관행."

이동식은 파리해진 안색으로 '관행'을 힘주어 되풀이하고 있었다.

"사법부의 전관예우는 분명한 사법 범죄입니다. 그럼 행정부에 만연한 유관 기관 재취업은 무엇일까요?"

"……."

"그건 명백한 행정 범죄 아닐까요? 끼리끼리 유착해 사익을 채우고, 국법을 어기고, 나라 살림을 망치고, 결국은 국민을 기만하고 배신하는 행위니까요. 동의할 수 있습니까?"

"……."

고개를 떨군 이동식은 여전히 아무 대답이 없었다. 그런데 그의 입술이 달싹이고 있었다. 그 입술이 그려내고 있는 말은 '관행, 관행, 관행'이었다.

"우리 신문사가 이 실장님 문제를 제보받고 취재를 결정한 것은 이 실장님 한 사람을 겨냥하기 위해서가 아닙니다. 아까 말했던 것처럼 '반쪽짜리 규제'가 야기시키고 있는 문제점을 부각시켜 '완전한 규제'가 될 수 있도록 다시 법 개정을 추진케 하는 데 목적이 있습니다. 이 실장님, 실장님처럼 6~7급 주사로 근무했던 분들이 전국 대학에 몇 퍼센트나 재취업해 있다고 생각하십니까?"

"예에……, 그건 저어……, 제가……."

이동식은 말을 더듬으며 대답을 피하려 하고 있었다.

"100퍼센트 아니겠어요?"

"글쎄요……, 그건 제가 자알……."

"예, 좋습니다. 오랫동안 수고하셨습니다. 그거, 아들과 딸의 문제는 덮어두도록 하겠습니다. 제보와 관계없는 일이고, 젊은 사람들의 장래가 걸린 문제니까요."

장우진이 취재 수첩을 덮으며 말했다.

"아이고 기자님, 고맙습니다, 고맙습니다, 고맙습니다."

벌떡 몸을 일으킨 이동식이 고맙습니다에 맞추어 허리를 굽히고 굽히고 또 굽혔다. 그런 그의 눈에 눈물이 그렁그렁했다.

장우진은 몸을 일으키며 생각했다.

'이제 비로소 사람 눈이 됐군.'

2

"아, 안녕하세요? 임 큐레이터."

"어머! 아, 예에……."

임예지는 놀라며 주춤했다.

"아니 왜 그리 놀라세요? 밤도 아닌 이 대낮에."

법무팀장이 묘하게 웃으며 능청스럽게 말했다.

"예, 너무 갑작스러워서요. 무슨 용건 있으신가 부죠?"

임예지는 일부러 굳은 표정을 지으며 떠밀어내듯이 싸늘하게 말했다. '무슨 용건 있으세요?'가 아니라 '무슨 용건 있으신가 부죠?' 하고 확실하게 못을 박았다.

"무슨 용건이 있어야만 여기 오는 겁니까?"

법무팀장이 이를 드러내며 징글맞게 웃었다.

"예, 법무팀장과는 용건 때문에 처음 인사했고, 용건 다 끝났는데 이렇게 오셨으니 그 용건에 무슨 문제가 생겼는지 신경 쓰이는 건 당연한 것 아닌가요."

임예지는 '용건'을 반복해 대며 위험에 처한 고슴도치처럼 방어의 가시를 잔뜩 곤두세우고 있었다.

"우리가 하는 일에 무슨 하자가 생길 리가 있나요. 백전백승의 승률 100퍼센트의 법무팀인 것 모르세요?"

법무팀장은 외발 닭싸움에서 이긴 소년처럼 으스대면서 말했다.

'아이구 참 잘났다. 그게 성화가 맥질한 돈의 힘이지 니 힘이냐. 참 뻔뻔하고 가소롭다.'

임예지는 이렇게 코웃음 치며 말대꾸를 하지 않고 묵살해 버렸다.

"여긴 만인이 자유롭게 드나들 수 있는 미술관이잖아요. 내가 여기 온 용건은 그림 감상이오."

법무팀장이 '내 머리 어떠냐'는 듯 여유롭게 웃음 짓고 있었다.

'그래, 사법 고시 패스한 머리라고 그 정도 거짓말은 금방 꾸며내는구나. 그래, 구경 많이 해.'

임예지는 속으로 쓴웃음을 지으며 그에게 정색을 하고 말했다.

"네, 그런 용건이라면 대환영입니다. 그럼 그림 감상 많이 하세요. 저는 실례합니다."

"아니 어딜 가십니까? 그림 설명 좀 해주셔야지요."

법무팀장이 당황스럽게 말했다.

"아 예, 사장님과 고서화를 보러 가기로 되어 있습니다. 아주 귀중한 게 나와서요. 그리고, 그림은 설명한다고 감상이 되는 게 아닙니다. 자꾸 보고 또 보면서 자기 나름의 느낌을 축적해 나가다 보면 객관적 감상안을 확보하게 되는 것이지요. 어린애가 자꾸 넘어지더라도 스스로 걷기 연습을 해야 빨리 제대로 걸을 수 있는 것이지 옆에서 자꾸만 부축을 해주게 되면 걷기가 그만큼 부실하고 늦어지는 것과 같습니다."

임예지는 일부러 큐레이터 냄새 풀풀 풍기는 유식한 문자써가며 '사장님'을 동원하는 거짓말까지 태연하게 꾸며대고 있었다.

"아아 네, 사장님과……. 자알 알았습니다. 자알 다녀오십시오."

역시 '사장님'이란 한마디는 직효를 나타냈다. 법무팀장은 당황했고, 순간적으로 그 능글맞던 남자 냄새가 싹 가셨고, 그림 감상은 내팽개치고 허둥거리며 밖으로 걸어 나가고 있었다.

'저 사람이 이렇게 살려고 그 어렵다는 사법 고시를 패스한 것일까……?'

임예지는 멀어져가는 법무팀장을 물끄러미 바라보고 있었

다. 자신이 말을 꾸며대지 않았더라면 그는 전보다 더 역겨운 남자 냄새를 풍기며 더 야한 성희롱을 즐길 작정을 하고 미술관까지 찾아온 것이었다. 참 혐오스럽고, 저질의 남자였다.

그런데 그는 남자로서만 혐오스럽고 저질이 아니었다. 인간으로서도 혐오스럽고 저질이었다.

법조인이란 사회 정의와 인간 진실을 옹호하는 존재라고 했다. 그런데 그는 그 고귀하고 존경스러운 소임을 버리고 재벌 그룹에 와 재벌의 이익만을 위해 일하고 있었다. 그 대표적인 것이 이번에 금불상을 돌려주지 않으려고 전관 변호사를 섭외해 온 것이었다. 그들은 서로서로 짜고 재판을 이기게 꾸며댔다. 이유는 딱 하나, 돈을 벌기 위해서였다. 그들은 '법과 양심에 따라' 행동한다는 법조인의 성스러운 소명을 코 푼 휴지처럼 내던지고 돈에 영혼을 팔아버린 혐오스러운 저질 인간들이었다.

'그럼 너는 뭐야? 그들과 한편이 되어 구질스러운 심부름이나 하고 다니며 그 일을 도운 너는 뭐냐!'

임예지는 그 일 이후 자신을 향한 이 혐오감과 자괴감에서 벗어나지 못하고 있었다. 그건 스님들을 향한 죄의식이기도 했다. 그 사건은 엄정하게 양심적으로 따지면 금불상을 원주인인 스님들께 돌려드려야 했다. 그런데 전관예우 변호사는 돈 힘을 앞세워 단칼에 승리를 이루어내고야 말았다. 멀리 스처가는 바람결처럼 전관예우란 말을 들었을 뿐이지 그게 그렇게 극비리에, 신속하게, 완벽하게 진행되는지는 전혀 몰랐던 것이다.

'너 이렇게 살려고 큐레이터 공부한 거야? 프랑스까지 가서 그 고생한 거냐구.'

스님들을 찾아가 사과하고 싶은 마음과 함께 이 생각도 마음에서 떠나지 않고 있었다.

애초에 성화의 안서림 사장과 인연을 맺게 된 것은 생활의 다급함 때문이었다. 귀국했을 때 취직자리가 마땅치 않았다. 가장 바라던 데가 국립현대미술관이었다. 그러나 빈자리가 자신을 기다리고 있을 리 없었다. 개인 화랑 서너 군데에 자리가 있었지만, 그 재정 규모로 전시 기획을 뜻대로 펼치기 어려웠고, 보수도 셈에 차지 않았다. 그런 상황에서 성화의 안서림 사장을 만나게 되었으니 대뜸 마음이 쏠릴 수밖에 없었다. 무제한적이다시피 한 명화 구입의 재력, 맘껏 전시 기획을 펼칠 수 있는 공간 소유, 딴 데의 세 배에 이르는 보수. 큐레이터라면 그 누구나 욕심내지 않을 수 없는 조건이었다.

그러나 근무를 해가면서 차츰 의문이 일기 시작했다. 거침없는 명화 구입에 대해서였다. 그 그림들은 예술적 가치가 우선이 아니라 치부의 수단으로 사들여지고 있었다. 예술적 가치는 그다음이었다. 세월이 흐를수록 값이 올라갈 수 있는 확실한 환전 가치를 지니고 있는가!

그림이 막대한 돈으로 환산되는 것은 피할 도리가 없는 그림만의 운명이었다. 이 세상에 오로지 단 하나밖에 없다는 그 유일적 희소가치. 문학 작품과 작곡의 악보는 인쇄하면 얼마든지 공평하게 소유할 수 있으니 값이 비쌀 수가 없다. 그림만이 가지는 유일적 희소가치 때문에 그림이 부자들의 투자 대상으로 떠오른 것은 수백 년의 역사를 헤아렸다. 그리고 세월 따라 그 값이 수십 배에서 수백 배로 치솟으니 투기의 대상으로 변하기도 했다. 1980년대 중반에 천만 원 했던 김환기의 그림이 2017년에 85억으로 둔갑하고, 1960년대에 몇천 달러 했던 피카소 그림이 2010년대 들어서 몇천만 달러로 변신하는 것이었다.

더구나 우리나라처럼 경제가 압축 성장을 하면서 앞다투어 재벌들이 생겨나고, 그 아까운 돈을 막대한 상속세 피해 자식들에게 물려줄 수 있는 최적의 수단이 값비싼 명화들이었다. 그림은 부동산이 아니라 동산이기 때문에 세금 추적이 불가능했던 것이다. 그리고 그림은 현찰에 비해서 간수하기가 너무나 간편했다. 국제적인 경매시장에서 거래되는 명화들은 500~600억짜리가 수두룩한데, 그 돈을 5만 원짜리 현찰로 물려주려면 그 부피가 어떨 것인가. 그런데 그림은 달랑 1개일 뿐이었다.

이 대목에서 임예지는 '너 이렇게 살려고 큐레이터 공부한 거야?' 하는 의문이 자꾸 깊어져갔던 것이다. 더구나 성화가 사들이는 그림 값은 전부 비자금에서 나오는 것이었다.

그런 고민들을 애써 덮으며 살아오던 중에 이번에 금불상 사건으로 전관예우의 실태를 목격하게 된 것이었다. 그런데 어이없게도 법무팀장은 미술관에까지 나타나 남자 냄새를 풍기며 사람 살맛 떨어지게 만들고 있었다.

임예지는 법무팀장 때문에 상한 기분이 영 풀리지 않아 미술관 옆의 커피숍으로 갔다. 넓은 커피숍을 젊은이들이 절반 넘게 차지하고 있었다. 꽤나 많은 남녀 젊은이들이 제각기 노트북을 펼쳐놓고 무슨 일인가에 열중해 있었다. 그런 모습은 몇 년 전부터 어느 커피숍에서나 볼 수 있는 신종 유행 풍경이었다. 커피 한 잔을 시켜서 핥듯이 느릿느릿 마시며 몇 시간씩 자리를 지키고 앉아 있는 파리 사람들과 흡사했다. 그런 젊은이들을 볼 때마다 문득문득 파리가 생각나고는 했다.

'그때 나도 저렇게 젊었었지.'

임예지는 불현듯 이 생각을 했고, 어느덧 서른다섯을 넘겨버린 자신은 저 젊은이들에 비하면 벌써 늙기 시작하는 나이라는 생각이 들었다.

'늙어……?'

자신의 엉뚱한 생각이 어이가 없어 임예지는 헛웃음을 흘렸다.

'싱글인 서른일곱은 아직 청춘이야…… 뭐랄까……, 좀 시든 청춘.'

애써 스스로를 이렇게 위로했지만 임예지는 서글픈 생각을 어쩌지 못했다.

"에스프레소. 그리고 마카롱 세 개."

임예지는 커피의 달인이라고 할 수 있는 멋쟁이 바리스타에게 낮은 소리로 주문했다.

"들어오실 때 알았어요. 에스프레소 주문일 거라는 거."

희끗거리는 머리를 여자처럼 뒤로 묶은 바리스타가 얼굴을 살짝 찌푸리며 말했다.

"어떻게요?"

"얼굴에 우울이 담겼어요."

"……!"

바리스타와 눈길이 마주치며 임예지는 두 손으로 양쪽 볼을 가볍게 훔쳤다.

'그래, 우울할 때는 에스프레소를 시킬 수밖에 없지.'

임예지는 돈을 지불하고 빈자리를 찾아갔다. 의자에 앉던 그녀는 멈칫 동작을 멈추었다. 저쪽 구석 자리에서 남녀 두 젊은이가 서로 끌어안고 키스를 하고 있었다.

'어머나, 쟤들 좀 봐!'

임예지는 불현듯 속으로 중얼거렸고, 다음 순간 '촌티 나게 왜 그러는데?' 하며 자신을 꼬집었다.

젊은 두 남녀는 주위 사람들은 전혀 아랑곳하지 않고 열렬하게 키스를 하고 있었고, 주위의 젊은이들도 누구 하나 그 키스 장면에 눈길을 주지 않고 무관심했다.

'저게 한국이야. 참 무섭게 변해. 해마다 고층 빌딩들이 솟아오르고, 날마다 자동차가 불어나 미세먼지로 숨이 막히는 변화만 일어나는 게 아니라니까. 내가 귀국할 때만 해도 커피숍에서 저렇게 야하게 하는 건 볼 수 없었는데.'

임예지는 키스를 멈추지 않는 젊은 그들을 망연히 바라보고 있었다. 그건 파리의 커피숍에서 수없이 보았던 풍경이었다. 파리 사람들은 무한히 자유로웠고, 유별나게 개성적이었으며, 경이롭게 예술적이었다. 많은 예술품들로 언제나 예술적 감흥이 흘러넘치는 파리가 그런 파리지앵들을 만들어냈고, 그런 파리지앵들이 또 그런 예술의 도시를 만들어내고 있었던 것이다. 그런 황홀한 도시에서 청춘기를 보냈다는 것은 소중하고 또 소중한 인생 체험이었다.

'아아, 그 시절이 그리워⋯⋯.'

임예지의 공상을 깨듯 빨간 불빛을 반짝이며 진동벨이 울렸다.

"죄송해요, 몽마르트르만 못해서."

바리스타가 일부러 자리를 옮겨와 에스프레소와 마카롱 접시를 놓은 쟁반을 내밀며 말했다. 그 말은 자기 나름으로 최선을 다해서 커피를 만들었다는 뜻이었다.

"아니에요. 언제나 그윽한 맛이에요."

임예지는 상큼 웃으며 쟁반을 받았다. 그림 감식안을 꽤나 갖추고 있는 바리스타는 다빈치 미술관의 전시가 바뀔 때마다 개근을 하는 멋쟁이였다. 세계에서 에스프레소 맛이 제일이라는 몽마르트르 카페를 일부러 찾아가 그 맛이 완전히 몸에 밸 때까지 며칠 동안 에스프레소 백 잔을 마시고 온 그에게 임예지는 마음을 활짝 열지 않을 수 없었던 것이다. 자기일에 대한 그 치열한 열정은 면도칼로 귀를 자른 반 고흐의 뜨거운 예술혼과 다를 바 없었기 때문이다.

임예지는 에스프레소 잔을 조심스럽게 받쳐 들고 코 가까이 가져갔다. 찐득거리는 듯한 에스프레소의 진한 향기가 폐부 깊숙이 파고들었다. 그와 동시에 사르르 감긴 눈앞에 파리의 드넓은 지평선이 좌악 펼쳐졌다. 파리의 지평선은 땅이 만들어내는 것이 아니었다. 4~5층짜리 수만 채의 건물들이 거대한 원형으로 펼쳐지며 만들어내는 파리 특유의 아스라한 지평선이었다. 그 신기한 인조적 지평선 가운데 드높이 솟은 것 딱 하나, 파리의 상징인 에펠탑이었다.

몽마르트르 언덕의 카페에서는 예술적 감흥이 넘쳐흐르

는 신비의 도시 파리를 한눈에 내려다볼 수 있었다. 그 향기 짙고 짙은 에스프레소를 느리게 느리게 깊이 음미해 마시면서 불가사의한 예술혼이 흐르고 있는 파리를 조망하는 고적감과 좌절감이란……. 그건 얼마나 충만한 낭만이면서 풀 길 없는 서러움이었던가.

그리고 마카롱을 조금씩 깨물면 그 다디단 맛은 짙은 커피향과 어우러지며 얼마나 환상적인 맛을 자아냈던가. 그 미묘하고 감미로운 맛에 젖어 들며 몽마르트르에서 예술혼을 불태웠던 가난한 예술가들을 회상하는 것은 또 얼마나 흥미롭고도 흡족한 행복감이었던가. 그곳은 시인과 작가 그리고 화가 들이 수없이 거쳐간 파리 예술의 성소였다. 앙드레 말로며 사르트르며 보부아르며 장 주네며 카뮈며 심지어 미국 작가 헤밍웨이 같은 문인에다 르누아르와 모딜리아니와 폴 고갱과 반 고흐와 피카소까지 저마다 일화를 남겨놓고 있는 곳이 몽마르트르였던 것이다. 거기가 파리에서는 제일 높은 곳이기 때문에 예술가들은 거기에 올라 자기들의 예술혼이 크게 열매 맺기를 갈망했던 것인가.

그러나 일화를 남긴 사람들은 다 성공한 예술가들이다. 이곳에 머물며 몸부림치다가 흔적 없이 사라져간 예술가 지망생들은 얼마나 많을 것인가. 그 후예들이 몽마르트르 언덕 맨 꼭대기에서 언제나 수십 명씩 자리다툼을 하고 있었다. 세계 각국에서 모여든 화가 지망생들은 프랑스의 긴 빵 바게트 하루치를 벌기 위해서 제각기 파리의 풍경들을, 관광객의 초상화를 열심히 그렸다. 그 모습들이 또 하나의 관광 상품이기도 했다.

자신이 몽마르트르에 올랐던 또 하나의 이유는 그 실패할 가능성이 농후한 화가 지망생들을 보기 위해서였는지도 모른다. 그들은 또 다른 자신의 모습이었기 때문에.

모든 그림은 자연의 모방이고, 모든 화가는 자연 앞에서 좌절한다고 했다. 그리고 두 번째로, 파리가 화가들을 좌절케 했다. 파리에는 크고 작은 박물관이며 미술관 들이 수도 없이 많다. 그곳에는 수백 년에 걸쳐 수많은 천재 화가들이 그려낸 빼어난 명작들이 헤아릴 수가 없게 가득 차 있다. 그 그림 하나하나를 응시해 나가다 보면 차츰차츰 자신감이 떨어지고, 마침내는 좌절하고 만 사람들이 그 얼마일까. 수많은 천재들이 펼쳐놓은 현란한 예술의 극치에 주눅 들고, 내가 하고 싶은 것을 그들이 이미 다 해버린 것에 기 꺾이면서.

자신도 프랑스행 비행기에 몸을 실었을 때는 큐레이터가 목적이 아니었었다. 어엿한 화가를 꿈꾸고 있었다. 그런데 미술관의 그림들 앞에 설 때마다 자신은 점점 졸아들고 있었다. 그리고 피카소의 변모가 이해되었고, 백남준의 파격적 변신의 필연성을 납득하게 되었다. 자신은 그 지점에서 막혀 2년을 보내고 화가의 꿈을 접었다. 그리고 몽마르트르 언덕에 올라 에스프레소를 마시며 좌절의 속울음을 울었던 것이다.

그리고 삶의 우울이 번져올 때면 에스프레소를 마시며 파리를 그리워하곤 했다. 예술을 사랑할 줄 아는 젊은 날의 영혼을 키워준 그곳의 추억은 삶의 우울을 치유해 주는 묘약이었던 것이다.

임예지는 마카롱 두 개와 에스프레소를 반나마 마시고 나서 핸드폰을 꺼냈다.

"혜온아, 나야."

"응, 예지야, 어쩐 일이니?"

친구 혜온이의 반가운 목소리였다.

"오늘 와인 한잔 어떠니?"

임예지는 망설임 없이 본론을 꺼냈다.

"왜, 금불상 소송이 골치 아퍼?"

"그거 깨끗이 끝났어, 승소."

"어머 잘됐네."

"모르겠어. 잘된 건지 어쩐지. 그게 너무 깨끗하게 끝나 우울해."

"아니, 그게 무슨 소리야?"

김혜온의 목소리 톤이 높아졌다.

"이따가 말해. 시간 되는 거야?"

"주제가 좀 심각한 것 같은데 당연히 시간을 내야지."

"신 화백 괜찮아?"

"하이고, 내 남편 눈치 보이면 이렇게 갑자기 만나자고 하지를 말든지."

"신 화백 언제나 쿨하니까 그거 믿고 하는 짓이지 뭐."

"쿨 좋아하지 마. 그건 상대에 대한 무관심의 일면이기도 하니까."

"무관심? 그런 느낌이 느껴지기도 하는 거야?"

"왜, 신경 쓰여? 관심 끌려?"

"둘 다."

"신경 꺼. 벌써 결혼 10년이 다 돼가. 식을 때도 됐고, 무관심할 때도 됐잖아."

"그건 안 좋아. 이제 애 갖기도 너무 늦어버렸잖아?"

"애 좀 봐, 무슨 망령 든 소리를. 우린 그럴 필요 전혀 안 느끼고 건재하니까 정말 신경 꺼. 몇 시, 어디서?"

"엉, 거기, 이따가 7시."

"몽마르트르?"

"웅, 거기 분위기 좋잖아."

"알았다. 자나 깨나 그저 파리 짝사랑이로구나."

임예지는 김혜온이 먼저 끊은 전화를 물끄러미 바라보고 있었다.

김혜온은 자신과 닮은꼴이었다. 대학 동창으로, 그녀도 화가의 꿈을 품고 있었다. 그런데 프랑스가 아닌 대학원의 길을 택했다. 그때 이미 그녀는 화가의 꿈을 접었던 것 같았다. 미학과 미술사로 박사 학위를 따고 대학교수의 길로 가기를 원했던 모양이었다. 그러나 외국에서 박사 학위를 따오는 사람들이 그 길을 가로막는 것이 현실이었다. 그녀는 2년 선배인 화가와 결혼을 했고, 다급한 대로 취직을 한 것이 규모를 좀 갖추고 있는 개인 화랑의 큐레이터였다.

그런데 김혜온의 결혼 생활이 특이했다. 아니, 그런 결혼 생활을 특이하게 보는 것이야말로 구태였다. 그러니까 그런 결혼 생활은 특이한 것이 아니라 신식의 신태였던 것이다. 당사자들은 그렇게 말했다. 그들이 말하는 신식의 신태란 '결혼 생활은 하되 아이는 낳지 않는다'였다. 그런 그들이 내세우는 이유는 구름 끼면 비 오고, 밥 굶으면 배고프다는 식으로 확실 분명했다.

벌이는 시원찮고, 돈 모으기는 어렵고, 내 집 장만 막막하고, 맞벌이에 애 키워줄 사람 없고, 아동 학대하는 어린이집 수두룩하고, 사교육비 무한정 들어가고, 입시 경쟁 살인적이고, 청년 실업 갈수록 심해지고, 이런 세상에서 무턱대고 애를 낳는 게 비정상 아니냐는 것이었다.

지난 10여 년 동안에 부쩍 유행 바람을 타고 있는 그 애 안

낳기는 '출산 장려'를 외쳐대고 있는 국가 정책과 정면으로 맞서고 있는 신풍속도였다. 대한민국은 OECD 국가들 중에서 출산율 최저 1위 자리를 굳건히 지켜오고 있었다. 국가는 그 동안 출산 장려를 위해서 10조가 훨씬 넘는 돈을 썼다고 발표하고 있는데, 출산율은 1.9명에서 해마다 줄어 1.05명에 이르러 있었다. 그 여실한 통계는 담당 공무원들이 얼마나 '헛돈 퍼대기 잔치'를 신바람 나게 벌였는지 잘 보여주고 있었다. 그런데 그 역효과에 대해서 책임지는 공무원은 하나도 없었다. 그리고 출산 장려 정책을 계속 추진하겠다고 발표하고 있었다. 10조가 넘는 그 엄청난 국민 세금을 헛쓰고도 공무원은 책임지지 않고, 국민들은 따지지 않고, 참 좋은 나라가 아닐 수 없었다. 어느 사회학자는 '민족 소멸의 시대'가 시작되었다고 우려했지만, 김혜온 같은 신유행족들은 갈수록 늘어날 기미가 농후했다.

임예지도 김혜온의 선택이 나쁘다고 생각하지 않았다. 그건 현명하게 현실에 대응하는 인생 설계였던 것이다. 자신도 함께 굶어도 좋고, 함께 죽어도 좋을 만큼 혼이 흔들리는 남자가 나타나면 김혜온처럼 살아보고 싶기도 했다. 그런데 그런 남자는 어디에 숨은 것인지 쉽게 찾아지지가 않았다.

"아니, 뭐, 뭐라구? 전관예우라는 게 그 정도로 막강해? 아유 무시무시해라."

임예지의 얘기를 듣고 난 김혜온은 과장되게 어깨까지 떨어댔다.

"나도 그렇게까지 심한 줄은 몰랐는데, 알고 보니 끔찍해. 돈이면 안 되는 게 없고, 안 하는 짓이 없고, 나도 그런 짓에 가담한 게 마땅찮고 한심스럽고, 그 스님들한테 죄를 진 것만 같아 괴로워. 스님들이 자꾸 꿈에 나타나니까 말야."

"그래, 그 심정 충분히 이해해. 근데 있잖니, 우린 아무리 아껴 쓰고 모아도 한 달에 백만 원 저금하기가 힘들거든. 그렇게 기를 쓰고 모아봐야 1년에 천만 원, 10년이 돼야 겨우 1억이야. 근데 전관 변호사는 그 한 건에 10억이잖아, 10억! 그러니 무슨 짓을 안 하겠니. 세상 참 불공평해."

김혜온이 한숨을 폭 내쉬었다.

"난 어째야 좋을지 모르겠어. 큰돈 주고받으며 그런 짓 아무렇지도 않게 저질러대는 이 나라에 정 떨어졌어. 무서워서 더 살고 싶지가 않아. 나 어쩜 좋으니?"

임예지는 김혜온보다 훨씬 더 짙은 한숨을 내쉬고는 와인 잔을 단숨에 비웠다.

"뭐가 걱정이니. 싫으면 떠나면 되지. 이 글로벌 시대에."

"떠나?"

"그래. 니가 그리워 못 사는 프랑스 파리로."

"파리……." 임예지는 큰 눈을 가늘게 뜨더니, "돈, 그놈의 돈이 있어야 가지." 그녀는 또 한숨을 쉬었다.

"뭐야? 넌 나보다 세 배는 더 받잖아. 그 돈 다 뭐 했어?"

"기집애, 단순하기는. 1~2년 산 다음엔 어쩌라고? 한국 식당에서 그릇 닦기로 평생을 썩히거나, 에펠탑 밑의 노숙자로 죽어가라고?"

"치이……, 그건 그러네." 김혜온은 고개를 끄덕이고 와인 한 모금을 마시고는, "느네 관장인지 사장이신지는 이제 그림에는 눈 좀 뜨셨어?" 하며 말머리를 돌렸다.

"글쎄, 돈 버는 쪽으로 감각이 승해서 그런지 그림 쪽으로는 진도가 잘 안 나가. 그저 돈으로 환산하기 바쁘고, 그림에 따라 화가 이름 식별하기도 힘들어해."

"그거 부자 아줌마들이 영원히 벗어날 수 없는 아마추어리즘 아냐? 근데 느네 사장이 가진 게 얼마나 되지? 대양의 절반 정도 된다는 소문인데, 한 7천 점쯤 되나?"

"응, 대충 그래."

"많이도 긁어 모았다. 그중에 니가 모아준 게 절반이 넘지?"

"글쎄, 넘지는 않고, 얼추 절반 가까이 되겠지 뭐."

"그거 한 점당 평균 10억 잡고, 7천 점이면 그 돈이 얼마냐?"

"10억? 그걸 어떻게 평균을 내? 그림 값이 천차만별, 다 제각각인 거 몰라?"

"아니까 하는 소리지. 시시한 것, 싼 것, 전망 없는 건 아예 없잖아."

"그래도 10억은 좀……."

임예지가 고개를 갸웃거리며 또 와인 잔을 비웠다.

"그럼 그 절반 5억 잡아?"

"글쎄 몰라……, 얘, 돈 얘기 그만해. 기분 탁해져."

임예지가 혀를 차며 술잔을 들었다.

"좋아 그럼, 3억으로 깎아. 7천 점에 3억씩이면 2조 1천억인데, 그중에서 니가 벌어준 돈이 얼마나 될까? 엄청나겠지? 5천억? 그거 너무 많으면, 4천억? 그것도 많으면 반으로 딱 잘라 2천억? 그래, 눈 밝은 니가 값 크게 오를 것들만 콕콕 찍어줬을 테니까 그 정도는 충분히 벌었을 거야."

"기집애, 말하는 것 하고는. 그딴 소리 그만하고 술이나 마셔."

임예지가 눈을 흘기며 잔을 들어 내밀었고, 김혜온이 잔을 부딪쳤다. 잘그랑……. 투명하고 고운 울림이 긴 여운을 남겼다.

"너 그 많은 돈 벌어주고 특별 보너스 얼마나 받았어?"

"그런 것 없어."

"아, 안서림 그 여자 소문대로 독하네. 근데 너 그 많은 그림들, 화가는 다 기억할 거고, 가격도 다 기억해?"

"글쎄에……, 가격까진 별로 자신이 없는데……."

임예지가 멋쩍게 웃으며 고개를 살살 저었다.

"그럼 느네 사장은 화가고 가격이고 절반도 다 기억하지 못

하겠네?"

"글쎄, 잘은 모르겠는데……, 아마 거의 그럴 것 같은데."

"근데 넌 특별 보너스 한 번도 못 받으면서 언제까지 그리 충성을 다 바칠 거냐?"

"너 지금 무슨 소리 하는 거야? 중구난방으로. 벌써 취했니?"

"기집애야. 묻는 말에 대답이나 해. 너 아까 이런 나라에 더 살고 싶지 않다고 했지? 그거 정말이야?"

"그치만 돈이 없어 안 된다고 했잖아."

"있어, 방법이. 아주 좋은 방법!"

"좋은 방법……?"

"응, 너랑 나랑 함께 뜨자!"

"너랑 나랑? 그게 무슨 소리야?"

"조용히 하고 내 말 들어봐."

김혜온이 임예지를 바짝 끌어당겼다.

동백꽃 백 송이를

1

장우진 기자님께

풀었습니다! 장 기자님께서 내신 수수께끼를 마침내 풀었습니다. '관찰하고 발견하라'는 장 기자님이 주신 힌트를 붙들고 몸부림친 결과(예, 그건 분명 몸부림이었습니다.) 동백꽃이 어떻게 두 번 피는지 알아내고야 말았습니다.

아 참, 죄송합니다. 인사드리는 것을 잊었습니다. 그동안 건강하시고, 끝없이 이어지는 심층 추적은 잘되고 있으신지요. 지난번 기사 읽고 참으로 깜짝 놀랐습니다. 증거 자료들까지 제시된 기사가 너무 완벽했고, 그 기사만 가지고도 검찰이 기소 안 할 도리가 없이 되어 있었기 때문입니다.

장 기자님, 저는 장 기자님 같은 분을 알게 된 것을 무척 영광스럽게 생각합니다. (이 말을 쓸까 말까 몇 번이고 망설이다가 쓰기로 했습니다. 면전에서는 할 수 없는 말이지만 편지이기 때문에 가능하다는 것을 새삼스럽게 깨달았습니다. 편지가 말보다는 훨씬 더 깊고 진하게 마음을 전할 수 있다는 어느 문인의 글을 새삼 실감하고 있습니다. 제가 손글씨를 또박또박 써가며 편지 쓰는 시간을 갖게 된 것은 전적으로 해남이 준 선물입니다. 어느 곳에 처하나 허투루 지나가는 인생살이는 없다는 말이 무슨 뜻인지 이제야 비로소 알게 되었습니다. 여기 와서 새롭게 생각하고, 새롭게 깨닫는 것이 너무 많습니다.)

저는 장 기자님이 던지신 수수께끼를 풀려고 그날부터 동백꽃을 찾아 나섰습니다. 아니, 찾아 나선 게 아닙니다. 솔직히 말씀드리면 동백꽃이 어떻게 생겼는지 몰라 사무실 사람들에게 조심스럽게 묻기 시작했습니다. 저는 동백꽃을 본 적이 없는 서울 촌놈이니까요.

사무실의 정 양이 수줍은 듯, 재미있다는 듯 웃으며 차 태워 데려간 곳에 동백나무들이 무리 지어 있었습니다. 그 나무들을 보고 놀란 것이, 그 싱싱함 때문이었습니다. 두꺼운 잎들이 추운 날씨도 아랑곳하지 않고 어찌 그리도 짙푸르고 윤기가 반들거리는지, 참 경이로웠습니다. 그런데 더욱더 경이로운 것은 그 나무들마다 빨간 꽃봉오리들이 방울방울 맺혀 있는 것이었습니다. 그 꽃봉오리들은 아이들이 가지고 노는 구슬만 큼씩의 크기였는데, 어찌나 예쁘고 아름다운지 표현할 길이 없었습니다. 며칠 있으면 꽃이 만개할 거라고 여직원이 설명했습니다. 그 '만개'라는 말이 또 색다르게 들려 여직원을 새삼스러운 눈으로 쳐다보았습니다. 이곳 사람들은 심한 사투리와 함께 그런 유식한 말을 예사로 쓰는 것이 특이합니다. 그게 이 지방의 문화 수준이 아닐까 짐작합니다.

저는 그다음 날부터 장 기자님이 내신 수수께끼를 풀기 위해서 날마다 동백꽃 관찰에 나섰습니다. 꽃봉오리들은 날마다 조금씩 벌어지더니(이 단어 말고 다른 어떤 알맞은 단어가 꼭 있을 것만 같은데 아무리 머리를 쥐어짜고 또 쥐어짜고, 국어사전을 찾고 또 찾아도 야속하게도 생각나지 않아 창피를 무릅쓰고 그냥 쓰기로 했습니다. 장 기자님은 금방 생각나시겠지요?) 나흘째 되는 날 절반 이상이 활짝 피었습니다.

아, 아, 그 아름다움이라니! 꽃을 수없이 많이 보아왔지만 이다지도 아름다운 꽃은 처음이었습니다. 그 붉은 꽃의 아름다움을 뭐라고 표현해야 할지 알 수가 없었습니다. 그 아름다움이 너무 커 그냥 아름답다는 말만으로는 안 될 것 같았기 때문입니다. 그러나 처음 본 꽃인 데다 저의 문학적 소양도,

독서량도 모자라 아무리 애를 써도 그 아름다움을 표현할 말을 찾을 수가 없었습니다.

그런데 사무실 남자 직원이 힘 하나도 안 들이고 그냥 지나가는 말처럼 한마디 하는 것이었습니다.

"동백꽃의 아름다움은 고아하고 고졸하지요. 저 꽃은 청상과부의 한 서린 넋의 환생이라 저리 붉고 청아한 겁니다."

아, 아, 저는 완전히 기가 죽고 말았습니다. 그리고 집으로 돌아와 그 귀에 설면서도 고상한 느낌의 단어들을 찾느라고 부랴부랴 국어사전을 넘겼습니다. 그리고 수십 번 그 말을 되뇌어보니 말뜻이 감겨드는 느낌을 가질 수 있었습니다. 그 전설도 꽃에 꼭 어울리는 것 같기도 하고요.

저는 그다음 날부터 눈을 더욱 부릅뜨고 동백꽃을 '관찰'하기 시작했습니다. 왜 '동백꽃은 두 번 핀다'고 했는지 '발견'을 해야 했기 때문입니다. 매일 꽃을 응시했지만 꽃들은 나흘 동안 아무 변화 없이 그대로 고아하고, 고졸하고, 청아했습니다.

그런데 바람이 좀 거세게 분 닷새째 밤사이에 큰 변화가 일어났습니다. 꽃들이 많이 떨어져 땅바닥을 덮고 있었습니다. 그 빨간 꽃송이들을 보는 순간 '아, 땅바닥에도 꽃이 피었네!' 하는 생각이 퍼뜩 스쳤습니다. 저는 그 갑작스러운 저의 생각에 놀라 주춤 걸음을 멈추었습니다. 그런데 다른 꽃들과 다른 점이 금방 눈에 띄었습니다. 벚꽃이든 목련이든 다른 꽃들은 다 떨어질 때 꽃잎들이 낱낱이 흩어져 날립니다. 그런데 동백꽃은 꽃잎이 하나도 흩어지지 않고 꽃송이 그대로 떨어져 있는 것이었습니다. 그리고 그 꽃송이들마다 샛노란 꽃술까지 그대로 달고 있었습니다. 또한 꽃송이들이 전혀 변색되거나 시들지 않았으니 땅바닥에서 동백꽃이 새로 피어난 것 같은 느낌은 너무 당연하고도 자연스러운 것이었습니다. 그래서 저는 수수께끼의 답을 완전하게 찾아내게 되었습니다.

'동백꽃은 두 번 핀다. 나무에서 한 번, 땅에서 또 한 번.'

장 기자님, 저의 '발견'이 어떻습니까? 제가 장 기자님의 수제자 자격이 있지 않습니까?

동백꽃은 기후 온화한 남도 특유의 꽃이고, 매화와 함께 가장 먼저 피는 꽃이라는 것도 이번에 알았습니다. 사물에 대한 '관찰과 발견'이라는 인생의 새 화두를 일깨워주신 장 기자님께 다시 감사드립니다.

장 기자님, 다음 사항을 쓸까 말까 또 망설이다가 괜히 시간 낭비 하지 말고, 감정 낭비 하지 말자 생각하고 말씀드리기로 했습니다.

장 기자님의 편지를 처음 읽고 느낌이 이상야릇했습니다. '이분이 무슨 말을 쓰려고 한 거지?' 하는 생각이 편지를 접고서도 오래 마음에 남아 있었습니다. 무슨 말인가를 전하고 있는데, 그 뜻이 선명하게 잡히지 않고, 그냥 덮고 지나치려고 하니 께름칙하게 마음이 끌리고……. 그래서 편지를 다시 꺼내 읽었습니다. 그러자 무슨 뜻이 감추어진 느낌이 더 강해졌고, 따라서 그 모호한 의미를 그냥 지나칠 수 없다는 생각도 더 강해지는 것이었습니다.

그래서 편지를 다시 읽었습니다. 열 번 읽어 해득 안 되는 문장은 없다는 옛 어른들의 가르침을 따르기로 한 것입니다. 한 번 읽을 때마다 바를 정(正) 자의 한 획씩을 그어가면서, 바를 정 자가 두 개가 되고, 세 개가 되고, 네 개가 되었을 때 저는 마침내 장 기자님이 감추어둔 뜻을 찾아내고야 말았습니다.

'자청한 중매쟁이!'

어떻습니까. 제가 제대로 찍은 거지요? 저 현직 검사입니다.

최변과 제가 서로 좋은 인상을 갖도록 장 기자님께서는 아주 조심스럽게, 아주 은밀하게, 그러면서 아주 계획적으로 중매쟁이 역할을 진행하고 있었습니다.

장 기자님, 이 말을 쓸까 말까 또 수십 번, 아니 수백 번 망설이다가 면전이 아니고 편지니까 쓰자! 하고 작정을 했습니다.

'기왕 중매쟁이로 나서시려거든 더 적극적으로 나서주십시오!'

아, 아, 이 말을 하고 나니 속이 확 터지며 시원해지고, 살 것 같습니다.

마담뚜들이 성사를 잘 시키면 '성공 보수'를 몇 억씩 받는다고 합니다. 저는 그렇게는 드릴 돈이 없고, 양복 한 벌은 너무 약소하니 춘·하·추·동 계절에 맞추어 한 벌씩 해드리겠습니다.

장 기자님의 편지 내용을 해득하고 최변에게 편지를 쓸까 또 수십 번 생각했지만, 어떻게 써야 할지 도저히 자신이 없어서 장 기자님께 이렇게 떠밀고 있다는 것, 이해하여 주시기 바랍니다.

오늘도 쓰다 보니 또 편지가 이렇게 한정 없이 길어지고 말았습니다. 저 이러다가 소설가가 되는 것 아닌지 심히 걱정스럽습니다. 해남의 자연을 깊이 느끼는 것과 함께, 이 편지 쓰기는 제가 새롭게 찾은 삶의 의미입니다.

너무 길어 죄송합니다. 늘 건강하시고 건필하시길 빕니다.

황원준 드림

"아, 최변, 안녕하세요?"

"네, 장 기자님, 안녕하세요?"

"아 참, 눈치 빠르기는. 내 이름 댈 짬은 주실 것이지."

"제 탓이 아니에요. 장 기자님 목소리가 특이해서 그렇지요."

"아, 목소리 나빠서 미안합니다."

"아니에요, 전혀 아니에요. 개성적이고, 뭐랄까……, 매력도 있으세요. 예리한 글과 함께."

"최변하고 말하면 늘 엔돌핀이 솟아요. 나한테 유리한 말이니까 무조건 믿도록 하겠습니다. 그리고, 전화 건 건 다른 게 아니고 방금 당일 도착 우편물을 부쳤습니다. 그 안에 있는 두 통의 편지를 읽으시고, 그 응답을 오늘 당일로 전화 주시기 바랍니다."

"아니, 무슨 편지인데요?"

"아, 미안합니다. 나 지금 취재 시작해야 합니다. 그만 전화 끊습니다."

"어머나, 장 기자님……."

최민혜는 끊긴 핸드폰을 어이없이 바라보고 있었다.

'편지 두 통……? 바로 응답하라……? 밑도 끝도 없이, 갑자기 이게 무슨 소리지? 무슨 편지가 두 통이야……?'

최민혜는 머리를 재빨리 회전시키고 있었다.

제1감으로 잡히는 것은 장 기자가 무슨 일인가를 꾸미고 있다는 느낌이었다. 그 음모의 혐의는 의심할 여지가 없었다.

'아니, 음모의 혐의? 이건 부정적인 법률 용어잖아? 장 기자님이 나를 상대로 무슨 음모를 꾸밀 리가 없잖아? 그야 너무 당연한 일이지. 그럼 음모 말고 무슨 말이 있지? 좋은 의미로, 부정적이 아니라 긍정적으로 어떤 일을 꾸미는 게 아니라, 그거 뭐야……, 좋은 일을……, 설계……, 아니 설계가 아니고……, 좋은 일을 만드는……, 아니 아니, 만드는 것도 아

니고……, 아이고, 내 국어 실력이 이 모양이라니까. 그 마땅한 말이 있는데……, 아, 미치겠네…….'

최민혜는 두 손으로 머리를 싸잡으면서 눈을 질끈 감았다. 잡힐 듯, 잡힐 듯 하면서 그 말은 떠오르지 않았다.

'아, 아, 이래가지고 변호사 노릇을 하겠다고. 한심하다, 한심해. 책 좀 부지런히 읽어라. 필요한 단어가 착착 떠오를 수 있게. 변론이란 법 이론만 가지고 하는 것이 아니고 풍부한 언어 구사력이 있어야 되잖아. 아, 너 참 한심하다.'

최민혜는 화장실로 갔다. 찬물을 세게 틀어 손을 씻었다. 찬물의 냉기가 전신으로 퍼지고, 머리까지 정신 번쩍 들도록 차가움을 느꼈지만 이거다 싶은 마땅한 말은 떠오르지 않았다. 거기에 합당한 말을 모르는 게 아니라 잡힐 듯, 잡힐 듯 하면서도 떠오르지 않는 것이었다.

'아휴, 신경질 나. 나 이대로는 못 끝내!'

최민혜는 두 손 모은 손바가지에 찬물을 가득 받았다. 그걸 거침없이 낯에 끼얹었다. 어차피 화장은 가볍게 하고 마는 얼굴……. 그녀는 두 번, 세 번 찬물을 끼얹어 낯을 씻었다. 얼굴이 시리도록 찬물의 냉기는 강했다. 그때 문득 떠오르는 단어가 있었다.

'도모! 아……, 그래 도모!'

그녀는 너무 기뻐 하마터면 '도모!' 하고 소리칠 뻔했다.

그녀는 붙박이 통에서 휴지 두 장을 뽑아 얼굴을 대충 훔치고는 부랴부랴 사무실로 내달았다.

언제나 법전 옆에 나란히 놓여 있는 국어사전을 다급하게 끌어당겼다.

음모: 좋지 못한 일을 몰래 꾸밈.

　　□~에 말려들다/~를 꾸미다.

도모: 어떤 일을 이루려고 수단과 방법을 꾀함.

　　□동료 간의 친목을 ~하다.

그 말의 차이는 이렇게 달랐다.

그러니까 장우진 기자는 무슨 일인가를 '도모'하고 있는 느낌이 확실했다. 그런데 그 일이 무엇인지는 선뜻 잡히는 것이 없었다. 최민혜는 장 기자의 편지를 기다려볼 수밖에 없다고 생각하며 얼굴에 크림을 찍어 발랐다.

장우진은 오후 느지감치 최민혜 변호사에게 다시 전화를 걸었다.

"최변, 편지가 오후 2시쯤에 배달된다고 했는데, 지금 오후 6시가 넘었습니다."

"……."

"최변, 아직까지 편지 덜 읽었습니까? 너무 길어서."

"장 기자님, 언제부터 마담뚜 협회 회장님 되셨어요?"

최민혜의 이 말에 장우진은 순간적으로 헷갈렸다. 그 말은 분명 마땅찮아하는 투인데, 어감은 또 전혀 그런 기색을 느낄 수 없었기 때문이다.

"혹시 이런 말 아세요? 싸움은 말리고, 흥정은 붙이고, 극락 꼭 가려거든 선남선녀 잘 짝짓게 중매 서라."

"그래서 극락 가고 싶으신 거예요?"

"극락행이 절반은 됐는데, 절반이 남았잖아요. 그 결정권이 누구 손에 쥐어졌는지 잘 알잖아요."

"결론이 어떻게 날 것 같으세요?"

"설마 최변이 날 지옥에 보내겠어요? 그리고 난 실패할 일에는 아예 나서지를 않아요."

"어머나, 어찌 그리 자신만만하세요? 저도 그렇지만, 더구나 황 검사를 얼마나 아신다고."

"하나를 보면 열을 안다고 했잖아요. 김미주 양 건과 박경배 검사장 건, 두 가지나 봤으면 충분히 뭘 더 봐야 합니까. 최변이야 더 말할 것 없고. 거기다가 인물 수준급이겠다, 글도 길게 잘 쓰겠다, 고생 알고 살아서 겉멋 없이 속 단단하겠다, 최변 인생의 길벗으로는 아주 딱입니다, 따악!"

"어머나, 어찌 그리 이골난 중매쟁이 같으세요. 그렇게 말씀하시니까 제 귀가 솔깃해지려고 하잖아요."

"예, 더 많이 솔깃해지세요. 그래서 두 사람 결혼하면, 그보다 더 좋은 일은 없지요."

"어머나, 장 기자님은 황 검사 지령을 그렇게 적극적으로 따르면 어떡해요."

"그야 당연하지요. 극락 티켓 빨리 확보해야 하고, 쇠뿔도 단김에 빼랬잖아요. 두 사람 나이도 있고 한데 질질 끌 필요가 뭐 있어요."

"아이고 장 기자님, 정신없어요. 그렇게 서둘러대지 마시고 중매쟁이로서 제 편도 좀 들어주세요."

"그럼요. 어서 말씀하세요."

"황 검사가 저한테 편지할 맘이 있는 모양인데, 그럼 편지하라고 해주세요."

"옳지. 직접 프러포즈를 받아야 되겠다 그거지요?

"아니 뭐……."

"아니, 그거 당연한 일이지요. 중매쟁이는 이쯤 해서 물러나는 게 적당해요."

"아니, 그게 아니고……, 그런데요……."

"무슨 말인지 너무 망설이지 말고 해봐요."

"네에……, 저어……, 중매쟁이가 아니고 큰오빠 같은 입장에서 말씀해 주시면 좋겠는데요."

"큰오빠? 예, 그거 좋아요. 어서 말해 봐요."

“저어……, 다른 게 아니라 전 해남 같은 데는 좀……, 뭐랄까……, 법조인으로서 사는 의미가 없을 것 같아서…….”

“아아, 무슨 말인지 알겠어요. 아직 전혀 내색은 안 하고 있지만 황 검사는 이미 그 문제를 심각하게 고민하고 있을지도 몰라요. 평생 변두리를 떠돌게 될지 모를 검사 생활을 고민 없이 받아들일 젊은 검사는 많지 않아요. 그리고 말이오, 최 변이 그런 속내를 비치면 이때다 하고 짐을 싸가지고 올라와 버릴 수도 있어요.”

“어머, 검사 사표를 내고요?”

“뭘 그리 놀라고 그래요? 얼마든지 그럴 수 있는 일이지. 검사 때려치우면 자유로운 변호사 자리가 기다리고 있는데. 내가 제일 부러운 게 뭔지 알아요? 사법 고시 패스한 사람들한테 주어진 그 직업 선택의 자유요.”

“어머 장 기자님, 너무 그리 쉽게 말씀하지 마세요. 변호사도 밥 굶을 수 있는 직업 중에 하나라구요.”

“아니오. 그 사람 눈이며 생김을 보세요. 그렇게 영리하고 결단력 있게 생긴 사람이 왜 밥 굶는 변호사가 되겠소.”

“점수를 너무 후하게 주시는 것 아니세요?”

“아니오. 나 기자 생활 하면서 오만 사람들 수없이 대해 봐서 사람은 좀 볼 줄 알아요. 황 검사 정도면 의식이나, 사명감이나, 공감도나, 교양이나, 인간성이나, 별로 흠 잡을 데 없이 보증수표요. 90점!"

"모자라는 10점은 뭔가요?"

"모자라는 게 아니라 내가 장담할 수 없고, 모르는 부분이오. 최변, 우리 모든 인간들의 세 가지 공통점이 있잖아요. 한 번 태어나는 것, 한 번 죽는 것, 그리고 완벽하지 못한 것. 바로 그 완벽하지 못한 것에다 10점을 배정한 거요. 최변도 그 10점은 배정받고 있는 거고. 그래서 서로 함께 살면서 그 10점을 서로가 발견하고, 이해하고, 감싸고, 용서하면서 100점을 채워가려는 노력이 결혼 생활 아니겠소?"

"어머 장 기자님, 꼭 노교수님이 주례사하는 것만 같아요. 너무 멋져요, 장 기자님은!"

"너무 감탄하지 말아요. 최변이 날 큰오빠로 생각해 준 것에 대한 선물이오. 최변이 내 친동생이었어도 황 검사를 중매했을 거요."

"어머, 장 기자님……!"

"점과 점을 잇는 가장 가까운 선은 직선이오. 나 바로 황 검사한테 최변 뜻 알릴 테니까 그다음부터는 두 사람이 직선을 그으시오. 나는 임무 마치고 퇴장하니까."

"아니, 저어……."

전화가 끊겼다.

최민혜는 통화 끊긴 핸드폰을 물끄러미 바라보며 문득 '장 기자님이 주례 서기는 너무 젊은가?' 생각했고, 스스로의 생각에 얼굴이 화끈해져 두 손으로 얼굴을 감쌌다. 그러면서 황원준이 어떤 편지를 보내올지 벌써 궁금해지는 것이었다.

　최민혜 씨에게
　뵌 지 꽤 오래되었습니다. 그동안 안녕하십니까.
　소심증도 아니고 내성적이지도 않은데 이 편지를 쓰게 되기까지 무척 많이 생각하고 망설이고 했습니다. 그저 간단한 안부 편지가 아닌 까닭입니다. 그리고 이런 내용의 글은 난생처음 써보는 것이기도 하기 때문입니다.
　겹겹의 망설임을 다스리고 거두고 해서 글을 쓰려고 하는데 또 당장 망설이게 하는 일이 생겼습니다. 다름이 아니라 호칭을 뭐라고 해야 할 것인지가 문제였습니다. '최민혜 변호사'라고 익숙한 호칭을 쓰려다 보니 꼭 공적이거나 사무적인 글처럼 느껴졌습니다. 이 글은 지극히 사적인 글이면서, 그것도 이성에게 마음속 깊이 들어 있는 감정을 전하는('연애편지'라고 써야 할 판에 그 말이 어찌 그리 진부하고 마땅찮게 여겨지는지 마음에 드는 말을 찾으려고 몇 시간을 끙끙거리다가 그 한문 단어를 순우리말로 바꾸어 '마음의 글'이라고 하자는 생각이 겨우 떠올랐습니다.) 마음의 글인데 직업적이고 사무적인 호칭을 쓰는 건 맞지 않는 일이었습니다. 나는 '변호사 최민혜'에게 마음의 글을 쓰는 것이 아니라 '인간 최민혜'에게 마음의 글을 쓰는 것이기 때문입니다. 그래서 동급의 존칭으로 가장 편하고 흔하게 쓰는 '씨'를 쓰기로 한 것입니다. 이 선택에 별다른 이의나 불만이 없으셨으면 합니다.

중매쟁이를 자청하고 나선 장 기자님의 편지를 받고 나는 세 가지 사실에 크게 놀랐습니다. 첫째, 장 기자님이 최민혜 씨와 나에게 그렇게 깊은 관심을 가지고 계셨다는 게 너무나도 고마웠습니다. 남의 일에는 전혀 무관심한 현대 도시 생활 속에서 그런 따뜻한 관심을 받았다는 것은 얼마나 큰 행복을 누리는 것입니까. 인생 선배인 장 기자님한테 참된 인연을 가꾸어가는 삶의 실천이 무엇인지 깊이 배우고 있습니다.

둘째, 최민혜 변호사가 황원준 검사라는 사람을 처음 만나보고 '결이 다른 사람'이라고 첫인상을 좋게 가져주신 것에 깜짝 놀랐습니다. 이제 와서 말씀드리지만, 그때 변호사로서 검사를 찾아와 용건만 단정하게 말하고 돌아서는 최변의 모습을 바라보며 '참 드문 여자다' 하는 생각에 한참이나 멍하니 앉아 있었습니다. 젊고 예쁜 여자가 민변 활동을 하는 것도 드문 일이고, 약자를 완벽하게 변호하기 위해 생면부지의 검사를 찾아오게 만든 그 고운 마음씨도 드문 것이었습니다.

셋째, 장 기자님이 중매쟁이를 자청해서 나선 것을 파악하게 되자 최변을 향해 걷잡을 수 없이 급해지는 나의 마음에 또 깜짝 놀랐습니다. 그건 내가 미처 파악하지 못했던, 아니 모른 척하고 감추어두었던 마음이 장 기자님이라는 중매쟁이를 만나자 때는 이때다 하고 폭발(아니 '분출'이라는 말도 쓰고 싶은데, 어떤 말이 더 합당하고 좋은지 선택이 어렵습니다.)하고 말았습니다. 그래서 솟구치는 마음 그대로 표현해서 장 기자님께 중매쟁이 턱으로 춘·하·추·동 계절에 맞춰 양복 네 벌을 해드리겠다고 한 것입니다. 그 마음은 지금도 추호도 변함이 없습니다.

장 기자님이 '말하기 조심스럽다'고 전제하고 최민혜 씨의 마음을 전해 왔습니다. '해남 같은 데서 사는 건 법조인으로서 사는 의미가 없을 것 같다'는 우려 말입니다. 장 기자님께서 이 문제에 대해서 '확실하게 밝히라'고 중매쟁이의 압력을 가했습니다.

예, 여기에 분명히 밝히겠습니다. 최민혜 씨가 '최민혜 변호사'로서 평생 활동하는 것을 대환영합니다. 그리고 민변 활동도 지치지 말고 줄기차게 해나가는 것 역시 대환영입니다. 그뿐만 아니라 내 능력이 허락하면 힘을 보탤 수도 있습니다. 그러므로 효과적인 민변 활동을 위해서는 해남 생활을 해서는 안 됩니다. 반드시 서울이나 경기도에 생활 터전이 있어야 합니다. 5천만 인구의 절반이 서울·경기도에 몰려 있기 때문입니다. 거기에 맞추어 나의 생활도 재설계를 하게 되는 것은 필연입니다.

경치 아름답고, 자연의 품을 깊이 느끼게 해주는 해남은 참좋은 곳입니다. 그러나 우리나라의 농촌 지역 모든 군 단위가 봉착한 가장 큰 문제가 급격한 인구 감소입니다. 여기 해남도 예외일 수 없습니다. 젊은 사람들일수록 도시로 떠나고, 출산율까지 계속 낮아지니 머지않아 소멸될 위험이 있는 군들이 거명되기 시작하는 것이 우리의 현실입니다. 법조 활동이란 익히 알다시피 인간과 인간 사이에서 일어난 충돌·갈등 들을 법에 따라 조정·해결하는 것입니다. 그러니 사람들 많은 곳에서 문제도 많이 일어나고, 문제가 많은 만큼 억울한 사람들도 또 그만큼 많이 생겨나고, 그 해결을 위해서 민변 같은 봉사 단체는 기필코 도시에 있어야 합니다.

장 기자님이 나한테 물었습니다. '점과 점을 잇는 가장 가까운 선이 뭐냐.' 그리고 명령했습니다. 우물거리지 마라. 모호하게 말하지 마라. 돌려서 말하지 마라. 빨리 직선을 그어라.

여기는 동백꽃들이 만개의 고비를 넘기고 날마다 낙화하고 있습니다. 처음 보는 그 꽃들이 얼마나 아름다운지요. 그 붉은 꽃들의 선연함은 어떻게 표현할 길이 없습니다. 그 붉고 붉은 꽃을 보는 순간 민혜 씨가 떠올랐습니다. 그 아름다운 꽃이 민혜 씨 같기도 했고, 그 아름다운 꽃을 한 아름 따서 민혜 씨한테 안겨주고 싶기도 했습니다. 민혜 씨를 향한 내 마음이 이런 것이다 하는 말을 담은 카드와 함께.

저 아름다운 꽃이 다 지기 전에 백 송이를 따서 화관을 엮어 민혜 씨의 머리에 씌워주고 싶습니다. 그리고 직선으로 말하고 싶습니다.

"민혜 씨를 사랑합니다. 나와 결혼해 주십시오."

그러나 민혜 씨는 너무나 멀리 있습니다. 이 편지에 그 마음을 담아 보냅니다.

우리 법조계에 존경할 만한 한 쌍의 부부가 있습니다. 남편은 일찌감치 사회 봉사로 일관하는 변호사로 살아왔고, 부인은 양심적인 판사로 사회적 존경을 받으며 퇴임해서 어느 대학의 석좌교수가 되어 후학들을 가르치고 있습니다. 어느 신문에서 그 판사님을 두 면에 걸쳐 대형 인터뷰를 했습니다. 기자가 물었습니다. "왜 전관 변호사를 안 하셨습니까?" 판사님이 대답했습니다. "차마 후배 판사들을 찾아다니는 일을 할 수가 없었습니다. 전에 선배 판사님들이 변호사가 되어 저를 찾아왔을 때 가장 곤혹스러웠으니까요." 그 법조인 부부는 평생 35평짜리 아파트에 살며 불행을 모른다고 했습니다. 그런데 서재가 좁아 베란다를 손질해 서고로 쓰는데, 햇볕의 열 때문에 책들이 탈색되고 뒤틀리고 해서 상하는 게 불행하다고 했습니다. 그 인터뷰를 본 다음에 그 두 분 부부를 더욱 우러러 존경하게 되었습니다.

민혜 씨와 나는 그 선배님 부부처럼 가난하지도 않고 부자도 아니게, 어느 시인의 말처럼 '하늘을 우러러 한 점 부끄럼이 없도록' 노력해 가며 행복한 법조인 부부로 살 수 있을 것입니다. 같은 방향을 바라보며 손 마주 잡고 가는 반려자로서, 동반자로서, 도반으로서, 길벗으로서 걸어가는 인생길이 결코 허무하지 않을 것입니다.

내 가슴에 품은 가장 큰 욕심은 민혜 씨를 사랑하는 것이며, 민혜 씨를 향한 해바라기가 되어 평생을 살겠습니다. 나와 결혼해 주십시오.

황원준 씀

2

"처음에 많이 당황했습니다."

임예지가 커피 잔을 들며 어색스럽게 웃음 지었다.

"예, 그러셨겠지요. 헌데 제가 그쪽에 아는 사람이 전혀 없어서요. 그렇다고 미술협회인가 뭔가 하는 단체를 찾아갈 수도 없는 일이고요, 촌스럽게. 그런데 집사람……, 아니 안 사장이 유럽을 갔다는 걸 알게 됐습니다. 애들을 만나서요. 그래서 맘 놓고 도움을 청했던 거지요. 시간 내주셔서 감사합니다."

김태범은 임예지를 바라보며 여유롭게 말했다. 안서림의 눈길이 없어진 공간이 주는 여유였다.

"제가 뭘 도와드려야 되는지요?"

임예지는 사무적인 용건을 빨리 마치고 싶다는 태도를 취했다.

비즈니스로 세월을 보낸 김태범이 그런 눈치를 모를 리가 없었다.

"아 예, 다름이 아니라 실력 뛰어난 조각가를 한 사람 소개해 주셨으면 합니다."

"조각가……?"

뜻밖이라는 표정으로 임예지는 조각가가 해야 할 일이 무엇인지를 묻고 있었다.

"예, 사업 계획에 대해서 조금 있다가 설명드리기로 하고, 저어……, 그러니까 우리 회장님 흉상을, 그러니까 정면의 뻣뻣한 모습이 아니라 옆면의 자연스러운 모습을 좀 조각해 주십사고……."

김태범은 임예지가 거부감을 갖지 않게 하려고 앞에다 단서를 달았는데도 불구하고 그녀의 얼굴은 이미 거부감을 담고 굳어지고 있었다. 그 눈치가 보여 김태범은 말끝을 얼버무려야 했다.

"저어……, 예술가들이 젤 싫어하는 일이 무엇인지 아십니까?"

임예지는 큰 눈으로 김태범을 정면으로 응시하며 물었다.

"예에, 그건……."

김태범은 직감적으로 떠오른 말을 삼켜버렸다. '자기가 흥이 나서 하는 일이 아니고 남이 시켜서 하는 일을 할 때.' 이 말을 삼킨 이유는 그녀의 눈이 '이 무식한 놈아' 하고 있었기 때문이다.

"예술가들은 대부분 가난하지만 돈에 자기들의 영혼을 파는 것을 젤 싫어합니다. 그건 돈이 예술혼을 파괴하기 때문입니다. 그 거부감에는 수천 년에 걸친 피해 의식의 DNA가 작용하고 있습니다. 다시 말하면 지금부터 150년에서 200년 그 이전의 예술가들은 전부 권력자나 거상 또는 대지주 밑에 예속되어 그들이 원하는 그림을 그리고, 음악을 만들고, 글을 써 바쳐야 했습니다. 일종의 예능 노예였던 셈이죠. 그러다가 근대와 함께 인권 평등이 선언되고, 민주 공화국이 건설되고 하면서 예술의 대중 향유가 현실화되면서 예술가들의 해방, 다시 말하면 경제력의 확보, 생존 독립이 이루어졌던 것입니다. 그래서 예술가들은 자기가 하고 싶은 예술 행위들을 맘껏 하고, 그 결과물인 예술품들을 화랑에서, 공연장에서, 서점에서 대중들이 자유롭게 구매하면서 예술가와 애호가의 교감과 교류가 아름답고 행복하게 이루어져 오늘날과 같은 예술

세계가 형성되게 되었습니다. 그러니까 화가의 그림이 화랑에서 팔리는 것은 화가의 자존심이 서는 영광이 되지만, 부자가 불러서 거액을 주고 초상화를 그려달라고 하면 모독이 됩니다. 가수의 콘서트를 어느 부자가 입장권을 사서 관람하는 것은 자존심 서는 자랑이 될 수 있지만, 재벌이 거액을 주며 자기네 가족 잔치에 와서 노래를 부르라고 하면 그건 모독이 됩니다. 어느 작가의 작품집을 부자가 서점에서 사다가 읽고 감동했다고 하면 그건 자존심 서는 고마움이 될 수 있지만 어떤 부자가 거액을 주며 자기 자서전을 대필하라고 하면 그건 모독이 됩니다."

임예지는 검정 정장 차림의 상체를 꼿꼿하게 세운 채 마치 강의를 하듯이 한마디 흐트러짐이 없이 차분차분 말을 해나갔다. 프랑스 미술학 석사의 면모를 유감없이 발휘하고 있었다.

"아, 이거 참, 따귀를 수십 대 얻어맞은 기분입니다." 김태범은 멋쩍게 웃으며 두 손으로 얼굴을 두어 번 훔치고는, "예술가들의 심리 저변에 그런 트라우마가 작용하고 있는지는 전혀 알지 못했습니다. 워낙 분야가 달라서요." 그는 커피를 한 모금 마시고는, "예, 그런 기본 상식을 일깨워주셔서 감사합니다. 그런데 오랜만에 이렇게 만나고 했으니까, 그 일을 왜 부탁하게 됐는지 그 사업 개요나 좀 들어봐 주시겠습니까. 제가 임 큐레이터의 전문적 지식의 도움이나 충고를 청할 수도 있고, 서로 협조할 일이 있을 수도 있고 하니까요."

김태범도 임예지에 못지않은 진지함으로 말했다.

"무슨 큰 사업 계획을 세우신 모양이지요? 뭐, 문화적인 일이신가요?"

임예지는 커피 잔을 들며 흥미를 드러냈다.

"예, 다름이 아니라 BP 그룹이 딴 데에 비해서 문화 재단 쪽이 많이 허술하지 않습니까. 그래서 그쪽을 본격적으로 강화할 계획을 세웠습니다. 그 2대 줄기가 예술 분야와 교육 분야입니다. 예술 쪽은 대형 아트센터를 지어 미술·음악·연극 쪽에 무료 개방하고, 교육 쪽은 대학생들을 대상으로 대규모 장학 사업을 추진할 계획입니다. 장학금은 4년 전액 풀이고, 석·박사 미국 유학까지도 지원할 계획입니다. 그래서 그 장학 증서 좌측 하단에 오백 원짜리 동전보다 조금 큰 크기로 저희 회장님 옆모습을 동판으로 붙이면 어떨까 생각했었지요. 이건 회장님이 원하시는 게 아니라 전적으로 저의 생각이고, 아주 솔직하게 말해 버리자면, '이러면 회장님이 좋아하실 거다' 하는 저의 아부가 발동한 것입니다. 새로 옮겨간 회사에서 빨리 신임을 얻어 자리 잡아야 한다는 현실적 욕구가 있으니까요. 저를 속물이라고 욕하셔도 어쩔 수 없습니다. 그리고 4년 전액 장학금을 대주면서 그 정도는 낯을 내야 돈 쓰는 맛도 날 것이고, 장학금을 받는 사람들도 장학금을 준 사람의 그 정도 크기의 얼굴을 가끔 보면서 감사해야 하는 것도 사람 도리라고 생각했으니까요. 예술가를 모독해서 죄송합니다.”

김태범은 고개를 꾸벅했다.

임예지는 빨간 루주 칠한 입술이 안 보일 정도로 입을 꾹 다문 채 김태범을 민망할 정도로 빤히 쳐다보고 있었다.

“아니……, 뭘 그렇게…….”

김태범이 임예지의 그 눈길을 피해 우물쭈물하며 커피가 바닥난 잔을 집어 들었다.

“제가 김 부사장님을 바라보면서 두 가지 생각을 했어요.”

임예지가 다리를 꼬며 앉음새를 다부지게 했다.

“무슨…….”

김태범의 얼굴이 문득 긴장했다.

“아, 사람이 어찌 저렇게 솔직할 수가 있을까. 자기가 아부한 것이라고 말을 해버리다니. 그런데 저것은 머리 좋은 사람이 쓰는 트릭이 아닐까. 저 솔직함에 마음이 흔들려 내가 도와주게 만들려는 고도의 심리 전술. 두 번째 생각은, 아 성화그룹이 일꾼 하나를 잃어버렸구나 하는 거였어요. 네, 어쨌거나 김 부사장님은 떠나신 분이고, 그쪽에서 빨리 자리 잡으셔야 하고, 흉상이라길래 돈 많은 사람들이 자기네 빌딩 으리

으리하게 지어놓고, 그 넓은 로비에다 자기들 얼굴 크게 만들어다 모셔놓는 것인 줄 알았는데, 장학 증서에다 그렇게 조그맣게 붙이겠다니, 그건 도안적으로도 괜찮은 것 같아요. 제가 도와드리겠어요.”

임예지가 꼬았던 다리를 풀며 환하게 웃었다.

“아이고, 감사합니다, 감사합니다.”

그 갑작스러운 결정에 김태범은 어리둥절해서 고개를 꾸벅거렸다.

“이건 비즈니스니까 미리 솔직하게 말씀드립니다. ‘신의 손’이라는 별명을 가진 조각가를 소개하겠습니다. 회장님이 새기길 원하는 모습의 사진을 미리 한 장 주시고, 며칠 있다가 그 조각가가 회장님과 커피 한잔 마실 시간만 대좌하게 하면 조각은 틀림없이 잘 만들어질 것입니다. 그런데 그게 크기가 작다고 화료가 싸지 않습니다.”

“예, 그 정도는 알고 있습니다. 원하시는 화료는 무조건 드리겠습니다.”

“그런 건 대개 1억입니다.”

“예, 알겠습니다.”

“그 조각가와 인사할 때 김 부사장님께서 직접 드리십시오.”

“예, 알겠습니다. 이 고마움을 어쩌지요.”

“아닙니다. 저를 기억해 주셔서 감사합니다.”

"앞으로 아트센터 일 해나가는 데도 많이 좀 도와주십시오. 특히 그림 구입을 할 때."

"그림 구입이요?"

"예, 아트센터에 두 가지 미술 전시장을 둘 것입니다. 하나는 모든 화가들을 위한 무료 전시장, 다른 하나는 자체 미술품 상설 전시장입니다. 거기를 위해 그림을 꾸준히 구입해야지요."

"그걸 관리할 누가 있습니까?"

"예, 큰며느리가 그동안 조금씩 모아왔다고 합니다."

"그림이 전문입니까?"

"그런 것 같지는 않습니다. 미대 쪽이 아니라 역사 쪽이라고 하니까요."

"예, 미대 아니라도 관심의 정도에 따라 안목은 달라지니까요. 그럼, 조각가와 연락한 다음에 전화드리지요."

"예, 감사합니다. 화료 준비해서 기다리고 있겠습니다."

김태범은 커피숍을 나서며 '그 여자 참 되게 똑똑하네' 하고 생각했다. 예술가들의 자존심에 대한 막힘없는 설파가 혼자 듣기 아까운 가치 정립의 가르침이었다. 그 말을 듣고 나서 '화료 1억'을 일언반구 못 하고 꼼짝없이 지불하기로 한 것이었다. 그 설파가 없었더라면 비즈니스 잘한답시고 값을 깎으려는 장사치 근성을 드러냈을 게 뻔했던 것이다. 자신은 속으로 5천만 원 정도면 되지 않을까 생각하고 있었기 때문이다. 그리고 그녀는 상대의 심리를 꿰뚫어보는 날카로운 판단력을 가지고 있었다. 자신이 '아부'라고 말한 솔직함을 투시하면서 도와주기로 마음을 결정하는 그 예리함과 기민함은 보통 똑똑한 것이 아니었다. 앞으로 아트센터 계획을 추진해 나가는 데 그녀의 도움을 많이 받을 수 있을 것 같았다. 안서림의 눈길을 잘 피해 가면서.

'임예지를 아예 끌어와버려?'

불현듯 떠오른 생각이었다. 그러나 김태범은 이내 고개를 저었다. 그건 너무 노골적이고 유치한 감정적 보복이었다. 똑똑한 여자 임예지가 그런 감정 충돌에 휩쓸리려고 하지도 않겠지만, 그런 짓은 업계의 웃음거리가 되고, 사랑하는 두 자식을 생각하면 사람으로서 해서는 안 되는 짓이기도 했다.

'신의 손…….' 조각을 얼마나 잘하길래 전문가들 사이에서 그런 별명을 붙여주었을까. 자기가 좋아하는 자기 모습이 조각되어 장학 증서마다 붙게 되면 회장은 또 얼마나 흡족해할까.

김태범은 자기도 모르게 싱그레 웃었다. 그는 회장님에게 칭찬을 들을 일만 생각하면 웃음이 절로 벙그는 것이었다.

"아아, 잘했어, 잘했어. 참 잘했어. 일을 아주 신속 정확하게, 깔끔하게 해치우는군. 그거 아주 내 맘에 쏙 들었어. 역시 서울 상대 머리는 뭐가 달라도 다르다니까."

수사 대상이 된 공정위 재취업자를 동남아 지사로 빼돌리고 그 자리를 빈 공백 없이 암암리에 새 사람으로 채운 것을 뒤늦게 안 유석중 회장은 이렇듯 흔쾌하게 칭찬했던 것이다.

"그거 말야, 비자금 제때제때 착착 챙기는 것도 중요하지만, 그와 똑같이 중요한 게 일감몰아주기 단속을 요령 좋게 피해 가는 거야. 비자금 챙기는 재미 없이 사업 해먹을 맛 안 나겠지만, 더군다나 일감몰아주기 없다면 거 참 무슨 재미로 사업 해먹겠어. 비자금이야 꼭 법에 걸린다고 우기면 그거 뭐 그렇다고 칠 수도 있는데, 일감몰아주기는 도대체 왜 법에 걸린다는 거야, 미친놈들! 내 회사에서 생긴 일거리 내 맘대로 내 회사에서 처리하는데 그게 왜 위법이냐고, 위법은. 도대체 드러워서 사업을 해먹을 수가 없어. 이것도 법, 저것도 법, 이 미친놈들이 할 일이 없으면 낮술이나 퍼마시고 낮잠이나 잘 것이지 그따위 법은 왜 만들어내고 법석들이야. 국회의원 그 꼴꼴난 것들, 돈은 그저 게 눈 감추듯 다 받아 처먹으면서 미운 짓만 골라가면서 한다니까. 우리 회사에서 생긴 일거리 우리 회사에서 처리하는 것이야 초등학생들도 다 알 수 있는 순리 아니냔 말야. 근데 왜 그 당연한 일이 위법이 되고, 죄가 되고 그러냔 말야. 백날 천날 생각해 봐도 말이 안 된단 말야. 허나 법이 있으니 어쩌겠어. 그때부턴 피하고 막는 게 상수지.

그 일 맡기자고 공정위 퇴물들 배급하는 걸 받아들여서 고액 연봉 쥐 먹여 살린 건데, 정권 바뀌자 그것도 단속하겠다고 칼을 빼들어? 에잇 빌어먹을, 내놓고 할 얘기 아니다만 정권 괜히 바꿔서 귀찮게 굴어. 근데 그 바람 몰아닥쳐 골치 아파지기 전에 자네가 싹 빼돌리고, 공백 없이 새 사람을 착 배치했으니 이 얼마나 멋들어지고 기막힌 처세술이고 용인술이냐 그거야. 좋았어, 아주 좋았어. 계속 그렇게만 충성하면 돼. 그럼 사장 자리는 저절로 자네 거야. 알겠지!"

회장님은 자신이 첫 번째 한 일에 대해서 너무나 뜻밖에도 사장 자리를 언급할 정도로 흡족함을 표했었다. 참으로 얼마나 다행인지 김태범은 마음속으로 두 손을 맞잡고 부르르 떨었다.

일감몰아주기에 대한 회장의 생각은 그 혼자만의 생각이 아니었다. 성화에 있을 때 장인도 BP 그룹 회장과 똑같은 말을 지칠 줄 모르고 시도 때도 없이 되풀이해 댔었다. 그건 모든 대기업 회장들이 품고 있는 공통적인 불만이었다. 그만큼 일감몰아주기는 땅 짚고 헤엄치는 식으로 손쉬운 돈벌이였던 것이다. 그리고 부자가 더더욱 부자가 되어가는 부당 내부 거래였다.

그런데 BP 그룹 일을 시작하기로 한 손일승 과장이 어느 날 은밀히 만나서 한 가지 얘기를 꺼내놓았던 것이다.

"이게 건수가 될 수 있을 것도 같고……, 긴가민가한데, 판단은 부사장님이 하세요. 요게 약쟁이(마약 중독자)에다가 상습 도박꾼에 얽힌 얘긴데 말이지요. 그 사람이 지금 쇠고랑 차고 조사받고 있는 신센데요, 문제는 그자가 땅을 수천 평 깔고 앉아 있는 거예요. 그런데 그 땅 잡혀 융자 빼먹은 돈은 노름판에서 다 날려먹었고, 이자를 못 받은 은행에서는 곧 경매에 넘길 판인데, 그 땅 상가에 세 든 사람들은 보증금 날릴 판이라 야단이 났고, 동생이 셋이 있는데 그들은 또 유산 한 푼도 못 받게 될까 봐 서로 싸움질이고, 정신이 없어요. 그런데 그 땅이 큰길에서 조금 들어가긴 해도 명색이 마포예요. 그리고 크기가 3천 평 정도구요. 그 사람 할아버지가 마포 부자 몇 사람 중에 하나였다는데, 만 평 이상 땅을 남겨주었다는 거예요. 그 땅을 아버지가 큰길가 좋은 것부터 절반 넘게 팔아먹다가 죽고, 이 사람이 또 야금야금 팔아먹다가 남은 게 그거라는군요. 지난번에 부사장님이 쓸 만한 땅 얘길 얼핏 하시길래 이 건이 귀에 잡히더라구요. 은행에서 경매에 넘기기 전에 싼값에 손에 넣을 수 있지 않을까 해서……. 아직 입질한 정보가 아니니까요."

손일승이 아주 조심스럽게 말했다.

"마포 어딘지 주소 아세요?"

김태범의 두 눈이 갑자기 불이 환하게 밝혀지는 전등처럼 반응했다.

"예, 알지요."

손일승이 핸드폰을 꺼냈다.

"가봅시다, 당장!" 김태범이 벌떡 몸을 일으켰고, "부사장님이 직접 사업을 하시면 크게 되실 거예요. 보통 사람들하고는 확실히 다르시거든요." 손일승이 따라 일어나며 말했다.

김태범은 땅을 둘러보자마자 느슨하게 구상하고 있던 몇 가지 계획 중에서 하나를 확정 지었다. 공익 법인인 문화 재단의 대형화였다. 그리고 그날 밤 새벽까지 계획을 구체화했다.

그리고 이튿날 아침 일찍 회장 비서실에 '긴급 특별 보고'라는 메모를 디밀었다.

"우리 BP 그룹은 다른 몇몇 그룹에 비해 공익 법인인 문화 재단의 규모가 너무 빈약합니다. 회장님께서도 잘 아시겠지만 공익 법인의 명분은 기업 이윤의 사회 환원, 인재 양성, 소외 계층이나 문화 예술 지원 등으로 되어 있습니다. 그러나 실제로는 경영의 지배력 확대나 경영권 승계 등에 유익하게 이용할 수 있는 결정적 힘을 발휘할 수 있습니다. 또 공익 법인이 보유한 계열사 주식들 대부분은 상속세와 증여세가 면제됩니다. 그러므로 문화 재단의 규모를 확대하는 것은 시급하고 필수적인 일이라고 사료됩니다."

말을 중단한 김태범의 눈길이 '어떻게 생각하시느냐'고 회장에게 묻고 있었다.

"지당한 말씀, 지당한 말씀. 그게 내가 딱 바라고 있는 거야. 지배력 확대, 경영권 승계 편리, 상속세와 증여세 면제, 그보다 더 좋을 게 어디 있겠나. 그래서, 무슨 좋은 수가 생긴 건가?"

회장이 소파 끝으로 나앉으며 입이 벙글어졌다.

"예, 대형 문화 재단의 본격적인 활동 무대가 될 아트센터를 건설할 부지를 싼값에 매입할 수 있는 긴급 정보를 입수했고, 그 아트센터의 종합 계획도 세워보았습니다."

"허어, 싼값에 살 수 있는 긴급 정보? 어서 말해 보게."

회장은 더 구미 당겨하며 소파 끝으로 더 나앉았다.

김태범은 손일승에게 들은 대로 땅에 대한 이야기를 풀어 놓았다.

"하, 그거 은행 끼고 재빠르게 해치우면 큰 물건 되겠는데?" 회장은 산전수전 다 겪은 사업가답게 금세 눈에서 광채가 이글거리는 반응을 나타내며, "그럼, 그 땅을 손에 넣으면 거기다 아트센터를 세우겠다?" 김태범보다 한발 앞서 나가고 있었다.

"예, 그렇습니다. 다른 그룹에서 하지 못한 파격적인 아트센터를 건설하는 것입니다."

김태범은 만점을 자신하는 시험지를 내는 학생처럼 기세

좋게 대답했다. 어젯밤을 새우다시피 하며 세운 종합 계획이 머릿속에 환히 들어 있었던 것이다.

"파격적? 그게 뭔지 어서 말해 보게."

"예, 파격적이란 다른 대기업에서 시도하지 않은 일을 우리 그룹이 전개한다는 의미입니다. 그게 뭐냐 하면, 그 빌딩에 그림 전시관, 연극 공연관, 뮤지컬 및 오케스트라 공연관 등을 각 층마다 배치해서 완전히 무료로 제공하는 것입니다. 이것은 세상이 깜짝 놀랄 파격입니다."

"그 많은 걸 무료라……?"

회장의 얼굴이 약간 구겨지며 그늘이 스쳤다.

"예, 그 무료는 바로 몇십 배의 유료를 창출해 내기 때문에 아무 문제가 없습니다. 그 무료 제공은 모든 화가, 모든 연극인, 모든 음악인 들의 대대적인 환영을 받게 되는 동시에 모든 매스컴의 화젯거리가 되어 또 대대적인 보도를 하게 됩니다. 그럼 BP 그룹과 회장님의 명성은 전국적으로 떠오르게 됩니다. 그 광고 효과만도 몇백억, 몇천억이 될지 환산하기 어렵습니다. 그리고 그 광고 효과가 단발성 1회로 끝나는 것이 아니라 모든 예술인들이 그 아트센터에 끊임없이 드나들게 되니까 예술인 좋아하는 수많은 대중들의 발길이 계속 이어지게 되어 그 빌딩은 그야말로 서울 시민의 센터가 되고 서울시의 명소가 될 수 있습니다. 그러나 일은 거기서 끝나지 않습니다. 그 무료화를 이용해 유료화를 시도하는 것입니다. 어느 한 층에는 관객을 계속 많이 동원하는 영화 상영관 대여섯 개를 배치해 직영하는 것입니다. 거기서 판매되는 팝콘과 콜라 같은 수익만도 엄청나다는 것을 아마 회장님께서도 알고 계실 겁니다. 유료화는 거기서 끝나지 않습니다. 3개 층이나 4개 층을 이용해 최고급 시설의 종합 놀이동산을 만드는 것입니다. 서울 서남부 지역의 인구가 엄청난데 그런 테마파크가 없는 실정입니다. GDP는 계속 상승하고, 여가를 즐기려는 욕구가 따라서 상승하는 시대에 맞춰 그런 시설이 바로 황금알을 낳는 거위라는 것을 회장님께서도 짐작하실 것입니다. 안심이 안 되시면 기존 업체들의 수익을 일차 점검해 보시면 안심하실 것입니다. 그다음 수익 사업으로 또 3~4개 층에다 백화점을 직영하는 것입니다. 대형 백화점 역시 그쪽 지역에 없고, 무료 시설로 인구 유입이 기본적으로 이루어지고 있기 때문에 백화점 경영의 안정화는 땅 짚고 헤엄치기일 것입니다. 그다음, 무료 그림 전시관과는 별개로 한 층에는 큰며느님께서 주관하는 상설 미술관을 두어 BP가 소장하는 그림 가치를 높이고, 그 한쪽에 아트센터를 총괄하는 관리실을 배치하면 아주 효율적일 것입니다. 제 구상은 이 정도까지입니다. 그런데 용적률에 따라 그 건물이 몇 층까지 지을 수 있는지 그건 잘 모르겠습니다. 아마 제가 말씀드린 것보다 두 배

이상으로 올라갈 수 있지 않을까 싶은데, 그다음부터는 사무실 임대가 되었든, 1인 가구 늘어나는 도시 주택난 해결에 도움이 되는 오피스텔이든, 그것이 또한 순수한 유료 이익을 창출하게 될 것입니다. 그리고 그 땅을 담보로 융자를 받게 되면 건축과 시설비의 압박도 크게 받지 않을 수 있고, 아트센터가 완공된 다음에 오는 지가 상승은 문화 봉사를 하신 회장님께서 받으시는 보너스입니다. 그리고 그 아트센터의 명칭은 회장님 존함으로 하시는 게 좋을 것 같습니다. 유 자, 석 자, 중 자가 너무 표가 나서 삼가고 싶으시면 마음에 드는 두 자로 줄이는 방법도 있습니다. 앞으로 대사회적인 여러 가지 사업을 전개하는 것에 대비해 그 명칭은 통일해야 하니까 이번에 꼭 확정하셔야 될 것 같습니다. 이상입니다."

긴 말을 마치는 것에 맞추어 김태범은 소리 죽인 긴 숨을 내쉬고 있었다.

"햐아아, 자네 참 대단하군, 대단해. 모르는 것 하나도 없이 모든 걸 쫘아악 알고 있군그래."

쫘아악에 맞추어 회장의 얼굴은 언제 그늘이 스쳤냐 싶게 만족스러운 웃음이 환하게 피어나고 있었다.

"이 건을 우리 회사에서 알고 있는 게 몇이나 되나?"

회장이 얼굴을 엄하게 바꾸며 물었다.

"예, 얼마 전에 영입한 손일승 고문하고 저하고 둘뿐입니다."

"이 정보 손 그 사람이 땡겨온 건가?"

"예, 그렇습니다."

"흥, 오자마자 한 건 야물게 했군. 몇 년 치 밥값 톡톡히 했어." 회장은 고개를 끄덕이고는, "이거 어디로 새나가지 않게 손 고문 입단속 단단히 시키게. 내가 극비리에 일 추진할 테니까."

"예, 알겠습니다."

"헌데, 내 이름으로 정할 명칭을 뭐라고 하면 좋겠나?"

"예, 두 자로 하시겠습니까?"

"글쎄……, 석 자로 유석중아트센터라! 그거 나쁘진 않은데, 욕먹긴 딱 좋지 않은가? 사업하면서 돈벌이 잘되는 것만큼 욕도 먹기 마련인데, 그렇게 이름까지 내세워 새로 욕을 벌어들일 건 없잖은가? 두 자로 하면 뭐가 좋을까?"

"예, 저도 좀 생각해 봤는데요. 유 자, 중 자가 어떠실지요. 중 자가 중앙, 중심, 핵심이란 뜻이고, 유중아트센터, 유중장학회, 유중언론재단 하면 흔하지 않고, 무게감도 있고, 발음하기도 좋습니다."

"아, 김 부사장 생각이 그렇다면 그건 틀림없어. 그리하자고. 허허허허……"

회장은 고개까지 젖혀지도록 흔쾌하게 웃어대고 있었다.

이튿날부터 땅 확보 작전이 극비리에 전개되었다. 은행이 앞장선 그 작전은 며칠 사이에 간단히 끝났다. 쇠고랑 찬 장남은 약쟁이와 상습 노름꾼의 이중 벌을 받게 된 데다 은행 빚으로 경매에 부쳐지면 꼼짝없이 알거지가 될 판이었다. 그런데 은행 빚 갚고도 300억이나 일시불로 주겠다는 매수자가 나타났으니 세 동생이 만만세를 부르며 들뛰었다. 그 기세에 눌리고, 자기도 전관 변호사 세울 돈이 생기게 되었으니 장남은 토지 매매 계약서에 도장을 안 찍을 수가 없었다.

그런데 그 일의 진행을 찬찬히 살피면서 김태범은 은밀한 일을 신속히 처리해 나갔다. 자기 집과 여동생 집까지 담보 잡혀서 융자를 최대한 끌어냈다. 회사 주거래 은행에다, 자신의 회사 직위를 들이댄 것은 물론이었다. 그 돈으로 회사가 구매한 바로 옆 땅 200여 평을 계약했다. 그리고 모자라는 돈은 그 땅을 담보로 은행에서 끌어냈다. 그건 성화의 한인규 사장이 즐겨 쓴 치부의 방법이었다.

"오빠, 이 아파트 이거 내 전 재산인데 은행에 잡혀도 괜찮은 거야? 나 애가 둘이야."

불안한 얼굴의 여동생은 목소리까지 떨리고 있었다.

"내가 그동안에 안달하지 말고 기다리라고 했지? 이제 기회가 왔다. 아무 걱정 말고 나만 믿어라."

"정말 오빠가 다 책임지는 거지? 나 장사도 안 하고, 비정규직으로 취직 안 하고도 걱정 없이 먹고살게 되는 거지?"

"그래, 입만 다물고 조용히 있으면 틀림없어. 그런데 입 놀려 소문나면 다 틀려버려. 어떡할래?"

"알았어, 알았어. 절대 비밀로 할게."

여동생은 입에 지퍼 채우는 손짓까지 해 보였다.

이제 그 땅값은 계속 오를 일만 남아 있었다. BP 그룹이 거기다가 아트센터를 착공하면 1차로 오를 것이다. 아트센터 형체가 다 드러나는 골조 공사가 끝날 때쯤 2차로 오를 것이다. 아트센터가 완공되면 3차로 오를 것이다. 아트센터가 분야별로 활동을 개시하면 4차로 오를 것이다. 그리고 아트센터가 명소로 자리 잡게 되면 5차로 오를 것이다. 그 1차에서부터 5차까지 다섯 배가 오를지, 열 배가 오를지 아무도 모를 일이었다. 한 가지 명백한 것은 땅값은 틀림없이 오르고, 부자가 된다는 사실이었다.

한인규 사장은 자신의 치부가 탈법도, 불법도, 범법도 아니라고 당당하게 말했었다. 그것은 정당한 합법이라고 했다. 탈세가 불법이고 절세는 합법이듯이 자신의 치부도 기회를 이용했을 뿐인 합법이라는 것이었다.

그 말이 옳았다. 자신도 그 누구에게 피해 입힌 일 없이 앞에 놓인 기회를 이용한 것뿐이었다.

그러나 그것 한 번으로 끝나기에는 그 기회가 너무나 아까웠다. 그래서 은행 지점장을 끌어들였다.

"신용 대출 좀 해주세요. 그리고 함께합시다. 길게 끌지 않고 1년이면 됩니다. 아무리 못해도 세 배에서 다섯 배는 오릅니다. 그때 함께 처분합시다. 지점장 재량으로 1년은 문제없잖아요. 이자 꼬박꼬박 맞출 테니까요."

"예, 기회는 기횐데 액수가 너무 많아서, 둘이면."

지점장은 이미 마음이 흔들려 있었다.

"그럼 꼭 1년까지 안 가도 돼요. 입금이 필요한 상황이 오면 바로 처분하면 되니까요. 몇 달 만에 2~3배만 남아도 그게 어디예요."

"그게 그렇게 빨리 처분이 될까요?"

"당연하지요. 대형 빌딩이 들어서면 그 근방 땅들은 없어서 못 팔 지경이 돼버리잖아요. 너무 신중하면 호기를 잃습니다."

"그럼 김 부사장님만 믿겠습니다."

그래서 또 200여 평을 확보했던 것이다.

속고, 속이고

1

"윤현기 의원님이시죠?"

"예, 그렇습니다."

윤현기는 무게 실은 느릿한 국회의원 목소리로 대꾸했다.

"아, 안녕하십니까 의원님. 저 아프리카 배영규입니다."

전화 속의 목소리가 갑자기 반가움으로 들떠 올랐다.

"누구요……? 아프리카아……?"

윤현기는 그 이름도 기억이 없었고, 더구나 아프리카라니 전혀 아무것도 잡히는 것이 없었다.

"저 케냐 나이로비의 배영규입니다."

"누구요……? 케냐 나이로비……?"

윤현기의 의식은 여전히 캄캄했다. '이놈이 대체 누군데 케냐 나이로비 들이대며 떠들어대. 전화 끊어버려?' 이런 생각과 함께 짜증이 스치고 있었다. 저희들은 잘 아는 척 수선을 떨어대지만 이쪽에서는 전혀 기억이 없는 이런 전화는 빈번히 걸려오는 것이었다. 그런데 전화가 핸드폰으로 걸려온 것을 보면 언젠가 자신이 명함을 건네준 것이 분명했다. 그렇지 않고서는 핸드폰 번호를 알 리가 없었다. 그리고 명함을 건넸다는 것은 '필요하다'는 판단을 내렸기 때문이었다. 그렇다면 불친절하게 대해서는 안 되는 것이었다. 국회의원 자리를 오래 지켜나가는 3대 요건이 있었다. 명함 많이 돌리기, 악수 많이 하기, 이름 잘 기억하기. 그런데 지금 자신은 세 번째를 완전히 망치고 있었다.

"아, 아, 의원님은 저를 전혀 기억 못 하시는군요. 3년 전에 코이카를 통해 여기 나이로비에 오시지 않았습니까. 제 집사람이 사모님을 특별 수행했구요."

전화 속의 목소리는 실망이 가득 차 있었고, '코이카' 소리를 듣는 순간 윤현기는 정신이 번쩍 들었다. 그리고 전혀 기억에 없던 배영규라는 이름이 또렷이 떠올랐다. 또한 큰 키에 마른 얼굴까지도 확실하게 떠올랐다.

"아 하, 배영규 소장! 고향이 강원도 원주라고 했잖소. 아 참, 미안해요, 미안해. 하도 골치 아프고 복잡한 일 많고, 정신 없이 살다 보니 그만 깜빡했어요. 그 아프리카가 워낙 멀기도 해서. 정말 미안해요, 좀 이해해 주시오."

윤현기는 정말 진심으로 말했다. 그러면서 가슴 뜨끔함을 느꼈다. 공항까지 배웅 나온 그의 어깨를 두들기며 했던 말이 불쑥 떠올랐던 것이다. "이번에 부인까지 참 수고가 많았소. 그 고마움 승진으로 갚겠소." 그런데 돌아와서 그걸 까맣게 잊어버렸던 것이다.

'설마 그걸 따지려고 전화한 건 아니겠지? 그 생각은 왜 또 떠오르는 거야. 머리가 너무 좋은 것도 탈이라니까.'

윤현기는 스스로에게 짜증을 부렸다.

"예, 의원님 바쁘시고 복잡한 것 잘 압니다." 배영규는 맥 풀려버린 소리로 대꾸하고는, "의원님, 좀 난처하고 골치 아픈 일이 생겼습니다." 그의 목소리가 전혀 다른 톤으로 변했다.

"골치 아픈 일?"

윤현기의 기색도 순간적으로 변했다.

"예, 장우진 기자라고 아시죠?"

"장우진 기자가 왜?"

윤현기의 목소리가 뜨거워졌다. 그의 머릿속에서는 장우진 기자와 코이카 여행 건이 정면으로 충돌을 일으키고 있었다.

"여기까지 전화를 걸어왔습니다."

"그래서?"

"이것저것 꼬치꼬치 캐물었습니다."

"뭘?"

"의원님들 코이카 단체 여행에 대해서."

"캐물은 핵심이 뭐요?"

"의원님들 이름을 대라고."

"그래서?"

윤현기는 굳어진 얼굴로 버럭 소리 질렀다.

"기억하지 못한다고 잡아뗐습니다."

"아, 잘했소, 참 잘했소."

"근데 그게 잘된 것 같지가 않습니다."

"그건 무슨 소리요?"

"고의적이고 악의적으로 취재에 비협조적이기 때문에 상부에 고발하겠다고 했습니다."

"상부에 고발해?"

"예, 분명히 그렇게 말했습니다. 그건 인사에 불이익을 주겠다는 뜻 아니겠습니까?"

"헹, 그거야말로 어림 반 푼어치도 없는 소리요. 취재가 뜻대로 안 되니까 몸이 달아서 공갈 협박 해댄 건데, 상부가 누구 편이겠소? 팔은 언제나 안으로 굽는 법. 상부는 다 우리와 똑같이 한솥밥 먹는 식구요, 식구. 그리고 만약 이 문제가 노출되면 장관님 입장은 좋겠소? 장관님 난감해지는 건 우리 의원들이나 똑같소. 그러니까 배 소장이 모르쇠로 내뻗는 것은 인사 불이익을 당할 일이 아니라 오히려 승진감이고, 표창감이오. 알아듣겠소?"

"아 예, 그렇다면 다행입니다. 근데 또 전화 오면 어쩌지요?"

"또 하겠다고 했소?"

"예, 그런 투였습니다. 잘 생각해 보라고 하는 것이……."

"뭐 볼 것 없소. 무조건 모른다고만 잡아떼요. 기억에 없다, 모른다 하는 게 최상수고, 그렇게 나가면 경찰, 검찰도 배 못 째는 법인데 기자 나부랭이가 뭘 어쩌겠소. 제물에 지쳐 쓰러지지. 알겠소?"

"어쨌거나 그쪽에서 더 전화 안 오도록 좀 막아주십시오. 이 부탁드리려고 전화드렸습니다. 그 기자가 어찌나 양심을 찔러대는지, 또 전화해서 그러면 의원님들 성함을 다 댈지도 모르거든요."

"엥? 그건 또 무슨 소리요? 양심을 찔러대? 무슨 양심을 찔러?"

"국민들이 애를 써서 노동해 낸 혈세로 우리보다 가난한 나라들 도와주라고 한 것이 코이카 예산인데, 그런 돈을 어떻게 국민 위해 일하고, 나라 위해 일한다는 국회의원들이 부부 동반으로 흥청망청 써댄단 말이야. 공무원으로서 이게 말이 된다고 생각하느냐. 공무원들도 국회의원들과 똑같이 국민 위해 일하고, 나라 위해 일하라고 국민 혈세로 먹여 살리는 것 아니냐. 그런데 어찌 국회의원들의 몰지각하고 비양심적인 그런 행위를 막지 못하고 오히려 접대하고 안내하고 나선단 말이냐. 권력자들의 그런 파렴치한 행위는 이중 범죄를 저지르는 일이다. 빈곤국을 도우라는 국법을 어긴 것이고, 또 국민을 배신하고 세금을 탕진한 죄를 진 것이다. 이러고도 양심이 떨리지 않느냐. 죄를 지었으면 사죄를 해야 된다. 지금이라도 늦지 않았으니 양심적으로 그 국회의원들 이름을 대라. 이런 식으로 말을 하니 틀린 말은 하나도 없고, 양심이 찔려서 그만……."

"이봐요, 이봐! 배 소장, 정신 바짝 차려요. 그따위 괴상망측한 말에 홀려 정신 오락가락했다가는 인생 끝장난다는 것 알아요, 몰라요? 여러 말 할 것 없어요. 전화가 열 번이 오든, 백 번이 오든 무조건 모른다고만 해요. 그것만이 일을 파묻는 것이고, 빨리 끝내는 것이니까. 그리고 내가 여기서 전화 더 안 가도록 최선을 다해 막아내겠소."

"네, 그렇게만 해주세요. 여기서 당하는 것도 괴롭습니다."

상대방은 전화를 끊는다는 말도 없이 전화를 끊어버렸다.

'요런 건방진 놈 같으니라고. 감히 국회의원 앞에서 버르장

머리 없이…….'

윤현기는 통화 끊긴 핸드폰을 노려보며 습관화된 국회의원 나리의 성깔이 돋아오르고 있었다.

'아니, 이놈 이거 어찌 된 일이야? 국회 사무처에서 명단 안 가르쳐줘서 그냥 그렇게 끝낸 줄 알았더니 이게 도대체 뭐야? 아, 찰거머리 같은 놈, 어떻게 현지까지 전화를 걸어대며 여지 껏 물고 늘어져 있나 그래. 이거 정말 잘못 걸렸는데. 이러다 가 이거 재수 옴 붙는 것 아냐? 그놈한테 걸려서 고이 살아난 놈이 없다는 소문인데……. 가만 있거라, 딴 지역에도 전화를 했겠지? 김상원 의원은 어디로 갔다 왔나? 이거 이러고 있을 때가 아냐!'

윤현기는 급히 김상원 의원에게 전화를 걸었다.

"김 의원, 나 윤현기요. 거 있잖아요, 코이카로 해외여행 갔 다온 거, 김 의원은 어느 쪽으로 갔었지요?"

"아 그거, 중남미였지요."

"혹시 그쪽에서 무슨 전화 안 왔어요?"

"아, 예, 전화가 왔었어요. 어떤 기자가 우리 의원들 명단을 가르쳐달랜다고."

"엉? 그래서 어쨌대요?"

윤현기의 목소리가 벌컥 커졌다.

"예, 눈치가 이상해서 모른다고 잡아뗐대요."

"아, 다행이다. 그거 누군지 꽤나 똑똑하네."

"그게 공무원들 기본 아닌가요? 기자들 싫어하고, 내부 기밀 방어하는 것."

김상원의 목소리는 계속 태평스러웠다.

"김 의원은 그 전화 언제 받았어요?"

"그게……, 어젠가, 그젠가?"

"허허 참, 이렇게 태평하기는. 김 의원은 그 전화 받고도 아무렇지도 않았던 모양이지요?"

"아니 그럼, 그게 무슨 일이 될 수 있는 일인가요?"

"그렇지요. 핵폭탄!"

"예에에……? 핵폭탄이라니!"

마침내 김상원의 목소리가 크게 터졌다.

"들어보시오. 그 기자가 지난 5년 동안 코이카 돈으로 해외여행을 다녀온 의원들 명단을 알아내려고 몇 개월 전부터 들쑤시고 다녀요. 그 명단이 다 밝혀져 신문에 대서특필되면 김 의원과 나는 어떻게 되겠소?"

"아니, 그게 무슨 문젭니까. 관행으로 너나없이 해온 일인데."

김상원은 목소리를 높였던 만큼 콧방귀를 크게 뀌었다.

'이 친구 이거, 어찌 이리 감이 둔해. 국회의원은 오래 못 해먹어도 살기는 오래 살겠다.'

윤현기는 이렇듯 어이없어하고는 상대방을 쥐어박듯이 내

쏘았다.

"김 의원과 나는 차기에 100퍼센트 낙선이오!"

"뭐, 뭐라구요? 나, 낙선!"

윤현기는 김상원이 소파에서 벌떡 일어나는 꼴을 환히 보고 있었다. '낙선'이라는 한마디에 정신이 번쩍 드는 것을 보면 김상원도 국회의원은 틀림없는 국회의원이었던 것이다. 국회의원들이 가장 바라는 것이 차기에 또 당선되는 것이었고, 가장 싫어하는 것은 그 반대의 꼴이 되는 것이었다.

"그, 그게 그렇게 무서운 해, 핵폭탄이 될 수 있는 이유가 뭐죠?" 김상원은 낙선의 공포에 말까지 더듬으며, "나 지금 바로 윤 의원 방으로 갑니다. 이거 전화론 갑갑해서 원" 하며 전화를 끊었다.

윤현기는 떫은 입맛을 다시며 등을 픽픽 두들겼다.

아무리 생각해도 장우진이란 위인이 신경에 거슬렸다. 나이도 꽤나 먹었는데 세상 사는 게 안하무인으로 거칠 것이 없었다. 아주 난처하고 곤란한 인물이었다. 사람이 몸을 사려야 할 때 사릴 줄 알고, 물러서야 할 때 물러설 줄 알고, 남의 말을 들어야 할 때 들을 줄 알아야 살맛 나는 인간관계가 이루어지는 것 아닌가. 그런데 그 인간은 그런 게 전혀 통하지 않는 특종이고, 별종이었다. 싸움판에서야 으레껏 기운 센 놈이 이기는 법이었다. 그러나 그보다 더한 고수들이 수두룩했으니, 기운 센 놈보다는 기술 좋은 놈이 이기고, 기술 좋은 놈보다는 젊은 놈이 이기고, 젊은 놈보다는 죽기 살기로 덤비는 놈이 최후의 승자가 된다고 했다. 장우진 기자라는 물건은 바로 그 죽기 살기로 덤비는 놈이었다. 한번 물었다 하면 끝장을 보고야 마는 아주 재수 없는 인간이었다. 그런데 그 인간이 마침내 국회의원 수십 명을 한입에 집어삼키려고 벌써 몇 개월째 노리고 있었다.

"아니, 그게 왜 낙선 핵폭탄이 되는 거요? 관행 따라 해외여행 한번 한 것뿐인데."

윤현기 방으로 들어서며 김상원이 관행 타령을 쏟아놓았다.

"앉아요, 앉아요, 앉아요."

윤현기는 납작하게 누른 목소리의 '앉아요'에 맞추어 소파를 향해 손짓하는 동시에 바깥에 들리지 않게 목소리 낮추라는 눈짓까지 하고 있었다.

"에이, 기자라는 것들은 재수 없고 밥맛 없어."

김상원이 거세게 혀를 차며 소파에 털썩 주저앉았다.

"김 의원은 우리 뒤를 쫓고 있는 그 장우진 기자를 잘 몰라요?"

"글쎄요, 기자가 어디 한둘이라야 말이지요."

"이번에 사법부 발칵 뒤집어진 박경배 검사장 사건은 알지요?"

"그야 알지요. 얼마나 큰 사건이었는데."

"그 검사장 팔목에 쇠고랑 채운 게 바로 장우진 기자요."

"뭐, 뭐라구요?" 김 의원은 엉덩방아를 찧을 정도로 질겁을 하고는, "큰 사건일수록 기사 읽느라고 정신없지 기자 이름까지 어떻게 다 기억하나요." 뚱하니 말했다.

"검사장에게 쇠고랑을 채울 정도로 그 기자는 한번 노렸다 하면 끝장을 보는 사람이오. 그런 사람이 벌써 몇 개월째 우리 명단을 알아내려고 여기저기 들쑤시고 다니고 있소. 아주 조심하지 않으면 안 돼요."

"글쎄요, 그 검사장은 검사 고유 권한을 악용해 사복을 채우는 엄청난 불법을 저질렀지만, 우린 관행에 따라 해외여행 좀 한 것뿐이잖아요."

김상원은 여전히 관행에 매달리는 '한국형 권력자'의 전형을 드러내고 있었다.

"자아 김 의원, 내 말 똑똑히 들으시오. 그 악바리 기자가 말이오, 끝끝내 지난 5년 동안 코이카 돈으로 해외여행 한 수십 명 국회의원 명단을 알아내서 신문에 대서특필하면 어떻게 되겠소? 가난한 나라 도와주라는 국민의 혈세 수십억을 빼돌려 부부 동반으로 각 나라 여행을 했다. 그런데 코이카 현지 직원들은 그들을 맞이해 유명 관광지들을 안내했다. 특히 부인들은 추가로 배치된 여직원들의 안내로 명품 쇼핑하기에 바빴다. 이렇게 국민 세금을 탕진하는 것도 용납될 수 없는 행위이지만, 더 문제는 피감 기관을 상대로 이렇게 횡포를 저질러대는 국회의원들이 그런 기관들을 상대로 국정감사를 제대로 시행할 리가 없다. 그러므로 피감 기관의 돈으로 해외여행을 한 행위는 3가지 반국가적, 반국민적 범죄를 저지른 것이다. 첫째는 국민이 낸 소중한 혈세를 탕진한 것이고, 둘째는 국정감사를 소홀히 하는 직무 유기를 저지르는 것이고, 셋째는 코이카 직원들이 현지에서 부정부패를 저지를 수 있도록 조장한다는 점이다. 비단 코이카만의 문제가 아니다. 국회의원들이 우월적 국정감사권을 앞세워 수많은 피감 기관에 이와 유사한 횡포를 저질러대는 것은 비일비재하다. 이번 기회에 엄단하여 그런 비리 전체의 뿌리를 제거하지 않으면 우리에게 내일은 없다. 이런 내용의 기사를 쓰고, 여행 갔다 온 우리 국회의원 수십 명의 사진에다 이름 석 자까지 꾹꾹 박혀 나오면 다음 선거에서 어떻게 되겠소?"

윤현기는 매운 독기를 내쏘는 눈으로 김상원을 똑바로 겨누고 있었다.

"그거……, 그거……, 선거는……, 선거는 아직 멀었는데……, 잊어먹기 잘하는 사람들이 다 잊어버리지 않겠소?"

김상원은 심하게 더듬거리며 '낙선'이라는 불길함에서 벗어나려고 '유권자의 망각'에 의지하려 하고 있었다.

"그 말이 맞아요. 그런데 절대 안 잊어버리는 사람들이 몇 있어요."

"몇 사람……?"

"경쟁자들."

"……!"

"그 후보들이 그 옛날 기사를 수백 장, 수천 장씩 복사해 다가 뿌려대고, 외쳐대면 어찌 되겠소?"

"……."

"코이카 여행 갔다 온 사람들은 전원 낙선! 가슴에 총 맞은 꼴 되는 거요."

"……."

"김 의원도 보좌관 때부터 선거 많이 치러봐서 알겠지만, 선거 그것 유권자들의 화풀이하기고, 앙심풀이하기 아니었 소? 유권자들 열 받게 하고, 분하게 하고, 서운하게 하고, 무 시하면 반드시 떨어지지 않던가요? 그 기사를 복사해서 뿌 리는 그 순간 유권자들은 잊어버린 것을 일시에 생각해 내서 한마음으로 또르르 뭉쳐버려요. 국민들이 젤 분해하고 열 받 는 것이 국민 세금 함부로 써대는 것 아니오?"

"그럼 이 일을 어찌하면 좋지요?"

김상원이 겨우 입을 열었다.

"방법은 하나뿐이오. 우리 명단이 그 어디에서도 유출되지 않도록 틀어막는 것이오."

"어떻게……?"

"그 명단을 아는 데는 네 군데요. 우리 국회 사무처, 코이카 본부, 외교부, 그리고 각국 현지 사무소요. 그런데 앞의 세 군데는 이미 틀어막혔다는 게 입증됐소."

"아니, 어떻게……?"

"그 기자가 왜 먼 현지까지 전화를 해댔겠소. 그 세 군데가 막히니까 마지막 수단을 쓴 거 아니겠소?"

"아하, 그렇군요."

"그러니까 지금 당장 여행 다녀온 모든 의원들이 나서서 현지 입단속을 철저히 시키면, 우리 승리로 상황 종료요. 그 기자가 명단 없이 그 기사를 쓸 수는 있지만, 그래 봤자 그건 김 빠진 맥주고, 노른자위 빠진 계란 프라이요."

"아 그거 참 기막힌 작전이오. 근데 윤 의원은 아까 기사 내용을 말할 때, 어찌 그렇게 꼭 그 기자가 쓴 것같이 말을 할 수 있는 겁니까?"

"거 뭐, 그 기자가 그런 투로 아귀 딱딱 맞춰가며 기사를 잘 씁니다. 그 기자 기사는 평소에 안 빼고 꼭 읽거든요."

"아 예……."

'야, 김 의원, 맨날 술이나 퍼먹고 돈만 밝히지 말고 공부 좀 해라. 내가 괜히 그렇게 유식한 소리 줄줄 나오는지 아냐? 고석민이 써주는 글 진땀 나게 읽고 또 읽어서 길러지는 실력 이시다. 이 세상에 공짜가 어딨냐. 나 대통령은 못 해먹어도

국회의장은 꼭 해먹을 작정이시다. 그때 가서 괜히 군침만 흘리지 말고 평소에 공부 좀 하라고, 공부.'

윤현기는 겉으로는 한없이 부드럽게 웃으면서도 속으로는 김상원을 싸늘하게 비웃고 있었다.

윤현기는 잠이 깨자마자 또 고석민을 생각했다. 기분은 여전히 칙칙하고 께름칙했다. 고석민에게 부탁을 할 것인가, 말 것인가……, 결정을 할 수가 없었던 것이다.

'기자 하나가 검사장을 쇠고랑 채우다니……'

그건 생각할수록 가슴 서늘하고 끔찍스러운 일이었다. 검사장이 감쪽같이 해치운 일을 어떻게 알아냈으며, 검사장이 꼼짝달싹 못 하도록 어떻게 그렇게 뒤를 샅샅이 캐낼 수 있단 말인가. 그게 바로 장우진이라는 인간의 능력 발휘였다. 그런 능력으로 코이카 여행 건을 완전히 파 뒤집어버리면 어찌 될 것인가. 그걸 막는 가장 안전한 방법은 고석민이 나서서 장우진이 그 일을 그만두도록 해주는 것이었다. 그러나 고석민도 꼿꼿하고 깔깔한 고집불통이기는 장우진과 같은 '띠'였으니 난감할 뿐이었다.

'가만 있거라, 고석민이가 가장 애타게 바라는 게 그거지? 전임 자리를 걸고 딜을 해봐? 전임이 된다면 고석민이도 사력을 다해 장우진 저지에 나서겠지? 내 지역구에 대학이 서너 개 되잖아. 그런데 내가 교문위가 아닌데 말발이 설까? 그건 좀 곤란하겠지? 세상 인심 아 다르고 어 다른 법인데. 아니, 가만있어봐, 5년 동안 여행 다녀온 게 40명이 다 되는데 왜 나 혼자 몸달아 이러는 거지? 에이, 관둬. 막을 데는 다 막았으니까.'

이렇게 정리했으면서도 마음은 계속 개운해지지 않았다. 그만큼 장우진은 공포의 대상이고, 두려운 존재였다.

'설마 괜찮겠지, 그까짓 것쯤이야, 이렇게 사소하게 생각한 일이 큰 부스럼이 되고, 치명타가 되는 법이야. 어물쩍 적당히 넘기려 하지 말고, 손쉽게 내 좋을 대로만 생각하지도 말아야 해. 국회의원 자리가 크고 귀하게 여겨질수록 모든 걸 철저하고 확실하게 관리해야 된단 말이야. 설마가 사람 잡는다는 속담 꿈에서라도 잊어선 안 돼.'

이런 박 의원님의 다짐이 새롭게 떠오르니 마음이 개운해질 수가 없었다.

윤현기는 영 내키지 않으면서도 아침 일찍 집을 나섰다. 외국에 나가지 않는 한 걸러서는 안 되는 주말 행사 때문이었다. 국회의원 당락을 결정하는 주말 행사—고향 찾기였다. 그 행사는 선거구가 지방이든 서울이든 모든 국회의원들이 치르는 것이었다. 다만 그 형식과 방법이 제각기 다를 뿐이었다.

당의 요직을 맡아 권한이 세지고, 말 좀 미끈하게 해 텔레비전에 얼굴 자주 비쳐 유명해졌다고 고향 걸음 소홀히 해서 낙동강 오리알 신세 된 의원들이 한둘이 아니었다.

'국회의원은 나랏일을 하는 것이지 지역구 일을 하는 것이
아니다.'

이 지당한 말씀은 한가하게 책장 넘기시는 학자님들이나
애용하시면 된다. 정치는 현실이고, 지역구민이 당락을 결정
하는 것은 국회의원의 현실이다. 그러니 국회의원들은 하나
같이 고향 걸음에 열성을 바칠 수밖에 없는 것이 현실이었다.

윤현기는 그나마 고향이 오백 리 넘어 천 리 밖이 아닌 것
을 다행으로 여기고 있었다. 지역구가 먼 의원들은 그 고향
찾기 행사를 매주 금요일부터 시작하기도 했다. 왜냐하면 가
고 오며 하루를 버려야 하기 때문이었다. 그런 의원들은 으레
껏 금요일 국회 일정에서는 빠질 수밖에 없었다. 그런 의원들
을 겨냥해 '제사보다는 젯밥에 정신 팔려 있다'며 의정 활동
부실을 꼬집는 기사가 가끔 나오기도 했다. 그러나 그런 기사
에 이름이 오른 의원들은 겉보기만 나쁠 뿐이었다. 그 비판
기사는 지역구로 가면 '우리 지역구를 이렇게도 사랑하는 의
원님'으로 둔갑하는 것이었다. 이런 기묘한 역학 때문에 '국회
의원들은 자기 부고만 빼놓고 욕을 먹더라도 신문에 많이 날
수록 좋아한다'는 말이 생겨났는지도 모른다.

"의원님, 터미널 다 왔습니다."

기사의 말에 윤현기는 천천히 눈을 떴다.

"편히 다녀오십시오." 문을 잡고 선 기사가 허리를 굽혔고, "시간 늦지 않도록 대기해." 윤현기는 무뚝뚝하게 말하고 걸음을 옮기기 시작했다.

고향 찾아가는 이 주말 행사에는 자가용을 타고 가지 않는 것이 철칙이었다. 덩치 크고 번들거리는 자가용 몰고 선거구 누비고 다녔다가는 얻는 건 수명 단축뿐이었다. 더구나 자가용 생활과는 거리가 먼 시골 노인네들에게 그런 모습 보이는 것은 작두에 목 디미는 꼴이었다. 노인네 한 사람에게 밉보이면 다음 선거에서 수십 표가 작살날 수 있었다. 노인네 동네 친구들, 이웃 동네 친척들에게까지 퍼진 나쁜 소문은 지울래야 지울 수 없는 문신이 되어 다음 선거에서 낙선의 유령으로 나타나는 것이었다.

"그거 그 젊은 놈이 영 버르장머리가 없더라니까. 자가용을 타고 휭 지나가는데, 잘못했으면 내가 치일 뻔했다니까."

노인네의 이 말을 이길 장사는 없다. 다른 노인네들도 '버르장머리 없다'는 한마디에 자기들이 당한 것처럼 한 덩어리가 되어버리는 것이다.

"아 그 젊은 사람이 어른 깍듯하게 알아보는 것이 됐더라니까. 국회의원까지 하는 사람이 내 짐을 끝까지 들어다 주더라니까, 글쎄."

이런 말들을 많이 들으려면 자가용 타고 고향 가는 건 절대 금물이었다.

　나쁜 말이 다음 선거에서 '낙선의 유령'으로 나타나는 것처럼 좋은 말은 다음 선거에서 '당선의 천사'로 나타나기 마련이었다. 그렇게 다져진 표를 당해 낼 장사란 그 어디에도 없었다.

　윤현기는 천천히 고속버스에 올랐다. 부드러운 웃음 머금은 얼굴로 버스 안을 둘러보았다. 대여섯 사람이 띄엄띄엄 앉아 있었다. 그는 그 사람들 한 사람, 한 사람에게 눈길을 옮겼다. 표 다지기 시작이었다. 이때 눈이 마주치며 아는 표를 내면 그 사람은 자신의 선거구 사람인 것이었다. 그 교감이 이루어지면 반갑게 다가가 악수를 청한다. 그 악수하는 짧은 시간, 한두 마디 대화가 다음 선거에서 지지표가 되는 것이다. C시에 국회의원 수가 3명이니까 고속버스에서 자기 선거구 사람을 만난다는 것은 그다지 어려운 일이 아니었다.

　그런데 자신에게 아는 기색을 내비치는 사람은 하나도 없었다. 윤현기는 적이 서운한 마음으로 1인 좌석에 자리 잡았다.

　그는 사람들하고 악수를 할 때면 '클린턴 악수'를 하려고 애썼다. 클린턴은 현직 대통령으로서 딴 데도 아닌 백악관에서 바람을 피워 세계적인 '스타'가 되었다. 세계 최강국의 대통령으로서 그게 무슨 짓이냐는 비난이 당연히 뒤따랐다. 그러나 그건 초반의 반응일 뿐이었다. 클린턴은 대통령이라는 특수 신분 덕에 검찰에 출두하는 것을 면하고 백악관에서 영상 취조를 당했다. 그는 바람피운 여자와의 관계를 묻는 검찰의 질문에 애인이나 연인 또는 여자 친구라고 하지 않고 '부적절한 관계'라는 애매모호한 대답을 했다. 그 영상이 전 세계에 퍼지면서 '부적절한 관계'는 금세 세계적 유행어가 되고 말았다. 특히 한국에서의 생명력은 20년이 다 되어가도록 줄기차게 이어지고 있었다.

그런데 이상한 일이 벌어졌다. 클린턴은 그 망신을 당하고도 전혀 인기가 떨어지지 않은 것이었다. 오히려 여자들에게는 인기가 더욱 올라가고 있었다. 그 기현상의 원인이 마침내 밝혀지게 되었다. 클린턴이 상대한 여자 르윈스키가 통통하게 살이 찐 몸집에 별로 잘생기지도 않은 지극히 평범한 여자이기 때문이라는 것이었다. 그러니까 이 세상의 평범한 여성들이 '아 나도 대통령하고 연애를 할 수 있겠구나' 하는 희망을 가졌고, 그런 희망을 안게 해준 대통령 클린턴은 멋진 남자로 인기 상승 무드를 누린 것이었다.

그런 클린턴이 악수를 기막히게 잘한다는 소문은 그다음에 퍼졌다. 미국에서 공부하는 대한민국 여성 하나가 여러 나라 젊은이들과 백악관에 초청을 받아 갔다. 대통령은 그들과 일일이 악수를 나누었다.

백악관을 다녀온 그 여성에게 친구가 물었다. "클린턴하고 악수한 느낌이 어땠어?" "어머, 말도 마!" 그 여성은 손을 맞잡고 눈을 질끈 감으며 상체를 바르르 떨었다. "너 왜 그래? 느낌이 어땠는데?" 친구가 다그쳐 물었고, "말도 마, 얘. 그 사람하고 나하고 눈이 딱 마주치는 그 순간 이 세상에 그 사람하고 나하고 딱 단둘이만 있는 것 같았어." 그 여성은 황홀경에 취한 눈길로 허공을 멍하니 쳐다보고 있었다.

사람들이 줄지어 서서 악수해 나갈 때 한 사람에 걸리는 시간은 길어야 2초다. 그 2초 동안에 클린턴은 그런 황홀경을 연출해 낼 수 있는 정치가였다.

'반드시 눈을 맞추면서 악수하고, 인상적인 한마디씩을 꼭 심어라.'

이것이 선거전에 임하는 모든 후보들 앞에 놓인 화두였다. 그건 '악수하는 사람은 다 찍는다'는 말과 상통하는 것이기도 했다. 악수하는 사람이 다 찍게 하려면, 특히 유동표와 바람표가 많은 여성들이 꼭 찍게 하려면 '클린턴 악수'는 필수적으로 갖추어야만 하는 무기였다. 그러나 그런 악수를 해낼 수 있다는 것은 쉬운 일이 아니었다. 어떻게 해야 2초 안에 '이 세상에 딱 단둘이만 있는 것 같은' 감정을 갖게 할 수 있는 것인지 쉽게 풀리지 않는 수수께끼였던 것이다.

윤현기는 이런 생각을 하다가 스르르 잠이 들었다. 차만 타면 아른아른 밀려드는 쪽잠이었다.

5분에서 길어야 10분을 자는 그 토막잠은 정치를 본격적으로 시작하면서 길들여져 이제는 몸에 깊이 밴 습관이 되어 있었다. 최상의 피로 회복제로서 쪽잠을 습관 들이기는 아주 쉬웠다. 그런데 자가용을 버리고 고속버스로 고향을 오가는 것은 그렇게 쉽사리 습관이 되지 않았다. 한번 타고 달리면 그만인 자가용에 비해 버스로 왕래하는 것은 번거로운 게 한두 가지가 아니었다. 차표 끊으랴, 차 오르내리랴, 택시 잡아 타랴……. 편함을 두고 불편함을 습관화한다는 것은 솔직하게 말해서 성가신 고역이었다. 그저 목적이 있으니까 마지못해 참고 견디는 고행이었다. 그건 국회의원으로서 누리는 특권이 금세 몸에 배는 것과는 정반대였다. 권력의 단맛은 얼마나 빨리 습관화되어버리던가.

윤현기는 쪽잠에서 깨어나면서 습관적으로 시계를 보았다. 10분쯤 지나 있었다. 찬물로 낯을 씻은 것처럼 기분이 산뜻하고 몸이 가뿐했다. 쪽잠의 효과는 정말 신효했다. 그건 그냥 느낌만이 아니었다. 5분 정도의 쪽잠은 한나절 동안 쌓인 피로를 풀어준다는 과학적 근거도 있었다.

그런데 권력의 단맛은 쪽잠보다도 더 빨리 습관이 되는지도 몰랐다. 아니, 습관이라고 하면 그 말의 뜻이 너무 가볍다. 권력의 단맛은 습관화된다기보다는 중독된다고 해야 더 옳을 것이다. 알코올에 중독되고, 마약에 중독되고, 도박에 중독되면 그 중독들이 고치기 어렵듯 권력 중독도 치료약이 없었다. 단 한 가지 방법이 있었다. 고질병이 죽어야 고쳐지듯 권력 중독도 권력을 완전히 잃어야 고쳐지는 것이다.

윤현기는 자신의 권력 중독 현상을 느낄 때마다 어느 시인의 글이 떠오르고는 했다. 그 시인은 어느 지방의 행사를 위해 비행기를 탔다. 그런데 비행기의 상석으로 치는 1~2번 자리에 앳면 있는 젊은이가 앉아 있었다. 그 젊은이는 국회의원이었다. 그리고 그 자리는 으레껏 국회의원들에게 배정된 특별석으로 알 만한 사람은 다 아는 사실이었다. 그런데 시인의 눈에는 그 젊은 국회의원이 그 특별석에 앉아 있는 것이 마음 편치 않았다. 왜냐하면 그 모습이 자신의 눈에도 거슬리는데 딴 사람들 눈에도 안 거슬릴 리가 없었기 때문이다. 시인은 내심으로 그 젊은 의원을 아끼고, 기대하고 있었다. 명문 대학의 학생회장을 지낸 그는 운동권 출신이었고, 그 경력으로 국회의원까지 된 것이었다. 시인은 망설이고 또 망설이다가 자식 같은 사람이 잘되기를 바라는 마음으로 비행기를 내리면서 그 의원에게 입을 열었다. 보는 눈이 많으니 다음부터는 거기 앉지 말고 좀 더 뒷자리에 앉으라고. 그러자 젊은 국회의원은 '내가 달라는 게 아니라 거기서 알아서 줘요' 하고 대꾸했다. 시인의 글은 여기서 끝났다.

그 시인이 그 글에서 하고 싶었던 이야기는 무엇이었을까.

시인은 하고 싶은 많은 이야기를 생략하고 있었다. 그런데 독자들은 그 씌어지지 않은 이야기들을 침묵의 여운 속에서 다 알아듣고 있었다.

그 젊은 의원의 대꾸는 권력 중독이 중증임을 보여주고 있었다. 왜냐하면 그 말은 새빨간 거짓말이었기 때문이다. 국회의원들은 그 누구나 비행기를 탈 때는 으레껏 보좌관을 앞세워 공항 VIP실로 향한다. 거기서 '의원님' 대접을 충분히 받고 있는 동안 보좌관이 비행기표를 가지고 온다. 보좌관은 의원님이 납신 것을 알리고, 발권 담당 직원은 항공사가 의원님 특별석으로 마련해 둔 1~2번 중에 한 자리를 배정할 뿐이다. 항공사에서는 중대한 국사를 보시는 의원님들의 노고에 보답하기 위해서 특별석을 준비해 둔 것이 아니었다. 자기네 사업이 순조롭게 돌아가게 하려고 권세 막강한 대상에게 미리미리 보험을 들어두는 것이었다.

그 시인의 혜안이 벌을 내렸던 것일까, 그의 권력 중독증이 갈수록 심해졌기 때문일까. 그 젊은 국회의원은 언제부턴가 여의도에서 사라지고 말았다.

그러나 권력 중독증으로 정치 인생을 망가뜨린 국회의원은 한둘이 아니었다. 교통 위반을 단속하는 경찰을 범퍼 위에 매달고 몇십 미터를 달리게 해 망한 사람도 있었고, 경찰서장이 먼저 정문에 나와 영접하지 않았다고 조인트를 까서

막 내린 사람도 있었고, 거나하게 술 취한 김에 여기자 가슴을 더듬어 차기 낙선이 아니라 당장 인생 끝장낸 사람도 있었고……, 그 작태는 다 헤아릴 수가 없었다.

재선의원 윤현기는 국회의원들에 대해서 자신 있게 말할 수 있는 것이 두 가지가 있었다.

첫째, 국회의원치고 자기가 누리고 있는 권한이 국민들로부터 위임받은 것이라는 인식을 가진 사람이 단 한 명도 없다는 사실이었다. 누구나 자기 권력이라고 착각하고 있었다. 그리고 자기는 특별한 사람, 잘난 사람이라는 생각이 돌덩이처럼 신념화되어 있었다.

둘째, 정도의 차이만 있을 뿐 그 누구나 권력 중독증에 걸려 있었다. 왜냐하면 국회의원 권력은 무한대라고 할 만큼 관여 분야가 많았다. 입법권과 국정감사권이 바로 그 힘의 원천이었다. 그 두 가지 권력을 무기로 사적 이익을 추구하기 시작하면 직권 남용을 얼마든지 저지를 수 있었던 것이다.

고속버스가 도착했지만 윤현기는 일어나지 않았다. 다른 사람들을 앞세우기 위해서였다. 괜히 먼저 내려 국회의원 티 낸다고 트집 잡힐 수 있었기 때문이다. 고향 땅에 발을 디디면 그야말로 일거수일투족을 살얼음 걷듯 해야만 했다. 차기에 자신을 무찌르려고 노리고 있는 눈이 최소한 다섯 쌍은 되었던 것이다.

"의원님 오셨습니까."

윤현기가 버스에서 내리자 한 남자가 공손히 인사했다.

"어 사무장, 별일 없었나?"

윤현기는 지구당 사무실 사무장에게 손을 내밀었다.

"예, 아무 일도 없습니다."

사무장이 악수하고 인사를 동시에 하며 대답했다.

"택시 저기 잡아놨습니다."

사무장이 앞서며 안내했다.

윤현기는 사무장도 차를 가지고 나오지 못하게 하고 있었다. 고향에 와서 이용하는 교통편은 주로 택시였다. 선거전을 치러본 사람들은 다 아는 사실이지만, 택시 운전기사들은 성능 좋은 확성기였다. 더구나 선거철이면 그들의 주가는 하늘 높이 올라갔다. 하루 종일 사람 많이 대하고, 여기저기 종횡무진 운전하고 다니기 때문에 행동반경이 넓고, 혼자 있을 때의 심심함 때문인지 대부분의 운전기사들은 손님하고 얘기하는 것을 좋아했다. 그런 여건 때문에 그들은 선거철만 되면 모든 후보들이 신경 쓰는 귀하신 몸이 되고는 했다.

'택시 기사들이 떨어진다고 해서 당선된 사람이 없고, 초등학교 고학년들이 당선된다고 한 사람이 떨어진 일 없다.'

이 말은 언제부턴가 선거판의 정설처럼 여겨지고 있었다. 그래서 윤현기는 고향 땅에서는 철저하게 택시만 이용했다.

택시 기사들 내 편으로 다지기였다.

"의원님, 요새 국회는 잠잠한데, 잘 돌아가고 있습니까?"

사무장이 택시 기사 옆자리에 앉으며 말했다. 그건 택시 기사에게 '여기 타신 분이 국회의원이시다' 하고 알리기 위한 질문이었다.

"아, 국회의원이세요?"

택시 기사가 즉각 반응했다.

"아니, 모르세요? 을구 윤현기 의원이십니다." 사무장이 득달같이 설명했고, "아이구, 안녕하세요? 모시게 되어 영광입니다. 저는 을구에 안 살아서요." 택시 기사가 고개를 뒤로 돌리며 꾸벅했고, "아, 반갑습니다. 운전하기 많이 힘들지요? 요즘 수입은 좀 어떠세요?" 윤현기는 지체 없이 택시 기사에게 악수를 청하며 정답게 말했다.

"아이구, 요새 엉망입니다. 경기가 워낙 나빠서요." 택시 기사는 감읍한 표정으로 엄살 섞어 말했고, "예, 어려우신 것 잘 알고 있습니다. 차차 좋아질 겁니다." 윤현기는 그냥 한 손으로 악수하지 않고 왼손으로는 택시 기사의 손등을 토닥토닥 두들겨주었다. '구는 달라도 이 확성기도 내 편인 게 훨씬 낫고말고.' 이런 생각을 하면서.

지구당 사무실 앞에서 택시가 멈추었다.

"이거 8천 원입니다. 운전 아주 잘하시네요. 많이 버세요."

윤현기는 언제나 돈을 직접 냈다.

"아이쿠, 이거 이렇게나 많이. 영광이었습니다. 건강하십시오."

택시 기사는 고마워 두 번, 세 번 고개를 꾸벅였다.

미터기에 찍힌 요금은 6,400원이었다. 7천 원을 주기는 너무 인색해 보이고, 만 원을 주면 정치 의도가 너무 드러나 보일 것이고, 가장 자연스러운 것이 8천 원이었던 것이다.

"보고드린 대로 점심 때 선학동 부인회 모임이 있습니다. 인원 40명, 격려사 하시고, 식사 같이하시면 됩니다."

사무장이 소파 뒤에 똑바로 서서 보고하기 시작했다.

"오후 3시에 문화회관에서 시민 대상 저명인사 인문학 강좌가 개최됩니다. 참가 예정 인원 700여 명. 인사 말씀 하시면 됩니다."

"연사는 누구랬지?"

"예, 유명한 역사학자고, K대 총장 하신 한정국 박사이십니다."

"한정국 박사! 그다음은?"

"예, 오후 7시에 운수리 김칠복 영감님 칠순 잔치가 있습니다. 마을 회관에서 하는데, 동네 사람들이 다 참석합니다. 저어……, 의원님께서 흘러간 옛 노래 한 곡조 뽑으셔야 될 것 같습니다."

사무장이 의원님의 눈치를 보며 조심스럽게 말했다.

"별수 있나. 알았어!"

윤현기는 큼큼 목을 다듬었다.

"그것으로 오늘 일정 끝입니다."

사무장이 나가자 윤현기는 기지개를 켰다. 세 가지 다 신경 쓰이는 일정이었다. 일정마다 차기의 표와 직결되는 것이니 언제나 신경이 안 쓰일 때가 없었다.

"시간이 정해져 있는 강연이 아닌 한 모든 행사의 인사말은 짧을수록 좋습니다. 그런데 감투 쓰신 분네들은 한번 단상에 올라가면 사람들이 지루해하는데도 비슷비슷한 소리 반복해 가며 단상에서 내려갈 줄을 모릅니다. 듣지도 않는 말 장황하게 늘어놓을수록 인기 떨어지고, 결국 표 떨어집니다. 그런데 인기 올라가고, 표 많이 얻는 방법이 딱 하나 있습니다. 보통 3분, 최고로 길어도 5분을 넘기면 안 됩니다. 3분 동안에 세 번 박수를 받을 수 있도록 핵심만, 결론만 딱 말하십시오. 3분도 깁니다. 1분만 말하십시오."

고석민이 한 말이었다.

"뭐라고? 1분 말하면서 박수를 세 번 받을 수 있게 하라고?"

"네에."

"뭔 소리야. 그게 말이 돼?"

"그리스 시대 정치가들은 다 그렇게 했어요."

"그리스 시대? 아니, 자네 말하는 투가, 자넨 할 수 있다는

122

것 같은데, 어디 시범을 한번 보여봐."

"이젠 별걸 다 시키는군요." 고석민은 뚱하니 말하고는, "오늘이 시민 위안 공연이 벌어지는 밤이에요. 3만 명이 모였는데, 1분 말하고 박수 세 번이 아니고 한 번만 받도록 해보세요." 이런 숙제를 내고 그는 윤현기를 빤히 쳐다보았다.

"아, 난 못 한다니까!" 윤현기는 버럭 소리쳤고, "그럼 시간 재세요." 고석민은 퉁명스레 내쏘고는, "시민 여러분, 하루하루 살아가시느라고 얼마나 힘들고 고달프십니까. 오늘은 여러분들이 내신 세금으로 여러분들을 위안하는 밤입니다. 모두 다 맘껏 노래하고, 맘껏 박수치고, 맘껏 즐기시며 그동안 쌓인 스트레스를 깨끗하게 씻어버리십시오. 그리고 내일부터는 또 새 마음 새 뜻으로 기운차게 살아갑시다. 여러분, 감사합니다!" 정말 군중 앞에 선 듯 그는 목소리 드높여 외쳐댔다.

"화아아! 42초다, 42초! 최고다, 최고. 박수 한 번이 아니라, 열 번이다, 열 번!" 윤현기는 환호성을 질러대며 마구 박수를 쳐대다가, "자네, 대학 교수고 뭐고 다 때려치고 정치해라, 정치." 그는 정색을 하고 말했고, "정치요……?" 고석민은 윤현기를 빤히 쳐다보다가는, "예, 임기 보장 10년 대통령으로 추대하면 조국을 위해 처음이고 마지막으로 봉사할 의향은 있어요. 깨끗이 다 뜯어고쳐버리게." 그는 전혀 농담이 아닌 듯 부르르 떠는 기색으로 결연하게 말했다.

윤현기는 고석민의 그 드센 기가 섬뜩하게 끼쳐오는 것을 느꼈다.

고석민의 그 일깨움 뒤로 윤현기는 그 어떤 행사의 축사도 3분을 넘기지 않으려고 기를 썼다. 과연 그 일은 훈련으로 이루어져갔고, 박수도 그 누구보다도 많이 받았다.

그와 함께 단상 문화(지방 행사 때 감투 순서대로 단상에 줄지어 앉는 것)와 도열 문화(지방 기관 방문 때 시장·군수·의회 의원·서장 등 지방관 줄 세우기) 파괴를 시작했다. 그것도 물론 고석민의 충고였다.

"권위주의를 없앨수록 국회의원의 수명은 길어지고, 권위주의를 키울수록 국회의원의 수명은 짧아져요."

그 말 또한 적중했다. 젊은 사람이 세상을 환히 꿰뚫어보고 있는 게 신기하기만 했다. 그런 그를 정말 10년 임기의 대통령을 시키면 어떻게 될까 하는 생각이 들기도 했다. 보나마나 장우진도 끌어들여 요란한 굿판을 벌일 것이 뻔했다. 그런다고 그의 말대로 세상이 '깨끗이 다 뜯어고쳐'질까? 아서라 말아라. 둘이서 사생결단 발버둥을 쳐도 그건 이불 속의 활갯짓일 뿐이다. 식구 대여섯인 한 집안도 가장 뜻대로 마음대로 되지 않는 법인데 거대한 국가가 어찌 한두 사람이 마음먹은 대로 착착 되어갈 리가 있느냐. 한 나라를 대통령이 뜻하는 바대로 이끌어가려면 대통령과 똑같은 마음을 가진 동지들이 최소한 1,000명이 필요하다는 말이 있다. 국가 조직이란 그렇게 복잡하다는 뜻이다. 그런데 대통령과 뜻이 같은 사람을 어떻게 1,000명을 구할 것인가. 10명이면 어찌 몰라도 100명 구하기도 지난한 일일 것이다. 그렇다면 고석민의 꿈은 영원히 이루어지기 불가능한 것이었다. 그 복잡한 켯속을 아는지 물어보고 싶었지만 괜히 얘기 길어질 것만 같아 덮고 말았었다.

유권자들이 모이는 자리 중에서 가장 마음 편한 자리가 변두리 동네의 노인들 잔치였다. 노인들은 젊은 사람들처럼 까탈스럽지가 않았고, 흥겨운 잔치에 무슨 인사말이 필요한 것도 아니었고, 술 서너 잔 마시고 그 술기운에 실려 노인네들 좋아하는 옛 노래 두어 곡 뽑으면 박수갈채 속에 다 몰표가 되는 것이었다.

흘러간 옛 노래를 대여섯 곡 구성지게 불러 넘기는 것도 국회의원이 갖추어야 할 필수 무기였다. 흥겨운 잔치 자리의 노래만큼 효과 큰 인기몰이가 어디 있을 것인가. 20여 년 전에 흘러간 노래 300곡으로 국회의원이 된 사람도 있었다. 그 사람은 타고난 노래 솜씨에다가 넉살까지 좋아서 동네의 노인네들 잔치와 장터 마당마다 찾아다녀 노래를 불러대 당선이 된 것이었다. 그런데 그 사람은 당의 신년하례식 같은 자리에서 지정하는 노래는 무엇이든지 척척 불러대 정말 흘러간 노래 300곡이 과장이 아닌 것을 입증하기도 했다.

윤현기는 300곡은 불가능하고 30곡은 매끈하게 부를 수 있어야 한다고 작심하고 노래방에서 본격적으로 연습을 해댔던 것이다. 기계 채점 100점이 찍힐 때까지.

'아, 아, 국회의원 아무나 해먹는 거 아니야' 하며 고개를 내두르다가도, '이 정도 하고 그 자리 누릴 수 있다면 이건 고생도 아니지. 대통령 다음가는 권세고, 재수 좋게 잘하면 대통령이 될 수 있는 급행열차 아닌가 말야' 하며 다시 마음을 다잡고는 했다.

"의원님, 출발하실 시간입니다."

사무장이 들어와 알렸다.

"알았어. 가지."

윤현기는 몸 가볍게 일어났다. 그러나 머릿속으로는 3분 인사말을 몇 번째 굴리고 있었다.

2

"회장님께서 아주 흡족해하십니다. 제 체면 세워주셔서 정말 감사합니다."

김태범은 머리까지 약간 숙여 보이며 진심 어린 고마움을 표했다.

"아닙니다. 도움이 되셨다니 참 다행입니다. 좀 신경 쓰였는데……."

임예지는 상대방의 솔직함에 맞추어 자신의 마음도 솔직하게 드러내며 낯꽃 곱게 웃음 지었다. 김태범은 '제 체면 세워주셔서' 하며 속마음을 진실하게 표했다. 대개의 사람들은 거액을 주고 맡긴 일에 이렇듯 꾸밈없이 고마워하지 않았다. 큰돈 줬으니 당연한 것이라는 태도를 취하는 게 보통이었다. 그리고 그런 일을 소개하면 저쪽에서 '됐다'는 반응이 오기 전까지는 불안감이 마음 한구석에 늘 서려 있게 마련이었다.

그 흉상이 떠난 사람의 것이 아니고 살아 있는 사람의 것일 때는 불안감이 몇 배, 아니 수십 배로 커졌다. 떠난 사람의 경우에는 불만 표시가 거의 없었다. 그러나 살아 있는 사람일 때는 불만 표시가 자심했다. 그 예방을 위해서 완성 단계에 이르러 미리 다 보여주었다. 그런데도 흉상이 완성되고 나면 이런저런 트집을 잡기 시작하는 것이었다. 그건 돈을 깎으려는 것이 아니었다. 그저 평범한 얼굴일 뿐인데도 누구나 미남 미녀를 만들어주기를 바라는 욕심 때문이었다. 욕심이란 규제가 안 되는 것이라고는 하지만 자기 얼굴을 잘생긴 조각으로 남기고 싶어 하는 사람들의 욕심은 돈 욕심보다 덜하지 않은 것 같았다.

"이거, 회장님께서 전하라는 사례금입니다."

김태범은 봉투를 꺼내 임예지 앞으로 밀어놓았다.

"아닙니다, 이런 걸……."

임예지는 당황스러워했다.

"얼마 되지 않습니다. 천만 원입니다."

"어머나, 그 많은 돈을……."

임예지는 깜짝 놀라며 두 손을 저어댔다.

"예, 보통 월급쟁이들 기준으로 보면 적지 않은 돈입니다. 허나 우리 회장님 입장에서 보면 푼돈이니 아무 부담 느끼지 마십시오. 그리고……." 김태범은 커피를 한 모금 마시고는, "이건 회장님 기분을 흡족하게 해드려 내놓는 것만은 아닙니다." 그는 말꼬리를 흐리며 좀 미안쩍어하는 웃음을 지었다.

"무슨 말씀이신지……?"

편했던 임예지의 얼굴이 긴장감을 드러냈다.

"예에, 앞으로 부탁드릴 조각이 여럿이라……." 김태범이 조심스럽게 말하며 말꼬리를 흐렸고, "여럿을 만들어 여러 회사마다 세우려는 건가요?" 임예지는 얼굴이 굳어지는 거부감을 드러냈고, "아닙니다, 아닙니다. 그런 속물스러운 짓이 아니고 아주 교육적인 행위로 대학에 두려는 것입니다." 김태범이 손까지 저으며 다급하게 설명했고, "아니, 더군다나 대학에요?" 임예지는 더 놀라 얼굴까지 찌푸려졌다.

"아 예, 기분 언짢게 생각하지 마십시오. 제가 한꺼번에 설명드리겠습니다. 그게 뭐냐면, 우리 그룹이 기업의 사회 환원 일환으로 세운 교육 사업 마스터플랜은 두 가지입니다. 그중에 첫 번째가 지난번의 장학금 지원 사업이고, 두 번째가 대학교에 대형 도서관을 지어주는 것입니다. 현재 대부분의 대학 도서관들은 유감스럽게도 아주 부실합니다. 첫째 학생들의 인원수에 비해서 공부할 수 있는 열람실 좌석이 턱없이 부족합니다. 둘째 시대 변화에 따른 첨단 시스템 구축이 부실합니다. 우리 BP 그룹은 연건평 1만 평 규모의 대형 도서관을 지어 학생들이 좌석 부족으로 사설 도서관을 찾아가야 하는 불편을 없애고, IT 첨단 시스템도 구축해 학생들이 자료 부족으로 공부에 지장을 받는 일이 없도록 계획했습니다. 그리고 그 사업도 어느 특정 대학 하나에 그치지 않고, 대학이 가장 많은 서울에 다섯 대학 정도, 그리고 각 도에 한 대학씩 해서 전국화를 구상했습니다. 단, 한꺼번에 다 추진하면 경제적 부담이 너무 크기 때문에 한 해에 두 대학 정도씩, 연차적으로 해나갈 계획입니다. 그래서 한 대학에 의견 타진을 했더니 대환영이었습니다. 곧 일을 착수하기로 했는데, 대학 쪽에서 뜻밖의 제안을 해왔습니다. 교육 발전을 위해 그리 큰 도움을 주신 분을 대학의 역사와 함께 오래 기리고 싶고, 학생들에게 큰 은혜의 고마움을 알게 하는 것도 교육의 일환이며, 학생들도 장차 사회에 기여하는 삶의 본보기로 삼게 하기 위하여 도서관 로비에 회장님 흉상을 세우고 싶다는 것이었습니다. 그런데 회장님 내심은 알 수 없지만 겉으로는 선뜻 그러자고 결정을 하지 못하고 주위의 눈치만 보셨습니다. 그래서 제가 나서서 그렇게 하시라고 적극 권했습니다. 학교 교정에 전신상을 세우는 것도 아니고, 도서관 로비 한쪽에 흉상을 세워 기념하는 건데 흉해 보일 것도 없고, 특히 학생들에게 삶의 본보기로 삼게 하고 싶다는 학교의 뜻은 참으로 교육적이라고 여겨졌기 때문입니다. 그래서 회장님께서 동의하셨습니다. 그 흉상들도 각기 다른 모습으로 송 화백님께서 계속 조각해 주셨으면 합니다. 그때마다 임 큐레이터께서 도와주시기 바랍니다. 회장님께서 '어찌 이리 내가 살아 있는 것 같이 조각할 수가 있는가. 별명이 '신의 손'이라더니 과연 신기로다! 신기로다!' 하고 감탄하셨거든요."

"아 네에, 그런 일이 있었군요. 대학에서 그런 이유로 요청한 것이라면 교육적이고, 좋군요. 그런데 BP 그룹의 그런 파격적인 사회 환원 방법은 어떻게 나오게 된 것입니까?"

굳어졌던 얼굴이 언제부턴가 풀린 임예지가 호감 어린 눈길로 물었다.

"예에……, 그게 그러니까……, 회장님께서 그런 사업을 전적으로 저한테 맡겨서 제가 부족한 대로……." 김태범이 갑자

130

기 쑥스러워하며 어물거렸고, "네에, 짐작대로군요. 참 잘하셨어요. 외국에는 부자들이 기부해 지어진 명문 대학들이 수없이 많잖아요. 우리나라도 지금부터 더 많은 기업들이 대학에 기부하는 풍토가 됐으면 좋겠어요. 대학생들의 학구열이 곧 그 나라의 미래를 좌우하잖아요." 임예지가 진지하게 말했다.

"그리고 염치없지만 또 한 가지 부탁이 있습니다."

김태범이 말했고, 어서 말해 보라는 듯 임예지는 엷은 미소 머금은 얼굴로 고개를 보일 듯 말 듯 끄덕이고 있었다.

"지난번에 잠깐 말씀드렸던 우리 회장님 며느리 그림 수집 말입니다, 좀 적극 도와주셨으면 합니다."

"적극……? 그럼 일을 본격적으로 시작하시는 겁니까?"

"예, BP 그룹이 대형 아트센터를 신축하려고 지금 설계하고 있습니다. 그게 곧 착공에 들어가면 완공까지 2년 정도 걸릴 것이고, 완공과 동시에 거기에 성화 그룹처럼 상설 미술관을 갖출 것입니다. 그러니까 빌딩 공사가 진행되는 동안에 거기 전시할 그림들을 사들여야 하지 않겠습니까."

"대형 아트센터요?"

임예지는 김태범의 말에 대답하지 않고 엉뚱한 말을 물었다.

"아 예, 간단히 설명하자면, 건축 허가가 나는 데까지 최대한 높이 빌딩을 짓고, 거기에 각종 공연 예술, 미술관, 대형 놀이공원, 대형 백화점, 그리고 주거 공간까지 총체화하는 것입니다. 다시 말하면 거기서 모든 문화생활이 편리하게 이루어질 수 있는 복합적이고 종합적인 아트센터 건설이 목적입니다."

"어머나, 그것도 도서관 기증만큼 파격적이군요. 그것도 김부사장님 아이디어인가 부죠?"

"예, 그런 셈입니다."

"참 대단하시네요." 임예지는 입을 꾹 다물며 고개를 끄덕이고는, "그런 구상이면 미술관에 전문 큐레이터를 둬야 되는 것 아닌가요?" 그녀는 약간 숙였던 고개를 들며 물었다.

"예, 그래야 되겠지요. 그렇지만 교체 전시를 해야 하는 상설 미술관을 운영하자면 기본적으로 쓸 만한 그림들이 확보되어 있어야 하는데, 그러자면 시간이 너무 촉박할 것 같습니다. 그래서 염치없이 도움을 좀 받고 싶습니다."

"그야 돈이 문제지 쓸 만한 그림은 얼마든지 있습니다."

"아 예, 돈은 이미 확보되어 있습니다."

"그렇다면 도와드리는 건 별로 어려운 일이 아닙니다. 그런데 솔직히 말씀드리면 우리 안서림 사장님의 눈치가 보입니다. 이렇게 만나는 것도 모레 이후에는 좀 삼가야 합니다."

"아, 모레 귀국합니까?"

"네, 오후 4시입니다."

"예, 알겠습니다. 서로 감정 다치거나 입장 거북해지는 건

피하는 게 좋겠지요. 그렇다고 구속당할 것도 없는 일이구요. 서로 안전한 방법을 의논해 가면서 좀 도와주십시오."

김태범은 아주 적극적인 기세로 말했다.

"네, 좀 생각해 보겠습니다. 그럼, 이거 주시는 거니 감사히 쓰겠습니다."

임예지가 돈 봉투를 살짝 들어 보이는 것만큼 가볍게 미소 지으며 말했다.

"아 예, 그럼 또 뵙겠습니다."

김태범도 미소 지으며 일어섰다.

'저 남자 아주 괜찮은 남자야. 회장님이 사례금을 내놓긴 뭘 내놔. 자기가 애써서 내놓게 만들고선 괜히 듣기 좋게 회장님이 마음 쓴 것처럼 하는 거지. 내가 부자들 한두 해 겪어 보나. 그 사람들 인색한 것 말도 못 해. 인색해서 부자가 된 거니까. 저어……, 김 부사장님, 미안합니다. 말씀 안 드린 게 있어서요. 화랑이 화가의 그림을 팔아주면 평균 30퍼센트를 수수료로 받습니다. 큐레이터의 소개료도 마찬가지입니다. 그러나 그건 영업 비밀에 해당합니다. 영업 비밀은 외부에 노출시키지 않는 것을 법으로 보장받고 있잖아요. 제가 김 부사장님을 속이는 게 아니니까 이해해 주세요. 앞으로도 기회 봐가며 도와드릴게요. 안서림 사장 눈길 피해 가면서요.'

임예지는 멀어져가는 김태범을 바라보며 이런 속말을 하고 있었다.

김태범은 신경 쓰였던 여러 개의 흉상 제작을 임예지가 쉽게 도와준다고 해서 마음이 홀가분해졌다.

'내가 사례비 준비한 것 역시 잘한 거지. 역시 돈이야. 이 세상에서 제일 힘이 센 장사가 돈이고, 제일 힘이 센 권력이 돈이야. 앞으로 계속 건건마다 사례비 챙겨줄 테니까 흉상만 잘 만들게 해. 회장님이 계속 껄껄껄껄 웃어대도록 말야.'

김태범은 전액 장학금 지원과 대형 도서관 기증, 두 가지 교육 사업 추진을 성공시킨 것이 기분이 좋다 못해 통쾌하기까지 했다. 그건 성화 쪽에 자신의 능력과 건재를 확실하게 보여주는 일이기 때문이었다.

첫째는 성화에서는 전혀 궁리해 내지 못한 대형 문화 사업인 동시에 기업 이미지를 극대화시키는 가장 효과적인 사업이었던 것이다. 둘째는 기업주의 이름을 자연스럽게 미화시켜 온 세상에 선전할 수 있는 방법으로 그보다 더 좋은 것은 없었던 것이다.

물론 그 두 가지는 성화 그룹에만 충격일 리 없었다. 서로 사세를 다투는 다른 몇몇 그룹들도 뒤통수를 얻어맞은 기분일 것이 분명했다.

특히 기업주의 이름이 선행을 실천하는 천사표 인간, 기업의 사회 환원을 선도하는 모범으로 부각되면 다른 그룹의 회장들 심사는 어찌 될 것인가. 사촌이 땅을 사면 배 아프고, 친구가 땅을 사면 가슴에서 불이 난다고 했던가. 그들의 가슴에 불이 붙겠지.

'노력은 성공의 어머니'처럼 너무 옳아서 진부해진 명언이 또 있다. '호랑이는 죽어서 가죽을 남기고 사람은 죽어서 (   )을 남긴다.' 이 빈칸을 못 채울 사람은 이 세상에 없을 것이다. 우리의 BP 그룹 유석중 회장님께서도 그 빈칸의 정답이 '이름'인 것을 당연히 알고 계셨다. 그리고 그뿐만이 아니었다. 그 '이름 남기기'에 애착을 보였다. 아니, 더 나아가 집착까지 보였다.

자신이 앞서 말한 두 가지 효과를 설명했을 때 회장의 눈은 즉각적으로 얼마나 빛났던가.

"뭐! 내 이름이 온 세상에 빛난다고?"

"예, 거룩한 성직자처럼!"

"뭐, 성직자?"

"예, 위대한 독립투사처럼!"

"뭐, 독립투사?"

"예, 가장 존경받는 최초의 기업인이 되실 것입니다."

"뭐, 뭐라고? 가장 존경받는 최초의 기업인?"

"예, 미국의 록펠러, 카네기, 빌 게이츠, 워런 버핏 같은 기업인들처럼 말입니다."

"허, 허, 그거 틀림없나?"

"예, 틀림없습니다."

"자넨 자신감이 넘치는군."

"예, 자신합니다."

"좋아, 똑똑한 자넬 믿지. 전교생이 자리 모자라는 불편 없이 공부할 수 있는 도서관들을 빨리빨리 지어줘!"

회장님은 당신의 이름 두 자를 딴 '유중도서관'을 전국에 걸쳐 짓기를 결정했던 것이다.

그래서 그 결정이 요지부동의 '결심'으로 굳어지게 하려고 쐐기를 박았다.

"도서관 로비에는 회장님의 실물대 흉상을 세우게 될 것입니다."

"실물대 흉상?"

"예, 장학 증서는 크기가 작으니까 인물상도 작았지만 도서관 로비는 넓은 공간입니다. 그 크기에 따라 흉상도 실물 크기로 키우는 것입니다."

"그거 괜찮을까?"

"예, 학생들에게 좋은 일을 본받으라는 교육 목적을 위해서도 흉상은 꼭 세워야 합니다. 교육 목적이니까 학교 쪽에서도 물론 좋아할 거구요."

"허허, 뭐 흉상까지……."

흡족한 웃음과 함께 회장님의 얼굴은 벌써 상기되어 있었다.

임예지에게는 대학 쪽이 원해서 세우는 거라고 꾸며댄 것이고, 그 지적이고 영리한 여자는 아무런 의심도 하지 않았다.

자신의 그런 아부는 아무에게도 피해 입히지 않았고, 큰돈 쓰는 당사자를 더없이 흡족하게 만들었으니 활용도 큰 '건설적인 거짓말'이었던 것이다.

그런데 회장님의 그 '이름을 남기고 싶어 하는 집착'은 참 잔인한 일면이 있었다. 이름에 대한 집착은 인간이 본능으로 타고난 오욕(五慾) 중의 하나인 명예욕이니까 전혀 탓할 것이 없다. 그러나 회장이 회사의 힘을 가지고 자기의 이름을 남기려고 할 때는 반드시 떠올려야 하는 이름이 있다. 창업자인 자기 아버지의 이름이다. 그런데 회장은 그런 낌새를 전혀 보이지 않았다.

모든 큰 기업들이 그렇지만 BP 그룹도 오늘이 있기까지는 창업자의 공이 절대적이었다. 회장은 그저 아버지로부터 회사를 물려받아 유지해 온 '관리자'일 뿐이었다. 자신의 장인이었던 성화 그룹 안용철 회장이, 회사가 창업 때보다 몇십 배, 몇백 배 커졌는지를 강조하는 것을 좋아하는 것처럼 BP 그룹 유석중 회장도 똑같은 닮은꼴이었다. 그건 큰 아버지를 둔 모든 아들들이 저지르는 '부친 콤플렉스' 발동이었고, '아비 지우기'의 어리석음이었다. 자신이 보기에 2세 회장들은 창업주가 발휘한 능력의 50퍼센트가 될까 말까 그랬다. 그리고 그 자식들인 3세는 50퍼센트의 절반인 25퍼센트 정도. DNA의 현격한 퇴화 현상이었다. 그러나 그건 생리학적 퇴화라기보다 환경적 퇴화 요인이 더 컸다. 물려준 막대한 돈이 노동 의욕을 박탈하면서 선사해 준 DNA의 퇴화. 그건 돈이 태산처럼 많은 사람들에게 내린 하늘의 저주인지도 몰랐다.

'회장님, 장학금과 도서관 명칭에 선친의 존함을 넣는 게 어떨까요?'

이 말을 했더라면 어찌 되었을 것인가? 그랬어도 그렇게 선뜻선뜻 그 사업들을 추진했을 것인가? 아, 전혀 그랬을 것 같지가 않았다. 그건 추측만이 아니라 한 가지 뚜렷한 증거가 있었다.

어느 회장님이 아들에게 회사를 넘겨주고 명예회장으로 물러나 앉았다. 그리고 한 달쯤 회사에 나갔을 때였다. 아들이 갑자기 명예회장실로 쳐들어왔다.

"아버지, 그러려면 뭐 하러 회사 물려주셨어요."

아버지는 이튿날부터 회사에 나가지 못하고 말았다.

이것이 남자들의 권력 세계였다. 남자들의 그런 생리를 잘 알면서도 자신은 어느 순간 회장에게 '선친 존함을 넣는 게 어떨까요?' 하는 '자살 발언'을 하고 싶은 충동을 느꼈었다. 회장은 그렇게 반감이 생길 정도로 '아비 지우기'에 철저했던 것이다.

"그래, 연건평 만 평짜리 그 큰 도서관을 짓는데, 결론적으로 돈이 푼돈밖에 안 든다니, 그건 도대체 무슨 괴상망측한 소리야? 이번엔 무슨 꾀를 냈는지 어디 들어보세."

"예, 요약해서 핵심만 말씀드리겠습니다. 부지는 대학 측에서 내놓는 것이니까 돈이 안 듭니다. 건축비는 우리 건설사에서 짓는 거니까 실비 계산하고, IT 첨단 시설을 한다 해도 평당 건축비가 500만 원이면 된다는 계산이 나왔습니다. 그럼 1만 평이면 총 500억입니다. 그중 50퍼센트는 법정 기부금에 해당되어 소득공제가 되니까 100억이든 150억이든 세금 감면을 받게 됩니다. 그럼 나머지는 어떻게 할 것이냐. 도서관 옆에 학생 편의 시설을 단층으로 간소하게 짓습니다. 학생 평균 2만 명, 하루 평균 5천에서 8천여 명이 도서관에 드나듭니다. 그들이 편의점, 패스트푸드점, 빵집, 분식집 같은 것을 필요로 합니다. 그런 가게들을 우리 회사가 한 20년 직영한 다음에 학교에 넘겨줍니다. 하루 최소한 3~4천 명이 이용, 임대료 전무, 그리고 20년 경영이면 나머지 돈은 자연스럽게 해결됩니다."

"자네 마음대로 20년 직영이야?"

"대학 쪽에 1차 의견 타진을 해보았습니다."

"그랬더니?"

"대환영이었습니다."

"뭐, 대환영?"

"예, 학생들 편익을 위해 그렇게까지 배려해 주다니 너무 고맙다고 했습니다."

"학생들 편익을 위한다고? 자네가 그렇게 말한 건가?"

"그거 사실 아닌가요?"

"아하, 그렇게 말을 살짝 꼬아서 하는 묘수가 있었군. 이거 참, 자네 머리는 어떻게 생긴 거야? 어떻게 그렇게 새로운 꾀가 끝없이 나오나 그래? 그렇게 되면 정말 별 돈 안 들이고 그 효과 좋은 사업을 해낼 수 있는 것 아닌가! 햐아, 그것 참 묘수 중에 묘술세. 근데, 그 내용 아는 게 또 누군가?"

"아무도 없습니다."

"그럼 자네 혼자?"

"네, 그렇습니다."

"됐어, 됐어, 아주 잘됐어. 자넨 내 맘에 딱 들었어, 딱! 자넨 내 보물단지야. 빨리빨리 일 추진해."

제각기 살길 찾기

1

서울 시내는 한낮이 한낮이 아니었다. 해 질 녘의 어스름이 내리고 있는 것도 아니었고, 새벽녘의 어둠살이 걷히고 있는 것도 아니었다. 그렇다고 짙은 안개가 낀 것도 아니었다. 서울 시내를 뒤덮은 미세먼지의 공격은 한낮을 희뿌옇다 못해 어둠침침하게 만들고 있었다. 미세먼지의 기세가 얼마나 극심한지 서울신문사 앞에서 이순신 장군의 동상이 흐릿하게 잘 보이지 않을 지경이었다. 그러니 세종대왕 동상을 거쳐 광화문은 가뭇없이 사라지고 없었다.

서울 시내 한복판의 그 모습은 기상청의 미세먼지 '매우 나쁨' 예고를 잘 실증해 보여주고 있었다. 점심시간인데도 길거리에는 한산할 만큼 행인들이 적었다. 날씨가 맑았으면 사람들이 물결을 이룰 광화문 네거리였다. 사람들은 미세먼지가 무서워 점심시간 동안의 짧은 외출도 하지 못하고 큰 빌딩들에 층층이 갇혀 있는 것이었다.

미세먼지의 위력은 태양만 가려 한낮을 침침하고 어둑어둑하게 만드는 것이 아니었다. 모든 사람들의 숨쉬기를 통해 가차 없이 폐로 침투하는 것이다. 그런데 미세먼지는 다른 노폐물과 달리 다음 호흡을 따라 몸 밖으로 배출되지 않았다. 너무 미세하여 폐 속에 잠겨버린다. 그리고 서서히 혈관을 따라 전신으로 퍼진다. 그러면서 몸 여기저기에서 암을 일으킨다. 그 종류가 30가지를 넘는다. 이것이 지금까지의 의학계 연구 발표였다. 사람들은 그 공포감에 질려 실내에 갇혀 있을 수밖에 없었다. 텔레비전의 그 많은 채널에서도 외출을 삼가라고 숨 가쁘게 알려대고 있었다. 그러나 환기를 못 시키는 실내 공기도 좋을 리가 없었다. 미세먼지를 들이켜는 것보다는 좀 나을 뿐 이미 자기들이 내뿜은 탄산가스로 더럽혀진 공기였던 것이다.

행인들은 빠짐없이 마스크를 쓰고 있었다. 강제성이 전혀 없는데도 그렇게 일사불란하게 마스크를 착용한 것은 미세먼지에 대한 공포가 얼마나 큰지를 잘 보여주고 있었다.

'이거 한다고 효과가 얼마나 있을까……?'

임예지는 자신의 마스크를 단속하며 또 이 생각을 했다. 그러면서도 마스크를 살 때마다 똑같은 말을 묻고는 했다.

"어떤 게 젤 좋아요?"

"예, 다 좋습니다."

약사의 대답은 지극히 무책임하고 무성의했다.

"다 좋아요?" 자신은 고까운 기분으로 되물었고, "예, 다 그게 그거니까요." 약사는 귀찮아하는 기색까지 드러냈다.

약사의 말이 사실이고, 옳은지도 몰랐다. 그러나 자신은 그 말을 신용할 수가 없어서 마스크를 한 박스씩 살 때마다 새로운 것을 찾아 고르고는 했다.

마스크의 종류는 갈수록 늘어났다. 그건 미세먼지가 자꾸 심해지는 것과 비례하고 있었다. 그만큼 장사가 잘된다는 증거이기도 했다.

아니나 다를까. 미세먼지가 본격적으로 문제가 된 몇 년 사이에 마스크 판매량은 32배로 늘었다고 어느 텔레비전 프로그램이 보도하고 있었다. 그 보도는 몇 년 동안의 증가 추이를 막대그림표까지 그려서 정확하게 보여주고 있었다. 개개인들은 그 변화를 민감하게 포착해 가며 기민하게 대처해 자꾸 돈벌이를 늘려갔던 것이다. 그런데 나라 살림을 맡아 한다는 역대 정권들은 해마다 미세먼지가 심해지고 있는데도 둔감한 채로 악화일로를 그대로 방치해 두고 있었다.

"오, 갓뎀! 이건 지옥이야, 지옥!"

어떤 백인 남자가 외쳐댔다.

"아아 더는 못 참겠어요. 벌써 이틀째예요. 빨리 여행사에 연락해요. 내일 당장 떠나게 해달라고."

여자가 신경질을 부리며 말했다.

"벌써 아까 연락했어."

"그래요? 근데 뭐래요."

"안 된대."

"아니, 왜요?"

"비행기표가 없대."

"왜 안 그러겠어요. 모두 이 지옥을 빨리 탈출하려고 몰린 거지요."

"맞아, 그런 것 같애. 아, 한국도 공기 오염이 이렇게 심한 줄은 몰랐어."

"근데 당신은 한국 하늘이 코발트색으로 아름답다고 했잖아요."

"그래, 여행 안내서에 분명 그렇게 되어 있었어."

"근데 왜 이 모양이에요? 저거 봐요, 저거. 코발트가 아니라 다크 베이지잖아요, 다크 베이지! 이거 사기 친 거잖아요. 당장 손해배상 청구해요."

"아니야, 그게 아니구 여행 안내서가 오래된 걸 거야. 몇 년 전에 만들어진 것. 어쨌거나 조금만 참아. 다시 안 오면 되니까."

"맞아요. 다시 안 오는 것만이 아니라 나 아는 사람들한테 다 말할 거예요. 한국 절대로 가지 말라고."

"그렇게 해. 자아, 신호 바뀌었어. 빨리 호텔로 들어가자구."

"예, 빨리 가서 샤워해요. 나 목도 아프고 눈도 아프고, 죽을 것 같아요."

"미 투, 미 투."

남자가 여자의 팔을 붙들고 길을 건너기 시작했다.

임예지는 그들을 뒤따라 길을 건너가며 영어를 알아들을 수 있는 것이 그렇게 치욕스러울 수가 없었다.

'미안합니다. 정말 죄송합니다. 왜 하필 상태가 제일 나쁜 2, 3월에 오셨어요 그래. 가을인 9, 10월엔 한국 하늘은 틀림없이 코발트색입니다. 그때 다시 오세요. 면목 없습니다.'

임예지는 속으로만 이 말을 했다. 말을 해봐야 그들이 믿을 리 없었기 때문이다.

'아, 이건 정말 너무 심하다. 숨이 막힐 것만 같애. 기집애, 왜 꼭 이런 날 만나야 한다고 고집이야, 고집이.'

임예지는 마스크를 약간 앞으로 잡아당기며 숨을 몰아쉬

었다.

아까 외국인 부부처럼 '여기가 지옥이구나' 하고 느꼈던 것은 6년 전 중국 상하이에서 열렸던 아트페어 때였다. 그때 상하이의 미세먼지 상태는 지금의 서울과 닮은꼴이었다. 막힌 시야 속에서 겨우 형체만 드러내고 있는 대형 빌딩들은 흉물스럽기 그지없었다. 그때 중국에서 유행하고 있는 말이 있었다.

'중국에서는 선글라스 안 쓰고도 해를 똑바로 쳐다볼 수 있다.'

햇빛이 미세먼지한테 항복을 해버린 것이었다.

"이거 너무 심한 것 아니냐? 이러다가는 중국 국민들 다 폐암으로 죽게 된다."

자신은 숨 가빠하며 심각하게 말했다.

"허나 어쩔 수 없다. 중국 인민들은 모두가 지금보다 훨씬 더 잘살아야 한다. 미세먼지 문제는 그때 가서 해결하면 된다."

중국 사람들은 누구나 이렇게 말하기를 서슴지 않았다. 미술 관계자들인데도 관심은 오로지 '잘사는 데' 집중되어 있었다. GDP 5천 불 정도 되는 그들은, 우리가 5천 불 대에 그랬던 것처럼 삶의 목적이 '어떻게 해서든, 무슨 짓을 해서든 잘사는 것'에 휩쓸려 있었다. 그러니까 중국에서는 수없이 많은 공장들이 기름보다 싼 석탄으로 가동되며 새까만 연기를 뿜어내도 그건 아무렇지도 않은 일이었다. 그리고 14억 인구가 쓰고, 크고 작은 공장들이 기계를 돌리는 데 써야 하는 전기를 생산하기 위해서 발전소들이 석탄을 때며 미세먼지를 끝없이 토해 내도 전혀 걱정할 것 없는 일이었다.

그즈음에 우리나라 텔레비전들은 일기예보 때마다 중국발 황사와 미세먼지에 대해 부쩍 많이 보도하기 시작했다. 그리고 일기예보에 어울리지 않게 '마스크를 착용하라'는 친절한 안내까지 해주고는 했다.

그리고 3년이 지나 베이징 아트페어에 갔다. 그런데 베이징의 미세먼지는 상하이보다 더 살인적이었다. 날마다 눈앞이 침침할 정도였고, 숨 쉬는 것이 공포스러웠다.

'여긴 사람 살 데가 아니다. 여긴 지옥이다. 아, 시진핑 불쌍해라. 이런 오염 구덩이 속에서 천하를 호령하면 뭐 하나. 미술가들도 불쌍해라. 이런 앞이 안 보이는 매연 속에서 무슨 그림을 그린다는 것인가.'

진심으로 이런 생각을 하며 쫓기듯 베이징을 탈출했던 것이다. 그리고 더는 중국행을 하지 않았다.

그런데 마침내 서울이, 아니 전국이 중국처럼 미세먼지에 점령당하고 만 것이었다. 그러나 전 국민을 공포로 몰아넣는 미세먼지가 전부 중국에서 날아온 것이 아니었다. 계절에 따라 조금씩 차이가 나는데, 30~40퍼센트가 중국 쪽 유입이라고 밝히고 있었다. 그러니까 60퍼센트 이상이 국내 생산이라는 것이었다.

그동안 중국 탓만 많이 해왔던 것이 적잖이 멋쩍게 된 거였다. 남녀노소 지위 고하를 막론하고 국민 전체의 건강을 위협하는 미세먼지는 이제 국가적 재난으로 지목되었다. 그러나 그동안 해온 행태로 보아 정부가 잘 해결해 가리라는 믿음이 가지 않았다.

'아, 이런 나라 겁나. 정말 싫증나. 어째야 좋지…….'

임예지는 영 찜찜한 마음으로 마스크를 다시 고쳤다. 김혜온과 약속한 호텔이 저 앞에 흐릿하게 보였다.

"미세먼지가 왜 이리 극성이냐. 숨이 막혀 죽을 것 같으다."

임예지는 마스크를 벗으며 숨을 몰아쉬었다.

"폐암 환자 부쩍부쩍 느는 게 환히 보인다."

김혜온이 먼저 시켜 마시던 커피 잔을 들며 옹이 박힌 소리를 했다.

"애 징그러. 근데 폐에 나쁜 걸 뻔히 알면서 왜 꼭 오늘 만나자는 거냐?"

임예지가 자리 잡고 앉으며 눈을 흘겼다.

"오늘 꼭 해야 할 일이 있으니까."

"오늘 꼭……?"

"우리 집에 가서 확인할 게 있어."

"밤에?"

"응, 너랑 나랑 단둘이."

"느네 남편은?"

"친구들이랑 스케치 여행 갔어. 또 봄바람 살랑거리기 시작했잖아."

"무슨 일인데?"

"이따 가보면 아니까 빨랑 커피 마시고 밥 먹으러 가자."

"기집애, 무슨 꿍꿍이가 그리 많아."

임예지가 손을 약간 들어 종업원에게 손짓하며 입을 삐죽했다.

"느네 사장님께오서는 입국하셨어?"

"응, 예정대로."

"예정대로? 왜, 재미가 별루였나? 재미 좋으시면 자기 멋대로 며칠씩 연기하고 그러잖아."

"그야 간부 때나 했던 짓이지. 이젠 사장님이셔. 사장 노릇 잘못하면 곤란해져. 두 남동생과 경쟁 체제라구. 회장님이 똑바로 지켜보고 계셔."

"경쟁 체제? 두 아들도 왕자병에 걸리셨다는 소문이잖아. 누가 잘못하면 한쪽으로 몰아주겠다는 생각이신가?"

"왕자병이야 정도의 차이만 있을 뿐 재벌 자식들은 다 앓는 병이고, 아무리 자식이라 해도 너무 엉망이면 회사 넘겨줄 수 있겠어?"

임예지는 심드렁한 얼굴로 커피 잔을 들었다.

"두 아들 중에 누가 문제가 좀 있는 모양이네?"

"눈치 빠르기는. 큰아들은 왕자병에서 좀 졸업을 한 것 같은데 작은아들은 상당히 골칫거린가 봐."

"뭘로 골치를 썩이는데?"

김혜온의 눈이 금세 반들거렸다.

"그건 그냥 맘껏 상상해. 그나마 내 밥줄 끊지 않으려면."

"아유 기집애, 어째 잘 나간다 했다. 근데, 느네 사장은 재혼 안 해?"

김혜온은 갑자기 화제를 바꾸었다.

"별게 다 궁금하구나? 나이가 몇인데 재혼이냐, 재혼이."

"나이? 육십이냐, 칠십이냐? 아직 사십 대 중반도 안 됐으니 한참 신나게 살 나이지."

"그래, 기다려라. 내가 물어봐줄게."

"흥, 임예지가 결혼 안 하는 건 이해가 되지만 안서림이 재혼 안 하는 건 이해가 안 된다."

김혜온이 조금 남은 커피를 홀짝 마셔버렸다.

"애 좀 봐. 내가 왜 결혼 안 하는데?"

임예지가 일부러 눈을 고약하게 뜨며 쏘아보는 척했다.

"인물이고 재력이고 지적 수준이고, 다 제 눈에 딱 맞는 남자가 없으니까. 어때, 딱 정답 아니니?"

"되게 심심한가 부다. 가자, 배고프다."

임예지가 먼저 몸을 일으켰다.

"오전에 우리 화랑에 또 난리 났었다."

김혜온이 갈비구이를 젓가락으로 집으며 말했다.

"또 난리?"

"거 있잖냐, 동양화 반환."

"아이고, 골치 아퍼라. 그래서?"

임예지가 미간을 찌푸리며 젓가락을 든 손등으로 이마를 짚었다.

"또 옥신각신했는데, 결국 사장님이 울었어."

"울어?"

"젊은 부부가 영수증 딱 내놓고, 23년 치 은행 이자 더해서 당장 돈 내놓으라고 소리 질러대다가 우리 사장님이 버티니까 결국 소송하겠다고 들이댄 거야. 그러니 어쩌겠어. 울음이 터질 수밖에."

"그럼 졌다는 거네?"

"별수 없잖아. 소송당해 망신할 것 다하고 물어주느니 빨리 물어주는 게 낫지. 그나저나 우리나라 왜 이러냐? 동양화는 어찌 이렇게 잔인하도록 거래가 안 돼 이런 반환 사태까지 계속 벌어지고 이러냐? 중국이나 대만은 전혀 안 그런다는데."

"모르겠어. 우리나라가 좀 유별난 데가 있어."

"동양화는 서양화에 비해 모자라는 데가 있는 거야?"

"아니지. 중국 화가 장대천(장다첸) 앞에서 피카소도 꼼짝을 못 했잖아. 아무리 생각해도 우리나라 사람들은 편식주의가 너무 심해. 그쪽으로 몰려간 화랑들 책임도 무시 못 하고."

"느네 미술관에는 동양화가 얼마나 돼?"

"별로 많지 않아. 있어도 고화 중심이고."

"겸재, 단원, 오원, 청전, 소정 순으로? 빠끔이 임예지 큐레이터께서 어련하셨겠어."

김혜온은 밥을 씹다 말고 입을 삐쭉했다.

"모함하지 말어. 내가 성화에 들어갔을 때는 이미 동양화 매입 중단 사태가 굳어진 다음이었으니까."

"동양화가들도 불쌍하지만, 세상 떠나버린 동양화가들 그림 값 물어주어야 하는 화랑들 입장도 딱해."

"뭐, 딱해할 것도 없어. 그렇게 극성맞게 그림 값 되찾으려고 오는 사람은 많아야 10분의 1도 안 될 테니까. 그 정도 보상해서 나쁠 것도 없잖아."

"아유, 아주 똑 부러지는구나. 이따가 퇴근하고 7시까지 우리 집에 와. 저녁은 시켜 먹을 거니까."

"……."

임예지는 고개만 끄덕이고 돌아섰다.

"점심 잘 먹었으니까 저녁은 간단하게 먹자. 중국식으로."
김혜온이 말했고, "쌀국수 라면 같은 것 없니? 그게 더 간편
하잖아." 임예지가 대꾸했고, "라면? 그럴 수야 없지. 비록 화
가는 못 된 몸들이지만 하나밖에 없는 생명, 한 끼라도 그렇
게 소홀하게 하는 건 예의가 아니지. 정식으로 하자고 정식!"
김혜온이 얼른 핸드폰을 들었다.

"느네 사장이 선물 사왔던?"

김혜온이 해물잡탕밥을 뒤섞으며 물었다.

"선무울……?"

임예지가 어리둥절해했다.

"아, 프랑스 여행 갔다 왔잖아."

"촌스럽긴."

"뭐가 촌스러. 자기를 위해 헌신적으로 일하는 가장 가까
운 직원한테 하다못해 루주라도 하나 사다 주는 게 예의 아
냐? 맨손이라니, 니가 전혀 마음에 없다는 증거지."

"별걸 다 바라네. 느네 사장은 뭘 사다 주는데?"

"하긴 그렇네. 사장이라는 것들, 즈네들은 늘어지게 쇼핑해
대면서."

"촌티 내지 말라니까. 직장의 상하 관계는 사무적 관계지
인간적 관계가 아니야. 비즈니스일 뿐이라구."

"맞아, 맞아, 비즈니스. 그게 편해."

그들은 이런 시답잖은 소리를 지껄이며 저녁을 마쳤다.

"자아, 커피 마시면서 이거 확인해 봐."

김혜온이 자신의 옷방 장롱과 벽 사이에서 키 높이의 포장된 물건을 꺼내며 말했다. 그건 한눈에 그림이었다.

"……."

임예지는 무표정하게 그것에 눈을 고정시키고 있었다. 점심 때 김혜온과 헤어질 때 침묵했던 것처럼.

"나가, 거실로."

거실로 나와 김혜온이 그림의 포장을 뜯을 때도 임예지는 침묵 속에 미동도 하지 않고 서 있었다.

"자아, 확인해 봐. 천천히, 자세히."

그림을 소파에 기대놓은 김혜온은 탁자 위의 화집을 집어 임예지에게 내밀었다.

말을 하지 않기로 작정을 해버린 듯 임예지의 입은 굳게 다물어져 있었고, 무표정한 얼굴은 창백할 만큼 굳어져 있었다. 그림을 뚫어지게 응시하고 있는 눈만이 이상야릇한 빛을 내쏘고 있었다.

화집을 천천히 넘기던 임예지의 손이 한 곳에서 멈추었다. 화집 오른쪽 페이지에는 앞에 놓인 그림을 찍은 사진이 실려 있었다.

임예지는 화집을 한참 들여다보다가 그림을 또 한참 쳐다보았다. 다시 화집으로 눈길을 옮겼다가 또 그림을 응시했다. 화집에서 한 30초, 다시 그림에서 한 30초. 그러기를 대여섯 번 되풀이했다.

그 옆에서 김혜온은 꼼짝도 하지 않고 서 있었다.

임예지는 그림 앞으로 바짝 다가섰다. 한참 있다가 다시 뒤로 물러섰다. 그리고 그림 왼쪽으로 가서 눈을 가늘게 떴다. 다시 그림 오른쪽으로 가서 눈을 가늘게 떴다 크게 떴다를 되풀이했다. 그리고 또 그림 정면으로 와서 가까이 다가섰다. 그러다가 다시 뒤로 물러서서 눈을 가늘게 떴다, 크게 떴다를 되풀이했다.

김혜온은 전혀 소리 안 나게 손목의 시계를 보았다. 20여 분이 지나 있었다.

"진짜 가짜다!"

마침내 임예지가 침묵을 깼다.

"진짜 가짜?"

김혜온이 어리둥절해했다.

"전혀 구분이 안 돼."

"아, 아, 됐네. 성공이야!"

김혜온이 탄력적인 소리를 낮게 터뜨리며 두 주먹을 부르쥐었다.

"……."

임예지가 소파에 조용히 앉으며 긴 숨을 내쉬었다.

"내 일은 다 끝났어. 나머진 니가 다 알아서 해."

김혜온도 소파에 앉으며 말했다.

"상대방이 너를 알아?"

임예지가 예리한 눈으로 김혜온을 쳐다보았다.

"아아니. 다섯 다리 건너서 완전히 세탁했어."

"몇 점이지?"

"모두 석 점."

"더는 안 돼. 그걸로 끝내."

"알았어. 두 개 마저 확인해야지."

"됐어. 아주 기막혀. 단색화이긴 하지만, 귀신 같은 솜씨야."

"시간 끌지 말어."

"스트레스 주지 마."

"알았어, 알았어."

"끝까지 느네 남편 알아선 안 돼."

"내가 미쳤니."

"오래 안 걸려. 미세먼지 자꾸 마시고 싶지 않으니까."

"글쎄, 폐암 곧 걸리겠더라."

"나 간다."

"아니 얘, 자고 가."

"나 지금 엄청 피곤해."

임예지는 핸드백을 들고 일어섰다.

김혜온도 따라 일어섰다.

2

"허, 허, 이거 참 기분 묘하네. 우리가 우리 돈 척 내고 이런 최고급 호텔 중식당에서 중국 요리 중에 최고로 치는 상어 지느러미 요리를 안주 삼아 중국 최고의 술 마오타이를 마시다니. 사람 팔자, 이런 날도 있어야지. 자아, 술 받어."

손일승이 기세 좋게 투명한 백주 병을 들었다. 그는 전과 다르게 양복을 말끔하게 빼입고 있었다. 점퍼 차림일 때와는 다르게 전혀 딴사람처럼 보였다. BP 그룹 고문이라는 직함에 어울리도록 갖춘 차림이었다.

"이게 다 자네 덕이네."

원병호가 술을 받으며 말했다.

"내 덕이긴, 이 사람아. 자네가 똑똑해서 그 요직에 있었으니까 스카우트되어 온 거지. 내 덕은 없어."

"아니야. 내가 총리실 아니라 청와대에 있었어도 자네가 소개하지 않으면 이 좋은 자리는 딴 사람 차지였지 뭘."

원병호가 손일승의 잔에 술을 따르며 말했다. 그도 양복 차림이었다.

"자네가 내 조카들 둘씩이나 대기업에 취직시켜 인생길 열어줬는데, 그에 비하면 내가 한 건 아무것도 아니지 뭐. 자아, 술 드세."

그들은 작은 술잔을 부딪쳤다.

"쿠아아……."

"크으으……."

잔을 비운 그들은 동시에 비명 비슷한 소리를 터뜨렸다. 독주 마오타이가 목을 넘어가며 터뜨리게 하는 자연 발생적인 소리였다.

"화아, 이 술은 정말 독해." 원병호가 고개를 내둘렀고, "그래도 금방 깨고, 뒤끝은 깨끗해." 손일승이 다시 술병을 들며 말했다.

"이거, 이런 고급 호텔에서도 가짜 파나?" 원병호가 술을 받으며 고개를 갸우뚱했고, "무슨 소리야?" 손일승이 따르던 술을 멈칫했고, "이거, 중국 공산당 행사 때 나오는 것 외에는 전부 가짜래잖아." 원병호가 떫게 웃었고, "아, 그 말. 이 술에 아주 웃기는 이야기가 두 가지 있어. 첫째는 술 회사 사장이 가짜 안 마시려고 술을 자기 차 트렁크에 싣고 다닌다는 거고, 둘째는 그 사장이 어떤 자리에서 가짜를 마셔도 가짜인지 구별을 못 한다는 거야." 손일승이 쿡쿡 웃었다.

"뭐야? 그럼 그거 진짜네?"

"바로 그거야. 가짜도 진짜처럼 잘 만들었으니까 걱정 말라 그거지. 중국 사람들 가짜 만드는 솜씨가 그 정도야."

"솜씨야 우리나라 사람들 솜씨도 대단하잖아. 동대문, 남대문 시장에 있는 세계적인 명품 짝퉁들, 그 본사 감시반들도 진짜, 가짜를 구분 못 한대잖아."

"응, 그 얘기라면 내가 잘 알아. 10여 년 전에 명품 본사들이 가짜 막으려고 본격적으로 나섰을 때야. 우리 경찰에도 수사 강화하라고 지시가 내려왔었지. 국가 위신과 외교적인 문제가 얽혀 있으니까. 그런 어느 날 핸드백 제조업자가 붙들려 왔어. 60 넘은 영감님이었는데, 아주 배짱이 유들유들했어. 핸드백 가짜로 좀 만들어 판 게 뭐가 그리 죄가 되느냐는 거야. 명품 회사들, 핸드백 하나에 보통 5~6백만 원씩, 더 비싼 건 1~2천만 원씩 받아 떼돈을 벌고 있으면 됐지, 가난한 사람들이 가짜 좀 드는 게 뭐가 그렇게 배 아프냐는 거야. 그리고 가난한 사람들 소원풀이 좀 하게 가짜 만들어 싸게 팔았는데 그게 무슨 죄가 되느냐고, 적당히 하고 풀어달라는 거야. 사실 그 말이 별로 틀린 말도 아니고, 더 문제는 죄를 물을 마땅한 법 조항도 없다는 거였어. 그래서 다시는 그런 짓 하지 않겠다고 서약서를 쓰라고 했어. 그랬더니 그 영감 뭐래는지 알아? 과장님, 이거 직업인데요. 직업? 무슨 소리요? 직업은 죽을 때까지 하는 거잖아요. 처자식 먹여 살려야 되니까, 하는 거야. 참 기가 막히기도 했고, 한 방 얻어맞은 기분이기도 했고, 묘했어. 서약서 그렇게 안 쓰면 못 풀려나고, 감방 가야 하니까 알아서 하라고 했지. 그래서 그 영감 서약서를 썼는데, 가짜를 진짜처럼 만들어내는 손재주 때문인지 글씨도 아주 잘 썼어. 그래서 처벌 증거 남기려고 사흘간 구류 살려 내보냈지. 그런데 엉뚱한 일은 그담에 벌어졌어. 집으로 핸드백이 하나 배달되어 온 거야. 메모지와 함께. '이건 가짜니까 뇌물이 아니라 선물입니다.' 그리고 더 기막힌 건 마누라가 그걸 너무나 좋아하는 거야. 진짜 못 사줘서 초라하고 한심한 남편 신세에, 가짜 보고도 그렇게 좋아하는 마누라가 짠하고 안쓰럽기도 하고, 참 요상스러운 기분이었어. 말하다가 보니 생각난 건데, 이제 연봉 2억씩 받게 됐으니까 지난번 첫 봉급 받아서 진짜 핸드백 탁 사줘야 되는 건데, 이거 기회 놓쳤네."

"뭐라구? 그거 한번 신통한 생각이네. 걱정 마. 기회 안 놓쳤어. 아무 때나 사주면 좋아해. 나도 이번 달에 진짜 사줘야겠네. 늦게나마 마누라한테 효도 한번 해야지."

"마누라한테 효도……? 허, 그 말 한번 묘하고 근사하네? 그래, 우리 둘이 함께 마누라한테 효도해 보자구. 짜아, 간빠이!"

손일승이 기세 좋게 술잔을 내밀었다.

"좋아, 간빠이!"

원병호도 목소리 드높게 술잔을 부딪쳤다.

"근데 말야, 나 궁금한 게 한 가지 있어. 자네 명함 받자마자 아주 폼 나게 큰 건 하나 해치웠는데, 그런 희한한 정보를 어떻게 낚았나 그래. 마약이나 도박 정보라면 이해가 되겠는데, 그건 경찰 출신답지 않게 부동산 정보 아니냔 말야. 첫 방에 홈런 날린 자네가 부러워."

원병호가 달라진 기색으로 말했다.

"그거 장님 문고리 잡은 격이지 뭐. 딴 건을 알아보고 있는데 수사과 몇이서 둘러앉아 그 얘길 하고 있더라고. 돈 많이 남겨준 자식들은 예나 지금이나 사람 노릇 하기 힘들다. 옛날엔 만석꾼 자식들이 주색잡기로 놀아나 신세 망치고 알거지 됐고, 요새는 재벌 부자 자식들이 또 똑같이 주색잡기로 날새는 줄 모르다가 거지꼴 되고 감옥까지 간다. 마포 부자 아들놈 신세가 딱 그렇다. 그 아까운 땅 은행에서 빚잔치 해버리면 갈데없이 노숙자 신세 된다. 그런데 왜 부모들은 눈에 빤히 보이는 그걸 모르고 그저 자식들한테 돈 많이 물려주려고 기를 써대는지 모르겠다. 이 얘기를 듣는 순간 '아 저거다!' 하는 생각이 뻔쩍 떠오르더라고. 그래서 부사장님한테 난 잘 모르겠으니 한번 생각해 보시라고, 들은 대로 말씀드렸지. 그런데 그 얘기 듣자마자 부사장님이 득달같이 현장으로 달려

가셨어. 부사장님은 아직 젊은데도 정말 귀신같으신 분이야. 판단도 빠르고, 행동도 빠르고, 결정도 빨라. 그래서 회장님께서 제일 신임하신대잖아. 회사에 들어온 지 얼마 되지도 않았는데 말야. 그러니까 우리가 줄을 아주 잘 선 셈이지."

손일승은 한 건 단단히 올린 자의 여유로움으로 말하고 있었다.

"그래, 날 그 줄에 서게 해준 게 자넨데, 자네 체면 생각해서라도 나도 빨리 한 건 해야 될 텐데……."

원병호가 좀 더 진하게 불안한 기색을 드러냈다.

그들은 공무원 출신답게 '줄'을 중시하고 있었다. 학연·지연·혈연이 관료 사회만큼 잘 통하는 데가 없었고, 그들은 고향 친구였다.

"아니, 아니, 급하게 먹는 밥이 뭐 한댔지? 지금 공정위 그쪽, 아주 살벌해. 하나도 급할 것 없어. 지난번 사건 수사 완전히 끝나고, 분위기 잠잠해질 때까지 그쪽엔 얼씬도 하지 말어. 지금 정권 초기 기세 시퍼럴 때니까 이럴 땐 멀찍이 피해 있는 게 최고야. 그 기세 꺾이고 가라앉을 때까지."

손일승이 술을 찔끔 마셨다.

"그 기세가 꺾이고 가라앉을까? 이 정부, 적폐 청산 임기 끝까지 계속한다고 야단이잖아."

원병호가 오이 절임을 입에 넣으며 고개를 갸웃갸웃했다.

"자네나 내가 평생 잘 봐왔잖아. 어느 정권이고 처음에 개혁이니 뭐니 외쳐대며 기세등등하지 않은 정권 없고, 중반 넘기면서 흐물흐물해지지 않는 정권 없는 거. 해는 뜨면 지고, 꽃도 피면 시들고, 다 그런 법 아닌가. 다급하게 생각하지 말고 느긋하게 맘먹고 있으면서, 자네 조직이나 흔들리는 일 없게 암암리에 관리 잘하라고."

"음, 내가 데리고 있었던 사람들은 끄떡없어."

"아니, 그것도 다 믿지 마. 한두 명 등 돌리는 사람은 꼭 있는 법이니까."

"한두 명……?"

"자네는 못 느끼는 사이에 자네한테 서운한 맘 갖게 된 사람들이 있어. 능력이 제일 떨어졌던 사람들 말야. 자네가 아무리 공평하게 하려고 했다 해도 그 사람들은 차별을 느끼는 거거든. 그건 어쩔 수 없는 인간관계야. 이건 내가 겪어봐서 하는 얘기야."

"맞어. 듣고 보니 그럴 수 있겠어. 그런 사람한테 찾아가면 될 일도 안 되겠지."

원병호는 떨군 고개를 주억거렸다.

"여기 와서 알았는데 말야, 부사장님이 얼핏 하는 말로는 우리 회장님이 사업하시는 두 가지 재미가 비자금 확보하고 일감몰아주기라고 하더군. 비자금 문제는 우리 경찰 쪽 소관이지만, 일감몰아주기는 자네 쪽 공정위 소관이잖아. 그게 돈이 그렇게 많이 벌리나?"

손일승이 진지한 얼굴로 궁금증을 드러냈다.

"응, 재벌들의 세 가지 수입원 중 하나라고 할 수 있지."

원병호가 의미 모호한 웃음을 피우며 대답했다.

"세 가지 수입원?"

"첫째 상품 판매 수입, 둘째 비자금 조성, 셋째 일감몰아주기지."

"알았어. 이제 확실히 알았어. 왜 자네와 날 스카우트했는지. 비자금 문제 터지면 내가 나서게 하고, 일감몰아주기가 말썽이 되면 자네가 나서게 하려고. 근데 일감몰아주기가 그렇게 큰돈이 벌리는 거야?

손일승은 같은 말을 또 물었다.

"엄청나게."

"엄청나게?"

"응, 기업 규모가 클수록, 자회사들이 많을수록 수입은 점점 커지지. 일거리가 그만큼 많아지니까. 아마 비자금하고 힘겨루기를 할 만큼 황금알 낳는 거위일걸."

"아하, 괜히 2억 연봉에 고급 자동차까지 주는 게 아니구나."

"순진하게 감탄하지 말어. 우리가 방탄조끼 역할 해서 회장님이 벌어들이는 것에 비하면 우리 연봉은 시쳇말로 껌값에 지나지 않을 거야."

"껌값? 좋았던 기분이 사르르 나빠지려고 하네."

"나빠질 것 없어. 우리 안 뽑고 딴 사람 뽑았으면 어떡할 건데? 이 자리 차지하고 싶은 사람은 얼마든지 있으니까."

"그거 그렇네. 사실 내 명함 보고 안 부러워하는 후배들이 없더라구."

"당연하지. 이보다 더 튼튼한 노후 대책은 없으니까."

"그렇기야 하지. 난 마누라가 싹 달라지는 걸 보고 너무 놀랐어. 반찬도 좋아지고, 싹싹해지고, 혼자 콧노래도 부르고 그런다니까."

"진짜 핸드백 사주면 또 달라질걸?"

"그렇겠지? 그거 아주 관심거리네. 이런 기분도 나쁘지 않다니까."

"참, 어쨌든 다행이야. 마누라고 자식들한테 당당하게 체면 세우게 되었으니."

"그거 말해 뭐 하겠나. 우리가 농수산부나 여가부 같은 데 있었어봐. 이런 기회는 절대로 안 오지. 우린 행운아들이야."

손일승이 행운을 만끽하듯 끄윽 트림을 해대며 술잔을 들었다.

"근데 말야, 우리 계약이 2년이지?"

기분 좋던 원병호의 어조가 약간 그늘지게 바뀌었다.

"그렇지, 2년."

손일승이, 새삼스럽게 무슨 소리냐는 표정을 지었다.

"그거……, 너무 짧지 않아?"

"왜, 더 연장하고 싶어?"

"그야 두말하면 잔소리지."

"하! 이이는 사로는 만족할 수 없으시다. 그 배로 이사 팔은 돼야 하겠다?"

"자넨 안 그래?"

"체, 안 그러면 사람이 아니지. 허나 그건 바란다고 되는 게 아니지. 우리 몸에 익은 공무원 스타일로는 곤란해."

손일승이 냉정한 얼굴로 고개를 짤짤 흔들었다.

"공무원 스타일……?"

"거 왜 있잖아. 무사안일이고 복지부동이라고 수십 년 동안 세상으로부터 지탄받아온 것. 우리 직업 공무원으로서 제일 출세했다고 꼽히는 차만수가 평생 입에 달고 살았다고 소문난 말."

"가만히 있으면 됩니다."

원병호가, 말하는 최신 자동 로봇처럼 응대했다.

"그래, 바로 그거야. 총리까지 해잡수신 그 양반에 대한 인물평이 어떤지도 잘 알겠네?"

"그거 우리 공무원 사회의 출세 요령으로 좍악 퍼져 있었잖아. 무던하고, 모나지 않고, 말수 적고, 눈치 빠르고, 나대지 않고, 튀지 않고, 묵직하고, 듬직하고, 입 무겁고, 잽싸고, 시키는 일은 빈틈없이 해치우고……, 끝도 없었지.”

“그래, 그 끝없이 이어지는 말이, 원만하고, 과묵하고, 진중하고, 겸손하고, 침착하고, 기민하고, 유연하고, 예의 바르고…… 숨이 찰 지경이었지.”

“근데 차만수하고 똑같이 인정받은 인물이 또 한 사람 있잖아?”

“또 한 사람……?”

“아, 그 사람도 총리 해먹었잖아.”

“아, 알았다. 민건일!”

“맞았어, 민건일. 두 사람이 인상도 비슷해. 부드럽게 웃는 얼굴인 게.”

“그래, 그들은 인상만 닮은 게 아니야. 둘 다 스카이대 출신에, 행시 출신이잖아. 그렇게 학벌 좋고 실력 좋아도 그 사람들이 인물평과는 반대로 나대고, 입바른 소리 잘하고, 따지기 좋아하고, 자기 소신 주장하고 그랬어봐.”

손일승이 쩝쩝 입맛을 다셨다.

“그야 보나 마나지 뭐. 국장 되기 전에 어딘가로 날아갔지.”

원병호가 술을 홀짝 한 모금 하고는 고개를 저었다.

“이제 우린 그 공무원 체질을 확 벗어던져야 해.”

"⋯⋯?"

원병호가 손일승을 물끄러미 쳐다보았다.

"우리가 처한 세상이 180도로 달라졌다고."

"180도?"

"여긴 '가만히 있으면 됩니다' 하는 세상이 아닌, 서로 박 터지게 경쟁해서 성과급을 받는 세상이라고. 그러니까 우리 도 우리 할 나름이라고."

"할 나름?"

"응, 할 나름. 무슨 일 시켰는데 성과 없으면 점수 깎이고, 그래도 성과 시원찮으면 또 깎이고, 그런데도 계속 그 타령이 면 첫 계약 2년도 다 못 채우고 날아간다고."

"2년을 4년으로 연장시키고 싶으면 맡은 일마다 매번 회장 님이 만족하시도록 해결하라?"

"그래, 말 착착 잘 통하네."

"알았어. 처자식을 위해서든, 내 인생 노후를 위해서든 모 처럼 온 기회를 망칠 수야 없지. 이삼은 육은 어려울지 모르 지만, 이이는 사는 되게 우리 힘내자구!" 원병호가 술잔을 들 었고, "좋아, 이이는 사는 돼야지. 간빠이다!" 손일승이 술잔 을 부딪쳤다.

3

안서림 사장은 친구들과 남해로 주말 골프 여행을 떠났다.

"미안해요. 임 큐레이터는 주말도 없이 사는데."

산뜻하게 골프복을 차려입은 사장이 차에 오르며 말했다.

"아닙니다. 큐레이터는 본래 그런 직업인걸요."

사장의 말이 건성이라 임예지도 건성으로 대꾸했다.

'골프도 운동인데, 골프를 칠 때만이라도 그 액세서리들은 좀…….'

임예지는 코웃음을 흘리며 돌아섰다.

큐레이터에게는 주말이 없다. 박물관이나 미술관에는 관람객들이 주말에 가장 많이 찾아오기 때문이다. 그래서 모든 박물관이나 미술관은 월요일에 휴관한다. 임예지는 주말이 없는 그 생활마저 사랑했다. 그건 휴일에 보다 많은 사람들에게 그림을 보여줄 수 있다는 직업의 긍지감이었다. 그건 그림에 대한 무한 애정과 함께 프랑스에서 배운 것이었다. 프랑스의 큐레이터들은 자신들이 예술품의 안내자이며 수호자이고 지적인 교사라는 긍지감으로 휴일의 관람객들을 맞이했다. 그러니 남들이 다 쉬는 휴일에 쉬지 못하고 일한다는 불평불만이 있을 리 없었다. 그 아름다운 태도가 프랑스 교육의 힘이었다.

임예지는 송찬 화백에게 전화를 걸었다.

"언제 오십니까?"

"아 예, 곧 도착합니다."

"몇 분이나 걸리시는지요. 커피 준비하려구요. 송 화백님 좋아하시는 에스프레소 잘하는 집이 있거든요."

"예에, 아무리 늦어도 15분 넘지 않을 거예요."

"네, 알겠습니다. 천천히 오세요."

임예지는 서둘러 미술관 옆 커피숍으로 갔다.

'대한민국 최고의 조각가가 미술관에 오시니까 특별히 잘 뽑아주세요.'

임예지는 바리스타에게 이 말을 하려다가 그만두었다. 전문가에게 괜히 신경 쓰이게 하는 것이 예의가 아닌 것 같았고, 신경 쓰면 오히려 잘못될 수도 있었던 것이다. 장인의 평정심이 최고의 명품을 만들어낸다고 했다.

"에스프레소 두 잔, 마카롱 여섯 개요. 가져갈 거예요."

임예지는 바리스타에게 눈인사를 하며 주문했다.

"아, 손님 오십니까?"

바리스타가 눈치 빠르게 말했다.

"네, 에스프레소를 저만큼 좋아하는 조각가가 오세요."

"아, 그래요? 이거 신경 쓰이는데요. 그분도 파리에 오래 계셨던 모양이지요?"

바리스타가 센스 있게 반응했다.

"네, 몽마르트르 언덕에서 많이 고민했던 분이에요."

"예, 무슨 고민이었는지 짐작이 갑니다. 곧 준비할 테니 잠깐만 기다려주세요."

조각가 송찬, 그가 유럽으로 미술 여행을 떠난 건 대학생 때라고 했다. 로마에서 내려 바로 바티칸을 찾아갔다. 미켈란젤로의 〈피에타〉를 보기 위해서였다. 산피에트로 대성당엔 관광객들이 많았고, 〈피에타〉 앞에는 특히 사람들이 많았다. 그런데 그 사람들은 거의가 예술품 감상가들이 아니었다. 그들은 십자가에 못 박혀 숨진 예수의 처연한 모습과, 피 묻은 아들의 시체를 무릎에 올려놓고 내려다보고 있는 성모 마리아의 애절한 모습을 우러르며 절절한 기도를 올리고 있는 크리스천들이었다.

그 사람들 틈에서 떠밀리고 부딪히며 〈피에타〉를 응시한 그 순간 송찬은 자신의 영혼이 성당의 대리석 바닥에 내동댕이쳐지는 충격에 부딪혔다. 유리그릇을 돌바닥에 내던져 산산조각이 나버린 것처럼. 그것은 곧 절망이었다. '저건 사람이 만든 것이 아니다! 신이 만든 것이다!' 이 절망 앞에서 거기를 떠날 수가 없었다. 사람들에게 밀리고 차이며, 새로 온 사람들에게 또 부딪히고 넘어지며 〈피에타〉만 바라보고 있었다.

성당 문을 닫을 때에야 쫓겨났다. 배가 고프지도 않았고, 밥맛을 잃었다. 잠도 오지 않았다. 이튿날 아침 〈피에타〉의 힘에 끌려 다시 〈피에타〉 앞에 섰다. '저건 사람이 만든 것이 아니다!' 똑같은 절망이 새롭게 덮쳐왔다. 또 파도치고 또 파도쳐오는 사람의 물결에 밀리고 차이고 비틀거리며 하루 종일 〈피에타〉 앞에 서 있었다. 정말 배가 고프지 않았다. 아무것도 먹고 싶지 않았다. 그렇게 사흘을 보냈다. 그런데 저 드높은 천장, 성화가 가득 그려진 아득한 돔에서 어떤 목소리가 울려왔다. "그만 떠나거라. 그대는 그대의 길이 있다. 지금은 돌에 새기는 시대가 아니지 않은가. 절망하지 말고 그대의 길을 가라." 중후하고 따스하게 울리는 미켈란젤로의 목소리였다.

로마에서 파리행 비행기를 탔다. 파리에 도착해 바로 찾아간 곳이 로댕미술관이었다. 익히 눈에 익은 작품들이 모습을 드러냈다. 〈생각하는 사람〉〈지옥의 문〉〈대성당〉〈칼레의 시민들〉 등을 보면서 "지금은 돌에 새기는 시대가 아니지 않은가" 하는 미켈란젤로의 목소리를 다시 들었다. 그 실체가 바로 눈앞에 있는 로댕의 작품들이었다. '그래, 나도 저렇게는 할 수 있어!' 미켈란젤로를 통해 받은 절망이 로댕을 통해 희망으로 바뀌고 있었다. 그러나 그 희망은 바로 파리를 떠날 수 없게 했다. 날마다 오전에는 박물관과 미술관 들을 헤매고 다녔다. 그리고 오후에는 몽마르트르 언덕에 올라 독한 커피 에스프레소를 마시며 자기 응시의 시간을 가졌다. '꼭 조각을 해야만 하겠는가.' '그 일이 아니면 차라리 죽는 게 나은가.' '그 누구도 닮지 않은 나만의 것을 만들어낼 자신이 있는가.' '하다가 실패해도 후회하지 않을 수 있는가.' '가난하고 굶주려도 견뎌낼 수 있는가.' 그런 자문자답으로 뒤척이며 파리에서 한 달 넘게 보냈다. 그리고 돌아오며 절망을 미켈란젤로에게 돌려주었다.

임예지는 이런 송찬의 과거 얘기를 떠올리며 에스프레소와 마카롱이 든 봉지를 받아 들고 미술관으로 돌아왔다.

초등학교 때부터 찰흙을 뭉쳐 조각을 해 상을 타기 시작했다는 송찬은 두 손에 마술적 천재를 타고난 사람이었다. 무학으로 그림을 전혀 배운 바 없는데도 막대기로 직직 그으면 그림이 되었다는 오원 장승업처럼. 미대 실습 시간에 교수는 아예 송찬을 불러내 아무것이나 빚어내는 그의 손놀림으로 수업 시간을 채웠다는 것이었다. '신의 손'이라는 별명은 그때부터 주어진 것이라고 했다.

"어머, 송 선생님, 어서 오세요."

로비를 서성이고 있던 임예지가 반색을 하며 문 쪽으로 뛰어갔다. 유리문을 밀치며 한 남자가 막 들어서고 있었다. 얇은 머플러를 둘렀고, 마른 편이었고, 머리가 귀를 덮고 턱에 이르도록 길었다. 한눈에 예술가 냄새를 짙게 풍기고 있었다.

"선생님, 어서 오십시오. 기다리고 있었습니다."

임예지가 두 손을 모아 잡고 정중하게 인사했다. 예술가를 대하는 큐레이터의 예절이 잘 드러나고 있었다.

"뭐 하러 나와 있었어요. 안 그래도 되는데."

송찬이 손을 내밀었다. 그들은 자연스럽게 악수하며 걸음을 떼어놓았다.

"무슨 특별전 같은 건 없나요?" 전시장 안으로 들어서며 송찬이 물었고, "네, 특별전은 여러 가지 어려움이 많아서……, 선생님께서 준비해 주시면 바로 할 수 있는데요." 임예지가 순발력 좋게 대응했고, "아이고, 나한테 아무것도 기대하지 말아요. 요새 통 떠오르는 게 없어요, 벌써 늙어가는지." 송찬이 한 손으로 긴 머리를 빗질해 넘겼고, 임예지는 푹 웃음을 터뜨리며 입을 가렸다. 그도 그럴 것이 송찬의 얼굴에 드러난 나이는 40대 중후반일 뿐이었다.

임예지는 전시장을 가로질러 자기 사무실로 송찬을 안내했다.

"선생님, 커피 드세요. 에스프레소 맛을 제대로 내는 커피숍이 바로 옆에 있어서요."

"아, 마카롱까지!"

송찬의 목소리에는 반가운 탄력이 실려 있었다. 그리고 그는 눈을 사르르 내리감았다.

임예지는 그런 송찬을 바라보며, 지금 그의 눈앞에 파리의 추억들이 빠르게 스쳐 지나가고 있는 것을 느끼고 있었다. '그 추억의 냄새들은 어떨까?' 그녀는 생각했다. 자신의 냄새와 송찬 화백의 냄새가 많이 다를 거라고 생각했다. 그건 승자와 패자의 차이일 것이었다. 송찬 화백은 절망의 고뇌를 이겨낸 승자였고, 자신은 절망과 싸워보지도 못하고 그저 천재들의 기에 가위눌려 백기를 들어버린 패자였다. 그러니 아무리 같은 지역의 추억이라도 그 냄새와 색깔과 농도가 같을 리가 없었다.

'범접할 수 없는 천재들의 재능 앞에 존경의 무릎을 꿇는 것은 감상자의 가장 아름다운 모습이다.'

이렇게 정리해 가슴에 푯말을 세운 다음부터 임예지는 자유로워지고 떳떳해지고 행복해질 수 있었던 것이다. 그게 큐레이터로서 건강성을 유지하는 비결이었다.

"어디 맛을 봅시다."

송찬이 조심스럽게 커피 잔을 들어 올렸다. 다시 눈을 사르르 감은 그는 커피 잔을 입술에 대는 것이 아니라 코끝에 가까이 가져갔다. 그리고 옆에서 느껴질 정도로 숨을 깊이 들이마셨다.

임예지는 그 모습을 지켜보면서 그의 숨결을 따라 자신의 가슴 가득히 에스프레소의 짙은 향이 깊이 퍼지는 것을 느끼고 있었다.

'그래, 저거야……'

입으로 마시기 전에 코로 먼저 마시는 것이 에스프레소를 마시는 정도였다. 코로 마시는 그 깊은 향을 음미하는 명상이 예술을 사랑하는 프랑스인들의 사색의 깊이인지도 몰랐다. 그래서 그들은 에스프레소를 그리도 애음하는 것이 아니었을까. 몽마르트르 언덕에서 에스프레소 한 잔을 마시면 입안에서부터 퍼져 목 깊숙이 스민 향기가 한나절을 갔다.

코 마시기를 마친 송찬이 커피 잔을 조심스럽게 입술로 옮겼다. 그리고 천천히 잔을 기울였다.

임예지는 커피 잔을 들 생각도 하지 않고 그 모습만 지켜보고 있었다. 마치 자기가 커피를 끓이기라도 한 것처럼 긴장되기 때문이었다.

"아, 됐소. 옛 맛 그대로요."

마침내 송찬이 눈까풀을 밀어 올리며 말했다.

임예지는 분명 '송찬이 눈까풀을 밀어 올린다'고 느꼈다. 그가 천천히 눈을 뜨는 것이 마치 연극 무대의 막이 느리게 올라가는 것 같은 느낌이었기 때문이다.

"어머, 다행입니다."

임예지는 자신도 모르게 두 손을 모아 잡으며 환하게 웃었다.

"예, 근데 보여주겠다는 게 뭐지요?"

송찬이 임예지에게 눈길을 주며 용건을 환기시켰다. 그 눈이 맑고도 예리했다.

"네, 잠깐만 기다리세요."

임예지는 다급하게 일어나 책상 쪽으로 갔다. 그리고 그 옆의 중형 금고를 열었다.

그녀는 빨간 융 보자기를 두 손으로 감싸 안고 소파에 조심스럽게 앉았다. 그리고 보자기를 한 자락씩 펴나갔다.

"아니……!"

빨간 융 위에 금불상이 드러나자 송찬이 문득 놀란 느낌으로 흘린 소리였다.

"선생님, 이 불상이 아주 오래된 겁니다. 좀 자세히 봐주십시오. 그리고 제1감으로 어떤 불상과 닮았는지, 바로 떠오른 것을 좀 말씀해 주십시오."

임예지가 말하는 동안에 벌써 송찬의 날카로운 눈길은 불상에 집중되어 있었다.

"이거……, 경주 석굴암 부처님이오."

송찬이 바로 한 말이었다.

'과연 당신은 천재야!'

임예지는 속으로 탄복하고 있었다.

"네, 제 눈에도 석굴암 부처님과 너무나 똑같이 닮았습니다."

임예지가 송찬을 마주 보며 더없이 진지하게 말했다.

"그럼 이게 통일신라 시대 작품이란 말인가요?"

"네, 그렇습니다."

"아니, 그런데 왜 이렇게……, 왜 이렇게 멀쩡해요? 어디 흠 하나도 없이. 그 세월이 얼마라고."

송찬은 고개를 저었다. 그 얼굴은 이미 부정이 뚜렷했다.

"선생님, 그럴 이유가 분명히 있습니다. 이 불상은 탑 해체 복원 과정에서 모습을 드러냈습니다. 그러니까 제작된 이후에 한 번도 사람의 손을 타지 않고 탑 속에 봉안되어 있었던 것입니다."

"그 증거가 있어요?"

"예, 탑 해체부터 안치된 함, 함 안의 봉안된 모습, 함에서 꺼낸 다음의 비단에 감싸인 모습 등 여러 장의 사진이 진품임을 확실히 입증하고 있습니다."

"그래요? 그게 사실이오?"

송찬의 반응은 단박에 부정에서 긍정으로 바뀌었다.

"네, 저도 처음에는 믿지 못했습니다."

"사람의 손 한 번도 안 타고, 아무리 그렇다 해도 1,200년 세월인데 어찌 이렇게 깨끗할 수가 있소. 이거 차암……."

송찬은 도저히 믿을 수 없다는 듯 고개를 젓고 또 저었다.

"선생님, 저도 그 점을 계속 의심하다가 답을 찾았습니다. 불상은 옻칠된 두꺼운 나무 상자 속에 몇 겹의 비단에 싸여 모셔져 있었습니다. 그런데 그 나무 상자가 썩은 데 한 군데도 없이 말짱했으며, 비단 역시 상한 데 없이 말끔했습니다. 그 이유는 탑의 돌 틈 사이사이로 통풍이 되어 나무 상자에 전혀 습기가 차지 않았기 때문이었습니다. 직사광선이 완전 차단되고, 통풍이 잘 되어 습기가 전혀 없고, 옻칠까지 두껍게 되어 있으니 나무 상자에 벌레가 슬 일도 없고, 썩을 일도 없습니다. 그러니 그 안에 부처님이 말끔한 모습으로 1,200년 세월을 이겨내신 것 아니겠습니까."

"아하! 임 큐레이터, 아깝소."

"네에?"

"그런 안목과 분석력이면 대학 강단에 서 있어야 하는데."

"어머, 선생님……."

임예지는 얼굴이 화끈 달아올라 얼른 두 손으로 볼을 감쌌다.

"헌데, 이걸 왜 나한테 보여주는 거요?"

"네, 다름이 아니라 제가 잘 아는 스님께서 이 불상에 반해 이번에 천불전 불사를 새로 일으키는데, 거기에 이 모습 이대로 모시고 싶어 합니다. 그런데 그 스님을 도와드리고 싶은데, 그 어려운 일을 할 수 있는 분은 선생님밖에 안 계십니다. 선생님 저 좀 또 도와주십시오."

임예지는 애원하는 얼굴로 송찬을 바라보았다. 서글서글하게 생긴 고운 얼굴은 슬픈 듯했고, 큰 눈에는 물기가 서린 듯했다.

"허 참……, 이 모습을 이대로 재현하라는 거요?"

송찬이 임예지의 눈길을 피해 불상 가까이 고개를 숙였다.

"네에, 선생님만 하실 수 있는 일이에요."

임예지도 불상 가까이 얼굴을 디밀었다.

"하아, 이거……, 기막힌 솜씨네. 이 미소, 이 그윽한 미소. 이미 천, 이, 백, 년 전에……."

송찬이 한숨을 쉬듯 감탄하고 있었다.

"네에, 천, 이, 백, 년 전에 선생님 같은 분이 계셨던 거예요."

임예지는 송찬처럼 천, 이, 백, 년을 한 자씩 떼서 또박또박 발음했다.

"알았소. 임 큐레이터가 날 그렇게 믿고, 높게 봐주니 일을 해야지요. 신하만 자기를 알아주는 주군을 위해 목숨을 바치는 게 아니오."

"어머, 선생님, 고맙습니다, 정말 고맙습니다. 그 스님께서 화료는 2억을 준비하겠다고 하셨습니다."

임예지는 잽싸게 비즈니스 자세를 취했다. 그건 일을 당장 시작하게 하는 못 박기였고, 상대방이 제일 궁금해하는 점이기도 했다.

"스님이 준비하기는. 임 큐레이터가 다 준비하게 만든 거지. 반 고흐한테 동생 테오가 있었다면 나한테는 임 큐레이터가 있소. 생활비 걱정 없이 작품 할 수 있게 해주니까."

"어머 선생님도……, 제가 어찌 감히……."

임예지는 속으로 안도의 숨을 깊게 쉬고 있었다.

"어디, 새로 다시 자세히 봅시다."

송찬은 앉음새를 바짝 가다듬으며 다시 불상 가까이 고개를 숙였다.

"선생님, 그럼 언제까지……."

"난 일 질질 끄는 성미 아니잖소."

"네 감사합니다, 선생님. 이삼일 내로 화료 곧 입금시키겠습니다."

송찬은 눈길을 더 불상 가까이 집중시킨 채 아무 대꾸가 없었다.

'소개료 30퍼센트 제하면 나한테서 나가야 할 건 1억 4천이야. 그치만 저건 당장 140억은 틀림없고, 언젠가는 1,400억도 될 수 있어.'

임예지는 다디단 마카롱을 잘근잘근 씹으며 이런 생각에 젖어들고 있었다.

눈도 깜박이지 않고 불상에 눈길을 집중시키고 있는 송찬의 눈에는 불길이 일렁이고 있는 것 같은 야릇한 빛이 갈수록 강하게 뻗어 나오고 있었다. 그리고 열 개의 손가락은 무엇을 빚는 것 같은 동작을 하며 제각기 어지럽도록 빠르게 움직이고 있었다.

정치에 무관심한 것은
자기 인생에 무책임한 것이다

"본 건은 공익을 위한 합당한 취재 활동으로 인정할 수 있는 객관적 근거가 상당하므로 무죄를 선고함."

그 순간 장우진의 뇌리를 번뜩 스치는 소리가 있었다.

"너는 잡으란다!"

이 짧은 한마디는 지난 5년 동안 가장 기분 나쁘고, 가장 빈번하게 떠오르곤 했던 트라우마였다.

그 말은 대통령 당선 확정이 텔레비전에 방영되자마자 걸려온 첫 전화에서 흘러나왔다. 평소 알고 지내는 정보기관원의 목소리는 딱딱했다.

"튀어. 한시도 여유 없어."

그리고 전화는 끊어졌다.

어둠 속에서 갑자기 전등이 켜진 것처럼 그 전화 내용이 환하게 잡혔다.

'너는'의 '는' 조사(助詞)가 강한 힘으로 육박해 오는 것을 느꼈다.

'다른 사람은 몰라도 너는 잡으란다.' '너는 꼭 잡으란다.' '너만은 꼭 잡으란다.' 사물을 '구별'하거나 '지정'하는 의미의 조사 '는'이 내포하고 있는 말뜻이었다. 거기에는 새로 결정된 여자 대통령의 노여움과 미움이 얼마나 큰지 잘 보여주고 있었다.

그리고 당선이 확정되자마자 전화가 걸려왔다는 것은 사태의 급박함을 알리고 있었다. 여자 대통령은 후보 시절부터 벼르고 있었다는 뜻이었다.

'한시도 여유 없어'라고 한 말처럼 '한시도 지체해서는 안 될' 일이었다.

장우진은 몇 번이고 심호흡을 했다. 가슴이 벌떡거리는 것을 눌러야 했다. 뒤엉킨 생각을 간추려야 했다.

'아내한테 알려? 아니지. 알면 병통이지. 아예 모르는 게 안전하지. 연락해 봐야 돈도 안 나올 거고.'

'장인, 장모, 누구한테 연락하지? 아니, 여기도 마찬가지야. 몰라야 해. 전혀 추적이 안 되는 누군가한테서 멀리 튀었다

는 소식만 들으면 돼.'

'문제는 돈인데……, 어디서 급히 큰돈을 구하지? 외국 가는 차비에, 몇 달이 걸릴지도 모르는데.'

'신문사에 연락해? 아니야, 큰돈 없어. 장인한테 연락이나 해달라고 부탁해야지.'

'아, 맞어! 김선재 형이 있구나. 돈도 있고, 의식도 있고, 의협심도 있잖아. 반드시 해결해 줄 거야.'

장우진은 서둘러 김선재 형에게 전화를 걸었다.

"형, 나 좀 도와줘. 신변이 위험해. 비행기로 멀리 튀어야 해."

"뭐라구? 감 잡았다. 전화 끊고 빨리 와. 전화 안 돼!"

김선재 형은 예리한 음악평을 쓰는 센스 그대로 기민하게 대처했다.

"여자 악담은 오뉴월에도 서릿발 친다고 했지? 그럼 여자 앙심은 어떨까? 서릿발 치기는 매일반이야. 그 사람 말대로 한시도 여유 없다. 오늘 밤 안으로 튀지 못하고 내일 아침까지 꾸물거렸다간 재까닥 쇠고랑이다. 당장 가자, 공항으로."

김선재가 여권을 챙겨 들며 말했다.

"형 여권은 뭐 하게요?"

장우진은 눈치를 챈 것과 동시에 말이 이렇게 나갔다.

"몰라서 물어? 같이 가야지."

"말이 돼요? 갑자기. 사업은 어떡하구요?"

"왜 말이 안 돼. 내 맘대로 하는 사업인데 핑계 삼아 좀 쉬면 그만이구. 정치범 된 아우님 호위하며 망명 생활 하는 것도 일생일대 영광이구. 좀 좋아?"

김선재는 둥글넓적 두툼한 얼굴에 사람 좋은 웃음을 가득 담았다.

"형수님 생각은 안 해요?"

"아 글쎄, 그 형수님이 장우진 기자라면 깜빡 죽어요. 산소 같은 기자고, 사나이 중에 사나이라고. 자네가 이런 위기에 처했는데 내가 안 나서고 뒤꽁무니 빼면 오히려 비위 상해 할걸?"

"잘못하면 사업 문 닫을 수도 있어요. 특별 세무조사 당해서."

"넘어진 김에 뭐 한다고 했지? 그 김에 5년 푹 쉬면 그만이잖아. 그럼 정권도 끝날 거고."

"아, 정말 가시게요?"

"자네 여권은?"

"그거야 항상 여기 있죠. 비상대기조니까요."

장우진이 어깨를 들썩여 배낭을 흔들어 보였다.

"자아, 출발!"

김선재가 바바리코트를 옷걸이에서 내렸다.

"가방도 없어요?"

"이거 왜 이러시나, 잽싸다고 소문난 민완 기자께서 촌티 나게. 이거 하나만 있으면 공항에서 얼마든지 구할 수 있잖아."

김선재가 은행 카드를 손끝에 들고 까딱까딱 흔들었다.

"그럼 형수님한테 연락해야지요."

"이 사람 참 답답하네. 시간 아껴야지, 시간. 공항에 나가면서도 열 번도 할 수 있어. 여기서 꾸물거리다가는 공항에서 잡힐 수 있다구."

김선재는 앞서 사무실을 나가고 있었다.

'혀어엉……, 고마워, 고마워…….'

김선재를 뒤따라 나오며 장우진은 가슴이 눈물로 가득 차고 있었다.

"어디로 갈까?"

택시가 출발하자 김선재가 물었다.

"멀리, 입국 절차 쉬운 곳으로. 그리고 비행기 편수 여럿 있는 나라."

"그럼 금방 답 나오네. 프랑스나 독일."

"맞어요. 나가서 시간 체크해서 제일 빨리 뜨는 것 타요."

"역시 발이 척척 맞는구나. 아이고, 잘됐다. 니 덕에 푹 좀 쉬자."

김선재가 늘어지게 기지개를 켰다.

"아 빨리 형수님한테 전화 걸어요." 장우진이 퉁명스럽게 말했고, "어허, 급하긴. 낮말은 새가 듣고, 밤말은 쥐가 듣는

다" 하며 김선재는 빠른 눈짓으로 운전기사를 가리켰다.

"아아……."

장우진은 입을 반쯤 벌린 채로 뒷머리를 긁었다.

"자네는 어쨌어? 집에 전화."

택시에서 내리자마자 김선재가 물었다.

"아직 못 했어요."

"그랬을 줄 알았어. 지금부터 각자 임무 수행."

김선재가 핸드폰을 꺼내 들며 돌아섰다.

장우진도 핸드폰을 꺼냈다. 아내에게 전화를 걸기 전에 가수 가인에게 전화를 하고 싶었다. 가인과 김선재는 함께 엮어진 인연이었다. 신문사는 그런 인연이 얽히는 마당이기도 했다.

'아니, 아내한테 해서는 안 되는 거지. 가인이 형한테도 당분간 비밀인 게 좋아. 신문사, 신문사에만 해.'

"이봐, 이봐, 장우진. 빨리 이리 와. 인증샷 찍게."

김선재가 소리치며 손짓하고 있었다.

"왜 갑자기, 무슨 인증샷이요?"

"아, 느네 잘난 형수님이 날 안 믿잖아. 빨랑 인증샷 날리래."

"당연하지요. 이렇게 느닷없이 비행기 탄다는데. 빨랑 찍어요."

장우진이 김선재 옆에 바짝 붙어 섰고, 핸드폰이 잘그락 소리를 냈다.

"허 참, 이 호박 덩이같이 생긴 놈을 이 나이까지 의심하고 질투하다니."

김선재가 핸드폰을 끄며 어이없어했다.

"헤헤, 속으로는 좋아하면서 뭘. 여자는 치매 걸려서도 질투하고, 관에 누워서도 질투한대잖아요."

"알았어, 알았어. 빨리 움직이자."

프랑크푸르트행 루프트한자는 3시간 후에 출발이었고, 파리행 에어프랑스는 1시간 반 후에 출발이었다.

프랑스의 입국 수속은 예술의 나라답게 변함없이 자유스러웠다. 그래서 언제나 기분이 상쾌했다. 미국과는 정반대였다. 미국은 갈수록 심해서 꼬치꼬치 묻는 것에 더해 사진을 찍었고, 또 지문을 찍었고, 그것도 모자라 전신을 엑스레이 촬영을 하기에 이르렀다. 그 무차별적인 범인 취급이 불쾌하기 짝이 없었고, 다시는 가고 싶지 않게 정나미가 떨어졌다. 파리가 100번을 가도 좋은 도시인 것은 세계에서 제일가는 예술품을 품고 있어서만이 아니었다. 공항에서부터 사람을 사람으로 대접해 주고 있었던 것이다.

"파리는 정치범 천국이니까 안심 푹 하셔."

공항을 나서며 김선재가 장우진의 어깨를 툭 쳤다.

"형, 나 어쩌죠? 부자되기는 틀렸으니 이 은혜 영영 못 갚을 텐데."

"그거 참 잘됐다. 평생 빚쟁이로 살아봐. 니 볼 때마다 내 속이 아주 고소할 테니까."

김선재가 바바리코트 위에 멘 작은 배낭을 추스르며 오금을 박았다. 면세점을 돌며 그 배낭에다 일용품들을 이것저것 사 넣었던 것이다.

"형, 지금부터 무전여행한다고 생각하고 돈 최대한 아껴 쓰기로 해요." 장우진이 정색을 하고 말했고, "돈? 그래, 아낄 땐 아껴야지. 그럼 지금부터 택시 타지 말고 버스 타고 가자 그거냐?" 김선재가 대꾸했고, "예, 바로 그거예요. 호텔 옆엔 가까이 가지도 말고 모텔만 찾아다니고요. 지금이 이렇게 안 춥고 따뜻한 4~5월이었으면 공원 벤치에서 노숙을 해도 파리의 낭만이 될 텐데." 장우진이 구름 낀 유럽의 하늘을 둘러보며 아쉬운 듯 말했고, "멋쟁이, 장 기자 멋쟁이!" 하며 김선재가 손바닥을 쫙 펴 내밀었고, 장우진이 짝 소리가 크게 나도록 그 손바닥을 힘껏 마주쳤다.

"그럼 내일부턴 미술관 순례나 슬슬 나서볼까? 내 평소 소원이 파리의 박물관이나 미술관 들을 하나도 빼놓지 않고 다 둘러보는 것이었거든."

버스가 출발하자 김선재가 말했다.

"형, 그보다도 더 먼저 하고 싶은 일이 있어요."

장우진이 조심스럽게 말했다.

"하고 싶은 일?"

"예, 스웨덴 국회부터 먼저 가보고 싶어요."

"스웨덴 국회……?"

"예, 독일 신문사 특파원인 제 친구 렌츠가 나라를 변화시키고 싶거든 스웨덴 국회를 꼭 가보라고 했거든요. 거기가 아주 좋은 발전 모델이라구요."

"아하, 독일 기자가 독일 국회가 아니고 스웨덴 국회를 가보라고? 그거 아주 묘하고, 믿음이 가는 말이네. 좋아, 필요하고 급한 일부터 해야지. 그림 감상이야 당연히 그담이고."

김선재는 선선히 동의했다. 그도 언제나 이 나라를 뜨고 치지 않으면 안 된다는 사실에 장우진과 뜻이 합치되어 있었기 때문이다.

싼 모텔은 핸드폰이 친절하게 안내해 주었다. 핸드폰이란 맹랑한 놈이 발휘한 순기능이었다.

파리 북역에서 유럽 어느 나라나 갈 수 있는 글로벌패스를 끊었다. 스웨덴 수도 스톡홀름까지 가기 위해서였다.

"네 번에서 여섯 번 정도 갈아타면서 24시간 정도 걸린다. 그거 괜찮네. 숙박비도 아끼고, 유럽 여러 나라를 남쪽에서 북쪽으로 관통도 해보고."

김선재가 기차 객실을 둘러보며 느긋한 표정으로 웃었다.

"렌츠 기자가 그랬어요. 한국은 알다가도 모를 나라라구요."

장우진이 배낭을 벗어 선반에 올리며 말했다.

"알다가도 모르겠다? 그거 좀 시건방지지 않아?"

"예, 한국에서 2~3년 살고 그런 말 하면 시건방지지요. 근데 렌츠는 20년 넘게 살았어요."

"뭐야? 그럼 한국 놈 다 됐게? 그냥 비즈니스맨도 아니고 매일 관찰하고 분석하고 비판하는 신문기자로 그렇게 오래 살았으면 우리보다 우리를 더 잘 안다고 할 수 있겠는데. 더군다나 딴 나라도 아니고 논리적이고 과학적 특성이 강하다는 독일 사람이잖아."

김선재가 진지해진 얼굴로 무겁게 고개를 끄덕였다.

"예, 아주 예리하고 명료하게 문제점들을 지적하곤 해요."

"예를 한 가지 들면?"

그때 기차가 서서히 움직이기 시작했다.

"예, 지금 한국이 처한 가장 심각한 문제는 전혀 규제가 안 되는 재벌들의 횡포인데, 재벌들의 온갖 횡포가 계속 매스컴을 통해 보도되고 있고, 직접 당하기도 하면서도 왜 국민들이 대대적인 불매운동 한번 벌이지 않는 것인지 도저히 이해할 수가 없다. 오히려 그런 대기업에 서로 먼저 취직하려고 치열하게 경쟁하면서 사교육이 사회문제가 될 정도로 기승을 부리고 있다. 지구상에 이런 이상스러운 나라는 한국밖에 없다. 그러면서도 또 가끔 정치투쟁을 일으켜 성공시키기도 한다. 이 난해함은 피카소 그림보다 더 이해하기가 어렵다. 이런 식이에요."

"햐아, 그 친구 그거 아주 핵심을, 급소를 정통으로 찌르네. 그런 친구라서 스웨덴 국회를 가보라고 했구만. 우리 국민들, 재벌에 대해 감정 정리 못 하고 헷갈리고 있는 것, 그것 참으로 심각한 문제고, 고치기 힘든 고질병 아냐?"

김선재는 얼굴이 일그러지며 빠르고 세게 혀를 차댔다.

"그 고질병은 박정희 때부터 지금까지 수십 년 동안 주입되고 주입되어 완전히 정신을 마비 상태에 빠뜨려놨잖아요. 재벌의 사기를 꺾어서는 안 된다. 재벌이 사기가 죽으면 경기가 위축된다. 경기가 위축되면 나라 전체 경제가 나빠진다. 나라 경제가 나빠지면 국민 모두가 잘살 수 없게 된다. 그러므로 재벌의 사기를 북돋워주어야 한다. 매스컴들이 수십 년 동안 반복해 온 이 주문에 대중들은 완전히 바보처럼 최면 돼버렸잖아요."

"바로 그거야. 대중의 집단 학습, 대중의 집단 최면, 그 고질병을 어떻게 고쳐야 하는 거지? 렌츠 기자가 뭐라고 말한 것 없어?"

"예, 그 하나의 방법으로 스웨덴에 가보라는 거였어요."

"아, 그랬구나. 그럼 일단 가봐야지. 우선 한숨 자자고. 시차 때문에 피곤해."

김선재가 하품을 했다.

"예, 저도 피곤해요."

하품은 금세 장우진에게 전염되었다.

씨름꾼 같은 그들은 셋이었다. 운전수만 보통 체구였다. 그들 셋은 차가 정거하자마자 장우진을 우악스럽게 끌어내렸다. 팔을 뒤로 묶이고, 입을 청테이프로 틀어막힌 장우진은 아무런 저항도 할 수가 없었다. 그들 셋은 장우진을 길옆의 산으로 끌고 올라갔다. 장우진은 눈을 부릅떴지만 어둠 속에서 어디가 어딘지 전혀 알 수가 없었다. 그들은 한참 동안 산속으로 들어가 장우진을 나무에다 묶었다. 그런데 갑자기 쇠부딪치는 소리가 울렸다. 뒤따라온 운전기사가 삽들을 내던진 것이었다. 그들 셋은 삽을 하나씩 들고 땅을 파기 시작했다. 장우진은 몸부림을 쳐보았다. 꼼짝달싹할 수가 없었다. 있는껏 소리를 질러보았다. 아무 소리도 나지 않았다. '아, 이대로 죽나!' 절망스러운 장우진의 뇌리에 얼마 전의 일이 떠올랐다. 보험사에서 연락이 와 만났다. "이 보험이 좀 이상합니다. 타인에 의해 비명횡사를 당했을 때 지급되는 겁니다. 이런 보험 드는 것 처음 보는데, 해당 조항을 바꾸시는 게 좋을 것 같습니다." 장우진은 직감했다. 그건 아내가 든 보험이었다. "얼마짜립니까?" "5천만 원짜리입니다." 또 알아차렸다. 돈이 없으니 1억짜리를 들 수 없었을 것이다. "그냥 그대로 두지요, 뭐." 아내의 그 '가난한 대비'가 옳았기 때문이었다. 그리고 자신은 늘 비명횡사의 위험 속에 노출되어 있었던 것이다. "그 새끼 처넣어." 한 사내가 말했고, 두 사내가 끈을 풀었다. 장우진은 몸부림쳤지만 두 사내의 힘을 당할 수가 없었다. 떠미는 대로 구덩이에 처박혔다. 장우진은 구덩이를 벗어나려고 발버둥을 쳤다. 세 사내가 퍼부어대는 흙에 눈을 감아야 했다. 흙이 얼굴이고 어디고 마구 끼얹어지면서 구덩이에 차오르고 있었다. '아, 이렇게 죽는구나. 이렇게 막 나올 줄은 몰랐는데. 이런 대비는 안 했는데. 즈이들도 끝장나는 걸 모를까……?' "이 새끼, 더는 까불지 마. 이대로 팍 죽여버려야 하는데 이번 한 번만 딱 봐준다." 그리고 그들은 사라졌다. 흙은 가슴께까지 차올라 있었다.

"이봐, 이봐, 정신 차려!"

김선재는 장우진을 마구 흔들어 깨웠다.

"왜 그래? 나쁜 꿈 꿨어?"

김선재가 장우진의 볼을 톡톡 쳐대며 물었다.

"예, 생매장당하는 악몽……."

장우진이 초점 안 잡히는 눈을 껌벅이며 대꾸했다.

"뭐, 생매장? 그런 일도 당했어?"

"뭐 그리 놀라지 말아요. 가슴께까지만 흙 덮은 협박이었으니까요."

"가슴까지? 그거 사람 혼 다 빠지게 해 반은 죽인 거잖아. 그따위로 잔인한 짓거리 한 놈들이 누구야?"

김선재의 눈에 불길이 일었다.

"아, 제가 원수 산 데가 어디 한두 군덴가요. 이렇게 살아 있으니 됐잖아요. 다 잊어버리세요."

장우진이 얼굴을 훔치며 말했다.

"참, 배짱 한번 좋다. 가슴에 흙이 차오를 때까지 얼마나 피가 말랐냐 그래. 참 이 나라 좋은 나라다. 기사 쌈빡쌈빡하게 잘 쓰는 기자한테 상은 못 줄망정 그따위 공갈 협박이나 해대고. 이거 언제나 나라가 제대로 될 거냐 그래."

김선재가 한숨을 푹 쉬었다.

"그래서 지금 그 길 찾으러 가고 있잖아요."

"모르겠다, 스웨덴이라고 무슨 뾰족한 수가 있을지."

김선재가 또 한숨을 쉬었다.

스웨덴 국회는 스톡홀름시 릭스가탄 1번지였다.

"저는 한국에서 온 기잡니다. 스웨덴 국회 전반에 대해서 취재하기를 원합니다. 좀 도와주십시오."

장우진은 영어가 찍힌 쪽으로 명함을 뒤집어 안내 담당 직원에게 내밀며 말했다.

"오우, 한국에서 아주 멀리까지 오셨군요?"

금발의 여직원이 서양인 특유의 친절한 웃음을 지으며 명함을 받았다.

"아, 한국을 잘 아십니까?"

장우진은 반갑게 물었다.

"아니, 아닙니다. 여기서 멀다는 걸 아는 게 전부 다입니다. 미안합니다."

여자가 미안쩍은 표정으로 웃음 지었다.

"예, 괜찮습니다. 누구나 다 그 정도입니다. 그럼, 제가 도움을 받을 수 있는 어떤 분을 좀 소개해 주셨으면 합니다."

"네, 잠깐만 기다려주세요. 전담 의원님께 가능하신 스케줄을 확인해 드리겠습니다."

장우진은 김선재 쪽으로 돌아섰다.

"이상하네. 이 나라는 어찌 이렇게 편안하고 잠잠한 느낌이 들지?"

창밖을 내다보고 있던 김선재가 중얼거리듯이 말했다.

"음악 평론가시라 느낌이 칼이시네요 뭘."

"무슨 소리야?"

"인구 천만이 조금 못 되고 GDP는 5만 4천 달러나 되니 편안하고 잠잠할 수밖에 없죠. 정치는 국민을 최고로 잘 모시는 세계적인 모범국이구요."

"젠장, 그럼 우리나라하고는 정반대인 모양이네."

김선재는 코밑을 씩 문지르며 혀를 찼다.

"지금부터 국민을 어떻게 최고로 잘 모시는지 알아볼 참이에요."

"그거 뭐 하게? 우리나라 정치인들 본받게 하려고?"

"허, 눈치 한번 귀신이네요."

"하이고, 꿈도 야무지셔요, 우리 순진하신 장 기자님!"

김선재는 거침없이 콧방귀를 뀌어버렸다.

"아니, 왜 그리 초장부터 김을 빼고 그래요? 맥 풀리게."

"허허, 우리나라 정치인들이 얼마나 겉 다르고 속 다른지 누구보다 잘 아는 사람이 그런 소리 하니까 콧방귀 안 나오게 생겼어? 믿을 걸 믿고, 바랠 걸 바래야지. 대한민국 정치인들 절대 안 변해. 그 유명한 3대 거짓말이 안 변하는 것처럼."

"정치인 3대 거짓말?"

"아 거 있잖아. 모든 권력자들이 얼굴색 하나 안 변하고 해 대는 세 가지 거짓말. 국민 위해 일한다, 돈 안 먹는다, 거짓말 안 한다."

"예, 잘 알아요. 그들이 안 변하면 변하게 만들어야지요."

"변하게 만들어? 무슨 재주로?"

"여기 모델이 있잖아요. 스웨덴도 처음부터 모범 민주국가였던 게 아니잖아요. 국민들 힘으로 오랜 세월에 걸쳐 만들어 낸 거지요."

"국민의 힘? 그걸 믿어?"

"확신은 못 하지만, 그래도 믿을 건 그것밖에 없어요. 4·19 때도 그랬고, 군부독재 30년을 끝장낸 것도 국민의 힘이었으니까요."

"글쎄, 그 말이 맞긴 한데, 또 한편으론 어제 말한 것처럼 재벌에 대해 그 바보 같은 맹목적인 믿음을 가진 게 국민이라구."

"알아요. 그것도 차츰차츰 깨나가면서 진실을 보게 해야 돼요."

"진실을 보게 해?"

"예, 그럴려고 여기 온 거라구요."

"뭘 어떻게 할 건데?"

"우선 세계적인 모범 국회의 실체를 알아야겠어요. 모델이 있어야 구체적 방향이 설정될 테니까요."

"그럼 스웨덴식 국회가 한국에서도 실현되게 해야 한다는 거야?"

"아이고 형, 진도 그렇게 빨리 나가지 마세요. 일단 좋은 견학한다 생각합시다." 장우진이 손을 내저었고, "알았어, 알았어. 배워서 좋은 것은 많이 배울수록 좋은 것이지. 도망 다니면서도 그런 생각 버리지 않는 넌 어쨌든 괜찮은 놈이야." 김선재는 사람 좋아 보이는 웃음을 얼굴 가득 담으며 고개를 끄덕였다.

"헬로우, 쟝!"

금발 여직원이 장우진을 불렀다.

"미안합니다. 일정이 짜여 있어서 내일은 안 되고, 하루를 더 기다릴 수 있습니까?"

"예, 이틀도 기다릴 수 있습니다."

"예, 좋습니다. 그럼 모레 오전 10시까지 여기로 오십시오. 인터뷰 시간은 1시간 40분 정두입니다. 어떻게 생각하십니까?"

"예, 좋습니다. 도와주셔서 감사합니다."

장우진은 한국식으로 꾸벅 절을 했고, 여직원은 환하게 웃으며 일어나 악수를 청했다.

"그동안 샌드위치만 계속 먹어댔으니까 오늘 저녁은 식당에 자리 잡고 앉아 정식으로 먹는 게 어떨까?"

국회를 나서며 김선재가 말했다.

"벌써 샌드위치에 물렸어요?"

장우진이 곱잖은 어조로 물으며 김선재를 빤히 쳐다보았다.

"그런 건 아니고, 샌드위치만 계속 먹어대니까 우리 신세 너무 초라해 보이지 않냐? 돈이 없는 것도 아닌데. 그동안 절약 많이 했으니까 한 끼는 기분 좀 풀자. 맥주도 한 잔씩 마시면서. 아무리 줄행랑이라고 해도 여행은 여행인데, 여행이면 낭만도 좀 있어야 되는 거 아니냐?"

김선재는 사정하는 것처럼 꾸민 어조로 말하고 있었다.

"하여튼 음악하는 사람 끼 못 말려요. 알았어요. 낭만 풀어요."

"그래, 맥주 좀 느긋하게 마시자. 이쪽 동네 맥주가 원조잖냐."

"오면서 봤잖아요. 끝없이 펼쳐진 들판. 그게 농사철에는 온통 밀밭이 돼버리니, 빵 만들어 먹고 남은 밀 뭐 해요. 맥주 만들어 마신 거죠."

"그래, 유럽에 오면 대평원이라는 말이 실감 나. 가도 가도 벌판이니, 산 많은 우리나라에서는 전혀 느낄 수 없는 신기한 풍경이지."

"형, 근데 솔베이 송은 어때요?"

"그리그? 그야 두말이 필요 없지. 그 노래 듣고 죽고 싶은 생각 떠오르지 않으면 그건 인간 자격 미달이지. 인간에게 실망하다가도 그래도 희망을 갖게 되는 희귀한 결과물 중의 하나가 그리그의 솔베이 송이야."

"하이고, 음악 평론가 실력 제꺼덕 나오네요."

"근데 왜 갑자기 솔베이 송이야?"

"바로 옆 나라가 그리그의 노르웨이잖아요."

"흠, 제법이라니까. 도망자 신세에 그런 생각까지 다 하고. 그러잖아도 파리 출발하면서 스웨덴 일 끝나면 그리그 찾아갈 작정이었어."

"예, 역시 그럴 줄 알았어요. 슬슬 식당 찾아봐요."

"그러자. 외로운 두 나그네 객고 풀어줄 곳으로."

두 사람은 이튿날 점심때가 다 되도록 늦잠을 잤다. 맘 놓고 마신 숙취에다가, 오늘은 내일을 기다려야 하는 날일 뿐이었던 것이다.

점심을 먹은 그들은 느린 걸음으로 시내 구경에 나섰다. 스톡홀름은 서울과 많이 달랐다. 급조된 느낌이 없었고, 정적이었고, 수수했으며, 번잡스럽지 않았고, 자전거를 타는 사람들이 많았고, 특히 공기가 신선한 느낌이 들도록 맑았다.

"왜 자꾸 창피하다는 생각이 들지?" 김선재가 뚜벅 말했고, "괜히 서울 생각하지 말아요." 장우진이 스산한 얼굴로 말했고, "체에, 지도 서울 생각하고 있었네, 뭘." 김선재가 픽 웃었고, "어쩌겠어요, 별수 없지." 장우진이 씁쓰름하게 웃었다.

이튿날 아침 그들은 면도를 말끔히 했다. 로마에 가면 로마의 법을 따르랬다고 최소한의 서양 예의를 갖추려는 것이었다.

"만약 국회의원이었으면 만나지 않았을 겁니다. 최초의 신문기자였기 때문에 만날 마음이 생겼습니다."

에릭 안데르손 의원의 첫마디였다.

충격과 함께 질문을 하지 않을 수 없는 말이었다. 장우진은 마른침을 삼키며 물었다.

"아니, 왜 그러십니까?"

"예, 저는 지난 10여 년 동안 여길 방문한 한국 국회의원들을 20여 명쯤 만났습니다. 그들은 몇 명씩 단체로 왔으니까요. 그들은 우리나라 국회를 모델 삼아 한국 국회를 바꾸고 싶다고 했습니다. 그래서 저는 열심히 설명하고는 했지요. 그런데 그게 다 헛수고라는 걸 알았습니다. 대사관을 통해서 알아보면 한국 국회는 아무런 변화가 없다는 것이었습니다. 그건 제 개인적인 실망을 넘어 우리나라 국민들에 대한 직무유기를 저지른 것이 됩니다. 왜냐하면 국민의 세금으로 봉급받고 일하는 자가 아무 효과도 없는 일을 한 번도 아니고 여러 번 했기 때문입니다."

"아, 그랬었군요. 죄송합니다. 제가 대신 사과드립니다."

장우진은 화끈 달아오른 얼굴을 두 손으로 감싸며 고개를 숙였다.

"장 기자님은 왜 우리나라 국회를 취재하려는 것인지 물어봐도 되겠습니까."

금발이 희끗거리는, 노년이 시작되고 있는 에릭 안데르손은 예리한 푸른 눈으로 장우진을 응시하며 물었다.

"예, 저는 오래전부터 우리나라를 바꿔야 한다는 의지로 기자 생활을 해왔습니다. 그런데 저의 그런 뜻을 알게 된 독일 신문기자 렌츠가 스웨덴 국회를 꼭 가보라고 권했습니다. 세계적인 모범 국회로, 한국 국회의 모델이 될 수 있다는 것이었습니다. 그리고 법치국가의 변화는 법을 만드는 국회부터 변화시켜야 하기 때문에 스웨덴 국회는 꼭 알아야 하는 대상이었습니다."

미리 정리해 둔 바라 장우진은 쉽게 말할 수 있었다.

"예, 정확하시군요. 법치국가의 변화는 틀림없이 법을 만드는 국회부터 변화시켜야 합니다. 자아, 지금부터 질문에 성실히 답변하도록 하겠습니다."

안데르손은 뭐든지 물으라는 듯 자세를 고쳐 잡았다.

"빈터에 자전거가 빈틈없이 가득 차 있었습니다. 그게 다 의원들의 것입니까?"

"아 예, 역시 기자라 그걸 눈여겨보셨군요. 예, 모두 의원들이 타고 출근한 것입니다. 오늘 눈이나 비가 오지 않고 날씨가 좋으니까 자전거가 더 많아졌을 것입니다. 자전거를 못 타게 되면 대중교통인 버스를 이용합니다."

"그럼 의원들은 승용차를 안 탑니까?"

"예, 그렇습니다. 아예 승용차가 없으니까요. 한국 의원들은 모두 고급 승용차를 타고 다닌다는데, 만약 우리나라에서 그랬다가는 국민들이 절대 용납하지 않습니다. 국민 세금을 낭비하기 때문에. 저는 한국 국민들을 도저히 이해할 수가 없습니다. 왜 그런 걸 용납하는지."

안데르손은 고개를 갸웃거렸다.

"의원님, 놀라지 마십시오. 한국 의원들은 단 한 사람도 차를 직접 운전하지 않습니다. 여덟 명의 보좌관 중의 하나로 인정되는 운전기사가 나라에서 주는 봉급을 받으며 운전을 해줍니다."

"뭐라구요?"

"그뿐이 아닙니다. 차량 유지비 따로, 기름 값 따로, 다 대줍니다."

"아니, 그게 정말입니까?" 안데르손은 큰 눈이 더 휘둥그레지게 놀라더니, "정말 보좌관이 여덟이나 됩니까?" 하며 믿을 수 없다는 표정이었다.

"예, 여덟이 맞습니다. 그런데 그것도 모자라 한 명 더 늘려야 한다는 말이 나오기도 합니다. 의원님, 그런데 왜 그리 놀라십니까? 스웨덴은 몇 명씩입니까?"

"없습니다!"

안데르손은 손짓까지 하며 단호하게 말했다.

"예에? 한 명도 없다구요?"

이번에는 장우진의 눈이 휘둥그레졌다.

"예, 보좌관도 비서도 없습니다. 단, 두 의원당 한 명씩 국가 입법 조사관을 제공합니다. 그 조사관의 보조를 받으며 모든 의원들은 연간 수십 건씩 법안을 발의합니다."

"아니, 그게 정말입니까? 조사관 한 명이 의원 둘을 보좌하는 상태로 연간 수십 건씩 법안을 발의하다니, 어떻게 그게 가능합니까? 도저히 믿을 수가 없습니다."

"예, 우리 국회는 휴일 없이 일하고, 24시간 일하는 체제입니다. 그런 봉사 정신 잃으면 자연스럽게 탈락하게 됩니다."

"휴일 없이 일하고, 24시간 일한다구요?"

믿을 수 없다는 듯 장우진은 되물었다.

"예, 믿기 어려울 수 있습니다. 그러나 지금 근무 중인 의원들 거의 전부가 도시락을 싸가지고 온 것이 그것을 입증합니다. 의원들은 식당에 오갈 시간 여유가 없기 때문에 도시락을 싸오는 것입니다. 그럼 돈도 절약되고요."

'한국 의원들은 도시락을 싸오는 사람이 단 한 명도 없어요.' 장우진은 신음처럼 속말을 하고 있었다.

"도시락을 들고 다니려면 좀 불편하지 않을까요?"

"글쎄요, 그럴 염려는 전혀 없습니다. 남녀 의원들 거의가 자전거 타기 편하고 효율적이니까 배낭을 메고 출퇴근하거든요."

"예, 알겠습니다. 아까 24시간 근무 체제라고 했는데, 그럼 각종 회의에 참석률이 높겠군요?"

"참석률이라니요? 무슨 말인지 잘 모르겠습니다. 우린 모든 회의에 전원 참석이 절대 원칙입니다. 그러나 불가피하게 몸이 아프거나, 장기간 해외 출장을 갈 때가 있습니다. 그럴 때는 반드시 의사 진단서를 제출해야 하고, 해외 출장 승인서를 첨부해야 합니다. 그리고 그런 경우에 대비해 전원 참석

원칙을 지키기 위해서 대리인 제도에 따라 미리 선정해 둔 대리인들을 회의에 참석시킵니다. 그렇게 100퍼센트 출석을 고수하는 이유는 의회의 모든 회의는 국민의 행·불행에 직결되어 있기 때문입니다."

"그래도 이유 불분명한 불참자가 있을 수 있지 않습니까?"

"그런 사람은 없습니다. 제가 6선으로 23년째 근무 중인데 그런 의원은 한 명도 보지 못했습니다. 만약 그런 사람이 있다면 그건 스스로 탈락을 선택한 것입니다."

안데르손의 말은 단호했다.

"혹시 임기 동안 입법 발의를 한 건도 안 한 의원은 없습니까?"

"아니, 4년 동안 말입니까? 그건 도저히 상상할 수 없는 일입니다. 그건 단순히 직무 유기를 넘어 국민을 배반하는 행위이고, 나라를 망치는 행위입니다. 만약 그런 의원이 있다면 4년 동안이 아니라 1년 만에 엄중 징계를 받아 국회에서 쫓겨날 것입니다."

안데르손의 말은 더욱 단호해졌다.

'아, 한국 국회의원들은 4년 동안 법안 발의를 한 건도 안 해도 아무 책임 추궁이나 징계 없이 차기에 또 당선이 되고, 회의에 수없이 불참해도 아무런 처벌 없이 무사하답니다.'

장우진은 점점 부끄러움을 느끼고 있었다.

"예, 그렇게 열심히 일하는 대신 국회의원으로서 누리는 특권은 뭐가 있는지요?"

"특권이라고 했습니까? 특권이라는 건 아무것도 없습니다. 만인은 법 앞에 평등하듯 모든 국회의원들은 일반 근로자들과 똑같이 일할 뿐입니다."

장우진은 '면책특권이나 불체포특권 같은 게 없느냐'고 물으려다가 그만두었다. 그건 한국 국회의 망신 때문이 아니라 자신이 그런 국회의원들이 활개 치는 나라에서 사는 국민이라는 것이 창피스러웠기 때문이다. 한국 국회의원들은 면책특권이나 불체포특권만 누리는 것이 아니었다. 국정감사권으로 관여 분야가 20~30군데씩이나 많아 직권 남용을 무한대로 저지를 수 있었고, 각종 관공서를 무제한으로 출입하면서 도열 영접까지 받아가며 음성적 이권 행위를 얼마든지 자행할 수 있었던 것이다.

"혹시 비행기나 열차 같은 것을 탈 때 앞 좌석 배정 예우 같은 것도 없습니까?"

"예, 그런 것 전혀 없습니다. 의원들이 바라지도 않지만, 국민들 또한 그런 특혜를 결코 인정하지 않습니다. 공무 출장으로 비행기를 탈 때도 가장 싼 좌석을 이용하고, 자동차를 이용할 때도 택시는 안 타고 대중교통을 이용합니다. 그 이유는 국민 세금을 절약해야 하기 때문입니다."

"아 예, 국민 세금을 그렇게 절약하는 것이 참 인상적입니다. 그럼 여기서는 출장성 외유 같은 것은 없습니까?"

"뭐라고 했습니까? 출장성 외유?"

"예, 출장을 빙자하여 외국 여행을 가는 것 말입니다."

"아니, 그건 엄연히 거짓말이고 속임수 아닙니까? 그건 국민을 속이면서, 국민 세금을 탕진해 국민에게 피해를 입히는 짓입니다. 그러므로 그건 사기와 공금횡령에 해당하는 범죄입니다. 우리 국회에서는 절대로 있을 수 없는 일입니다. 우리는 공식적인 해외 출장의 경우 하루 출장비가 6만 원 정도입니다. 그리고 그 돈을 사용한 영수증을 100퍼센트 제출해야 합니다. 또한 모든 의원들의 영수증은 영구 보관됩니다."

'아이고 숨 막혀라. 한국은 출장성 외유가 비일비재하고, 출장비는 들쑥날쑥이고, 그게 얼마가 됐든 간에 영수증은 전혀 제출할 필요가 없답니다.'

"그럼 스웨덴 국회의원들은 세금 낭비를 전혀 안 합니까?"

"그렇습니다. 모든 지출은 100퍼센트 투명하게 영수증으로 입증되어야 하고, 모든 세금 사용은 단 한 푼도 속이지 않고 국민 앞에 공개됩니다. 세금 낭비는 곧 '도둑질'이라는 고정 인식이 국민이나 의원 들이나 확고합니다."

"옛 소련 공산당 서기장 흐루쇼프는 이렇게 말했습니다. '정치가란 강도 없는데 다리를 놓겠다는 자들이다.' 또 이런 말도 있습니다. '원숭이가 바나나를 못 먹게 막을 수는 있어도 정치인이 거짓말을 못 하게 막을 수는 없다.' 그런데 스웨덴 국회의원들은 전혀 거짓말을 안 한다는 것 같은데, 그게 사실입니까?"

"그렇습니다. 우리는 절대 거짓말을 안 합니다. 거짓말을 했다가 드러나면 그 순간 바로 파멸당합니다. 어느 여성 장관이 공금을 유용한 사실이 드러났습니다. 그 액수가 소액이었는데, 장관은 아니라고 거짓말을 했습니다. 거짓말한 것이 밝혀지는 그 순간 국민의 불신에 떠밀려 그 장관은 몰락하고 말았습니다. 국민들은 공금 유용보다 더 나쁜 것이 거짓말한 것이라고 생각했고, 용서하지 않은 것입니다."

"그렇지만 선거 공약을 하다 보면 본의 아니게 거짓말이 될 수도 있지 않습니까?"

"예, 좋은 질문입니다. 그래서 우리는 선거 때도 꼭 지킬 수 있는 것만, 틀림없이 자신 있는 것만 공약으로 내세웁니다. 과장하거나 허풍 치는 것은 자살 행위입니다. 우리는 '정치는 약속을 지키는 것'이라는 신조로 의원 생활을 해나가고 있습니다. 그래서 스웨덴 정치인들은 국민이나 국가 같은 말을 들먹이지 않습니다. '봉사 기동대'라는 의식으로 일할 뿐입니다."

"참으로 믿기 어려운 일입니다. 그런 의식은 어떻게 형성되는 것입니까?"

"예, 정당마다 정치학교를 운영하고 있습니다. 거기서 젊은 세대에게 전문 교육을 시켜서 책임지는 정치인, 봉사하는 정치인, 희생적인 리더십에 대해 교육을 시킵니다. 그 젊은이들은 이미 기존 정치인들을 통해서 정치란 군림이나 지배가 아니라 봉사와 희생이라는 것을 잘 아는 상태에서 정치인의 길을 택했기 때문에 교육 효과는 아주 큽니다. 봉사와 희생은 스웨덴 정치의 오랜 전통이고, 정치란 머리로 하는 것이 아니라 마음으로 하는 것이라는 신조를 누구나 확고하게 갖추게 됩니다."

"예, 저는 지금 연속적으로 충격을 받고 있습니다. 그럼 스웨덴 정치인들이 그렇게 봉사와 희생의 정치인 생활을 이어갈 수 있는 근거랄까, 보상이랄까, 그런 것은 무엇입니까?"

"예, 그 점 궁금해하실 줄 알았습니다. 저희들은 국민의 행복과 안전을 위해 진정한 봉사와 희생으로 최선을 다하려고 노력합니다. 그럼 국민들은 저희들에게 절대적인 신뢰와 존경과 명예를 보내주십니다. 그것이 우리를 추동해 가는 힘입니다. 그 이상 무엇을 더 바라겠습니까."

"참으로 부럽습니다. 그럼 시의원들도 국회의원들과 똑같은 태도로 일하겠지요?"

"아닙니다. 시의원들은 국회의원들보다 훨씬 더 큰 희생과 봉사를 하는 분들입니다. 왜냐하면 그들은 그 어떤 특권도 보수도 없이 오로지 봉사만 하고 있기 때문입니다."

"아니, 보수가 전혀 없이 일한단 말입니까?"

장우진은 잘못 들었나 싶어 되물었다.

"예, 모든 지자체 의원들은 그 어떤 보수도 받지 않고 봉사하고 있습니다. 그들이 받는 보수가 있다면 주민들의 행복과 안전을 위해 일한다는 긍지와 보람일 것입니다."

'아, 우리나라는 시·군 의원들이 수백만 원씩 월급을 받고도 모자라 해마다 관광성 외유를 해서 말썽들을 일으키고 있습니다. 수행원들까지 데려가기도 하고, 지진이며 홍수 피해가 덮친 날 출발하기도 하고, 1년에 두 번씩이나 떠나기도 하고, 여자 있는 술집 안내 안 한다고 가이드에게 폭행을 가하기도 하고, 참 가관들입니다.'

"저는 오늘 제 생애 중에서 가장 큰 충격과 경이로움과 부끄러움을 느끼고 있습니다. 왜냐하면 스웨덴과 한국은 국회와 정치인들의 태도가 정반대이기 때문입니다. 스웨덴 정치인들이 이렇게 깨끗한 정치를 하게 된 비결은 무엇입니까?"

"비결? 비결은 없습니다. 정도의 차이만 약간씩 있을 뿐 서유럽 여러 나라들의 정치 상황은 거의 비슷합니다. 그 나라들이 오늘날과 같이 되는 데는 지난 400여 년에 걸친 노력이 있었습니다. 특히 시민들의 자각과 노력이 절대적인 힘을 발휘했습니다. 그 자각과 노력이란 다름 아닌 시민들의 직접적인 감시와 감독을 말합니다. 이 세상의 모든 권력은 감시와 감독 그리고 견제가 없으면 반드시 횡포하고 부패하고 타락하게 되어 있습니다. 그것이 권력의 속성이고, 또 인간의 속성입니다. 그 좋은 증거가 봉건시대의 절대왕정들입니다. 그러니까 민주주의란 시민들이 자유와 평등과 평화를 조화시켜 창조해 낸 화초이고, 그 화초는 철저한 감시와 감독을 하지 않고는 아름다운 꽃을 피워낼 수 없는 것입니다. 서유럽 여러 나라의 시민들은 서로서로 보고 배우며 그 감시와 감독 조직을 철저하게 가동시켜 오늘날의 민주정치의 꽃을 피워낸 것입니다."

"그 감시 감독 조직이란 시민단체를 말하는 것입니까?"

"그렇습니다. 비영리 민간단체!"

"스웨덴은 현재 얼마나 됩니까?"

"예, 대강 2십3만 2천여 개입니다."

"네에……? 2만 3천2백 개가 아니고 2십3만 2천 개란 말입니까?"

장우진은 입을 딱 벌리며 김선재를 쳐다보았고, 김선재도 눈이 휘둥그레져 있었다.

"뭐 그렇게 놀라지 마십시오. 나라마다 인구 차이 때문에 시민단체들 수도 조금씩 다릅니다만 제가 기억하기로 대충 핀란드가 14만 4천여 개, 프랑스가 100만 개, 영국이 87만 개, 네덜란드가 6만 5천여 개, 그렇습니다."

"아, 아……."

장우진은 말을 잃고 있었다.

"한국은 시민단체가 몇 개나 됩니까?"

"예, 숫자로는 만 개가 넘지만 지속적으로, 적극적으로 활동하는 데는 몇십 곳에 불과합니다. 국민 참여도가 낮아 활성화가 안 되고 있는 것이 현실입니다."

"아, 아까 당신이 스웨덴과 한국의 정치 현실이 정반대라고 했던 말이 무슨 뜻인지 이제야 확실히 풀렸습니다. 시민단체 수도 너무 적고, 국민의 참여도도 낮고, 그러니 감시 감독이 제대로 이루어질 수가 있겠습니까. 스웨덴과 반대 현상이 일어나는 것은 너무 당연한 일입니다."

안데르손은 단호하게 말했다.

"예, 저도 의원님과 얘기를 나누면서 그 점을 확실하게 깨달았습니다."

장우진도 전적인 동의를 표했다.

"민주국가 국민에게는 국가에 대한 의무와 권리가 동시에 주어져 있습니다. 국가 또한 국민에 대해 권리와 의무를 동시에 가지고 있습니다. 국민이 국법을 준수하는 것은 의무이고, 국민이 위임한 모든 권력을 철저하게 감시 감독하는 것은 국

214

민의 권리입니다. 그 권리 행사는 바로 시민단체를 통해서 하는 것입니다. 그런데 시민단체 수만 봐도 한국인들은 국민으로서 직무 유기를 너무 크게 저지르고 있습니다. 한국 인구가 대략 5천여만 정도라고 알고 있는데, 그 많은 인구에 비해 활발히 활동하는 시민단체 수가 몇십 개에 불과하다니, 이건 도무지 말이 안 되는, 민주주의를 포기해 버린 국민들이라고 할 수밖에 없습니다. 국민들의 감시 감독이 제대로 이루어지지 않으면 모든 권력자들은 그 순간 광야의 포식자 하이에나로 돌변하게 됩니다. 그건 권력자들이 나빠서가 아니라 권력 자체의 속성이 그렇습니다. 그러므로 국민이 감시 감독을 소홀히 하는 직무 유기를 저지르는 것은 모든 권력자들에게 맘대로 직무 유기를 저지르라고 기회를 주고 허락하는 것이나 마찬가집니다. 그리고 국민이 저지르는 가장 큰 어리석음과 망상은 정치인들이 자기네가 원하는 행복한 세상을 만들어주리라고 믿고 방심하는 것입니다. 결론은 이것입니다. 정치에 무관심한 것은 자기 인생에 무책임한 것입니다. 그리고, 수많은 시민단체들이 심장이 뛰듯이 살아 움직이지 않고서는 그 사회와 국가는 병들 수밖에 없고, 민주주의는 시들어 꽃을 피울 수 없다는 것은 절대 불변의 사실입니다."

"예, 전적으로 동감입니다. 그럼 스웨덴의 대기업들도 그 경영이 정치처럼 투명하고 속임수가 없는 것입니까?"

"예, 그야 물론입니다. 그 많은 시민단체들은 정치를 철저하게 감시 감독하는 것과 똑같이 모든 기업들의 경제활동도 치밀하게 감시 감독하고 있기 때문입니다. 자본주의 민주국가의 2대 권력은 정치권력과 경제 권력입니다. 그 권력들은 줄기차게 감시 감독하지 않고서는 건강성을 유지해 갈 수가 없습니다. 우리나라 기업들은 크고 작고를 가리지 않고 탈세를 전혀 하지 않고, 그 어떤 편법으로도 기업 이윤을 추구하지 않습니다. 만약에 어떤 기업이 편법이나 불법을 자행했다면 그날로 대대적인 불매운동이 일어나고, 그 기업은 바로 파산하고 맙니다. 모든 기업은 투명하고 정직하게 경영해도 이익을 남길 수 있도록 법이 보장하고 있습니다. 그 이익만으로도 기업인들은 보통 시민들보다 몇십 배에서 몇백 배 부자로 잘 살 수 있습니다."

"그럼 경영권 세습 같은 것도 없다는 뜻입니까?"

"물론입니다. 전부 전문 경영인 체제입니다. 권력 세습도 나쁘지만 경영권 세습도 똑같이 나쁩니다. 참, 한국에는 한국 특유의 '재벌'이라는 것이 있는데, 그게 무조건 경영권을 세습하는 것이고, 그 세습 과정에서 불법과 편법이 동원되어 계속 사회적 말썽이 일어나고 있는 것 아닙니까?"

"어찌 그런 것까지 다 알고 계십니까?"

"예, 한국은 급속도로 경제 발전을 이룩하면서 세계의 중요

국가 반열에 오르지 않았습니까? 그러니까 기본적인 것은 알고 있어야지요. 처음에 장 기자가 나라를 바꿔야 한다는 의지로 기자 생활을 해왔다고 했습니다. 그런 의지를 한국인들 전체가 가질 수 있다면 한국은 새로운 나라로 다시 태어날 수 있다고 믿습니다. 그 과정에 언론이 큰 역할을 해낼 수 있습니다. 언론의 적극적이고 꾸준한 유도가 시민의 의식을 바꾸고, 시민단체 증가를 촉진할 수 있으니까요."

안데르손은 인터뷰의 끝을 알리는 듯 시계를 보았다.

"예, 잘 알았습니다. 마지막으로 하나만 묻겠습니다. 스웨덴 국민들의 정치 만족도는 어느 정도이고, 정치인에 대한 평가는 어떤지 궁금합니다."

"아 예, 그건 제가 답할 성질의 문제가 아닌 것 같습니다. 나가서 시민들에게 직접 확인하시는 것이 가장 객관적이지 않겠습니까?"

"아, 알겠습니다. 긴 시간 좋은 말씀 많이 해주셔서 정말 감사합니다. 많은 도움이 되었습니다."

"예, 다행입니다. 당신들과 당신들의 조국에 행운이 있기를 빕니다."

장우진과 김선재는 국회의사당을 나오기까지 서로 한마디도 하지 않았다.

"그 친구, 말하는 게 멋있어서 점심을 사주고 싶었는데 도시락을 싸왔다니 어쩔 수 없었지 뭐."

김선재가 구름 낀 북유럽의 겨울 하늘을 올려다보며 스산한 웃음을 지었다.

"그래요, 도시락 싸서 짊어지고, 자전거 타고……, 스웨덴식으로 국회의원 하라고 하면 우리나라 국회의원들 중에서 몇 명이나 하려고 할까요?"

장우진도 추위가 가득 서린 음산한 하늘을 올려다보며 말끝에 긴 한숨을 달았다.

"나 퀴즈 맞히기는 중학생 때부터 빵점이었는데 이 답만은 정통으로 맞힐 수 있다."

정답을 맞힐 자신이 있는 초등학생이 팔을 번쩍 들어 올리는 듯한 기세로 김선재가 말했고, 장우진은 어서 답을 맞혀보라는 듯 김선재를 쳐다보았다.

"낫씽이다! 단 한 명도 무다."

"예, 정답일 거 같네요. 단 한 명도 무일 거예요."

"그래, 점심이나 먹으러 가자. 또 할 일 남았으니까." 김선재가 맥 풀리는 소리로 말했고, "또 할 일……?" 장우진이 물었고, "시민한테 직접 확인하랬잖아." 김선재가 턱으로 지나가는 사람들을 가리켰고, "아, 중요한 일이 남았네요. 가요, 식사하면서 해결할 수 있는 일이잖아요." 장우진이 배낭을 추슬러 올렸다.

"근데, 안데르손 그 사람 말이야, 정치인이 아니라 어찌 꼭 철학자처럼 말하고 그러냐?"

식당에 자리 잡고 앉으며 김선재가 말했다.

"철학자? 어떤 말이 그렇게 느껴졌어요?"

"거 있잖아, 특히 감동적이었던 게, '정치에 무관심한 것은 자기 인생에 무책임한 것이다.' 이거 참 기막히잖아?"

"예, 깊이 있고 멋진 말이에요. 근데 그 정도는 이쪽 정치인들이 갖춘 보편적 수준이 아닐까 싶은데요."

"보편적 수준?"

"예, 이쪽에선 초등학교 때부터 철학 공부를 시작하고, 독서를 일상화하고, 중·고등학교에서 토론 수업과 리포트 쓰기가 기본이고, 대학에서는 학년마다 에세이 쓰기를 인정받지 못하면 졸업이 안 되잖아요. 그렇게 학창 시절을 보냈으니 철학적 깊이와 논리적 사고 능력이 강할 수밖에요."

"응, 그게 정답 같다."

점심 식사를 마친 장우진은 여종업원을 불렀다.

"난 한국에서 온 신문기자요. 난 스웨덴 시민들이 정치와 정치인들에 대해서 어떻게 생각하는지 취재하고 싶어요. 간단하게 질문할 테니 저쪽에 앉은 두 남녀 분께 양해를 얻어 줄 수 있나요?"

장우진은 명함을 내밀며 말했다.

"아 예, 잠깐만 기다리세요. 가서 말씀드려보겠습니다."

여종업원이 활짝 웃으며 무릎을 살짝 굽히는 그들 특유의 인사를 하고는 돌아섰다.

장우진은 여종업원이 두 손님에게 설명하는 것을 지켜보고 있었다. 여종업원이 이쪽을 가리키며 설명하자 남자 손님이 이쪽으로 고개를 돌렸다. 장우진과 그 눈길이 마주쳤다. 그 남자가 손을 들어 흔들었다. 서양인들의 개방적인 친절이있다.

"형, 가요. 됐어요."

여종업원이 이쪽으로 빠르게 걸어오고 있는데 장우진은 벌써 일어서고 있었다.

"질문 허락해 주셔서 감사합니다. 저는 오전 중에 국회의원 에릭 안데르손 씨를 인터뷰했습니다. 그분을 통해 스웨덴 정치인들은 국민을 위해 오로지 봉사와 희생정신으로 일한다는 걸 알았습니다. 그런데 그런 정치에 대해서 스웨덴 국민들의 만족도가 어느 정도인지 궁금했습니다. 그걸 물었더니 안데르손 의원은 시민들에게 직접 확인하라고 했습니다. 그 점에 대해서 두 분께서 한마디씩 해주시면 감사하겠습니다."

장우진의 설명에 두 사람은 고개를 끄덕였고, 남자가 여자보고 먼저 말하라는 제스처를 했다.

"예, 정치인들은 우리에게 낙원을 만들어주려고 언제나 애

쓰고 있습니다. 그들을 신뢰하고 존경합니다."

여자가 밝게 웃으며 말했다.

"예, 그들은 우리의 행복을 만드는 마술사들입니다."

남자가 진지한 얼굴로 말했다.

장우진과 김선재는 식당을 나와서 또 한동안 말없이 걸었다.

"제길, 살아 있는 천사가 따로 없구나."

김선재가 화난 듯한 어조로 불쑥 말했다.

"예, 그 천사를 국민들이 만들어낸 거라잖아요."

장우진이 하늘을 가득 덮은 구름 색깔 같은 짙은 한숨을 내쉬었다.

노르웨이에서 솔베이 송에 실컷 취하고, 만년설 빙하를 실컷 구경했다. 그리고 폴란드로 내려와 아우슈비츠에서 뼈에 사무치는 인간의 잔악과 슬픔을 느꼈다. 그리고 프랑스 파리로 다시 돌아왔을 때 일부러 늑장을 부린 걸음은 겨우 한 달을 잡아먹었을 뿐이었다.

장우진은 행여나 하고 신문사로 전화를 걸어보았다.

"취임식이 끝날 때까지 푹 쉬란다. 취임하면 체면 때문에 손 못 댈 거래. 그 말이 맞어. 수양 겸해 푹 쉬어."

팀장의 말이었다.

장우진은 주저앉고 말았다. 취임까지는 꼬박 두 달이 남아 있었던 것이다.

"무슨 걱정이냐. 내일부터는 파리를 샅샅이 뒤지는 거야. 여기 구경거리가 좀 많으냐. 이런 기회가 아니면 언제 그렇게 파리를 자세히 볼 수 있겠냐. 박물관이고 미술관이고 다 뒤져서 미술 쪽 무식 좀 면해 보자."

김선재가 무사태평으로 말했다.

"하이고, 돈이 문제지요, 돈!"

"도오온……? 돈이 왜 문제야? 이렇게 계속 샌드위치만 먹어대면 앞으로 1년도 끄떡없어."

"에라 모르겠다. 형이 다 알아서 하세요."

장우진은 공원 벤치에 벌러덩 누워버렸다.

"야, 여기 사르트르하고 보부아르 단골 카페가 있다며? 헤밍웨이는 그 옆에서 눈칫밥 얻어먹고 하던 데 말야. 오늘은 슬슬 거기나 찾아가보자. 그 집 커피 맛이 기막히다면서?"

김선재가 장우진의 옆구리를 질벅거렸다.

"형은 참 아는 것도 많아. 그딴 건 또 어떻게 알았수?"

장우진이 만사가 귀찮다는 듯 팔뚝으로 눈을 가렸다.

"미친놈, 니가 언젠가 신나게 얘기해 줬잖아. 보부아르가 사르트르하고 싸우고 토라지면 그 길 건너 카페로 간 것까지."

"예에? 내가요?"

장우진이 벌떡 몸을 일으켰다.

그렇게 100일 가까이 떠돌다가 안전 신호를 받고 귀국했다.

정말 체면 때문인 듯 직접 위해를 가하지는 않았다. 그런데 이상야릇한 단체들로부터 연달아 소송을 당해야 했다. 이 기사도 허위 사실 유포에 따른 명예훼손, 저 기사도 명예훼손, 그 소송은 열다섯 가지를 넘어섰다. 그 소송으로 팔다리를 다 묶는 동시에 더는 심층 추적을 못 하게 하려는 작전인 것 같았다.

검찰은 그 조직상 쉽게 압력을 받고 있는 것인지 어쩐지 구속영장 신청을 자주 해댔다. 그러나 박동화 같은 판사들이 '왜 이리 어렵게 사느냐'며 구속을 모면시켜 주고는 했다. 그리고 민변과 안면 있는 변호사들이 무료 변론으로 자신을 애써 지켜주었던 것이다. 그의 재임 기간 4년은 그야말로 소송전으로 지새운 세월이었다.

"장 기자님, 축하해요. 이제 몇 건이나 남았어요?"

민변 정하경 회장이 아름답고 복스러운 얼굴에 웃음을 담으며 물었다.

"고맙습니다, 회장님. 다 회장님 덕입니다. 아직도 몇 건 더 남았습니다."

고개를 깊이 숙이는 바람에 앞으로 쏟아진 긴 머리를 뒤로 쓸어 넘기며 장우진은 대답했다.

"이제 하나 마나 한 재판 왜 취하 안 시키는지 몰라."

최민혜 변호사가 혼잣말로 오금을 박았다.

"그 사람 지금 자기 재판 받느라고 정신 하나도 없어요. 이일 시킨 다른 사람들도 다 똑같은 형편이구요. 이제 하나씩 재판 날 기다리기만 하면 돼요."

장우진이 기분 좋은 기색을 숨기지 않고 말했고, "맞아요, 다 끝난 일이나 마찬가지니까 아무 신경 쓰지 말아요. 난 큰 소송 건 선약이 있어서 그만 사무실로 들어가봐야겠어요." 정하경 회장이 시계를 보았다.

"아 예, 빨리 들어가십시오." 장우진이 인사했고, "그럼 내일 뵙겠습니다, 회장님." 최민혜도 재빨리 인사했다.

"아직 밥때는 어중간하고, 어디 가서 커피나 한잔 하며 얘기할까요? 그동안 한참 못 만났는데."

법원을 벗어나며 장우진이 말했다.

"네, 드릴 말씀도 있어요."

최민혜가 밝은 얼굴로 고개를 끄덕였다.

장우진은 옆눈길로 최민혜의 새롭게 밝아진 얼굴을 보며 빙그레 웃고 있었다. 충만된 사랑의 감정은 한 젊은 여성의 모습을 저렇게 아름답고 싱싱한 꽃으로 변모시켜 놓고 있었던 것이다.

"황 검사는 괘씸하게도 나를 보기 좋게 배신했습니다. 그동안 편지 한 통 안 보내고 완전히 최변한테 미쳐버렸어요."

커피를 받아와 자리 잡은 장우진이 화난 척 말했고, 최민혜는 입을 가리고 쿡쿡 웃었다. 그 얼굴이, 귀까지 붉게 물들어 있었다.

"지난 주말에 왔다 갔습니다."

고개를 숙인 채 최민혜가 부끄러움 잔뜩 묻은 말을 들릴 듯 말 듯하게 했다.

"최변 만나려고 일부러요?"

최민혜가 보일 듯 말 듯 고개를 끄덕였다.

"이거 보라니까. 나한테는 전화 한 통화도 없이 가버렸다 그거지요?"

장우진은 또 화난 척 말했고, 최민혜는 또 쿡쿡 웃었다.

"예, 아주 잘됐어요. 내가 꼭 바라던 바였어요. 두 사람은 너무나도 잘 어울려요. 아주 멋진 삶의 반려자가 될 수 있어요."

커피를 한 모금 마신 장우진이 정색을 하고 진지하게 말했다.

"그런데 저어……, 한 가지 고민이 있습니다."

최민혜가 고개를 들며 말했다.

"고민……?"

"네에, 진로를 어떻게 해야 할 것인지……. 그 사람은 심각하게 고민하는데 저로서는 아무 도움이 될 수가 없고……."

"진로라……. 그럼 검사를 그만둬야 할까 어떨까 하는 문제요?"

"네에, 그걸 어떻게……?"

"그건 황 검사가 해남행을 할 때부터 생각했던 문제 아니겠어요? 아예 족보가 최고 등급인 경상도·서울대·TK인 진골이 되어버리든가, 그게 아니면 아버지가 법무부나 검찰의 고위직이었거나, 그것도 아니라면 장인이 그렇거나, 이 세 가지 중에 하나가 아니고서는 검찰에서 출세하기란 불가능하다는 것 최 변도 잘 알잖아요. 그런데 황 검사는 변방으로 쫓겨 가기까지 했어요. 그럼 앞길은 분명해졌잖아요. 첫째 퇴직 때까지 변방 살이를 하거나, 둘째 일찌감치 검사 생활 정리하고 새 길을 시작하거나, 취사선택해야지요."

장우진은 잔인할 만큼 냉정하게 얘기했다.

"근데 장 기자님, 검사 생활을 정리하면……, 변호사 생활을 해야 하는데, 그게 현실적으로……."

최민혜는 평소의 거침없는 언변과는 다르게 말이 어눌하게 느껴질 정도로 망설이고 조심하고 있었다.

"알아요, 변호사 생활이 현실적으로 그렇게 녹록지 않다는 걸. 그렇다고 크게 걱정할 것도 없어요. 우리 사회에서 변호사는 어느 면으로나 능력자예요. 그러니까 쓰임새도 많고, 할 일도 많아요. 내 생각에는 진로 걱정보다 먼저 해야 할 일이 있어요."

"……?"

"모르겠어요? 결혼이오!"

"어머, 장 기자님……."

"먼저 결혼부터 해요. 그럼 그다음 문제는 또 풀리게 돼요."

"어떻게 장 기자님이 꼭 책임지실 것처럼 그렇게 자신 있게 말씀하세요?"

"책임 못 질 것도 없지요. 어쨌든 결혼부터 하세요."

법대 머리, 상대 머리

1

"부사장님, 안녕하세요? 홀인원부동산 남수철입니다. 한번 안 나오십니까?"

핸드폰에서 흘러나오는 목소리에는 조심스러움과 아부가 뒤섞여 있었다.

"나오라고요? 무슨 일 있나요?"

김태범은 일부러 냉정한 어투를 꾸몄다.

"아 예, 들으시면 반갑고 기분 좋아하실 일이 있어서요. 빨리 좀 뵙고 의논드리고 싶어서 이렇게……."

"반갑고 기분 좋은 일? 그게 뭐죠?"

김태범은 딴생각을 하고 있어서 무슨 말인지 짚이는 게 없었다.

"부사장님 땅 말입니다."

"예, 땅이……?"

"예, 구매하실 때보다 화끈하게 따블이 됐습니다. 그 가격에 사겠다는 작자가 나섰습니다. 값 잘 나왔을 때 얼른 처분하시고, 더 좋은 걸로 갈아타시죠. 제가 또 따블 칠 수 있는 것 봐놨는데요."

부동산 중개인은 비로소 중개인 본연의 기름칠한 언변을 구사했다.

"나 그거 팔 것 아니라고 진작 말했잖아요. 내가 처분한다고 할 때까지는 그런 말 꺼내지 마세요."

김태범은 기분 나쁜 기색을 강하게 드러내며 말했다.

"아유, 죄송합니다. 가격이 너무 좋고, 갈아탈 물건도 너무 좋고, 그래서 말씀드린 겁니다. 예, 그럼 처분하실 때는 꼭 저한테 맡겨주십시오. 사실 때 제가 해드린 거니까 처분하실 때도 제가 해드리는 게 순리고 도리이니까요."

부동산의 너스레는 더 차지고 매끈해지고 있었다.

"예, 알았어요. 담부턴 일과 중에 이런 전화 안 했으면 좋겠어요."

"아 네, 명심하겠습니다. 평사원이 아니고 부사장님이시라 으레껏 괜찮을 줄 알고 그만, 죄송합니다. 안녕히 계십시오."

부동산 중개인이 당황한 기색으로 얼른 전화를 끊었다.

'히야, 요런 기막힌 일이 생기다니! 말만 들어왔던 일이 바로 내 앞에 벌어졌네. 이게 꿈이야 생시야. 행운이란 바로 이런 거로구나. 산 지 몇 달이나 됐다고 따블이냐, 따블이! 마침내 내 운이 트이는구나. 이제 겨우 지하 공사하고 있는데 따블이면 골조 올라가기 시작하면 더 올라갈 것이고, 전체 골조 완성되면 또 오를 것이고, 내외장 공사 한창이면 또 올라갈 것이고, 마침내 완공이 되어 층층마다 사업이 활성화되면 또 얼마나 크게 오를 것인가. 따블, 따따블, 따따따블……'

황홀한 기분이 넘쳐 김태범은 몸이 붕붕 뜨는 기분이었고, 목이 터져라 마구 소리를 지르고 싶은 충동이 솟구치고 있었다.

'봐라, 요 한인규 사장 놈아. 내가 마침내 부자가 되기 시작했다. 니놈이 날 속이고 알거지 만들었지만 난 이렇게 당당하게 일어났다. 똑똑히 봐라. 나도 머잖아 너만큼 부자가 되어 너한테 연락할 거다. 그날을 기다려라.'

김태범은 두 주먹을 부르쥐었다.

그는 부동산 때문에 깨져버린 딴생각을 다시 떠올렸다. 큐레이터 임예지에 대한 생각이었다. 그 여자를 몇 번 만나다

보니까 그 여자가 큐레이터만이 아니라 '여자'로 마음을 파고 드는 것이었다. 지적이고, 개성적인 미모이고, 세련된 여성미 까지 갖추어 안서림과는 정반대의 여자였던 것이다.

'정신 차려. 그 여자는 처녀고, 넌 나이 든 이혼남이야. 더구 나 안서림 밑에 있는 직원이잖아.'

이렇게 주사를 놓았지만 약효는 오래가지 못했다.

'나이가 무슨 상관이야. 몇 살 차이도 아닌데. 이혼남이 뭐 가 또 문제야. 이혼한 여자가 연하의 총각하고 결혼하는 게 예사가 된 세상인데. 안서림과의 관계? 그야 그 회사 때려치 우면 그만이지.'

이런 무기가 주사 약효를 여지없이 무찔러버리고는 했다.

그런 임예지와 오후에 만나기로 약속되어 있었다. 물론 사 적인 만남이 아니었다. 그러나 사무적으로라도 자주 만나다 보면 일이 잘 풀릴 수도 있는 일이었다. 그리고 무슨 일로든 자주 만나고 싶은 사람이었다.

김태범은 오후 5시 정각에 평창동 빌라에 도착했다.

"어서 오세요. 이렇게 멀리까지 오시게 해서 죄송합니다."

초인종이 울리자마자 임예지가 김태범을 맞이했다. 집인데 도 그녀의 차림새는 미술관에서와 똑같았다. 김태범은 그 검 정 정장 차림이 사무적인 일이라는 것을 분명히 하는 임예지 의 똑바른 규범이라는 것을 알아차렸다.

"아닙니다. 시내에서 너무 가깝습니다. 인왕산이 다 보이고요."

김태범은 그런 규범을 제대로 갖추는 것이 임예지의 또 다른 매력으로 느껴져 건성으로 인사말을 하고 있었다.

"부탁하신 마땅한 그림을 찾고 있던 차에 제가 믿고 있는 컬렉터 한 분이 이번에 캐나다로 이민을 가면서 그림을 내놓았습니다. 이 작가는 한국 화가로는 드물게 프랑스와 미국에서도 인정받고 있습니다. 미래 전망이 가장 밝은 직가라고 할 수 있습니다. 이 도록이 세 작품의 족보인 동시에 진품임을 입증하는 증거물입니다. 제가 이 일을 미술관에서 하지 않고 군이 제가 쉬는 날 집으로 모신 것을 이해하실 것입니다. 이건 미술관과는 상관없는 일이기 때문입니다. 그리고 이 그림 가격은 한 점당 10억씩입니다. 아마 일반 화랑의 가격보다 2~3억씩은 쌀 것입니다. 화랑의 마진을 뺐으니까요. 부사장님께서 화랑에 가셔서 직접 확인하셔도 좋습니다."

석 점의 그림 앞에 똑바로 서서 설명하던 임예지가 말을 마치며 김태범에게 눈길을 돌렸다.

"아닙니다, 아닙니다. 확인은 무슨 확인입니까." 김태범은 갑자기 마주친 임예지의 눈길에 멈칫 당황하는 듯 두 손까지 저어대면서, "그리고 화랑 마진도 다 뺄 것 없습니다. 화랑 마진이 통상 30퍼센트라지요? 그럼 삼삼은 구, 9억인데, 여긴 화랑이 아니니까 9억의 30퍼센트인 2억 7천을 함께 입금시키겠습니다. 임 큐레이터가 이렇게 수고해 주시는데 그게 너무 적은 사례가 아닐지 염려가 됩니다만……."

김태범은 자신의 번쩍번쩍하는 순발력에 감탄하고, 적이 만족하고 있었다. 30퍼센트씩이면 9억인데, 9억을 다 주기는 너무 많잖아? 하는 생각이 들었고, 그 순간 판매를 의뢰한 저쪽에서 30퍼센트를 받겠지? 하는 생각이 스쳤고, 그래서 9억의 30퍼센트로 깎았던 것이다.

"어머나, 그렇게 큰돈을……."

임예지는 깜짝 놀라며 입을 가렸다. 큰 눈이 더 커져 휘둥그레져 있었다.

"아닙니다. 화랑에서 직접 사는 것에 비해 우리 회사에 6억 3천이나 이익을 주신 것입니다. 제가 너무 무례를 저지른 것이 아닌지 모르겠습니다."

"아닙니다. 그렇게까지 배려해 주시다니, 정말 고맙습니다."

임예지는 부끄러운 듯 그지없이 곱게 웃으며 나부시 절까지 했다.

"그럼 내일 오전에 입금시키고, 그림은 퇴근하신 다음에 찾아가면 어떻겠습니까?"

"네, 그렇게 하시지요. 그럼 내일 오후에 뵙도록 하지요."

"예, 그럼 내일 뵙겠습니다."

김태범은 허둥지둥 돌아섰다. 그녀의 자태가 어찌나 고혹스러운지 와락 끌어안고 싶은 충동이 일었던 것이다.

'아유, 왜 이렇게 숨이 막히지.'

임예지는 손바닥으로 가슴을 빠르게 두들기다가, 그 손바닥으로 부채질을 해대다가 정신이 없었다. 그런 그녀의 얼굴은 벌겋게 상기되어 있었다.

'아이고, 정신이 하나도 없네. 어쨌거나 일 다 끝났어. 됐어, 됐어, 잘됐어. 전혀 생각지도 못했던 2억 7천까지 생기고. 그 남자 괜찮아. 일 시원시원하게 해치울 줄 알고. 안서림한테 짓밟히고 살기에는 아까웠던 남자지. 어쨌거나 고마워.'

임예지는 큰 유리컵에 냉수를 가득 따라 단숨에 벌컥벌컥 들이켰다.

안서림 사장과의 관계 정리는 벌써 며칠 전에 통고한 상태였다.

"뭐, 뭐라구요? 회사를 관둬요?"

안서림 사장은 하마터면 커피 잔을 떨어뜨릴 만큼 소스라쳤다.

"네에, 유학을 가야 될 것 같습니다."

임예지는 침착하게 말했다.

"아니, 갑자기 무슨 유학?"

안서림은 황당하다는 표정을 지었다.

"빨리 박사과정 공부를 시작해야 할 형편이 되었습니다."

"박사과정? 그럼 박사 학위를 따겠다는 거예요?"

"네, 그게 필요하게 되었습니다."

"그게 무슨 소리예요? 그게 어디에 필요하다는 거예요?"

"네, 저를 아껴주시던 교수님께서 이번에 총장이 되셨습니다. 빨리 박사 학위를 받아오면 전임 자리를 주시겠다고 하셔서……."

"그럼 대학교수가 되겠다는 거예요?"

"네에……."

"아, 아, 그렇구나……." 안서림은 손으로 이마를 짚으며 가느다랗게 신음 소리를 흘리고는, "대학교수님이 기업에 딸린 미술관의 큐레이터보다야 낫겠지요. 난 갑자기 난감해졌지만, 좋은 길 찾아가는데 어쩔 수 없는 일이지요. 그치만 당장 관둬서는 안 돼요. 나도 빨리 사람 구할 테니까, 한 달은 더 있어야 해요. 알겠어요?"

안서림은 사업가답게 감정 정리를 빠르게 했다.

"네, 그렇게 하겠습니다."

임예지는 또 냉수를 따랐다. 사장과의 그 일 처리도 가슴 두근거리기는 마찬가지였던 것이다.

그녀는 다시 물 한 컵을 다 마시고 핸드폰을 들었다. 김혜온의 번호를 누르려다가 멈칫 멈추었다. 그녀한테 알리는 것이 급한 일이 아니었다. 괜히 수선스럽고, 비밀이 샐 수도 있는 일이었다. 돈을 받고, 일을 깨끗하게 끝낼 때까지는 철통같이 비밀을 지키는 것이 가장 좋은 일이었다.

임예지는 너무 피곤해서 옷을 마구 벗어 던지고 침대에 몸을 부렸다.

'아, 아, 전혀 생각지도 못했던 2억 7천만 원까지 생기다니……. 그 남자, 고마워. 자기 돈 주는 건 아니지만 그렇게 마음 쓰는 건 얼마나 고마운 일이야, 그래.'

임예지는 난데없는 2억 7천만 원 횡재가 그렇게 고소하고 신날 수가 없었다. 그것이 김혜온 모르게 일어난 일이니 더욱 깨소금 맛이었다.

"그거 바꿔치기하는 건 쉽잖아."

김혜온이 업무 분담을 다시 확인시키며 한 말이었다.

"뭐? 그게 쉬워? 50호짜리라면 또 몰라. 100호짜리에다, 그것도 하나도 아니고 셋씩이야, 셋. 그게 쉬워?"

자신은 턱없이 소리를 쳤었다.

"아니, 왜 그렇게 소리 질러? 그림 구해 온 것에 비하면 그게 더 쉽다 그거지. 안 그래?"

"아이고 몰라. 나 이러다가 뜨기 전에 심장 터져 죽겠다."

"어머 기집애, 생김은 튼튼하게 생겨가지고 간은 콩알만 하기는. 느네 사장 여행 가거나 골프 가서 안전할 때 싹 해치우란 말야."

"아유, 그 말 그만해. 어쨌거나 내가 알아서 할 테니까 그 말 더는 꺼내지 말어."

그렇게 고민을 하고 있는데 김태범이 그림 구입을 도와달라고 했던 것이다. 그거야말로 하늘이 내린 기회였다. 김태범에게 넘겨버리면 그림을 바꿔치기해야 하는 위험한 짓을 피할 수 있었던 것이다. 다빈치 미술관에서는 금불상 하나만 취하기로 했다. 미안해서 더 피해를 입히고 싶지 않았던 것이다.

이튿날 11시쯤 임예지는 김태범의 핸드폰 문자를 받았다.

'그림 값 입금시켰습니다. 확인하시기 바랍니다. 오후에 몇 시쯤 찾아뵈면 좋을까요?'

임예지는 핸드폰을 빠르게 작동시켰다. 그리고 화면에 뜨는 숫자를 보고 큰 눈이 더욱 커졌고, 입도 헤벌어졌다. 3 다음에 찍힌 동그라미 수를 세기 시작했다. 아홉 개였다. 다시 뒤에서부터 일, 십, 백, 천, 하며 세기 시작했다. 동그라미 아홉 개까지가 억이었고, 3자가 십억 단위였다. 분명 30억이 입금되어 있었다. 자신의 통장에 30억이 찍힌 것은 난생처음이었다.

'아니, 그런데 이게 뭐야? 빠진 게 있잖아? 2억 7천만 원은 어떻게 된 거야? 분명 준다고 했잖아? 수고했다고. 잊어버렸나? 그럴 리가 있나. 머리 좋고, 빈틈없는 비즈니스맨이. 맘이 변했나? 그렇게 표리부동한 사람 같지 않았는데. 무슨 딴 방법으로 주려는 것일까……? 어쩌지? 시간을 알려주면서 물어봐야 하나? 아니지, 그건 너무 천박하게 속 보이는 짓이야. 일단 두고 봐. 이따가 오후에 만날 거니까.'

임예지는 핸드폰에 문자를 찍기 시작했다.

'오후 7시가 좋겠습니다. 미리 양해 구합니다. 밥때지만 저녁 대접은 하기 어렵습니다. 그리고 그림 편히 실을 수 있는 차를 준비하시기 바랍니다.'

김태범한테서 바로 응답이 왔다.

'알겠습니다. 7시에 뵙겠습니다.'

임예지는 기분이 사르르 꼬였다. 2억 7천만 원에 대해서 무슨 말이 있지 않을까 은근히 기대하고 있었는데 여지없이 빗나간 것이었다.

임예지는 6시 40분에 집에 도착해 그림들을 다시 현관 가까이 꺼내다 놓았다.

김태범은 7시 5분 전에 초인종을 눌렀다.

"함께 섞으면 별로 좋을 것 같지 않아 따로 준비했습니다. 2억 7천만 원입니다."

김태범은 현관에 들어서자마자 양복 속주머니에서 봉투를 꺼내 내밀었다.

"어머나, 감사합니다."

임예지는 얼굴이 화끈 달아오르는 것을 느끼며 봉투를 받

았다. '이렇게 치밀하고 정확한 사람을 괜히……'

"밖에 두 사람이 기다리고 있습니다. 잠깐 들어오게 하겠습니다." 김태범이 양해를 구했고, "네, 그렇게 하세요." 임예지는 도록이 든 봉투를 김태범에게 내밀었다.

두 남자가 거뜬거뜬하게 그림을 들고 나갔다.

"그럼 이만 실례하겠습니다. 다시 연락드리겠습니다." 김태범이 정중히 인사했고, "네, 특별히 배려해 주신 것 다시 감사드립니다." 임예지는 자신도 모르게 깊이 고개 숙였다.

임예지는 누가 보기라도 하는 것처럼 허둥지둥 서재로 들어가 봉투 속의 것을 꺼냈다. 깔깔한 종이 한 장이 나왔다. 2억 7천이란 숫자가 선명한 수표였다. 그때 그녀의 머리에 번뜩 떠오른 것이 있었다.

'이게 30억과 함께 입금되었더라면 어떻게 되었을 것인가!'

김혜온에게 통장을 확인시켜야 하니까 꼼짝없이 2억 7천의 절반을 빼앗길 판이었던 것이다.

'고마운 사람. 판매 의뢰인한테 통장을 확인시킬 때 내가 수고료를 받았다는 흔적을 안 남기는 배려까지 해주다니!'

임예지는 김태범에게 다시 진정 고마움을 느끼며 수표에 쪽 소리가 나도록 입을 맞추었다.

이튿날 점심시간에 임예지는 김혜온을 만났다.

"어머, 어머, 30억! 진짜로 해치웠네. 어디니, 거기 어디니?"

김혜온의 억누른 목소리도 떨리고, 통장을 든 손도 떨리고 있었다.

"그런 건 알 필요 없고." 임예지는 냉정하게 자르고는, "내일쯤 이 돈 절반 찾아줄 거니까 3~4억씩 나눠서 각 은행에 분산시켜 저금해. 왜 그러는지 알지?" 하며 김혜온의 손에 들린 통장을 빼냈고, "알아. 자금 세탁." 김혜온의 목소리는 여전히 떨리고 있었다.

"서둘러. 아무도 눈치 못 채게. 빨리 뜰수록 좋으니까."

임예지가 포크와 나이프를 들며 건조한 목소리로 말했다.

"알았어. 근데 왜 이리 떨리니."

김혜온이 떨리는 손으로 물컵을 집어 들더니 벌컥벌컥 마시기 시작했다.

임예지는 후임이 온 그다음 날 사표를 냈다. 그리고 사장실을 찾아갔다.

"사장님 안 계시는데요. 그룹 사장단 회의에 가셨습니다."

임예지는 말없이 돌아서며 비서의 말을 믿지 않았다. 일부러 자리를 피한 것이라는 생각이 들었다. 임예지는 그게 얼마나 고마운지 몰랐다. 가슴을 짓누르고 있던 돌덩이의 무게에서 후련히 벗어나는 기분이었다.

임예지는 집에 들러 은행으로 갔다.

"여기 금고 열쇠 있습니다. 열 때는 은행 열쇠와 함께 열어야 합니다."

은행원이 열쇠를 내밀며 말했다.

"예, 이것 좀 넣어야겠어요."

임예지는 개인 금고들이 있는 큰 방으로 은행원과 함께 들어갔다.

그녀는 어깨에 멘 커다란 핸드백에서 빨간 보자기에 싼 것을 꺼냈다. 네모진 것이 작은 상자였다.

2

봄은 동물의 계절이기보다 식물의 계절이었다. 3월이 오기 바쁘게 생명감이라곤 전혀 느낄 수 없었던 땅에서 파릇파릇 새싹이 돋기 시작했다. 그 초록빛 생명들은 사방 천지에서 앞다투어 솟아오르고 있었다. 겨우내 그 어떤 생명도 살 수 없는 박토 같았던 땅에서 그토록 싱싱한 온갖 생명들이 매일매일 새롭게 솟아오르는 것은 자연이 베푸는 축복이고 기적이었다. 그 초록빛 싱그러운 생명들이 하루가 바뀔 때마다 쑥쑥 자라나는 것은 벅차오르는 기쁨의 환호성이었다.

그렇게 3월 중순이 지나면서 제일 먼저 샛노란 꽃을 피워내는 것이 민들레였다. 민들레를 따라 반 뼘도 안 되는 키의 실줄기 풀들도 깨알 같은 하얀 꽃들을 피워냈다. 그 작디작은 꽃도 꽃잎들이 다섯 개고, 그 가운데 노란빛 꽃술이 보일 듯 말 듯 숨어 있었던 것이다.

그 풀꽃들이 피어나면서 다 말라 죽은 것만 같았던 실가지 나무들에서도 꽃이 피어나기 시작했다. 자디잔 꽃들이 실가지마다 촘촘히 붙어서 흰색, 연분홍색 자태를 뽐내는 것이 매화였다.

그리고 4월에 다다르면 꽃을 피워내는 풀이며 나무 들은 셀 수 없이 많아졌다. 그중에 탐스럽게 송이가 크고 청순하면서 우아한 꽃이 목련이었다. 목련이 흐드러지게 피면 드디어 나무란 나무들이 일제히 기지개를 켜며 긴 겨울잠에서 깨어난다. 온갖 나무들의 가지마다 새 잎이 움트기 시작하는 것이다. 그 유록색의 생명의 합창 또한 자연이 연출하는 신비고 기적이 아닐 수 없다.

그런데 4월의 시작과 함께 무리 지어 유난하게 피어나는 샛노란 꽃이 있었다. 개나리였다. 집체미를 자랑하는 개나리가 시들려고 할 즈음에 또 집체미를 자랑하며 등장하는 것이 있었다. 벚꽃이었다. 벚꽃이야말로 어찌 그리 키 큰 나무에 어찌 그리도 작은 꽃들이 촘촘히, 다닥다닥, 빈틈없이 피어나는 것인지 몰랐다. 그 연분홍색 꽃들이 어찌나 촘촘히 피어났는지 그 꽃그늘이 한여름에 무성한 잎들이 드리우는 그늘처럼 짙었다. 벚꽃들이 연출하는 집체미도 아름답지만 그 아래 드리운 연분홍색 꽃그늘은 더욱 아름다웠다.

장우진은 끝없이 이어지는 그 꽃그늘을 느릿느릿 걷고 있었다. 문득 무슨 시 한 구절을 읊고 싶다는 생각이 떠올랐다. 그러나 이 꽃그늘의 아름다움에 어울리는 시 한 구절이 바로 떠오르지 않았다. 시라는 것, 그것 참 묘한 것이었다. 느낌은 분명 어른어른하고 감실감실하게 어리는데 막상 문자로 엮어지지 않는 것이 시감(詩感)이었다.

'치이……, 시적 재능이 있었으면 애초에 사회학과를 갔겠냐. 기껏해야 기자나 해먹을 수 있는 정도의 글재주뿐이었지.'

장우진은 씁쓰름하게 웃으며 끝없이 이어지고 있는 꽃의 터널을 하염없이 바라보고 있었다. 꽃도 많이 피었지만 꽃구경 나온 사람들도 엄청나게 많았다. 평일인데도 사람에 밀려 걷기가 어려울 지경이었다. 여의도의 상징인 국회는 사람들의 경원의 대상이었지만, 윤중로의 명물인 벚꽃은 이렇듯 사람들을 불러 모으고 있었다.

장우진은 지금 국회로 걸어가고 있는 중이었다. 여의도에 들어서고 보니 시간이 30분 이상 남아 있었고, 숨 막힐 지경으로 만개한 벚꽃 행렬이 강하게 눈길을 끌었던 것이다. 손쉽게 63빌딩에 차를 세우고 걷기 시작했던 것이다. 오랜만에 하는 꽃구경이 흐뭇했다. 그런데 유쾌하게 웃고, 사진 찍고 하는 사람들은 모두 짝을 지었거나 서너 명씩 뭉쳐져 있었다. 혼자인 것은 자신뿐이라는 것을 장우진은 뒤늦게 의식했다.

"언제 꽃구경 한번 가본 일 있어요?"

꼭 옆에서 말하고 있는 것처럼 생생하게 들리는 아내의 목소리였다.

"생일 선물은 관두고 언제 카드라도 한번 써준 일 있어요?"

"결혼기념일 한번 기억한 일 없잖아요."

"해외에 그렇게 뻔질나게 드나들면서 루주 하나 사다 준 일 있어요?"

"결혼 10년이 넘는 동안 아파트 평수 한번 늘려본 일 있어요?"

"다 좋아요. 그렇다고 해요. 근데 하나밖에 없는 아들 생일 한번 기억해 본 일이 있냐구요."

아내의 이런 공격 앞에서 자신은 그저 죄인일 뿐이었다. 흠집투성이의 빵점짜리 남편일 뿐이었다.

그런데 아내의 그런 불만들을 일거에 해결할 수 있는 기회가 없었던 것은 아니었다. 기업들의 대형 비리들을 추적하다 보면 으레껏 거액의 유혹이 들어오고는 했다.

1억을 제시했다. 거절했다. 그럼 두 배로 오른다. 또 거절한다. 그럼 3억으로 오른다. 또 다시 거절한다. 그럼 4억으로 오른다. 계속 거절한다. 그럼 5억으로 오른다.

"제발 왜 이러느냐. 한 번만 눈 딱 감고 봐줘라. 당신만 눈

감으면 상황 끝이다. 당신 맘대로 불러라. 당신 팔자 고치게 불러라. 다 주겠다. 세상 사는 게 뭐냐. 서로 좋은 게 좋은 것 아니냐. 우리 적당히 좀 하자. 나도 처자가 있는 몸이다."

이런 끈질긴 유혹 앞에서 '한 20억쯤 부르고 이 생활 끝내 버려……?' 하며 마음이 흔들리고, 머리가 어지러웠던 때가 한두 번 있기도 했다. 그리고 기자들이 어떻게 흔들리고, 허물어지고, 침묵하게 되는지 실감하게 되었었다.

10여 년 전부터 아내의 컴퓨터에 괜히 이혼 서류가 떠 있는 것이 아니었다. 생활은 너무 불안정하고, 월급이라고는 갖다 준 일이 없고, 거기다가 처자식에게 무관심하기까지 하니 언제나 이혼할 생각만 하고 있었던 것이다. 그런데 장우진은 그걸 컴퓨터에서 내리라고 말하지 못했다. 자신이 가장으로서 가진 결점을 정상으로 회복시킬 방법이 없었기 때문이다.

"자넨 자네 마누라가 맨날 바가지만 긁는 악처인 줄 알지? 아니야, 아니야, 세상에 그런 열녀가 없더라니깐. 내가 신문사에서 온 자네 소식 듣고 바로 에미한테 연락하지 않았겠나. 헌데 전화를 끊는데 영 기분이 이상하더라고. 그래서 바로 에미한테 달려갔지. 가보니 글쎄 짐작했던 대로 에미가 펑펑 울고 있는 거야. 내가 가는 동안 얼마나 섧게 울어댔는지 거실 마룻바닥이 흥건히 젖어 있더라니깐. 나 그렇게 심하게 울어대는 건 평생 보길 첨 보는 일이었네. 그런 사람이 그렇게 노릴 정도로 중대한 일을 한 줄 몰랐다고. 그동안 바가지만 긁어대 미안하다고. 돈 한 푼 없이 외국으로 떠났으니 이 겨울에 얼마나 고생을 하겠느냐고. 이렇게 넋두리하며 울어대는데 나도 눈물이 나서 혼났네. 자네 장가 잘 간 것 아냐?"

귀국하고 나서 아내 없는 자리에서 장모님이 한 말이었다. 사위 사랑 장모더라고, 장모님은 평소에도 늘 자신의 편이었었다. 아내가 바가지를 긁을 때마다 장모님은 자신을 편들어주고는 했었다.

"시끄럽다. 장 서방만 한 남편이 세상에 어디 있냐. 술을 퍼먹기를 하냐, 노름을 하기를 하냐, 계집질을 해 속에 불을 지르기를 하냐. 딱 하나, 돈을 제대로 안 가져오는 건데, 그것도 못된 짓 해버리는 게 아니잖아. 요 망쪼 든 세상 어찌 고쳐보겠다고 애쓰면서 쓰다 보니 집에 들여놓을 것이 없는 것뿐인데, 그게 무슨 흠이야, 흠은. 어디 내놓아도 당당한 자랑거리지. 그래서 난 동네방네 사위 자랑하고 다닌다. 내 자랑에 다들 부러워하기만 했지 그르다고 한 사람은 단 하나도 보질 못했다. 다 니가 고른 니 남자고, 니가 만든 니 팔자니까 괜한 바가지 긁어대지 말고 그러려니 하고 그냥 살어. 그런 남편일 줄 알고 니가 선생님 되어 돈벌이 나선 것 아니냐. 많으나 적으나 니가 벌어 먹고살 수 있으면 됐어. 이 세상에 아무한테나 자랑할 수 있는 남편하고 사는 여자가 몇이나 되겠냐."

장모님이 들어주는 역성이었다.

아내가 자신을 걱정하며, 미안해하며 마루가 젖도록 울었다는 장모님의 말은 믿기지 않을 정도였다. 그 확실한 확인 방법이 떠올랐다. 아내의 컴퓨터를 켜보았다. 과연 이혼 서류는 사라지고 없었다.

장우진은 다시 벚꽃들의 소담스러운 모습을 바라보았다. 그 작고 고운 꽃송이들의 뭉클거림 속에 아내와 아들의 모습이 떠올랐다. 자신도 아내와 아들과 더불어 꽃구경도 하고, 배낭여행도 하고 싶었다. 일 년에 며칠만이라도 쉰다는 것조차 잊어버리고 그야말로 무념무상의 휴식을 하고 싶기도 했다. 그러나 그런 꿈은 쉽사리 이루어지지 않았다. 심층 추적을 해야 할 일들이 끝없이 이어지기 때문이었다.

'언제쯤이나 심층 추적을 해야 할 일들이 절반 정도로나마 줄어들 수 있을까. 이대로 가다가는 그런 날이 오기는 올까? 글쎄, 운동의 법칙에 의해서 나쁜 것은 갈수록 나빠질 뿐이지 좋아질 리가 없다. 그건 재벌들의 행태가 좋은 반증 아닌가. 그들은 세월이 갈수록 자본이 커졌고, 자본이 커질수록 반사회적 행위들을 심하게 저질러댔던 것이다. 부가 한쪽으로만 쏠리는 지니계수는 갈수록 나빠지고, 노동시장의 절반에 육박하는 비정규직은 개선될 기미가 전혀 없고, 일자리는 늘지 않은 채 자영업자들의 폐업은 줄을 잇고, 정치인과 권력자들은 무사안일 속에서 둔감하기만 하고, 언론은 자본에 목줄이 묶인 채 핵심을 외면하고 대중 우민화에만 열중하고 있고, 이건 총체적 위기였다. 더 이상 방임해서는 안 되는 난파 직전의 배였다. 이대로는 안 되지. 이대로는…….'

국회에는 4월의 양광이 눈부시도록 한가득 쏟아져 내리고 있었다. 넓은 광장에 잔디들은 싱그러운 생명감 넘치게 파릇파릇 돋아나고 있었고, 둥근 돔을 인 국회 건물은 우람하고 의연했다. 그 풍광만으로는 한없이 평화롭고, 더없이 권위 있어 보였다.

장우진은 의사당을 정면에서 물끄러미 바라보고 있다가 자신도 모르게 긴 한숨을 쉬었다.

스웨덴은 국회의원 선거 투표율이 90퍼센트에 이르렀다. 그런데 우리나라는 50퍼센트가 조금 넘었다. 스웨덴은 국회의원 신뢰도가 65퍼센트에 육박하는데, 우리나라는 그와 반대로 불신도가 87퍼센트나 되었다.

저 우람한 건물에 들어앉은 300명의 국회의원들은 1년에 국민 세금 7억씩을 쓰는 귀하신 몸들이었다. 그런데 입법 효율성과 신뢰도는 프랑스 영국 미국 독일 일본 등 6개국 중에서 꼴찌였다.

"아니, 왜 나와 계십니까?"

장우진은 깜짝 놀라며 시계를 보았다. 약속 시간 2분 전이었다.

"좀 잘 보이려구요. 킬러 기자님한테 밉보이면 큰일 나잖아요."

박일준 의원이 악수를 청하며 장난스러운 웃음을 지었다.

"박 의원님은 이미 잘 보이셨습니다. 제가 불신감이 아니라 신뢰감으로 국회를 찾아온 게 이게 아마 처음인 것 같습니다."

장우진도 초면답지 않게 임의롭게 대했다. 물론 전화로 먼저 통성명을 했고, 간략한 얘기를 나눈 사이였던 것이다.

'젊고, 강건하고, 똑똑하게 생겼군.'

장우진은 악수를 하며 이렇게 박일준의 인상을 정리하고 있었다. 그의 책을 통해서 그와 자신이 동갑이라는 것을 이미 알고 있었다.

"들어가시지요."

박일준이 깍듯하게 예를 갖추었다.

"바쁘실 텐데 빨리 용건부터 말씀드리겠습니다. 제가 한 가지 부탁드릴 것이 있어서 이렇게 찾아뵌 것입니다. 그건 다름이 아니라 의원들의 코이카 여행 건에 대해섭니다. 저는 그 말이 안 되는 여행에 대해서 취재를 시작해, 지난 5년 동안에 38명의 의원들이 배우자까지 동반하고 원조국 여러 나라를 다녀왔다는 것까지는 알아냈습니다. 그런데 정작 그 38명의 명단을 알아내는 데서 막혀 몇 개월째 시간 허비만 해왔습니다. 첫째 국회, 둘째 코이카, 셋째 외무부, 넷째 원조국 현지 사무소, 모두 명단 공개를 거부하거나 모른다는 거짓말이었습니다. 그래서 더는 시간을 끌 수 없어 마지막으로 박 의원님께 그 명단을 입수해 주십사는 부탁을 드리려는 것입니다. 좀 도와주실 수 있겠습니까."

장우진은 마치 면접시험이라도 치르는 사람처럼 똑바로 앉아서 책을 읽듯이 또박또박 말했다.

"왜 하필 저를 고르셨는지요. 아는 의원들이 많으실 텐데요."

박일준이 반듯하게 생긴 얼굴에 엷은 웃음을 띠며 물었다.

"예, 얼마 전에 내신 의원님 책을 읽었습니다. 그 책이 '이 사람은 믿어도 된다'는 확신을 주었습니다."

"아, 그걸 읽으셨군요." 박일준은 책 쓴 사람답게 반색을 하고는, "장 기자님한테는 확신을 드렸는지 모르지만 다른 사람들한테는 불신을 당했다는 것을 짐작하십니까?" 그의 표정이 씁쓰름해졌다.

"잘 알고 있습니다. 특히 다선 의원들이 비웃고, 뒷소리하고, 부정적이라는 것 다 듣고 있습니다. 초선이라 겁 없다. 너무 나댄다. 너무 튀려다간 초선으로 끝장이다. 말들도 품위 없이 너무 천박하고 야비하더군요."

"환히 아시는군요. 그런데 말입니다, 그 코이카 여행이라는 게 초선들은 감히 넘볼 수 없는 것이라는 거 아십니까?"

"물론 그렇겠지요. 다선 의원님들께서나 누리시는 보너스겠지요."

"그 다선 의원님들이 은근슬쩍 즐기신 외유를 들춰내는 것이 기분 나빠 그 어디서나 명단 공개를 거부하거나 모른다고 잡아뗐습니다. 그런 판에 미운털 박힌 초선이 나선다고 사무처에서 명단을 내놓겠습니까?"

"아하, 제가 박 의원님을 믿는 데만 정신 팔려서 그 역학 관계까지는 따지지 못하고 놓쳤군요. 알았습니다. 부탁 취소하겠습니다."

장우진은 명쾌한 태도를 취했다.

"아닙니다. 제가 최선을 다해서 노력하겠습니다. 왜냐하면 외국을 원조하기 위해서 책정된 예산에서 돈을 빼내 외유를 한다는 건 도무지 말이 안 되는 일이기 때문입니다. 의원들이 돈을 빼내 쓴 만큼 우리의 해외 원조 활동이 부실해지는 것인데, 그건 상대국들에게 그만큼 피해를 주는 것인 동시에, 원조가 부실해진 만큼 우리나라를 망신시키는 행위가 아닐 수 없습니다. 법과 질서를 누구보다 먼저 준수해야 하고, 국가의 위신과 명예를 높이는 데 앞장서야 할 국회의원들이 그 반대로 행동했다는 것은 도저히 용납될 수 없는 일입니다."

박일준은 젊은 정치인다운 패기와 언변을 거침없이 보여주고 있었다. 그의 말이 자신의 생각과 한 치도 다르지 않아 장우진은 새로운 신뢰를 느끼고 있었다.

"제가 그 사건에 대해 본격적으로 취재에 나섰던 것도 의원님과 똑같이 생각했기 때문입니다. 그리고 또 하나, 모든 국회의원들은 자기들의 국정감사권을 남용해 수많은 피감 기관들을 상대로 월권하고 횡포 부려가며 온갖 이권을 다 취해 왔습니다. 의원들이 그런 약점을 잡힐수록 감사는 부실해질 수밖에 없고, 감사가 부실해지는 것은 피감 기관들이 맘 놓고 부정부패를 저지를 수 있도록 조장·방관하는 것이고, 그렇게 되면 나라 살림은 망조가 들 수밖에 없습니다. 그런 고질적인 못된 행투가 마침내 국경을 넘어 나라 밖으로까지 뻗치게 되었습니다. 그게 바로 코이카 외유 건입니다. 의원들이 그런 불법을 저지르고 그 대가로 예산을 더 불려주고, 감사마저 건성으로 해버리면 수만 리 밖에 떨어져 있는 현지 사무소들의 기강 해이와 부정부패는 얼마나 심해지겠습니까. 그래서 그 38명의 명단을 입수하고, 사진까지 다 실어 단단히 본때를 보이려고 했는데……, 차암, 이 나라 권력 기관들 횡포와 배타적 비밀 유지는 상상을 초월합니다."

장우진은 짭짭 입맛을 다시며 고개까지 내저었다.

"단단히 본때를 보여요?"

박일준이 장우진을 똑바로 쳐다보았다.

"예, 퇴출시키려구요."

"퇴출이요?"

"예, 차기에 낙선시키는 거죠."

"낙선? 그 많은 사람을……?"

"참여연대의 낙선운동을 기억 못 하십니까? 처음 시작한 그 일에서 59명을 낙선시켰습니다. 그에 비하면 38명은 아무것도 아닙니다. 그리고 그때에 비해 지금은 민도가 몇 배 높아졌습니다. 촛불시위의 성과를 이룩해 낸 시대입니다."

"아하, 그런 무서운 생각을 품고 있다는 것을 여러 기관에서 다 간파했던 모양입니다. 그렇게 철통같이 비밀을 지킨 것을 보면. 하긴 장 기자님이 움직이니 철저히 방어하려고도 했겠지요. 장 기자님이야 워낙 독하기로 소문나 있잖아요."

박일준이 흐뭇한 웃음을 지으며 말하고 있었다.

"예, 정 명단 입수가 안 되면 아까 말씀드린 대로 국회의원들이 피감 기관들을 상대로 저지르는 만행과 그 국가적 폐해에 초점을 맞추어 기사를 쓰고 일단락 지을 것입니다. 그것만으로도 국민의 알권리를 어느 만큼 충족시키는 효과와 의미는 있으니까요. 그리고 차기 총선까지는 아직 시간이 많이 남았습니다. 끝끝내 그 명단을 알아내고야 말 것입니다."

"아이고, 그 의원들이 이 말 들으면 밤잠을 못 자게 생겼습니다."

박일준이 허허거리고 웃었다.

"그리고 박 의원님을 뵈려고 했던 것은 책 때문이었습니다."

장우진이 녹차를 한 모금 마시고 나서 말했다.

"아이고, 책 그거……, 문장이나 제대로 됐는지 모르겠습니다."

박일준이 뒷머리를 긁었다.

"현역 국회의원이 재벌 개혁과 경제민주화를 정면으로 내걸고 우리나라 1·2위 기업의 문제점을 본격적으로 해부하고, 비판하고, 대안까지 제시한 것은 최초의 일이고, 어쩌면 마지막 일이 될지도 모릅니다. 재벌 개혁이 대기업을 살리고, 경제민주화가 경제를 살린다는 말은 우리나라가 안고 있는 핵심 화두인 동시에 해결책이라서 특히 감동적이었습니다."

"아닙니다. 너무 과찬이십니다."

"그런데 한 가지 문제가 있습니다."

"문제요?"

상기되었던 박일준의 얼굴이 금세 굳어졌다.

"다른 게 아니고, 제가 청취한 바로는 그 책 때문에 박 의원님이 차기에 당 공천을 못 받을 수도 있다는 말이 상당히 유력하게 들리고 있습니다. 박 의원님도 이미 그런 눈치를 채고 있을지 모르겠는데, 그렇더라도 전혀 신경 쓰지 말라는 말을 하고 싶었습니다. 왜냐하면 박 의원님은 당에서 밀어내도 틀림없이 국회의원에 당선되어 다시 국회에 입성할 수 있기 때문입니다."

"그게 무슨 말씀이신지……?"

"예, 그렇게만 알고 앞으로 더욱 열심히 의정 활동 해주시기 바랍니다. 차기부터는 박 의원님 같은 분들이 국회를 다 채워야 하니까요."

장우진은 알아듣기 어려운 말을 혼잣말처럼 하고는 몸을 일으키며 손을 내밀었다. 장우진의 손을 마주 잡으며 박일준 의원은 어리둥절해 있었다.

3

"신 사장님이 급히 좀 오시랍니다."

이현식 이사가 김태범의 사무실로 들어서며 다급하게 말했다.

"신 사장님이? 무슨 용건인지 아세요?"

김태범은 마땅찮은 내색을 하지 않으려고 애쓰며 건성인 듯 물었다. 업무상 아무 연관도 없는데 오라는 것이 김태범은 달갑지 않은 것이었다. 그는 그저 비자금 모으는 데만 혈안이 되어 있는 사람이었다. 그래서 계열사 사장들은 그를 회장보다도 더 싫어했다.

"글쎄요, 안절부절못하는 것 보니까 무슨 큰일이 터진 것 같은데……, 그거 여쭤볼 수도 없는 일이고…….”

“됐어요, 됐어요.”

김태범은 사장 앞에서 꼼짝을 할 수 없는 이사의 처지를 생각하며 고개를 끄덕였다.

“크, 큰일 났소. 지난번에 사외 이사로 영입했던 사람 있지요? 그 검사 고위직이었다는 사람…….”

김태범이 사장실로 들어서자마자 신 사장이 황급히 쏟아 놓은 말이었다.

“예, 이주상 중수부장입니다.”

김태범이 자동 응답기처럼 대답했다.

“그 사람한테 빨리 연락해요.”

“용건은 뭡니까?”

“이거 골치 아픈 사건이오. 일단 앉으시오.”

그렇게 허둥거리는 신 사장의 모습을 처음으로 보며 김태범은 심한 불안감을 느꼈다. ‘비자금이 크게 들통난 모양이다. 이주상에게 사외 이사 자리를 어쩔 수 없이 내놓았던 것은 얼마나 잘한 일인가!’ 김태범은 이런 생각을 하며 소파 끝에 엉덩이를 걸쳤다.

“이거 말이오, 회장님이 아시면 한바탕 큰 난리가 날 판인데 큰일 났소. 하여튼 우리가 날벼락 맞으면 안 되니까 극비리에 최대한 빨리 커버하도록 합시다. 지금 터진 사건이 뭔고

하니, 작은사장님이 또 그놈의 약을 하고 여자애들하고 그러다가 덜컥했어요. 그러니 김 부사장은 총력 동원해서 매스컴 틀어막고, 동시에 이주상한테 발동 걸게 해서 깨끗하게 덮도록 하시오. 비용은 내가 얼마든지 지원할 테니 김 부사장 소관 책임을 철저히 하라 그거요. 알겠소!"

신 사장은 눈을 부릅뜨며 김태범에게 '소관 책임 철저'를 명령하고 있었다. 그건 일종의 책임 전가라고 김태범은 받아들이고 있었다.

"약을 전에도 했었나 보지요?"

김태범은 신 사장을 똑바로 쳐다보며 물었다.

"아 그거야 뭐 알 거 없고."

신 사장은 손을 내저으며 얼버무렸다.

"사장님, 흥미나 재미로 묻는 게 아닙니다. 상습적이냐 아니냐를 확인하는 겁니다. 마약 상습범, 도박 상습범, 그 상습범행일 경우에는 가중처벌이 내려지게 되어 있고, 일 수습도 몇 배 힘들어지기 때문입니다."

김태범은 매섭게 신 사장을 쏘아보며 차갑게 말했다.

"아 참, 자꾸 왜 그러는지 모르겠소. 회장님은, 또 그러면 경영권 박탈해 버린다고 으름장을 놓는데도 또 그 짓이니. 김 부사장, 우리가 편하려면 회장님 아시기 전에 빨리 수습하고 덮는 길밖에 없소. 잘 알겠지만 회장님 감정 폭발하면 우리들

나날이 지옥 된다는 것 알지요? 상습범 처리 어려운 것 잘 알아요. 그러니까 돈은 내가 얼마든지 댄다잖소. 그리고 이주상 같은 사람한테 왜 사외 이사 자리 같은 것 나눠 먹이는 거요? 이런 때 써먹자는 거 아니오? 좀 힘들겠지만 김 부사장이 이런 때 실력 발휘 좀 하시오. 알겠소?"

신 사장은 계속 몸이 달고 있었다.

"상습 도박보다 상습 마약이 더 나쁘게 취급되는 것 아시지요?"

"알지요."

"거기다가 성매매, 그것도 집단으로, 몇 겹으로 겹쳐 있습니다. 이 해결에 얼마가 들지 아시겠습니까?"

"알아요, 알아요. 돈 걱정은 말라니까요. 해결만 해요, 빨리. 돈은 무한 지원 약속할 테니까 회장님 알기 전에 며칠 새로 싹 끝내란 말이오. 알겠소?"

"알겠습니다."

김태범은 자기 입지를 단단히 확보하고는 무겁게 몸을 일으켰다.

그는 사장실을 나서면서 핸드폰을 꺼내 손일승 고문을 불렀다.

"아주 급한 일 생겼습니다. 빨리 내 사무실로 오세요."

"무슨 일이십니까?"

"전화로는 안 돼요. 한시가 급해요."

"예, 지금 출발합니다."

김태범은 이주상 변호사에게 지금 당장 전화를 해야 되나, 말아야 되나, 생각이 엇갈리고 있었다. 한시가 급하고, 시간을 아껴야 하니까 그를 붙들어놓는 것이 급선무였다. 무슨 선약이 있더라도 깨게 해야 한다. 재판에 나가는 것이 아니라면. 그는 지체 없이 이주상의 번호를 눌렀다. 그러면서 그에게 사외 이사 자리를 마지못해 내주었던 것이 얼마나 잘한 일이었나 뒤늦게 안도하고 있었다.

'내가 하는 일은 언제나 이렇게 완벽해!'

김태범은 불쑥 자기 만족감을 느꼈다. 그런데 반사적으로 그 생각을 치는 생각이 있었다. 성화의 비자금 사건이었다. 그것이야말로 완전한 패배였다. 참패도 그런 참패가 없었다. 그 사건은 무시로 밀어닥치는 트라우마였다. 그리고 어김없이 떠오르는 얼굴. 아내 안서림이었다.

김태범은 또 눈을 질끈 감으며 머리를 짤짤 흔들었다. 빨리 지워 없애고 싶은 기억이었다. 그는 얼른 임예지를 생각했다. 얼마 전부터 임예지가 안서림을 지우는 지우개 역할을 충실히 하고 있었다.

"아, 김 부사장님, 이렇게 일찍 어쩐 일이십니까?"

이주상 변호사가 반갑게 전화를 받았다.

"안녕하십니까, 이사님. 제가 지금 곧 찾아봬도 되겠습니까?"

김태범은 일부러 '변호사님'이 아니라 '이사님'이라고 호칭해서 회사 소속감을 강조했고, 긴 말 하기 싫어서 당장 가겠다고 몰아댄 것이었다.

"무슨 일 있습니까?"

"예, 전화로는 어렵고, 지금 바로 출발하겠습니다."

"가만있어라, 이게 지금……."

김태범은 상대방의 어물거림을 묵살하고 전화를 끊어버렸다.

'넌 옛날에나 대검 중수부장이었지 지금은 우리 그룹 사외이사일 뿐이야. 난 회장님 총애를 한 몸에 받고 있는 실세 중에 실세고. 내가 지금이라도 노 하면 넌 연봉 2억에 2년짜리 놀고먹는 자리가 싹 날아가버린다고. 잔소리 말고 날 기다리고 있어!'

김태범은 콧방귀를 뀌며 자기 사무실로 들어갔다.

"무슨 급한 일인데요?"

손일승이 사무실로 뛰어들 듯하며 물었다.

"예 손 고문님, 강남서 수사과에 줄 닿지요?"

김태범이 소파에 앉으라고 손짓하며 물었다.

"예, 바로 닿지요."

"아, 잘됐어요. 무슨 일이냐면요……."

아무도 듣는 사람 없는 독립된 방인데도 어디에 도청 장치라도 되어 있는 듯 김태범은 목소리를 바짝 낮추어 얘기를 시작했다.

"……그러니까 지금 빨리 가서 철통 보안 시켜요. 기름칠 충분히 하겠다고 하고요."

"예, 걱정 마십시오. 특급으로 처리하겠습니다. 기름칠만 잘하도록 해주십시오."

손일승이 먹이를 쫓는 맹수의 탄력감으로 몸을 일으켰다.

'맘에 들어. 수사통 경찰 기질이 그대로 살아 있어.'

달리듯 사무실을 나가는 손일승의 뒷모습을 보며 김태범은 흐뭇한 기분으로 나갈 채비를 했다.

"흐음……, 큰사장님은 도박에 섹스이셨고, 작은사장님은 마약에 섹스이시라. 그게 종합판이 아니라 그나마 다행이라고 해야 하나."

소파에 몸을 부린 이주상이 비웃음 담긴 얼굴로 혼잣말을 중얼거렸다.

김태범은 적이 기분이 상하고 있었다. 그의 그런 태도에는 그룹 소속의 사외 이사라는 느낌이 전혀 없었다. 지금도 대검 중수부장인 것처럼 위엄과 거드름을 비위 상하도록 피우고 있었던 것이다.

"변호사님, 이거 회장님 아시기 전에, 며칠 사이에 깨끗하게 끝내야 합니다."

김태범은 몸이 달아서 말했다.

"며칠 사이에……?"

이주상이 옆 눈길로 김태범을 쏘아보며 반문했다.

김태범은 그의 약간 찌푸려진 얼굴과 차가운 어조에 서린 말을 재빨리 읽어냈다. 그가 생략하고 있는 말은 '누구 맘대로?' 또는 '당신 정신 있어?' 하는 것이었다. 그의 태도는 손인승과는 정반대였다. 그 현격한 차이는 변호사인 것과 변호사 아닌 것의 차이였다. 이때 놓아야 하는 주사가 어떤 것인지 김태범은 잘 알고 있었다. 그는 마침내 커다란 주사기를 꺼냈다.

"예에, 쉽지 않다는 걸 잘 알고 있습니다. 그래서 회사에서는 거액의 추진비를 준비했습니다. 빨리 사건을 검찰로 넘기고, 검찰에서 손쓸 데가 한두 군데가 아닐 것입니다. 그 뒷바라지를 당장 다 하겠습니다. 지금 한시가 급하니 필요한 비용을 이 자리에서 말씀해 주십시오. 바로 일 시작하실 수 있도록 바로 입금시키겠습니다."

김태범은 이주상의 마음을 180도로 돌려세우기 위해 마음이 급한 나머지 '당장', '지금', '이 자리에서', '바로' 같은 말을 연달아 해대고 있었다.

"이 자리에서 당장……?"

약효는 즉각 나타났다. 이주상은 얼굴색이 달라지며 소파에서 등을 뗐다.

"예에, 신명승 사장님과 오늘 당장 비용 집행을 하기로 결정하고 변호사님을 뵈러 온 것입니다."

김태범은 다시 주사 바늘을 찔렀다.

"그거 신속해서 좋긴 하오만……, 한 가지 의문이 있소."

이주상은 김태범의 다급한 마음과는 반대로 느릿하게 말했다.

"무슨 의문이신지요?"

"그게 말이오, 그게 그러니까……, 에에 뭐라고 해야 하나. 신 사장님과 김 부사장님이 날 어떻게 대하면서 이 일을 의뢰하고 있는 것인지……."

김태범은 그가 무슨 말을 하고 싶어 하는지 금방 알아차렸다. '의뢰'가 키포인트였다.

"예, 물론 변호사님을 변호사로 충분히 예우하면서 이 사건을 의뢰하는 것이지, 우리 그룹의 사외 이사로서 사건 해결을 맡기는 것이 아닙니다. 공과 사는 명백히 구분 짓는 것입니다. 따라서 일을 깨끗이 처리하면 성공 보수도 지급할 것입니다. 그 전부를 지금 당장 결정하고 바로 일을 진행시켜 주시기 바랍니다."

김태범은 그가 바라고 있는 말을 속 시원하게 해치웠다.

"김 부사장님은 역시 머리 좋고, 일 추진력이 만점이오. BP

그룹이 인재를 잘 뒀소." 이주상은 아주 느긋하게 김태범의 비위까지 맞추고는, "그래, 회사에서는 얼마를 책정한 거요?" 하며 찻잔을 들었다.

"예, 그건 회사에서 정할 문제가 아닙니다. 그리고 이건 단순 폭행 사건도 아니고 사회악으로 다루고 있는 특수 범죄입니다. 또한 그것도 사건화되어 재판에 가기 전에 무마해야 하는 어려운 문제입니다. 그러니까 변호사님께서 일하시기 편하시도록, 이런 사건 처리의 관행에 따라 변호사님께서 정해 주시면 회사에서는 무조건 그대로 따르도록 하겠습니다."

김태범은 또 그가 하고 싶어 하는 말을 다 해주었다.

"그렇다면 일을 빨리 추진하기 위해서 내가 말을 하겠소. 얼마 전에 어떤 회사 사장이 상습 도박 건으로 입건되어 무마하는 데 변호사 수임료 포함해서 50억이었소. 그리고 성공 보수가 10억이었소."

'도둑놈, 아주 팔자 고치기로 작심을 했구나. 칼만 안 든 조폭일세. 그래, 좋아. 사건 해결이 목적이고, 회장이 알면 나도 날벼락에 불신당하는 거니까. 연간 1조 비자금 모으는 판에 60억이 돈이냐! 에라 모르겠다.'

김태범은 배짱 좋게 엎어치기를 하고 나섰다.

"예, 좋습니다. 너무 애쓰실 텐데 성공 보수 10억은 너무 적습니다. 그 배로 20억으로 하겠습니다."

"아니, 김 부사장님!" 이주상은 이렇게 감탄사를 토하고는, "좋아요, 내가 닷새 안 넘기고 깨끗이 해결하도록 하겠소" 하며 손을 불쑥 내밀었고, "예, 감사합니다. 가서 신 사장님께 이대로 보고하고 바로 입금시키도록 하겠습니다." 김태범이 힘차게 악수하며 말했고, "아닙니다. 입금 말고 1억짜리 수표로 받았으면 합니다." 이주상이 고쳐 말했고, "예, 알겠습니다. 제가 가지고 다시 오겠습니다." 김태범은 홀가분한 기분으로 대꾸했다.

김태범은 회사로 돌아가며 골치 아픈 일을 해결했다는 홀가분함과 함께 허탈함을 동시에 느끼고 있었다. 재벌가 자식들의 이런 뒤치다꺼리나 하고 있는 자신의 신세가 한심하기도 했던 것이다.

재벌가 자식들의 그런 비행과 말썽은 벌써 한두 해 된 것이 아니었다. 이미 30여 년 전부터 오만 가지 일들을 저질러 사회적인 비난과 손가락질을 받아온 터였다. 재벌들이 뿌리 내리기 시작한 것은 박정희 정권의 비호를 받게 된 후로 15년쯤 지난 1975년 무렵부터였다. 월남 참전의 특수로 '월남 달러'를 손쉽게 벌어들인 기업들은 정부의 공업화 정책에 업혀 날로 번창해 나갔다. 월남에서 피 흘리며 죽고 고생한 것은 군인들이었고, 공단에서 하루 12시간 넘는 노동에 혹사당하며 납 중독이 되어갔던 것은 농촌에서 상경한 처녀들이었다. 그즈음에 양심적이고 식견 있었던 경제학자들은 부의 집중에 따른 재벌 폐해를 예견하며 공정한 분배에 대해 말하기 시작했다. 그런 소수 학자들에게 가해진 것은 중앙정보부의 음험한 압력이었다. 그 대표적인 증거가 서울 법대 교수의 자살이라는 의문의 죽음이었다. 그리고 총리라는 사람이 전 국민을 향하여 외쳐댔다.

"지금은 축적의 시기지 분배의 시기가 아니다!"

그 한마디로 분배는 실종되었다. 그리고 기업들은 재벌을 향한 특급열차를 타고 달리기 시작했다. 그 거침없는 질주 속에서 건설업의 중동 진출로 '오일 달러'가 굴러들어오는 시대가 열렸다. 그때도 떼돈을 번 것은 기업들이었고, 고생한 것은 폭염과 값싼 임금도 개의치 않고 수만 리 밖 노동 현장에 뛰어든 가장들이었다. 그 '중동 특수'를 통해 기업들은 재벌로 둔갑하기 시작했다. 그리고 그들의 금력은 국가권력을 손아귀에 넣고 흔들기 시작했다. 그 증거가 88올림픽 유치였다. 그 과정을 자세히 지켜본 어느 정치인이 말했다.

"마치 준마들 같았다."

기업인들이 유치전에서 얼마나 열심히 뛰었는지를 입증하는 말이었고, 그 개최로 전두환 정권은 정치적 위기를 넘길 수 있었다. 그리고 기업인들은 뜻밖의 혜택을 얻게 되었다. 전 세계인이 하루에 40억씩 텔레비전을 시청하는 올림픽을 대성공시켜 대한민국을 세계적으로 선전하게 된 것이었다. 그 효과는 한국 상품의 판매 급증으로 이어졌고, 기업들은 재벌이 되는 데 더욱 박차를 가하게 되었던 것이다.

같은 시기에 기업들이 국가권력에 맞서고 나선 뚜렷한 사건이 또 하나 있었다. 1987년 헌법 개정 작업에서 '경제민주화'란 단어를 헌법 제119조 2항에 넣을 예정이었다. 그런데 전경련(전국경제인연합회)에서 정면으로 반대에 나섰고, 그 홍보비로 20억이나 모금했다. 그 돈이 2018년의 화폐 가치로 환산하면 얼마나 될까. 그때 전두환 대통령이 유명한 말을 남겼다.

"재계와 충돌해서 어떻게 후원을 받으려 하느냐."

실무자의 설득으로 전두환은 반대를 거두었고, '경제민주화'란 단어는 헌법에 자리 잡게 되었다.

그런데 전두환의 그 말을 유명하게 만든 것은 30년 군부 독재를 종식시킨 다음에 들어선 민주 정부들이었다. 전두환의 말대로 재벌 기업들의 '후원'을 받느라고 그 어떤 민주 정부도 '경제민주화'를 시도해 볼 엄두조차 내지 못한 채 세월만 흘러갔다. 대통령 선거를 치를 때마다 2천억 이상이 든다는 말은 통설로 떠돈 지 오래였다. 그 막대한 돈이 어디서 나오겠는가. '사과 상자', '여행 가방'을 거쳐 '차떼기'에 이르기까지, 그것들이 다 빙산의 일각의 증거였다. 그렇게 태어난 정권들이 어떻게 '경제민주화'를 할 수 있을 것인가. 그렇게 흘러간 25년 세월은 재벌들이 국가 사회의 모든 권력을 틀어쥐게 만들어준 호시절이었다.

진보 학자들의 그런 내용의 글들을 가끔 훑으며 김태범은 심사가 과히 편치 못하고는 했다. 그 지적에 동의해서가 아니라 부정할 수 없었기 때문이다.

그런 재벌 고착화의 과정에서 2세, 3세로 경영권 승계가 이루어져왔다. 상상을 초월하는 어마어마한 재산을 물려받은 그들이 거의 공통적으로 보여주는 사건이 있었다. 첫째가 형제간의 공개적인 재산 싸움이었다. 소송이 다반사고, 30년간의 소송전도 있었다. 둘째가 주색잡기 놀이였다.

쉴 새 없이 사회적 물의를 일으키는 그 사건들은 돈을 많이 물려주면 물려줄수록 자식들을 어떻게 망치는지 잘 보여주는 산 교훈이었다. 대기업 창업자들의 공통점은 그들 나름으로 다 탁월하고 비범함을 갖추었다는 것이었다. 그들은 남다른 판단력과 결단력과 추진력과 순발력을 기본적으로 갖추고, 조직 장악력과 정치력까지 겸비해 거대 기업을 이룩해 낸 인물들이었다. 그에 비해 2세나 3세는 그저 평범한 평균적인 보통 인간일 뿐이었다. 그런 그들에게 태산 같은 재산을 주었으니 어떻게 되었을 것인가.

목이 말라야 샘을 파고, 배가 고파야 노동의 고통을 견뎌내는 것이다. 써도 써도 끝이 없는 돈을 가졌으니 샘을 팔 필요도 없고, 노동을 할 이유도 없는 것이다. 그들이 주색잡기의 길로 빠져 들어가는 것은 필연 중에 필연이었다.

창업자들은 기업 경영에만 탁월했지 자손 보존에는 모범적으로 무능했던 것이다. 그들은 '고기를 잡아주지 말고, 고기 잡는 법을 가르쳐라'라고 한 『탈무드』의 교훈을 까맣게 모른 채 인생을 살다 간 사람들이었다.

김태범은 성화 그룹의 두 손자나 BP 그룹의 두 손자나 너무나도 닮은꼴인 것에 쓴웃음을 짓고 있었다. 그리고 그때나 이때나 그들의 뒤치다꺼리나 하고 다니는 자신의 꼴이 한심스러워 자괴감이 깊어지기도 했다.

"허! 합이 70억이라? 이참에 노후 대책 끝내겠다고 작정했군. 좋아, 까짓 70억 금방 채우면 그만이니까. 우리가 급한 건 쥐도 새도 모르게 해결하는 거니까 말야. 김 부사장, 수고했소. 한 시간 후에 갖다주시오."

신 사장은 70억을 7만 원 말하듯 해버렸다.

"이거 뭐, 상대방이 있는 민사도 아니고, 피해 입히는 사람이 아무도 없으니까 신경 쓸 거 없어요."

이주상은 김태범에게 봉투를 받으며 누구에게 하는 것인지 모호한 말을 중얼거렸다.

이주상은 수표 한 장, 한 장을 따로 옮겨놓으며 70장을 확인했다. 그리고 10장을 딴 봉투에 넣었다.

그는 봉투 두 개를 양복 속주머니에다 따로따로 챙겨 넣고는 핸드폰을 들었다.

"박검, 날세."

"아 예, 선배님!"

"오늘 저녁 어떤가? 선약 있어?"

"아닙니다. 장소 주십시오."

"응, 이따 7시에……."

이주상은 전화를 끊고 화장실로 갔다.

'여보게 김태범, 심부름 하느라고 애썼어. 자넨 내 후배지만, 머리가 좀 달라. 법대 머리와 상대 머리 차이 말이야. 그러니까 심부름한다고 억울해하지 말어. 내가 BP 그룹을 첫 번째로 겨냥한 것을 자넨 상상도 못 하겠지. 일감몰아주기 사건을 내밀었을 때 자넨 허겁지겁 내가 원하는 대로 사외 이사 자리를 내놓았지. 그건 끝이 아니라 시작이었어. 작은사장님께서는 탐문 한 달이 못 되어 제깍 걸려든 거야. 중독자니까 어쩌겠어. 두 번째 차례는 자네가 몸담았던 성화 그룹이야. 그 집 두 아드님도 이것저것 중독이긴 매일반이더라구. 자네한테 좀 미안하긴 한데, 세상 다 그렇고 그렇게 사는 거 아니겠어. 상대 출신은 상대 출신답게, 법대 출신은 법대 출신답게 말야.'

이주상 변호사는 시원하게 뻗는 오줌 줄기를 따라 이런 생각을 하며 흡족하게 속웃음을 ㅋㅋㅋㅋ 웃고 있었다.

부활, 국민석유!

우리는 '이태복'이라는 이름을 얼마나 기억하고 있을까. 그는 김대중 정부의 청와대 복지노동 수석이었고, 보건복지부 장관이었다. 그런데 그는 관직에서 물러나 '5대거품빼기운동'을 시작했다. 그건 안정된 사회, 행복한 국민 생활을 위해 불합리하게 시행되고 있는 기름 값·통신비·카드 수수료·약값·은행 이자 등 다섯 가지를 합리적 객관적으로 책정하자는 범국민운동이었다. 그 첫 번째로 값싼 기름 공급을 위한 '국민석유' 운동이 시작되었다. 그런데 그 운동은 성사 직전에 좌절되었다. 왜 그랬을까? 그 전모를 밝히는 인터뷰를 특별 기획했다. 왜냐하면 국민 전체의 이익을 위한 그 사업이 부당하게 좌절된 내막을 국민 모두가 알아야 하며, 그 유익한 사업을 반드시 부활시켜야 한다는 뜻 때문이다. 그동안 본지의 심층추적팀 기자로 맹렬히 활동해 왔던 장우진 기자가 더욱 큰일을 펼치기 위해서 본지를 떠나게 되었다. 이것이 장 기자가 꾸미는 고별 인터뷰다. 장 기자가 추진하는 일은 기회 있는 대로 본지에 소개해 독자 여러분들과 다시 만나게 될 것이다.

〈편집자 씀〉

국민석유 전사(前史)

기자: 장관직에서 퇴임하실 때 여러 논란이 많았는데, 도대체 무슨 문제가 있었던 것인지요?

이태복: 예, 약가(藥價) 인하 계획을 준비해서 발표를 하루 앞두고 있었는데 청와대가 갑자기 경질 발표를 했습니다. 그래서 차선책으로 국민 부담을 줄이는 계획의 불씨를 살리려고 했지요.

기자: 그 당시 일부 언론들은 다국적 제약사의 로비와 압력으로 물러났다는 식으로 보도했는데, 그 진상은 무엇인가요? 얘기해 줄 수 있으신지요?

이태복: 약가 인하를 추진하려면 그 근거가 분명해야만 합니다. 그래서 장관으로 부임하자 곧 복지부 산하 건보공단 심

사평가원의 원장을 극비로 불러서 세계적 전문가에게 한국 약가 시장에 대한 조사 용역을 비밀리에 진행하고, 나에게 직접 보고하라고 지시했습니다. 그런데 며칠 뒤 허바드 미 대사가 면담 요청을 해서 만났더니, 그 조사가 진행 중이라는 사실을 이미 알고 있었습니다. 참 어이없는 현실이었습니다. 또 복지부의 제약 마피아들의 움직임도 영 수상해서 빨리 조사 개요를 보고하라고 했더니, 1년에 약 1조 5천억이나 덤터기를 쓰고 있는 것으로 나왔습니다. 그게 다 국민의 직접적인 부담이고 손해인 것이죠. 그런 상황에서 7월 4일 독립기념일 축하 파티에 복지부 장관이 참석해 달라는 미 대사관의 요청이 왔습니다. 전례가 없으니 참석하지 않겠다고 통고했습니다. 그래도 몇 차례나 거듭 참석해 달라고 요청하는 것이었습니다. 그래서 그 이유를 설명하라고 했더니, 미 대사관 정무참사가 복지부에 일부러 와서, 미 국무부에서 이 장관과 약가 협의가 잘 진행되고 있는지를 자주 묻고, 그 증거 사진을 찍어 보내달라고 한다는 것이었습니다. 그러니 그날 오셔서 허바드 대사와 사진 한 컷만 찍어주시면 된다는 것이었습니다. 그 정도라면 좋다! 사진 한 컷 찍고 오지 했지요. 왜냐하면 그전에 미국 무역 대표부의 대표단이 한국에 도착해 공항에서 곧바로 복지부로 와서 릴리 의약품이 한국 시장에서 많이 팔리도록 복지부 장관이 노력해 달라고 해서, "그건 불가능하다. 한국 의

약품 시장에서 장관이 특정 약품을 더 많이 팔라고 얘기할 수 없다"고 딱 잘라 거절한 일이 있었기 때문에 사진 한 장 정도 찍는 것에 너무 딱딱하게 하지 말자 생각했던 것이죠. 7월 4일 정동 미 대사관에 갔더니 비서실장, 외무부 장관 등이 참석해서 허바드 대사와 인사를 나누고 있더군요. 친하게 보였습니다. 저도 사진을 찍었지요. 그날 복지부의 과천 집무실로 돌아오면서 비서에게, 돌아가는 상황을 보니 장관직을 오래 못 하게 생겼다, 기자회견을 서둘러야겠다는 얘기를 하고, 준비에 들어갔죠. 그런데 경제 수석이 나의 경질설을 퍼뜨리기 시작했습니다. 그 사실이 《매일경제신문》에도 실렸습니다. 그 당시 경제 수석이 외국 기업들을 담당하고 있었기 때문에 다국적 제약 기업들의 로비 통로가 바로 거기였던 거지요. 경제 수석이 제약 마피아들과 함께하고 있는 각종 이상행동들이 쉽게 눈에 보일 정도였으니까요. 예를 들면 제약 마피아인 국장이 약가 인하 정책을 반대해서 보직 해임시켰더니, 그걸 '복지부가 반란 분위기'라는 등 대통령에게 허위 보고를 일삼는 것이었습니다. 그런데 제가 시도한 한국 약가 시장 조사 결과를 발표하기 전에 장관 경질 발표가 먼저 나가는 바람에 저의 계획은 무산되고 말았던 것입니다. 저는 그냥 물러날 수가 없어서 퇴임사에서 '외압'이라는 단어를 썼습니다. 그러자 그 단어가 단박 이슈가 되었습니다. 다국적 기업의 외압으로 인해서 경질됐다는 기사들이 나갔고, 인터뷰가 엄청나게 밀려들어와 집에 있을 수가 없었습니다. 그래서 김수환 추기경님께 상의드리자, 좀 더 담대하게 용기를 가지고 대응하라고 말씀하셨지만, 선거철이기도 해서 야당 공세에 이용당할 가능성이 많고, 고령의 김 대통령이 걱정이 많다고 해서 더 행동할 수가 없었습니다. 그래서 김종필 신부의 추천으로 불암산 요셉수도원에 피정 가 있었지만 어떻게 노출이 돼서 다시 명진 스님이 소개한 대구 청도 적천사의 무소굴집에서 한 달 있었습니다. 그때 『쓰러져도 멈추지 않는다』를 집필했습니다.

기자: 아쉽습니다. 김 대통령과의 인연 때문에 그 진상을 밝히지 못했다는 말씀인데, 그 이후 전국 각지로 강연회를 많이 다니셨지요?

이태복: 예, 주로 지자체나 대학에서 특강을 했는데, 연세대 복지대학원과 한서대 노인복지학과 초빙교수로 있으면서 전국을 다녔습니다. 그즈음 대선도 있었고, 카드 대란 등 IMF 이후 급격히 재편된 한국 사회의 신자유주의적 질서 재편에 대응하는 복지 체계 강화와 독과점 대기업의 경제력 집중 현상, 초국적 자본의 한국 시장 장악에 대한 문제 제기와 해법 제시가 핵심 주제였습니다.

기자: 예, 그 누구보다 일찍 한국 사회의 중요 핵심 문제들을 공론화하셨군요.

5대거품빼기운동 시작

기자: 그 공론화의 구체적 실천이 5대거품빼기운동의 시작이었습니까?

이태복: 우선 정신 좀 차리자는 차원에서 『대한민국은 침몰하는가』라는 책 집필에 들어갔고, 2004년에 출간되었습니다. 그 주제는, 한국 사회가 부딪힌 위기는 일시적인 것도, 순환적인 경기 부진도 아니라, 재생산의 한 축이 무너져 내리는 위기이자, 전환기적 위기요, 파국으로 빠져가는 총체적 위기라는 지적을 하고자 했습니다. 이때 한 챕터를 「한국을 집어삼키는 중국」이라고 했어요. 추격해 오는 중국을 따돌리지 않으면 안된다고 본 겁니다. 그 위기 극복으로 3가지를 제기했습니다. 국가적 리더십, 적절한 대응 전략과 전술, 그리고 국민적 에너지. 한국 경제 현실 분석과 대안을 제시해서 구체적인 현실에 근거한 개혁 정책을 추진하자고 호소했지만 정권의 벽은 요지부동이었습니다. 그래서 직접 국민적 에너지를 모아서 5대거품빼기운동을 시작한 것입니다.

기자: 5개 항목, 즉 기름 값, 통신비, 카드 수수료, 약값, 은행 이자는 어떻게 선정됐고, 어떤 의미가 있습니까?

이태복: 예, 총체적 위기인 민생 문제를 해결하기 위해서 구체적으로 국민 생활에 고통을 주는 5대 품목이 무엇일까에

대해 전국의 시민단체와 복지기관 등과 간담회를 가졌습니다. 한 달 생활비에서 국민 누구나 부담을 느끼는 항목을 선정하다 보니 그 5개가 추려졌습니다. 그런데 중요한 것은 그것들이 대부분 재벌들의 폭리 때문에 생긴 것이었고, '공공의 적' 성격이라는 점입니다. 그 5대 품목이 최종 결정된 자리가 충북 청주 지역 간담회였는데, 종교계·노동계·자영업자·기업인·시민사회 인사들이 모인 자리였습니다. 그들은 이구동성으로 기름 값, 통신비가 너무 많이 나간다고 얘기했고, 카드 수수료 떼고 나면 남는 게 없다, 건강보험 제도하에서도 약값이 너무 나간다, 대출 이자 갚다가 끝난다 등등 문제점들이 줄을 이었습니다. 그 5대 품목에 대한 독과점 폭리의 거품이 빠진다면 모든 가정마다 매달 50~60만 원의 부담이 줄어들고, 최소 20조의 가계 부담이 덜어질 수 있다는 계산이 나왔습니다.

기자: 아, 벌써 12~13년 전에 그런 인식을 하셨다니, 선견지명이 대단하십니다. 그 5대거품빼기운동은 어떻게 전개되었습니까?

이태복: 2006년 12월에 70년대 말 민주화 운동을 주도했던 인사들 10여 명이 모여서 공식적인 의견을 모을 필요가 있다고 생각하고 3번의 예비 모임을 통해 현 시국에 대한 의견 교환, 조직적 활동을 전개할 필요성 공감, 신뢰할 만한 사회 지도층과의 의견 접촉 등을 논의했습니다. 그리고 2007년 3월 1차

준비 모임을 가졌죠. 거기서 5대운동과 5대거품빼기운동본부 출발에 공감을 이루었습니다. 그리고 2차 모임에서 명칭을 5대 운동본부로 정하고 5대 부문별 조직(경제, 행정, 복지, 보건 의료, 교육), 5대 거품빼기 품목(기름 값, 카드 수수료, 통신비, 약 값, 은행 금리)을 선정했습니다. 그리고 이어서 2월 초 부산 지역을 필두로 2월 중순 및 3월 초 대전, 충북 지역, 광주 지역 그리고 3월 중순 대구 경북 지역 간담회를 개최했죠.

기자: 서울에서만 한 것이 아니라 지역 조직까지 만든 것입니까?

이태복: 물론입니다. 그 일은 서울 시민만을 위한 것이 아니고 국민 전체의 생활과 직결되는 것이기 때문에 전국 조직을 갖추어야 하는 건 필연입니다. 그래서 종교계, 정관계, 의료계, 복지계, 시민사회단체, 교육계, 경영계 등 각 부문별 조직도 짰고, 전국 시도 본부도 만들었습니다. 그래서 15개 지역 상임 대표, 35명의 운영 위원 그리고 5대 분과까지 만들었습니다. 그리고 그 조직들이 5대거품빼기 서명운동을 전개했습니다. 약 10개월 동안의 서명 작업을 통해서 121만 명이 서명한 힘을 바탕으로 촛불기도회를 주요 도시에서 열고, 2007년 12월 말 국회에 관련법 개정안 5가지를 제출하기에 이르렀습니다.

기자: 국회에서의 반응은 어땠나요? 법 개정을 하려면 국회 의원을 통해서만 가능한 것입니까?

이태복: 아닙니다. 국회의원을 통하면 법 통과가 쉽기는 하죠. 그러나 국민 청원으로도 가능한 일입니다. 하지만 국회의원들이 나서주지 않으면 실제로 법 개정 논의 과정으로 이어지지 못해 어렵습니다. 그걸 알고 있었기 때문에 전 국민 서명 운동과 국민 청원 방식에만 매달리지 않고 국회를 통하는 방식도 모색한 것입니다. 그래서 국회의원들에게 5대거품빼기운동의 취지와 더불어 법 개정의 필요성을 열심히 알렸습니다. 그리고 찬성하는 의원들을 조사했습니다. 모두 몇 명이나 되었을까요? 놀라지 마십시오. 298명 중 16명에 지나지 않았습니다.

기자: 아니, 겨우 16명뿐이었습니까? 국민을 위해 일한다는 국회의원들이 정작 국민의 민생을 위한 일에 어찌 그럴 수가 있습니까?

이태복: 예, 흔히 떠도는 말로 '국회의원들은 국민을 위해 정치하지 않고 자기 자신들만을 위해 정치한다'는 말이 있습니다. 그 말을 실감 나게, 여실하게 입증한 것이었습니다. 그게 바로 국회의원들이 보편적으로 가지는 3무(무관심·무성의·무책임) 현상 아니겠습니까. 그래서 우리가 제출한 6개 법률 개정안[교통에너지환경세법 일부개정법률안, 국민건강보험법 일부개정법률안, 석유 및 석유대체연료사업법 일부개정법률안, 여신전문금융업법, 전기통신기본법, 특별소비세법 일부개정법

률안(유류세)]은 회기 내 논의조차 되지 않고 말았습니다.

기자: 전국의 서명 열기는 어느 정도였는지요? 121만 명 서명이면 엄청난 수인데요.

이태복: 예, 국회의원들의 냉담함과는 정반대로 국민들의 참여 열기가 아주 뜨거웠습니다. 국민들이 원하는 것이 무엇인지 생생히 보여주는 현장이었습니다. 1천만 서명운동을 목표로 한 저희들에게는 그런 뜨거운 호응이 큰 힘이 아닐 수 없었습니다. 그래서 우리는 주요 역과 버스 터미널, 대학교, 주말에는 등산객을 상대로 산 입구까지, 사람이 모이는 곳이면 어디든지 서명지를 들고 나갔습니다. 그리고 형식도 각 지역 조직 출정식, 촛불기도회, 난타 공연, 전국 자전거 릴레이 대회 등 다양하게 조직해 나갔습니다. 그리고 정부를 상대로 5대 거품 가격에 대한 감사원 감사 청구, 재경부·복지부·산자부·금감위 등 관련 부처에 5대 품목에 대한 정보 공개 청구, 5대 거품 품목에 대한 원가 자료 제출과 가격심의위원회 설치를 위한 관련법 개정 국회 청원, 5대 거품 품목에 대한 관계 당국의 감독 책임 추궁 등을 함께 전개해 나간 것입니다.

기자: 아 참 치밀하고 본격적인 대응이었군요. 그건 그다음 단계의 개혁도 캠페인할 준비가 되어 있었다는 뜻입니까?

이태복: 예, 물론 그렇습니다. 잘 알다시피 한국의 경제는 독점 대기업을 정부가 주도해 키워가면서 한강의 기적을 이루

지 않았습니까. 국민들의 희생을 강요해 가며 이루어진 그 문제 많은 독과점 체제가 80년대로 넘어오면서 기술 고도화를 통해 기술력을 갖춘 강소 기업들을 키워나갔어야 하는데, 그와 반대로 핵심 기술을 수입해서 조립해 파는 손쉬운 구조가 바뀌지 않았고, 거기다가 정권들과 계속 유착해 독과점 기업들의 폭리 구조도 난공불락으로 변함이 없었습니다. 대기업과 중소기업의 차이가 갈수록 커지고, 사회적으로 빈부격차까지 심각해지고 있는데도 정치권과 고위 관료들은 손쉽게 돈을 버는 구조에서 탈피하지 못했습니다. 무사안일의 표본이었습니다. 그러니까 10대 수출 제품의 80~90퍼센트를 핵심 기술을 수입해서 조립해 파는 구조인데, 그 부품 소재의 국산화를 추진해 중소기업들이 생산하게 한다면 산업 발전이 됨과 동시에 40~50만 개의 일자리가 생기고, 100억 매출을 확보하는 강한 중소기업 1,000여 개를 키워낼 수 있습니다. 이게 2단계 캠페인의 핵심이었습니다.

기자: 다섯 가지 가운데 첫 번째가 기름 값의 거품을 빼자는 것이었는데, 그것을 앞세운 무슨 특별한 이유라도 있었습니까?

이태복: 한 달 생활비에서 목돈이 나가는 항목이 가정마다 약간의 차이는 있겠지만, 직장 다니는 사람들에게 목돈으로 가장 많이 나가는 게 역시 기름 값이었습니다. 적어야 30~40만

원, 장거리 출퇴근과 업무를 보는 사람들은 백만 원도 넘어가는 형편이었습니다. 이제 기름은 국민 생활에 있어서 필수적인 공동재로 자리 잡은 것입니다. 그럼에도 불구하고 정부는 석유공사를 민영화해서 SK에게 독점적인 영업을 하도록 보장하고, GS에 이어 현대, 사우디의 원유 자본에까지 한국 시장에서 독점기업으로 영업을 하도록 해주었습니다. 정부 정책은 유류 공급만 신경 썼지 국민들의 가계 부담에는 전혀 관심이 없었던 것입니다.

기자: 왜 그렇게 됐을까요? 정부 정책을 비판하고 감독하는 국회도 있고, 각 대학마다 에너지 학과가 없는 곳이 없구요, 또 언론도 많은데요.

이태복: 예, 기름 값이 비싸다는 비판과 불만이 나올 때마다 정부와 정유 4사들은 '기름 한 방울 나오지 않는 나라에서 국제 유가가 오르니 어쩔 수 없다'고 똑같이 말해 왔어요. 그리고 최근에는 석유 4사가 '세금이 너무 많기 때문'이라고 언론을 이용해 방어하고 있습니다. 그래서 대부분의 국민들은 순진하고 순하게도 '기름 값은 어쩔 수 없다'는 체념 상태에 빠져 있습니다.

기자: 저도 기름 시장을 잘 몰라서 '어쩔 수 없구나' 하는 수준에 머무르고 마는데, 한국 시장이 정말 문제가 많은가요? 많다면 어떤 요인들이 작동하고 있는 것인지요?

이태복: 외국의 석유 사업자들이나 국제적인 트레이더들이 한국 시장에 대해 뭐라고 하는지 아십니까?

기자: 모릅니다. 들을 기회가 없어서……, 그거 정말 궁금합니다. 그들은 어떻게 보고 있습니까?

이태복: 그들은 한결같이 한국의 정유 4사를 몬스터(괴물), 그로테스크(grotesque)하다고 합니다. 괴기하다고 표현해야지요. 정부가 그렇게 힘이 없느냐, 왜 정부가 정유사들의 엄청난 폭리를 보장해 주고 있느냐는 겁니다. 정유사들의 탈세와 각종 비리가 심각한데 어떻게 한국과 같은 지식 수준이 갖추어진 나라에서 문제가 되지 않느냐고 못내 궁금해하고, 또 이상스럽게 생각합니다.

기자: 그걸 국민들이 잘 모릅니다. 석유 시장 같은 전문적인 분야는 접근하기가 쉽지도 않구요.

이태복: 예, 정보 부족도 크지요. 그런데 사실은 그 정보가 통제되고 왜곡되고 있다는 느낌은 없습니까?

기자: 예, 그렇습니다. 예를 들어 국제 유가가 오를 때 한국에서 쓰는 국제 지표가 '싱가포르 가격'이지요? 그 싱가포르 가격 기준이라는 것이 무엇에 근거해서 누가 정하는 것인지에 대해서 한 번도 들어본 바가 없습니다.

이태복: 예, 바로 그렇습니다. 싱가포르 가격에 근거해서 국내 기름 값을 올린다고 하면서 누가 정한 가격인지에 대해서

는 입을 다물고 맙니다. 그런데 그 싱가포르 석유 시장의 거래량은 전 세계 거래량의 4~5퍼센트 수준이고, 그 가격관리위원회에는 한국의 석유 4사가 참여하고 있습니다. 또 싱가포르 하루 거래량의 평균가를 공시하지도 않습니다. 아침이나 오후에 높게 올린 가격을 그냥 그날 가격으로 게시하는 경우가 대부분입니다. 실상이 이 모양이니 올릴 때는 재빠르게 올리고, 내릴 때는 느릿느릿 내려도 그 가격차를 알지 못합니다. 이 점에 대해서 문제는 정부에 있습니다. 정부에 관련 기관이 있으니 정보가 실시간으로 공유되는 이 글로벌 시대에 매일 모니터링하면 가격 실상을 완벽하게 파악할 수 있습니다. 그런데 정부는 모른 체하고 있습니다.

기자: 참 심각한 문제로군요. 그런데 기름 값의 거품을 빼라고 주장하는 데는 더 깊은 이유가 있는 것 아닙니까?

이태복: 물론입니다. 현재 기름 값은 한국 경제의 핵심 문제를 응축시킨 것입니다. 첫째, 4대 정유사만이 기름을 생산하고 시장에 파는 독과점 가격이고, 이는 독과점 체제의 산물입니다. 시장경제를 하고 있는 나라에서 이렇게 100퍼센트 독점을 보장하고 있는 나라는 별로 없습니다. 진입 장벽이 너무나 철저해서 세계 제일의 석유 회사 스탠더드오일마저도 한국에서 윤활유 영업밖에는 하지 못합니다. 그런 형편이니 우리의 중소기업들이 석유 사업에 참여할 길은 아예 봉쇄돼 있는 겁

니다. 둘째는, 독과점 기업의 독과점 가격이기 때문에 원료의 수입과 석유 제품의 생산 과정에 들어가는 비용이 너무 높습니다. 전에는 아시아 프리미엄이라고 해서 배럴당 1~2달러씩 추가 비용까지 부과시켰고, 정제 과정에서 정제 기술을 사용하는 데 터무니없이 값비싼 비용을 지불하고 있습니다. 60년대에는 세계 메이저 기업들이 정제 과정의 특허를 무기로 값비싼 정제 기술을 수출했는데, 현재는 보편화된 기술에 지나지 않습니다. 특허 기간이 만료됐음에도 연속 특허를 걸어서 시장 지배를 계속하는데도 우리 석유사들은 아무 저항이 없습니다. 너무나 큰 이익을 보고 있기 때문에 오너 입장에서는 원천 기술을 갖고 있는 메이저와 갈등을 일으킬 필요가 없는 것입니다. 한국 석유산업이 지불하는 특허료가 연간 4조 원에 이른다는 보고서가 있을 정도입니다. 이 문제에서 한 가지 중요한 사실이 있습니다. 중국조차 7~8년 전에 자체 개발해서 쓰고 있는 촉매제나 첨가제를 한국의 석유 기업들은 아직도 외국에서 비싸게 사서 쓰고 있습니다. 비싼 원료 수입, 고비용의 정제 비용, 고임금, 독점 비용 등이 합쳐져서 전체 국민들의 등이 똑 부러질 지경으로 휘어지고 있습니다. 그런데 그 독점 비용이 아주 문제입니다. 그 독점 비용으로 《조선일보》한 개 신문에만 연간 250억 원의 광고비가 들어갈 뿐만 아니라, 그 간부들의 관리에 들어가는 비용, 산자부·국세청·관세청 등 유관 기관과 정치권, 관련 상임위의 정치인들과 여야 각 정당과 에너지 전공 교수, 시민사회단체 후원금까지, 그야말로 대한민국의 힘센 데는 모두 껴안고 있다고 보면 됩니다. 관련 기관들에서 썩은 냄새가 진동하는 것입니다. 그렇게 들어가는 독점 비용은 그들의 순익 규모에 비하면 조족지혈입니다.

기자: 그래도 설탕 수입 과정에서 발생한 재벌 회사들의 탈세 문제는 용기 있는 개인의 폭로도 있었는데, 석유 관련 산업에서 그런 움직임은 없었습니까?

이태복: 설탕 수입 과정에서의 탈세는 설탕 회사만의 문제라서 양심 있는 사람의 고발로 가능했던 것인데, 석유는 관련된 기업도 많고, 규모도 천문학적이고, 또 각 과정의 전문적 식견이 없으면 알 수가 없지요. 각 단계가 차단돼 있어서 그리고 역설적으로 썩는 돈 냄새가 진동하는 구조이기 때문에 사람들이 쉽게 접근하지 못하는 측면이 있습니다.

기자: 그래도 이 심각한 질병이 수십 년 동안 계속 묻혀 있다는 것이 이해가 안 됩니다.

이태복: 석유 사업은 에너지 문제이고, 주기적으로 에너지 위기가 왔기 때문에 폭로를 준비했다가도 저들에게 포섭되는 경우도 있고, 막강한 힘의 동원 앞에 속수무책인 경우가 많습니다.

기자: 무서운 괴물 집단 같은 저들과 정면으로 맞서 싸운다

고 했을 때 두렵지 않았습니까?

이태복: 솔직히 겁나죠. 하지만 저는 청와대 수석도 지냈고, 복지부 장관도 한 사람이기 때문에 석유 재벌들이 쉽게 어쩌지 못할 거라고 생각하기도 했어요. 하지만 이태리에서는 국민석유운동을 전개했던 인사가 비행기 폭파로 목숨을 잃기도 했습니다.

기자: 위협이나 경고 같은 일은 일어나지 않았습니까?

이태복: 예, 협박은 많이 받았어요. 하지만 아시다시피 저는 전두환 정권이 죽이려 했었는데 살아났고, 한국에서 양심수를 대표한 사람이잖아요. 하하, 웃자고 하는 말입니다. 그리고 저의 접근법은 국민들께 직접 호소해서 돈을 모으자는 지극히 합법적이고도 진실한 방법을 동원한 것이니 저들도 대처하기가 꽤나 난감했을 겁니다.

기자: 5대거품빼기운동이 한창이던 때가 노무현 정권 말과 이명박 정권 시기인데, 그들의 태도는 어땠습니까?

이태복: 5대 거품빼기 캠페인을 하던 때는 노무현 정부가 4대 개혁 입법에 올인하던 시기였습니다. 그래서 교감이 전혀 이루어지지 않았습니다. 그런데 5대 거품빼기에 대한 국민들의 호응이 점점 커지자 정동영 후보가 재빠르게 기자회견을 해서 5대 거품빼기에 대학 등록금을 끼워 넣어 대선 공약으로 발표했고, 이명박 후보도 서둘러 선거 공약으로 삼았습니

다. 하지만 그뿐이었어요.

기자: 이명박 대통령이 기름 값이 묘하다는 발언을 몇 차례 했는데, 무슨 배경이 있었습니까?

이태복: 예, 5대 거품빼기 캠페인을 초기에 조직할 때 보수층의 편견을 어떻게 할 것인가가 중요한 문제였습니다. 우리 주장만 한다고 해서 수십 년 동안에 자리 잡힌 재벌 구조, 곧 경제 상황을 바꿔보자는 것이 쉽게 이해될 일이 아니었으니까요. 그래서 저는 보수적인 종교계 인사나 정치인 그리고 장군 들까지 설득하려고 최선을 다했고, 그들의 전적인 동의를 얻어 고문단에 포함시켰습니다. 그리고 라이온스클럽 조찬 모임에 가서 여러 번 강연도 했고, 이명박 정부에서 중요한 역할을 하는 사람들에게도 여러 차례 설명을 하기도 했습니다. 우리의 목표는 정유사, 통신사와 같은 독과점 기업을 해체하거나 망하게 하자는 게 아니다. 1년에 수조 원씩 벌어서 집안사람끼리 재산 나누기에 열중할 게 아니라 수탈적인 요금 체계를 개편해서 국민의 부담을 줄여야 할 것 아니냐. 지금 오너들은 해마다 현금으로 수조 원씩 벌다 보니 너무 행복해서 원가 절감 노력은 하지 않는다. 후발 국가인 중국은 촉매제를 자체 개발해 사용하는데, 우리 정유사들은 그런 노력 전혀 없이 비싼 외국산만 사다 쓰기 때문에 20여 개나 되던 촉매 개발 회사들이 다 망하고 말았다. 우리는 석유와 통신 등 독과점 기

업들을 무조건 보호해 왔던 각종 진입 규제를 풀어서 중소기업들이 진입하게 해야 중소기업도 살고, 일자리도 생기고, 전체 국민들의 고통도 줄어든다. SK나 GS의 매출액과 수조 원의 순이익 규모를 보면 석유화학 연구에 1만 명 정도의 고용이 있어야 하는데, 겨우 200명 수준이라는 것은 석유화학의 신제품 개발에 거의 나서지 않고 있다는 명백한 증거 아닌가. 그러니 대통령에게 우리의 취지를 잘 말씀드려달라고 간곡하게 부탁하기도 했습니다. 그래서 어느 날 말씀드렸다는 연락을 받았고, 대통령도 100주 정도 공모에 참여하기로 했다는 소식도 전해 왔습니다. 그런데 정무 수석이 정유사 로비에 넘어가 면담 자체를 방해하는 바람에 성사되지 못했어요. 만약 그 작업이 잘되었더라면, 공모 과정에서 일어난 공모 과정의 탈법과 조직적 방해 작업을 어느 정도 막아낼 수 있었을 텐데, 아쉽게 되었습니다.

기자: 그건 뜻밖의 소식이네요.

이태복: 우리도 대통령이 공모에 참여한다는 게 확실하냐고 몇 차례 확인했고, 내부 회의를 통해 받아들이기로 결정하기도 했습니다. 그리고 당시 MB의 정보통신 특보를 하고 있던 친구를 통해서도 대통령이 저와 만날 약속을 빨리 잡으라는 지시를 한 게 분명하다는 얘기까지 들었으니 빈 소리는 아니었습니다.

국민석유 설립운동을 펼치다

기자: 그런데 짧은 생각인지 모르지만, 기름 값 거품빼기 운동을 지속하시지 군이 현실적으로도 어렵고 어떤 위협이 닥칠지도 모르는데, 왜 국민석유회사를 만들자는 운동으로 선회하게 되었습니까?

이태복: 예, 거품빼기는 소비자 운동이지요. 그건 한계가 뻔한 운동입니다. 캠페인을 하고, 기자회견을 하고, 정부에게 촉구하는 것으로 할 일이 끝나는 것입니다. 막대한 자금과 강력한 로비력을 갖고 있는 그들의 커넥션이 수십 년에 걸쳐 견고하게 형성되어 있기 때문에 그런 소비자 운동은 더욱더 한계가 클 수밖에 없습니다. 대통령 선거 과정에서 우리의 주장을 각 후보들이 앞다퉈 공약으로 내걸면서 자못 희망도 가졌습니다. 그러나 선거가 끝나자 언제 그랬냐는 듯 외면당하고 말았습니다. 그리고 석유협회나 여신업협회 등의 광고 압력으로 언론 보도까지 차단되니 자연히 초기의 열기가 가라앉게 되었습니다. 그래서 2008년 9월에 국회 5개 상임위에 국민청원 입법안을 제출했지만 18대 국회 회기 내에 심의조차 하지 않고, 폐기되고 말았습니다. 국민은 안중에 없는 국회에 또 깨끗하게 배신을 당한 겁니다. 그렇지만 캠페인 과정에서 뜨거운 국민들의 참여가 있었습니다. 당시 캠페인만으로도 1년에

약 2조 원의 가계비 절감 효과가 있다고 보았습니다. 수많은 사람들이 열심히 거품 빼자고 뭉치니까 기름 값도 조금 내리고, 카드 수수료도 조금 낮추고, 여러 조치들이 행해졌습니다. 그러나 그건 일시적인 기만술일 뿐이었습니다. 그때가 지나면 또 '봉' 노릇을 해야 하니 더 이상 기만당하지 말자는 호소에 많은 분들이 공감해 주셨습니다. 그래서 소비자들이 직접 문제 해결의 주체로 나서는 중대한 계기를 맞게 되었습니다. 국민들이 참여하는, 국민들이 직접 공급자가 되는 국민석유를 만들 수 있지 않을까! 이 파격적이고, 이 당돌한 생각을 곧 행동화하기 시작했습니다. 2011년 4월 '석유산업 개편, 새로운 경쟁 구도가 필요하다'는 주제로 정책 토론회를 국회헌정기념관에서 열어 국민석유회사 설립의 필요성을 타진했습니다. 그리고 8월부터 11월까지 11개 지역 간담회, 3차례 전국 간담회를 통해서 5대 품목 중 가장 심각한 기름 값에 역량을 집중하기로 하고, 2011년 12월 국민석유회사 설립 추진단을 결성하고, 2012년 4월 전국 긴급 간담회를 개최했습니다. 우려를 희망으로 만들어가자는 분위기가 형성되었던 것입니다.

기자: 그런데 시민사회단체 내에서도 우려를 했던 것 같은데요. 예를 들면 곧 전기차 등 미래를 향한 프로젝트나 환경 오염과 같은 점에서 친환경 기업이 될 수 없다면서 반대 같은 것은 없었는지요?

이태복: 당연히 있었습니다. 미래 산업이나 환경 산업 등에 비추어본다면 석유 사업은 분명 한계가 있습니다. 하지만 축산농가나 재생에너지 중소기업들과 대안 모색도 같이 하고 있어서 덴마크 리투아니아 등지도 다녀왔습니다. 비록 거대 정유 회사와의 싸움이 된다 하더라도 국민이 함께한다면 얼마든지 희망을 만들어갈 수 있다는 믿음이 있었습니다.

기자: 자신이 있으셨나요?

이태복: 그 일이 성공하면 손에 장을 지지겠다는 사람들도 있었습니다. 그러나 저는 성공할 가능성이 클 때만 일을 시작했던 것이 아닙니다. 민주화 운동도 마찬가지였습니다. 전두환 정권 초기를 생각해 보세요. 가능성이 낮아도 그 일이 필요하다면, 가능성 1퍼센트를 10퍼센트로, 10퍼센트를 50퍼센트로, 다시 100퍼센트로 현실화시켜 나가기 위해 노력해야 한다는 것이 제 삶의 방식입니다. 기름 값의 문제는 한국 경제 구조의 문제이고, 고질적인 부패와 비리의 연결 고리이기 때문에 이를 바로잡지 않고서는 한국 경제의 문제를 제대로 해결할 수 없다고 확고하게 믿고 있었습니다.

기자: 그런데 시작부터 어려움에 봉착했던 것 같은데요?

이태복: 물론입니다. 왜 소비자가 직접 나서야 하는가? 천문학적인 자금 조달이 가능한가? 20퍼센트 싼 기름 공급이 과연 가능한가? 10만 배럴로 타산성이 있을까? 등등이었습니다.

기자: 저도 궁금한데요. 먼저 왜 소비자가 직접 나서야 한다고 주장하신 겁니까?

이태복: 국민 전체의 불만이 큼에도 불구하고 시원하게 제도 개선이 안 되는 이유는 석유 4사의 로비 장악력이 정부 관료와 정치권, 언론은 물론이고 일부 교수 등 지식인 사회에까지 광범위하게 미치고 있기 때문입니다. 그들은 서로 밀착해 석유 4사 입장을 적극적으로 두둔하고 대변해 왔습니다. 그런 세월이 지난 50년 넘게 계속되어왔습니다. 그런데 소비자들은 각기 흩어져 속으로만 불만을 품고 있을 뿐 어찌할 수 없다는 체념 상태에 빠져 살아갈 수밖에 없었습니다. 그리고 소비자들이 그동안 꼼짝하지 못했던 까닭은 값이 아무리 비싸도 기름을 안 쓸 수 없었기 때문입니다. 그런데 소비자가 기름 공급자가 된다면 얘기가 완전히 달라진다고 본 것입니다. 자본 권력과 정치 권력이 돈으로 결탁되어 국민 배신행위를 수십 년 동안 저질러온 것을 척결하는 가장 확실한 방법으로는 소비자들이 조직적으로 나서는 것이 가장 현명한 길이고, 가장 효과적인 길일 것입니다. 그러므로 국민석유설립운동은 국민 주권을 되찾는 경제 운동이라 할 수 있습니다. 국민석유설립운동이 '제5정유사' 설립으로 성공한다면, 한국 경제의 고질병인 '대기업 중심주의'를 고칠 수 있는 경제민주화의 주요 시범 사업이 될 것이라고 인식했으며, 그것이야말로 진짜 경제민주화

라고 생각했습니다.

기자: 경제민주화가 마치 정치적 용어처럼 정치권에서 많이 회자되었는데, 경제민주화의 핵심이 뭐라고 본 것입니까?

이태복: 경제민주화의 핵심은 대기업의 독점을 제한하고, 공정한 시장 질서를 통해 국민 경제의 균형적 발전을 꾀하는 것입니다. 당시 석유 4사가 시장을 완전 독점(SK 285만, GS칼텍스 82만, S-오일 58만, 현대오일 39만)했습니다. 유통에서도 89퍼센트를 장악하고 있었죠. 독점 폭리를 기반으로 석유화학, 의학, 용제 사업 등으로 사업을 확대해 대기업 친족 집단을 구축했기 때문에 대표적인 경제민주화 대상이었습니다. 당시 석유 4사의 1년 매출이 167조 원으로 해외 사업 등을 합하면 200조 원이며, 국민총생산(GDP) 1,237조의 16.2퍼센트에 해당합니다. 또 원유 수입액은 전체 수입액(592조 6천억 원)의 19퍼센트(113조 원)가 넘고, 수출도 1위(31조) 품목입니다. 2퍼센트 저이윤이라고 주장하지만, 2011년 자산 증가는 SK 2조 7천억, S-오일 3조 2천억, 현대오일 7천억입니다. GS-칼텍스의 50퍼센트 지분을 가진 쎄브론, S-오일의 70퍼센트 지분을 가진 아람코 등은 매년 수천억 원의 배당금을 가져가고 있습니다.

기자: 그렇다면 국민석유가 성공하면 정말 20퍼센트 싼 기름 공급이 가능한 것입니까?

이태복: 국제 원유 시장에는 10퍼센트 싼 원유 제품도 많고,

현물 물량은 20퍼센트 싼 원유도 거래하고 있습니다. 석유 4사의 대지분을 갖고 있는 쉐브론, 아람코 등이 생산하는 원유가 아니라 시베리아, 캐나다의 저유황 원유를 수입한다면 얘기는 달라집니다. 기술 공정료가 매출의 1~2퍼센트로 연 4조를 지불하고 있는데, 최신 기술로 제조 원가를 대폭 낮추면 가격 하락은 필연이지요. 그리고 수조 원이 드는 촉매 시장도 마찬가지입니다. 중국처럼 우리도 중소기업들을 지원해서 독자 개발을 한다면 또 그만큼 원가가 낮아집니다. 뿐만 아니라 독과점 유지비인 담합비, 그리고 정권과 정치권, 언론을 상대로 뿌리는 막대한 로비 자금, 거기다가 해마다 수천억씩 빠져나가는 배당금 등이 없어지면 너무나 당연히 기름 값은 대폭 내려가게 됩니다. 그건 환상이 아니라 현실입니다.

기자: 그러면 그 당시에 회사를 세우는 데 필요한 천문학적인 자금 조달이 가능하다고 판단하신 겁니까?

이태복: 그건 국민들 참여에 달려 있습니다. 정유 시설이나 석유화학 산업은 장치 산업이고, 시설 규모도 매우 큽니다. 하지만 수조 원이 들어가는 건설비에는 메이저 특허 사용 등 거품이 많습니다. 최근 정제와 석유화학 산업에는 독점 특허가 대부분 범용 기술이 됐고, 그것을 이용한 간편한 정제 기술 등이 보급되어 대폭적인 비용 절감이 가능합니다. 그래서 국민석유는 규모가 클 필요가 없으니까 5천억 정도면 가능하다

고 판단했습니다. 중국의 시노펙에서 2천억에 시설을 지어주겠다는 제안도 있었습니다. 소비자주권운동은 국민들 참여 정도에 그 성패가 달려 있습니다. 그래서 2012년 6월 1일 홈페이지를 개설하면서 '1인 1주 갖기 운동'을 확산시켰습니다. 1천6백만 차량 소유자들이 참여한다면 1주에 1만 원으로 하면 1천6백억이고, 10주면 1조 6천억이 되는 것입니다. 인터넷이 발달했고, 국민들의 의식이 매우 높기 때문에 사회적으로 신뢰와 존경을 받는 인사들이 참여해 여론을 환기시킨다면 얼마든지 가능하다고 생각했습니다. 인터넷 약정 운동을 한 지 한 달 만에 350억이 돌파되었고, 석 달 만에 500억이 넘었습니다. 약정자 대부분이 1~10주여서 실제 청약 단계에서 1천억은 물론 추가 약정으로 1조 원도 가능하겠다는 자신감이 생겼습니다.

기자: 전국적으로 그렇게 뜨겁게 호응하고 참여한 것은 독과점에 대해 그동안 쌓여온 불만과, 제도 개혁을 바라는 대중의 욕구가 동시에 폭발한 증거라 할 수 있겠군요?

이태복: 아 예, 정확하게 핵심을 찌르시는군요. 약정해 주시는 것만큼 고마웠던 것이, 독과점 폭리 구조를 꼭 바로잡아달라, 한국 경제를 대수술하는 계기를 마련해 달라, 꼭 성공하기를 바란다, 내 주변 사람들 모두 참여시킬 테니 힘내시라, 이런 격려와 응원이었습니다. 새 세상을 바라는 욕구는 그렇게 뜨겁고 절실했습니다. 그 중간 결실이 1,850억을 거뜬히 넘겼

고, 사회적으로 굉장한 화제가 된 것에 못지않게 저희들도 많이 놀랐습니다. 일하는 보람도 크게 느꼈구요.

기자: 각종 매스컴의 보도 경향이나 반응은 어땠습니까?

이태복: 그 얘기를 다 하자면 너무 긴데, 간단하게 요약하겠습니다. 모든 언론 매체는 자본의 식민지이고 노예라는 사실을 다시금 확인했습니다. 사회적 영향력이 큰 신문이나 방송일수록 그 예속의 도가 심했고, 그러니 정유 4사의 입장만 강조하고 두둔하는 반면 우리가 하는 일은 그저 부정해 대기 바빴습니다. 공영방송인 KBS까지 저의 인터뷰를 방송하겠다고 취재해 가고는, 실제 방송은 정유사의 주장과 논리를 그대로 방송하고는 저는 그저 들러리를 세우는 식이었습니다. 그리고 우리나라 제일이라고 하는 신문사에서는 두 면에 정유사 광고를 전면으로 싣고는, 경제면에다 어린 기자 명의로 '국민석유의 모금 운동으로는 거대 자본이 들어가는 석유 사업은 실패한다'는 기사를 크게 게재했더군요. 언론이 이래가지고서야 이 나라의 미래가 어찌 될 것인지……

기자: 그게 언론사들의 딜레마이긴 합니다. 과거에 《노동자 신문》을 운영해 보셔서 아시지 않습니까? 광고를 받아야 하고, 또 국민들 대변도 해야 하고, 사회의 지팡이 노릇도 해야 하고 말입니다.

이태복: 물론 알고 있습니다. 기사를 광고와 엿 바꿔 먹으려

는 것. 저희도 경험해 보았지만, 그때 어떤 선택을 해야 하는 것인가는 자명한 답이 있습니다. 과장, 허위, 몰아가기 등은 언론 본연의 역할과는 배치되는 일이기 때문에 해서는 안 되는 것입니다. 더군다나 국민의 이해, 이익에 위배되는 일이라면 더더욱!

기자: 예, 백번 옳은 말씀입니다. 그런데, 정부가 국민석유 설립에 긍정적일 것이라고 기대했던 것은 혹여 오판은 아니었는지요.

이태복: 물론 쉽지는 않을 거라고 생각했습니다. 그래서 인터넷 약정 운동을 할 때 '나도 주주 되기' 유의 사항 3가지 중세 번째로, '현재는 인터넷 약정만 받고, 정부로부터 국민석유회사 설립에 대해 긍정적 허용 방침이 나왔을 때 회사 설립을 선언하면 그때 약정한 금액을 납부하면 되고, 그때 다시 연락하겠다'고 언급했던 것입니다. 현행법상 국민들이 자발적으로 돈을 모으겠다면 그 자체는 불법이 아닙니다. 그러나 그 인원이 50인 이상이 되면 금감원의 감독을 받도록 되어 있습니다. 그 명목은 투자자들을 보호해야 한다는 것입니다. 그러나 그 요구 기준은 까다롭게 적용하기 시작하면 힘들어지는 고무줄 같은 기준입니다. 그 기준이 처음부터 끝까지 사람을 괴롭혔고, 끝내는 일을 좌절시킨 흉탄이었습니다. 자, 그 실태를 보십시오. 국민석유 설립 캠페인과 인터넷 약정 과정에서 수천 명

이 실명과 주소를 밝히고 돈을 내겠다는 약정을 했는데, 첫 시작부터 그것이 불법이라 안 된다는 겁니다. 어디에 그런 규정이 있느냐고 따지니 50인 이상이라 안 된다는 겁니다. 그래서 지금 우리는 인터넷에서 약정을 한 것뿐인데 무슨 피해가 있다는 것이냐? 석유협회가, 금감원이 허가를 안 해주기로 했다고 소문을 내고 다니는데, 우리가 문제 삼아도 좋으냐고 따지니까 그때서야 일단 약정 운동을 허용하는 정도였습니다. 그래서 12월 초까지 역량을 초집중해 3대 목표를 잡았습니다. '1백만 명 참여, 1천억 약정, 대선 공략' 등 대선 전까지 1개월 동안 전국 조직, 역량을 결집하기로요. 그래서 지역 토론회, 발족식, 간담회 등을 열어 지역 여론을 환기시키고, 노조·신협·생협 등 국민석유와 지향하는 바가 비슷한 단체나 직접적인 이해 당사자인 화물업, 택시 등 운송업체와 결합을 재모색했습니다.

기자: 아 예, 인터넷 약정 운동만 한 것이 아니었군요.

이태복: 네, 2012년 6월부터 10월까지 지역 순회 기자회견과 간담회도 갖고, 7월부터는 지역준비위를 준비해서 11곳의 지역위를 결성했죠. 그리고 2012년 9월에 인터넷 약정 400억 돌파 기념으로 석유 사업 유관 업체인 중소기업들과 공생발전 협약식도 체결하고, 200개 풀뿌리 네트워크인 한국지역신문협회와 MOU도 체결하고, 소비자주권운동 제1차 정책 토론

회 '경제민주화와 국민석유'도 개최했죠. 그리고 서울 지역 아파트 연합회와 간담회도 갖고, 문화예술인 간담회, 벌크사업회 설명회, 전농사업단과 업무 협조 협의도 하고, 대선 후보들에게 20개 정책 질의를 공개하고, 국민석유 설립에 지지를 한 정치인 50명 이름도 공개하고, 다양한 접촉면들을 만들어 정부와 우호적 관계를 구축할 수 있는 환경을 만들려고 애를 썼습니다.

국민주 공모는 어땠나?

기자: 그러면 왜 공모 준비 과정이 4개월이란 긴 시간이 걸린 겁니까? 무슨 특별한 이유가 있습니까?

이태복: 우리야 당연히 신속하게 추진되길 원했는데, 금감원 측과 석유협회, 정유사 들이 합작해서 각종 방해를 일삼는 바람에 여러 과정이 난항을 겪으면서 시간만 까먹게 되었습니다. (한숨)

기자: 사실 그 점이 이해가 잘 안 됩니다. 무엇이 문제였습니까?

이태복: 아까 말한 대로, 초기에는 석유협회가 '금감원 측이 공모를 허가하지 않기로 했다'는 소리를 하고 다닌다고 해서 국회 정무위원장과 금감원장을 제가 직접 만나서 따지고

항의도 했습니다. 그러나 '여러 어려운 점이 있는데, 장관님이 하시는 일을 금감원이 반대할 이유는 없으니 그럴 일은 없다'는 약속을 받았습니다. 그런데도 실무 작업이 안 되는 겁니다. 중대 문제는 '50인 이상 국민 모금을 하려면 금감원의 승인을 받아야 한다'고 금감원 측이 주장하는데, 사실 그 근거가 명문으로 있지는 않다는 사실입니다. 왜냐면 금감원의 규정이나 내용은 증권사와 자본시장의 기득권을 보호하고 보장해주는 게 대부분입니다. 예를 들면 공모에 들어가려면 증권사 가운데 주간사 선정이 이루어져야 하고, 증권사는 대형 회계 법인의 실사와 계약이 있어야 하고, 공모에 필요한 금융기관의 선정과 주식 예탁 기관과의 계약이 있어야 한다는 것이지요. 이 과정에서 증권사와 회계 법인은 국민석유에 기름을 싸게 공급하겠다는 외국 회사의 정보를 알게 됩니다. 또 국민석유에 대한 여러 경영 정보와 계획을 속속들이 알게 되고, 이는 당연히 석유협회 등에 유출됩니다. 이런 정보 유출에 항의해서 비밀 유지 협약까지 요구했는데 아무 소용이 없었습니다. 이 과정에서 안 사실이지만, 금융권에서 정유 4사는 정말 '큰손'이었습니다. 왜냐하면 1년에 수십조의 채권을 발행해 원유 구입 대금으로 사용하는데, 서로 이 채권을 분배받으려고 금융기관들이 다툰다는 것입니다. 국민들에게 현금으로 기름을 팔아 그 이익금은 자기 가족들끼리 나눠 먹으면서, 원유를 사올 때는 채권을 발행해 자금을 조달하고 그 비용은 원가에 반영하니 이 얼마나 재미있는 구조고 배신적인 행위입니까.

기자: 아니, 그런 구조로 금융권과 정유 4사가 유착돼 있다고요?

이태복: 예, 그러다 보니 증권사들이 중요 간사를 하기로 4차례나 계약을 맺고, 회계 법인과도 계약을 맺어 실사를 끝냈는데도 끝내는 서류를 제출하지 않는 겁니다. 국민석유 공모를 처음에 대신증권하고 했는데, 상부 등 실무진들이 '이런 좋은 사업에 자신들이 참여해서 참 영광'이라고 해서 내부 결재가 다 끝났다는 연락을 받았는데, 금감원 제출 단계에서 서류가 오지 않았습니다. 이유를 알아보니, 오너가 어디서 무슨 말을 들었는지 '무조건 안 된다'고 한다는 것입니다. 어떻게 설득해 보겠다고 했는데, 끝내 안 됐습니다. 그런 식으로 4개 증권사의 실무자들은 적극 찬성, CEO나 오너는 반대, 이런 식으로 다 무산되어, '금감원은 도대체 뭐 하는 기관이냐, 이는 명백한 계약 위반이고, 금융 질서를 해치는 행위인데 왜 방관하고 있느냐'고 강력히 따졌지만 자기들도 어쩔 수 없다는 것이었습니다. 그리고 '계약 위반으로 징계해 본 적도 없다'고 태연하게 대꾸하는 것이었습니다. 참 기막히게도 이게 이 나라 현실입니다. (한숨)

기자: 그러면 대신증권 이후에는 어디 어디를 거쳤습니까?

이태복: 여러 군데를 거쳐서 마지막에 국민석유 공모 주선 주관사가 KTB가 됐어요. 그런데 금감원 정정신고서 제출 예정일에 갑자기 일방적인 계약 파기를 해버려 공모 일정을 지연시켰는데, 이것 역시 기존 정유사들이 증권사에 압력을 가한 것으로 유추할 수 있어요. 7월 13일 KTB투자증권과 공모 주선 주관사 계약을 체결하고, 22일부터 30일까지 9일간 KTB투자증권 기업 실사를 실시하고, 다산회계법인과 함께 금융감독원과 협의를 끝내고 계약금까지 다 받았지만, 최종 정정신고서 제출 예정일에 KTB투자증권이 일방적으로 주관사 계약 취소 통보를 해온 겁니다. 계약 취소 사유를 요구했지만 '자체 판단에 따라' 취소했다는 모호한 답변만 했고, 결국 계약금을 받고도 취소하는 사태가 발생해 막대한 손실을 입게 됐습니다. KTB가 계약을 파기하자, 곧이어 명의개서 대행 업무를 맡기로 한 하나은행에서 공모 주선 주관사 없이는 실명 확인 문제가 있다는 이유로 증권 교부 업무를 못 하겠다고 통보해 와 업무 진행에 큰 차질을 빚었습니다.

회계 법인이 실사하는 문제는 수익 전망이 있느냐 없느냐의 문제를 따져보겠다는 것인데, 우리로서는 중요한 영업 비밀을 전부 노출시켜야 하는 것이었습니다. 그래서 처음에는 비밀유지협약을 받고 20퍼센트 싼 기름을 공급하겠다는 싱가포르 소재 기업의 주소와 이름 등을 건넸는데, 그 정보가 즉

각 새나가서 '국민석유는 공모가 실패할 텐데 당신들은 기름 값도 받지 못하게 될 거'라는 협박성 전화가 왔다는 것이었습니다. '뭐 이런 강도 같은 놈들이 있냐'며 자기들은 '당신들의 고군분투를 격려하기 위해서 기름을 반드시 공급할 테니 잘 싸우라'는 격려를 받았습니다.

우여곡절 끝에 다산회계법인 등과 실사와 평가서에 합의해서 증권사에 제출할 단계가 되면 계약 이행을 못 하겠다고 해버리는 겁니다. 그래서 나중에는 아주 규모가 작은 회계 법인을 설득해서 여러 자료를 공유했고, 그 대표는 저도 아는 사람이라서 안심했었는데, 결국은 이곳조차 또 안 되고 말았어요. 그래서 '금감원 당신들이 책임지든지 알아서 해라. 우리는 당신들이 요구하는 대로 최선을 다해서 맞췄는데, 결국 4개월의 시간만 허비하고 말았다. 이럴 바에는 공개적으로 직접 공모에 들어가겠다'고 선언했습니다. 그러나 금감원은 또 '그건 불법이라 안 된다'는 것이었습니다. '불법이라는 근거를 대라'고 했더니, '이런 경우가 처음이라서 과거 사기 사건을 참조할 때 불법이다'라는 겁니다. 이게 말이 되는 겁니까. 결국 금감원 측이 다시 회계 법인을 주선해 줘서 이름도 생소한 증권사를 주간사로 해서 진행하기로 했는데, 또 발행할 주식을 보관할 회사가 현재 3개 사로 제한되어 있는데, 공기관인 증권예탁원도 보관을 못 하겠다는 겁니다. 참 기막힌 일이지요. 증권을 보관하는 회사도 세 군데서만 하도록 독점시켜 놓고 애를 먹이는 겁니다. 그래서 '우리는 증권을 우리가 보관한다는 사실을 객관적으로 고지하고, 거기에 동의하는 사람만 공모에 참여시키겠다'고 했더니 또 관련 법규 어쩌고 하며 우물거렸는데, 그들이 지정한 3개 기관에 반드시 예탁해야 한다는 규정은 증권사에 해당하는 것이고, 공모하는 회사가 스스로 주식을 보관하는 방안은 특별히 금지한다는 규정은 없었던 거 같아요. 그런데 정작 문제는 어떤 금융기관을 통해서 주식을 공모하느냐 하는 겁니다. 번듯한 증권사와 공모하면 기관 자금이 들어올 수도 있어서 절대로 허용하지 않을 것으로 판단하고, 또 더 이상 시간을 낭비해서는 연말을 넘기게 되고, 그럼 공모 분위기를 유지할 수 없을 것 같아, '석유협회와 당신들이 짜고 국민석유의 공모와 광범위한 참여를 방해하고 있으니 우리가 전국에서 어떤 금융기관이든 이용해서 공모 계좌에 넣도록 하겠다'고 통고했더니 그제서야 전국에 지점이 제일 적은 하나은행 창구로 하라는 겁니다. 하나은행의 중요한 자금줄이 정유사인데 하필 거기를 창구로 하라는 것이냐고 반발했지만 공신력이 문제라서 할 수 없이 일단 수용하고 공모하기로 했어요.

기자: 참 여러 가지 고통 많이 겪으셨군요. 이런 구체적인 내용은 처음 말씀하시는 것 아닌가요?

이태복: 예, 그렇습니다. 국민석유 캠페인에 참여하신 분들도 어렴풋이 방해가 심한 모양이구나 생각했을 뿐 자세한 내용은 알지 못했습니다. 대부분 새마을금고나 신협을 통해서 공모 신청을 했죠. 전국에 몇 개 있지도 않은 하나은행에 공모주 청약을 한다고 하면 공모가 실패할 거라면서 이체해 주지 않았다고 분통을 터뜨리는 분들도 많았고, 주식을 해본 사람들도 투자신탁 계좌를 알려주어도 이체를 해주지 않아서 저희에게 전화를 걸어와서 걱정을 하기도 했습니다.

기자: 그 온갖 방해 공작들이 뼈에 사무치셨겠군요.

이태복: 예, 기득권 세력들은 어떤 법적 규정이나 근거도 전부 자신들에게 유리하게 활용하고, 독과점 체제를 보장받으려고 한국 사회의 여러 영역에 거미줄 같은 정보망을 구축해 놓고 있습니다. 그게 한국 사회의 전반적인 문제입니다. 자본시장을 감시 감독해야 할 금감원 같은 기관이 국민을 위해 존재하지 않고, 오히려 반대로 자본시장의 기득권을 보호하고 지켜주는 일에 아무런 죄책감을 느끼지 않고 당연시하는 태도는 참으로 심각한 문제가 아닐 수 없습니다. 명색이 청와대 수석과 복지부 장관을 지낸 사람이 하는 일에도 그런 식이었으니, 일반 사람들이 나섰더라면 아예 처음부터 금지시켰을 거라고 하더군요.

기자: 당시 언론은 어떠했습니까.

이태복:《조선일보》와《한국경제신문》등 일부 언론은 '국민주 방식의 청약 공모'가 성공하지 못하도록 모략성 기사를 계속 내보내 청약 공모를 방해했기 때문에 견디다 못해 언론중재위 제소 및 명예훼손과 업무 방해에 대한 형사 고소와 10억 손해배상 청구 소송을 하기도 했습니다.

기자: 참으로 고통스러운 시간을 보내셨군요. 그런데 기름값의 거품을 빼면 실제 국민들에게 어느 만큼의 이익이 돌아가게 되는 겁니까.

이태복: 기름 값의 상황이 계속 변하기 때문에 추산이 쉽지는 않지만 20퍼센트 싼 기름을 공급하고 정유 4사의 폭리를 줄인다면, 정유 4사의 수익이 7~8조이므로 약 1조 5천억의 부담이 줄고, 벙커C유나 M100 같은 중질유에 첨가제를 섞어서 경유를 만들면 30퍼센트까지 낮출 수 있으므로 2조 이상의 부담이 준다고 볼 수 있습니다. 그리고 핸드폰 요금이나 은행 이자, 약값 등에서 거품을 빼면 연간 약 20조 이상의 국민 부담을 낮출 수 있습니다.

기자: 그런데 국민 일반은 지금 말씀하신 대상들이 왜 문제인지 그 자체를 모르고 있는 경우가 많습니다.

이태복: 예, 그 점 잘 이해합니다. 그 분야들이 너무 전문적인 데다 폐쇄적이기까지 해서 일반 국민들이 알기가 어려운게 사실입니다. 간단히 말씀드리면, 기름 값과 통신비 인하 요

구는 제도적으로 진입 장벽을 제거해서 자유로운 경쟁 체제를 만들고, 치열한 원가 절감 노력을 해서 국민 부담이 낮춰지도록 정부와 정유사들이 노력하는 것이 정도라는 것이고, 은행들의 폭리는 예대 마진폭을 얼마든지 낮추도록 할 수 있는데 금융 당국이 움직이지 않는 것입니다. 담보 장사나 하고 있는 한국 금융 산업을 아프리카의 우간다 수준이라고 비하하는데, 실제로 모든 대출이 담보가 있어야만 가능하면서, 왜 높은 이자를 무슨 근거로 받는 길까요? 한국 금융기관들이 이자 수입만으로 30조 정도를 벌어들이고 있는데 이것은 정부가, 금융자본의 60~70퍼센트를 차지하고 있는 외국 자본에게 너무나 큰 폭리를 보장해 주고 있어서 보통 문제가 아닙니다. 약값도 저의 문제 제기와 캠페인 이후에 다국적 제약 회사의 오리지널 제품이나 카피 제품 가격을 많이 낮추기는 했습니다. 그러나 문제는, 여전히 객관적인 원가 자료가 없는 채로 제약 회사들의 로비에 의존해서 약값이 정해지고 있으니, 이거야말로 큰 문제가 아닐 수 없습니다. 원가 자료를 제출하지 않아도 되니 장관 고시로 결정되는 2만 종에 달하는 약가를 어떻게 합리적으로 정할 수 있겠습니까. 이런 상황이고 보니 제약 회사들과 결탁하는 부정부패가 어찌 생기지 않겠습니까.

기자: 아, 약값 결정이 그렇게 되는 겁니까. 가격 거품을 빼서 민생을 안정시키는 것은 가장 좋은 정치의 하나로 꼭 필요

한 일입니다. 그런데 경유 같은 경우 많이 팔릴수록 인체에 해로운 미세먼지를 더 많이 만들어내지 않습니까?

이태복: 그렇습니다. 우리는 국민석유의 공모가 성공하면 바로 바이오디젤 30퍼센트 혼합을 주장하고 환경 기준을 강화하면서, 석탄화력발전소에 플라스마 토치를 진입부와 배기 부분에 설치해서 석탄발전소에서 발생하는 미세먼지 80~90퍼센트를 제거하자, 또 오염 발생 제조업체의 감독 강화, 그리고 재생에너지, 태양광 등 에너지 정책 전환 캠페인도 준비했는데, 공모가 뜻대로 안 되면서 후속 작업을 못 한 채 매일 하늘을 쳐다보는 신세가 되고 말았습니다.

기자: 아니, 석탄발전소에 플라스마 토치를 설치하면 미세먼지 80~90퍼센트를 제거한다구요?

이태복: 그 기술은 한국의 국책 연구 기관이 개발한 기술입니다. 그들의 주장처럼 80~90퍼센트는 아니더라도 획기적으로 감소시키는 것은 확실합니다. 한국에서 실용 효과가 입증되면 중국에 대량으로 수출할 수 있고, 필리핀을 비롯한 동남아 국가는 물론 세계의 수많은 나라들에 수출할 수 있는 특허 기술인데 왜 수용을 안 하는지 그 내막을 알 수가 없습니다. 참 안타깝고 아쉽습니다.

기자: 환경부와 환경 전문가들은 어째서 클린 디젤 사업이니 해가며 오염을 뿜어내는 차량이나 사업체에 대해 관대한

걸까요?

이태복: 자동차 마피아 관료들이 많기 때문입니다. 산자부의 자동차 마피아들이 환경부에도 자리 잡은 거지요. 제가 청와대에 있을 때 환경부도 관리 감독을 했잖아요. 환경부는 깨끗한 간부들이 많은데, 경인운하나 사패산 터널에 대해 소신을 가진 환경부 공무원들은 전부 반대했어요. 그러나 부패한 일부는 그들의 대변인으로 움직였고, 축산 분뇨, 음식물 쓰레기 등 외국에서 이미 재생에너지로 잘 활용되고 있는 사업도 그들은 제대로 해내지 못하고 썩은 냄새가 진동하고 있어요. 그 분야 예산이 환경부가 3,000억, 농식품부가 1,000억, 산자부도 1,500억 정도를 편성해 놓고 있는데, 전국의 지자체마다 브로커들이 들락거립니다. 그래서 어느 곳 하나 제대로 돌아가는 곳이 없어서 몇 년 지나면 똑같은 주민 요구에 다시 공사나 하는 짓이 되풀이되고 있는 실정입니다.

기자: 아니 그러면 감사원이 그런 사업을 감사하지 않습니까?

이태복: 하긴 하지요. 하지만 제대로 해야 하는 것이죠. 5대 거품빼기와 관련해서 감사원에 감사 청구와 정보 공개를 요청했지만, 감사원은 이에 대해서 답하지 않았습니다. 환경문제가 이렇게 악화된 요인은 중국과 같은 외부 요인도 있지만, 더 근본적인 것은 주무 부처와 지자체, 기업 간의 부패 고리, 감사원·검경 같은 국가기관과 정치권이 유착되어 제대로 일을

하지 않고 있기 때문입니다.

기자: 구체적 사례가 있습니까?

이태복: 제 고향이 충남 보령 천북면이라는 곳인데, 전국에서 면 단위 사육 두수가 제일 많은 곳 가운데 하나입니다. 삼면이 바다에 접해 있고, 천수만의 초입이라서 매우 아름다운 곳이었는데, 이젠 시골집에서 잠을 잘 수가 없습니다. 축사에서 내뿜는 냄새가 지독하기 때문이지요. 그래서 보령시 공무원, 환경관리공단 직원, 축산농가 대표 들을 데리고 덴마크와 유로 지역의 시범 사업을 하고 있는 리투아니아까지 가서 축산 분뇨와 음식 쓰레기, 산림 폐기물까지 복합 소화를 하는 시설을 봤는데, 너무나 적은 비용으로 자원을 재생하고 있었어요. 그런데 덴마크의 기술자가 한국이 원하면 자신이 한국에 와서 기술을 전수해 주겠다고 해서 하루에 200톤을 처리할 수 있는 시설의 설계와 견적서를 받아왔어요. 그걸 환경부에 얘기하고 환경부가 내놓은 딴 견적을 보니 글쎄 3배가 비쌌습니다. 제대로 돌아가지 않는 것은 말할 것도 없고요.

기자: 그래서 어떻게 했습니까?

이태복: 참 기가 막힌 현실이지요. (한숨) 당시 환경부 장관은 저와 함께 청와대에서도 근무한 정통 관료여서 부하들을 잘 통제할 줄 알았는데, 실·국장들을 통제하지 못했어요. 그가 저한테 전화를 해서 '정말 죄송하다. 해결해 보려고 닦달했

는데 이놈들한테 붙어 있는 브로커들 때문에 안 된다'는 거였습니다. 환경 폐기물 때문에 국제적 망신이 벌어지고 있는데 현재 대한민국의 관료 부패는 썩은 고름이 터질 지경이고, 현안 문제에 무능한 것은 파산 일보 직전입니다.

공모 이후

기자: 그때 좌절하셨지만, 참여하셨던 분들이 실망하고 떨어져나가지는 않았나요?

이태복: 예, 많이 떨어져나갔지만, 소비자 운동으로는 한계가 분명하니 정치적 힘을 가져야 한다는 얘기도 있고, 돈을 다시 모을 테니 방안도 모색해 보자고 해서 현재 협동조합을 조직하면서 외국 기름을 도입하려고 분주하게 움직이고 있습니다.

기자: 캠페인하고, 공모, 재시도하는 사이에 한국 경제의 대기업 집중은 더욱 심해지지 않았습니까.

이태복: 우리나라 국내총생산에서 500대 기업의 매출 비중은 118.1퍼센트에 달했어요. 미국(62.7퍼센트)보다 훨씬 심해요. 20대 재벌이 500대 기업에서 차지하는 비중도 59.7퍼센트나 되구요. IMF 이후에 더욱 심해졌습니다.

기자: 한국이 어느덧 1천억 수출을 자랑하는데, 재벌 비중은 어떤가요?

이태복: 그중 10대 품목(반도체, 핸드폰, 조선, 자동차 등)의 비중이 70퍼센트이고, 이 제품이 전부 10대 재벌 제품입니다. 자산 총액으로 따져도 IMF 이후에 부의 쏠림이 가속화되면서 경제적 불평등이 심화되고, 20대 재벌이 범4대 재벌로 집중되는 경향도 심화되고 있습니다.

실패 원인

기자: 어쨌든 공모가 실패하면서 국민석유 사업은 좌절하게 되었는데, 그 원인을 어떻게 보십니까?

이태복: 정유사들의 집요한 방해, 금감원의 금융회사들에 대한 불법과 탈법 방치, 정무위를 비롯한 관련 기관들의 침묵, 국민석유 측의 합법 방식 집착 등을 들 수가 있습니다.

기자: 만약 국민석유 측이 금감원 측의 요구를 거부하고 공모를 강행했다면 어땠을까요?

이태복: 아마 저를 구속하거나 고발했겠지요?

기자: 그러면 공모가 금지되나요?

이태복: 아마 그랬을 겁니다. 그런 협박을 했으니까요.

너나"사모의 설계도

"현지야, 인사드려. 니가 존경해 마지않는 장우진 기자님. 얘는 저를 민수직 목사님께 소개해 준 문제아 문현지예요. 나라 바꿀 정치인이 되기 위해 자본 축적을 하려고 10년 시한으로 강남 대치동 학원가에서 최고 인기를 누리며 5년 차 논술 강사를 하고 있어요. 장 기자님 고별 인터뷰를 읽고는 저한테 부랴부랴 전화를 한 거예요. 장 기자님이 왜 신문사를 관두느냐고요. 얘, 장 기자님 열독자거든요. 아마 민 목사님 담으로 장 기자님을 좋아할 거예요. 그래서 장 기자님이 앞으로 할 시민단체 결성과 활동에 대해서 대충 설명을 했어요. 그랬더니 대뜸 너도 참여할 거냐고 묻는 거예요. 그래서 그럴 예정이라고 했더니, 글쎄 다짜고짜로 자기도 끼워달라고 덤비는 거예요. 제가 당황해서 그건 니가 가려고 하는 정치인의 길이 아니라 그 반대의 길이라고 했더니, 저보고 무식하다고 하며, 시민운동의 길도 또 하나의 정치의 길이라고 하면서 장기자님을 빨리 소개해 달라고 막무가내인 거예요. 그러니 어쩌겠어요. 오늘 면접 보시고, 판단은 장 기자님이 하세요. 애, 정식으로 인사드려."

최민혜가 옆에 앉은 문현지에게 눈짓했다.

"뵙게 되어 영광입니다. 민혜와 저는 일란성 쌍생아입니다."

문현지는 몸을 발딱 일으켜 인사했다.

"반갑습니다. 저와 함께 동참하신다고 하니 감사드립니다."

장우진도 몸을 일으켜 악수를 청하며 이렇게 말했다.

"어머 장 기자님, 얘한테 감사를 표하시는 거예요, 지금? 뭘 보고 이렇게 빨리 결정을 내리시는 거예요?"

최민혜가 놀라서 입을 다물지 못했다.

"봤소, 네 가지를."

"네에……? 네 가지요?"

최민혜는 더욱 놀라는 얼굴이 되었다.

"첫째, 최변을 민 목사님께 소개한 사람이오. 둘째, 시민운동의 길이 또 하나의 정치의 길이라고 인식하고 있는 점이오. 셋째, 자기는 최변과 일란성 쌍생아라고 자기소개를 한 것이오. 넷째, 자리에서 일어나 인사를 한 점이오. 이 정도면 충분한 것 아니오?"

장우진은 최민혜를 빤히 건너다보았다.

"아, 알았습니다. 역시 장 기자님이시군요. 참 빠르기도 하세요."

최민혜는 환하게 웃으며 문현지에게 눈길을 돌렸다.

"기회 주셔서 감사합니다."

문현지가 나부시 고개 숙였다.

"황 검사는 어떻게 됐어요?"

장우진이 최민혜에게 물었다.

"네, 업무 정리 거의 다 끝냈다니까 곧 올라올 거예요."

"예, 잘됐군요. 황 검사 상경하는 대로 바로 1차 모임을 가질 겁니다. 결혼 문제는 다 결정했어요?"

"네, 가을쯤에나 하자구요."

최민혜가 수줍게 웃으며 얼굴이 붉어졌다.

"예, 가을 좋아요. 그리고 황 검사 걱정은 하지 말아요. 나하고 함께 일하면 밥을 굶지는 않을 겁니다."

"그 말 안 믿어요. 월급날 월급 한 푼도 못 갖다주는 게 누군데요?" 최민혜는 입을 삐죽하고는, "근데 추진하시려는 시민단체는 전망이 좀 있긴 있는 건가요?" 그녀는 불안한 기색으로 물었다.

"내가 첫 모임에서 내용 자세히 설명하겠지만, 전혀 걱정할 것 없어요. 체계적으로 준비 단단히 하고 있어요. 오래전부터 준비해 왔고, 내 나이도 이젠 젊지 않아요."

장우진이 무게 실린 얼굴로 신중하게 말했다.

"네, 물론 장 기자님은 믿지만, 세상을 믿을 수 있는지, 믿어도 좋은지 모르겠어요."

최민혜는 여전히 밝지 않은 기색으로 고개를 갸우뚱했다.

"작년에 촛불집회 봤잖아요. 지금은 그런 집회를 성공시키는 시대예요. 믿을 수 있고, 믿어도 좋아요."

장우진은 커피 잔을 들며 자신 있게 말했다.

"그런데 우리나라 시민단체 활동은 그동안 전혀 활성화되지 못하고 오히려 침체되어 왔어요. 80년대 투쟁으로 군부독재를 종식시키면서 시민단체들이 그야말로 장마 뒤의 들풀처럼 무성하게 생겨났어요. 그런데 그것들이 세월이 가면서 점점 사라지고 없어져 지금은 활동하는 단체가 얼마 안 되더라구요. 그것이 시민 의식의 퇴보 증거 아닌가요?"

"예, 그 현황은 정확히 파악한 거예요. 그러나 그 진단은 조금 빗나갔어요. 시민단체들이 많이 사라진 건 시민 의식의 퇴보가 아니라 시민단체들이 시민들의 정치의식을 발동시키지 못했고, 따라서 시민들의 참여 욕구를 추동하지 못했어요. 한마디로 고쳐 말하면 시민단체 조직자들의 전문성 결여와 준비 부족이 결정적 원인이었어요. 그건 그들의 문제라기보다는 그 시대, 30여 년 전의 보편적 수준이 그랬어요. 그러나 지금은 그때와 비교가 안 되게 달라졌어요. 너무 걱정하지 말아요. 추적 기사 쓰듯이 차분차분 준비하고 있으니."

장우진은 여유롭게 웃었다.

"네, 장 기자님을 믿어요. 제가 지금까지 보아온 것으로는 장 기자님은 한 치도 빈틈이 없었으니까요. 근데요, 딴 얘긴데요, 한 가지 걱정이 있어요."

최민혜가 자리를 고쳐 앉으며 말머리를 돌렸다.

"무슨……?"

어서 말해 보라는 눈길을 보내며 장우진은 커피를 한 모금 마셨다.

"결혼은 하는데……, 주례를 어떻게 해야 하는 것인지……."

"난 또 무슨 소리라고. 그게 무슨 걱정이오? 구하면 되지. 사람이 좀 많아요?" 장우진이 어이없어하며 헛웃음을 쳤고, "사람은 많지만 마땅한 사람이 없으니까 그렇죠." 최민혜의 입이 뾰로통해졌다.

"걱정 말아요. 내가 얼마든지 구해 줄 테니까." 장우진이 자신 있게 말했고, "구해 주지 말고 직접 서주세요!" 최민혜가 불쑥 말했다.

"뭐, 뭐라고요? 나보고……, 나보고?"

화들짝 놀란 장우진은 말을 못 하고 굳어졌다.

"황 검사하고 저하고 합의를 봤어요. 중매를 섰으니까 주례까지 책임지세요." 최민혜가 못을 치듯이 야무지게 말했고, "아니, 나는 두 사람하고 절연을 하면 했지 주례는 사양합니다요. 할 얘기 다 끝났으니까 그만 갑시다. 하이구, 최변이 저렇게 엉뚱한 사람인 줄은 몰랐네요. 갑시다." 장우진은 두 팔을 마구 내저으며 일어섰다.

최민혜는 입이 더 뾰로통해져 울상을 지었고, 문현지는 입을 가리고 쿡쿡거리고 있었다.

앞서 커피숍을 나가던 장우진이 갑자기 돌아섰다.

"아 참, 주례로 아주 좋은 사람이 생각났어요. 내가 유럽으로 줄행랑쳤을 때 날 먹여 살리고 보호해 주신 분이에요. 음악 평론가에 콘서트 기획자이기도 한데, 작년 촛불집회 때 연예인 동원하고 무대 총감독을 했던 분이지요. 아주 멋지고 진지하고 순수한 분이에요. 그분이 주례를 서면 가수 가인이 축가를 부르게 할 수도 있어요. 가수 가인 알아요?" 장우진이 신명이 오른 듯 말했고, "그럼요. 제가 왕팬인 걸요." 최민혜의 얼굴이 활짝 밝아졌고, "저두요. 〈낙엽〉은 너무 좋아요." 문현지가 소녀처럼 부끄러워하며 말했고, "그런 분들을 어떻게 다 아세요?" 최민혜가 의아스럽게 물었고, "가수 가인은 몰라도 그분은 우리 첫 모임에서 만날 수 있어요. 우리 일원이고, 그

분 사무실에서 모일 거니까요." 장우진이 설명했고, "중매쟁이
가 하라는 대로 해야지요 뭐." 최민혜가 못 이기는 척 말하며
배시시 웃었고, "가수 가인도 우리 일원인 건가요?" 문현지가
조심스레 물었고, "그건 아직 모르겠어요. 가수 이미지를 고
려하면서 좀 더 생각해 봐야겠어요." 장우진이 콧잔등을 찡
그리며 웃었다.

며칠이 지나 그들은 김선재의 사무실에 모여 앉았다. 모두
일곱이었다. 고석민이 시간강사마저 짤린 역사학자 신경훈을
데려왔고, 황원준이 최민혜와 문현지와 함께 왔고, 그리고 장
우진과 김선재였다. 장우진은 이런 소모임을 앞으로 열흘 동
안 매일 열 계획을 짜두고 있었다. 자신이 좀 피곤하더라도
조직의 집중력과 응집력을 강화하기 위해서였다.

"그럼 편의상 제가 우선 회의를 진행하도록 하겠습니다. 우
리는 나라를 새롭게 바꾸는 데 뜻을 같이하여 여기 이렇게
모였습니다. 우리가 하고자 하는 일은 보다 강력한 힘을 가진
시민단체를 결성하고, 그 힘으로 이 땅의 모든 사람들이 진정
행복하고 편안하게, 서로를 소중하게 여기면서 살 수 있는 참
다운 민주주의 나라로 만들고자 함입니다. 우리나라는 지난
70년 동안 온갖 모순과 갈등과 문제점 들이 뒤얽히고 중첩되
어 이제 심각한 위기 상황에 처해 있습니다. 그 문제점들을
전면적으로 뜯어고치지 않으면 우리의 미래는 없습니다. 오래

전부터 우리에겐 전 국민적인 동의가 있었습니다. GDP 5만 달러의 선진국이 되는 것입니다. 그 꿈을 향해 우리는 애써 노력해 3만 달러 직전에 이르러 있습니다. 그러나 지금의 국가적 문제점들을 그대로 방치하고서는 절대로 5만 달러의 선진국이 될 수 없습니다. 왜냐하면 이 나라를 지배하는 5대 권력인 입법·사법·행정·언론·재벌이 서로 얽히고설켜 썩을 대로 썩어 있기 때문입니다. 그 중증 종양을 과감하게 수술해야 합니다. 그 좋은 모델이 바로 선진국을 형성하고 있는 유럽의 여러 나라들입니다. 그 나라들은 우리가 앓고 있는 종양이 하나도 없습니다. 그래서 그들은 5만 달러를 넘어서 10만 달러에 이르는 풍요롭고 민주적인 지상 낙원을 이루고 있습니다. 그런데 그 지상 낙원은 정치인들이, 권력기관이, 기업이나 언론이 잘해서 그렇게 된 것이 아닙니다. 모든 시민들이 조직적인 힘으로 단결하여 줄기차게, 끊임없이 그 권력들을 감시 감독했기 때문에 이루어낸 성과입니다. 다시 말하면 수많은 시민단체들의 연대와 연합이 치열하게 감시와 감독을 실행해 얻은 결과입니다. 뭉쳐서 외치는 시민의 힘, 그것이 문제 해결의 핵이고, 열쇠였습니다. 우리는 바로 그 시민의 힘을 작년에 절절하게 체험했습니다. 촛불집회를 마침내 촛불혁명으로 완성시킨 역사 체험이 그것입니다. 그러나 그 행동이 1회로 끝나버리면 어떻게 될까요. 그다음에 우리가 무엇을 해

야 하는지를 명쾌하게 밝혀준 글이 있습니다. 김누리 교수님
의 칼럼입니다. 여러분께 나눠드린 복사물에 그 글이 들어
있습니다. 길지 않으니, 제가 낭독할 테니 함께 들어주시기
바랍니다."

광장의 촛불, 삶의 현장에서 타올라야*

"유럽과 미국은 이제 한국에서 민주주의를 배워야 한다."

독일의 저명한 주간지 《디 차이트》는 최근 한국의 촛불집
회에 대해 이렇게 썼다. 서구에서 민주주의를 수입한 한국이
'원산지'보다 더 모범적으로 민주주의를 실천하고 있다는 얘
기다. 민주주의는 아시아에 맞지 않는다는 '아시아적 가치' 논
쟁은 끝났다고도 했다. "평화롭고 질서 정연하면서도 강력한"
한국의 "성숙한 민주주의"가 "용기와 열정으로 민주주의를 지
켜내는 방법"을 세상에 알려주었다고 격찬했다. 독일의 권위
있는 일간지 《프랑크푸르터 알게마이네 차이퉁》도 "한국의 위
대한 촛불축제"를 상세히 타전했다. 《뉴욕타임스》 등 영미 언
론의 논조도 다르지 않았다.

세계가 이처럼 '1,000만 촛불'을 경이의 눈으로 바라보고 있
지만, 정작 이 '촛불혁명'에 가장 놀란 이는 바로 우리 자신이
다. 우리 안에 이런 엄청난 선의와 용기, 우애와 연대의 정신

이 숨어 있었다는 것에 서로 경탄하고, 숨 막히는 경쟁과 극단적인 불평등, 약육강식과 승자 독식이 지배하는 이 정글 같은 사회에서 이런 고귀한 품성을 지닌 사람들이 이렇게도 많이 존재한다는 사실에 서로 경외감을 느끼고 있다. 우리는 매일 우리 자신을 새로이 발견하고 있다. 지난 두 달간 광장이 우리에게 준 최고의 선물은 우리의 노력으로 이 '동물의 왕국' 같은 세상을 '사람 사는 세상'으로 바꿀 수 있다는 자신감이다.

이 자신감이 현실화되기 위해서는 조건이 있다. 그것은 세계를 놀라게 한 '광장민주주의'의 저력을 삶의 현장으로 옮겨 '현장민주주의'로 승화시켜야 한다는 것이다. 광장의 촛불은 이제 일상의 현장에서도 타올라야 한다.

1,000만 촛불의 기적은 한국 민주주의의 엄청난 잠재력을 보여주었지만, 동시에 '광장민주주의'가 아직 '현장민주주의'에 도달하지 못한 현실을 처연하게 돌아보게 한다. 우리는 '광장'에서 위대한 민주주의 혁명을 이루었지만, 정작 실제 삶이 영위되는 '현장'에서는 지극히 비민주적인 일상을 살아가고 있다. 가정에서, 학교에서, 일터에서 우리는 과연 얼마나 '민주주의자'로 살아가고 있으며, 얼마나 민주적인 제도와 문화가 실행되고 있는가. 광장에서 당당하게 대통령을 비판하듯이, 삶의 현장에서 교장, 총장, 사장을 공개적으로 비판할 수 있는

가. 광장민주주의와 현장민주주의는 여전히 비대칭적으로 괴리되어 있다.

광화문의 열기에도 불구하고 헬조선의 현실은 변한 게 없다. 이 지옥에서 벗어나기 위해 이제 광장민주주의가 현장민주주의로 확장되고 심화되어야 한다. 삶의 현장에서 민주주의를 요구하고, 실천하고, 실현해야 한다. 내 마음속에서, 가정에서, 학교에서, 일터에서 촛불이 타올라야 한다. 촛불이 나를 변화시키고, 일상을 변화시키고, 현장을 변화시키고, 사회를 변화시키고, 마침내 국가를 변화시켜야 한다. '내 안의 최순실'을 불태우고, '내 안의 박근혜'를 몰아내야 한다.

우리는 광장에서 '민주주의자 없는 민주주의는 존재할 수 없다'는 것을 배웠다. 민주주의는 민주주의자들의 연합체이다. 그렇기에 민주주의는 단지 정치 제도의 문제가 아니라 삶의 태도의 문제이다. 타인을 배려하고 존중하며, 약자와 공감하고 연대하며, 불의에 분노하고 부당한 권력에 저항하는 태도―이러한 심성을 내면화한 민주주의자를 길러내지 못하는 한 제도로서의 민주주의는 하시라도 권위주의와 독재의 야만으로 추락할 수 있다. 이것이 광장의 촛불이 내 마음속에서, 우리의 삶 속에서 다시 타올라야 하는 이유다.

"아, 글 한번 쌈빡하게 잘 썼다. 낭독을 잘하니 글맛이 더

나고." 김선재가 쿠렁하게 말하고는, "동포 여러분, 금강산도
식후경입니다. 밥 먹으러 갈 시간 따로 없으니 여기서 그냥 시
켜 먹도록 합시다. 제 단골 중국집인데 먹을 만합니다. 여기
종이 돌릴 테니 잡수시고 싶은 것 뭐든지 적으십시오. 짜장
면 짬뽕 우동은 제외입니다. 제 자존심 상하니까요."

김선재는 사무실 주인답게 말하고는, A4 용지 맨 위에다
'해물잡탕밥'이라고 큼직하게 썼다.

'장 기자님 말마따나 멋져, 아주 멋져. 주례 합격이야!'

이 생각과 함께 최민혜는 종이에 '주례 합격'이라고 써서 옆
에 앉은 황원준에게 내밀었다. 황원준이 빙긋이 웃으며 그 옆
에다 동그라미를 크게 쳤다.

종이가 한 바퀴를 돌아 자기 앞에 다시 왔을 때 김선재는
맨 밑에다 '탕수육 2', '군만두 2', '빼갈 3'을 썼다. 그리고 장
우진을 쳐다보며 '빼갈 3'을 볼펜 끝으로 콕 찍었다. 장우진이
고개를 살래살래 젓자 '알았어, 참자' 하는 듯 '빼갈 3'을 두
줄로 북북 그었다.

"그럼 음식이 도착할 때까지 계속하겠습니다. 김누리 교수
님이 말하고 있는 것은 우리가 하고자 하는 시민단체의 전
국민화, 시민 활동의 일상화, 시민 요구의 정치화와 상통하
고 있습니다. 그 세 가지를 실현시키기 위해서는 1,000만 인
이, 1,000원씩, 100개의 시민단체를 결성하는 것입니다. 이 수

치에 대해서 놀라거나, 정신 나갔다고 하지 마십시오. 여기서부터가 기존 시민단체와 우리가 다른 점입니다. 우리는 촛불집회에 모였던 1,000만 시민을 시민단체 회원으로 조직화하는 것입니다. 그게 무슨 황당한 소리냐고 헛웃음 치거나 체념부터 하지 마십시오. 우리는 그 확실한 실현 계획을 가지고 있습니다. 1,000만 인이, 1,000원씩, 100개의 시민단체라는 것은 1,000만 명이 후원회비 1,000원씩 매달 자동이체되도록 ARS로 신청하면, 그걸 10만 명 단위로 독립시켜 100개의 시민단체를 운영한다는 뜻입니다. 그럼 무슨 수로 1,000만 명을 회원으로 만들 것이냐 하는 것입니다. 그 확보를 위해서 우리는 잠실 올림픽주경기장에서 관람객 10만 명을 동원하는 대형 콘서트를 개최할 것입니다. 보통 관람료 15만 원씩 하는 특급 가수들의 콘서트를 단돈 2천 원만 내고 볼 수 있게 하는 것입니다. 단 그 사람들은 미리 우리 시민단체에 매달 1,000원씩을 평생 내기로 약속하고 ARS로 입금을 시킨 회원들입니다. 그 입금 사실을 핸드폰으로 확인할 수 있습니다. 그 첫 번째 콘서트에 등장할 가수가 가인입니다 10만 명이 동원될까요, 안 될까요?"

장우진은 이 말을 하며 최민혜와 문현지를 향해 빠르게 눈길을 이동시켰다.

"더 넘쳐요."

"1회 갖곤 안 돼요."

최민혜와 문현지의 말이 겹쳐졌다.

남자들이 쿡쿡거리며 웃었다.

"예, 정답입니다. 이것이 바로 그전과 다른 우리의 방법입니다. 소수 고액의 후원이 아니라 다수 소액의 조직화 전법입니다."

"그런데 저어……, 무슨 재주로 1,000만 명이 될 때까지 그런 특급 가수들을 동원한다는 겁니까?"

신경훈이 너무 긴장해서 어눌한 듯한 목소리로 말했다.

"아, 신 박사께서는 우리 김선재 사장님의 탁월한 능력을 아직 모르고 계시는군요. 작년 촛불집회 때 연예인 동원과 무대 연출은 다 김 사장님 손으로 이루어진 것입니다." 장우진이 밝게 웃으며 설명했고, "아, 예에……." 신경훈은 새삼스러운 눈길로 김선재 사장을 바라보았다.

"그리고 1,000만 명이 동원될 때까지 공연을 계속하는 것이 아닙니다. 제가 유튜브를 통해서 콘서트 소식을 날마다 알리고, 또 신뢰와 존경을 받는 각계의 저명인사들을 모셔다가 강력한 시민단체 필요성을 역설하고 하면서 사회적으로 붐이 일어나면 공연과 상관없이 전국적으로 후원 회원들이 폭증하게 될 것입니다. 그게 붐이 일으키는 효과입니다. 물론 캐치프레이즈는 1,000만으로 내걸었지만 그 절반밖에 안 될 수도 있습니다. 예, 500만은 자신하고 있고, 그렇게만 되어도 대성공입니다. 서명이 필요할 때는 인터넷을 이용해 한꺼번에 할 수 있고, 500만 서명이란 그전에 한 번도 없었던 무시무시한 압력이 될 것입니다. 정치인들이 가장 무시하는 것은 흩어져 있는 국민이고, 가장 무서워하는 것은 뭉쳐서 외치는 국민입니다. 500만이 뭉쳐 외치는데 그 어떤 정치인이 굴복하지 않고 버틸 수 있겠습니까. 작년 촛불집회를 잘 보시지 않았습니까. 그 효과가 사실로 입증되면 그때마다 회원들은 계속 늘어나 1,000만 명이 되는 것도 어려운 일이 아니라고 생각합니다."

"자아, 식기 전에 저녁부터 먹읍시다."

여직원의 안내를 받아 배달원 둘이 들어섰다.

"근데 관람객이 10만이 훨씬 넘어 못 본 사람들이 재공연을 하라는 요청이 쇄도하면 어쩔 건가요?"

최민혜가 조심스럽게 물었다.

"예에, 그럴 염려가 다분한데, 그게 좀 고민이기도 합니다. 재능 기부를 한 번만 해달라고 한 것인데, 톱가수 보고 두 번씩이나 하라고 할 수도 없고……, 좀 고민입니다. 입장료 2천 원이 문제예요."

김선재가 뒷머리를 긁적이며 말했다.

"형, 고민은 무슨 고민이에요. 예로부터 참다운 예인은 박수갈채가 있는 곳이면 천 리도 가서 소리를 하고 한 잔 술에 흥겨워하며 재청 삼청을 받아들였어요. 이건 그냥 풍류도 아니고 병든 나라 새로 바꾸자는 일에 호응해 수십만 명이 박수를 쳐대면 사청까지는 못 해도 재청, 삼청까지는 받아들여야 참된 예인이지요. 그건 전적으로 형 책임이니까 형이 알아서 하세요. 안 그래요?" 장우진이 좌중을 보며 응원을 청했고, "옳소이!" 문현지가 박수를 치기 시작했고, "맞아요, 사장님이 책임지세요." 최민혜도 박수를 치기 시작하자 남자들도 다 같이 박수를 쳐대기 시작했다.

"아, 저 악질적 선동가!" 김선재는 장우진을 향해 손가락질을 하고는 "알았어요, 알았어요. 삼청까지는 몰라도 재청까지는 받도록 어떻게 해보겠어요. 자아, 식사들 하십시다." 그는 사람 좋게 껄껄 웃으며 숟가락을 들었다.

"그럼 공연 한 번에 시민단체 하나씩이 태어나게 된다는 겁니까?"

고석민이 장우진에게 나직하게 물었다.

"그렇지. 그거 이따가 설명하려고 했는데……." 모두 들으라는 듯 장우진이 좌중을 둘러보며 목청을 높이고는, "10만 명이 한 달에 1,000원씩이면 1억입니다. 1억이면 30여 명 활동가의 보수가 해결되고, 활발한 시민단체 활동을 지속적으로 전개해 나갈 수가 있습니다. 그 단체를 10만 명 단위로 독립시키는 것은, 그 정도라야 비대화에 따른 비효율을 막고, 적정 체중으로 효과적인 활동을 전개할 수 있기 때문입니다. 그러니까 500만 회원이면 50개의 시민단체가 결성되고, 1,500개의 일자리가 창출되는 것입니다."

"그럼 그 시민단체들의 이름은 어떻게 됩니까?"

황원준이 물었다.

"아, 성질들이 급한 거야, 머리들이 좋은 거야?" 장우진이 피식 웃고는, "이따가 다 말하려는 것을 미리 물으니까 대답 안 할 수 없겠지요? 시민단체 이름은 하나로 통일되어야 할 것 같습니다. 그래야 힘이 커지고, 투쟁 효과도 커지기 때문입니다. 간단하게 말하자면, 군대 편제로 생각하면 이해가 빠를 것입니다. 1개 군단에 몇 개의 사단이 있는 것과 같습니다. 독립 관리, 공동 투쟁이고, 여러분들은 그 사단을 하나씩 책임져야 하는 것입니다."

"또 미리 하는 질문이 되겠지만, 어차피 잡담할 분위기가 아니니까 회의 계속이라고 생각하고 여쭤보겠습니다. 그 명칭을 어떻게 하실 건지 몹시 궁금합니다."

최민혜가 해물잡탕밥을 뒤섞으며 물었다.

"나, 최변이 그거 물을 줄 알았어요. 어디 최변이 생각한 것 말해 보세요." 장우진이 웃었고, "어머 장 기자님, 제 업무 과중한 것 모르세요? 전 그런 생각 해볼 틈이 없잖아요." 최민혜가 당황스럽게 말했고, "그러니까 신문사도 관둔 백수가 할 일이다?" 장우진이 고개를 끄덕끄덕하고는 "몇 년 전부터 텔레비전마다 프로 이름들이 경쟁적으로 영어로 뒤범벅이 되고, 최근에는 소설 제목들까지도 영어로 붙여대는 넋 나간 세상이라 순우리말로 하고 싶었어요. 어렵게 생각하지 않고 우리 모임의 뜻을 있는 그대로 담아낼 수 있도록 말입니다. 우리는 다 같이 나라 사랑하는 마음으로 지금 여기 모여 앉은 것 아닙니까? 그래서 '너와 나 나라 사랑하는 모임'을 줄여서 부르면 어떨까 합니다. 어디, 최변이 한번 줄여보세요." 그는 느닷없이 최민혜에게 화살을 날렸다.

"네에……, '너와 나 나라 사랑하는 모임', 아주 소박하고 진솔해서 좋으네요. 그걸 충실하게 줄이면 '너나나사모'가 되는데, '나나'가 두 번 겹치니까 좀 이상하네요. 발음하기가 거북하고, 시각적으로도 별로 좋지가 않고요. 그렇다고 우리말의 기본 율조인 3·4조에 맞추어 '너나사모' 넉 자로 줄이면 주체인 '나라'가 빠지게 되고요. '너나사모'면 발음하기 좋고, 특이하고, 호기심도 불러일으킬 수 있고 해서 썩 괜찮은 것 같은데요. 장 기자님은 어떻게 줄이셨어요?"

최민혜는 장우진을 향해 화살을 되날리며, '당신은 이미 해결했을 텐데' 하는 표정으로 빙그레 웃고 있었다.

"예, 저도 최변과 똑같은 생각이었습니다. 그래서 며칠 고심

고심하다가 한 가지 생각이 떠올랐습니다. '같다, 겹친다'의 뜻으로 우리가 이미 사용하는 부호가 있습니다. 쉼표 두 개를 나란히 찍는 것 말입니다. 그 부호를 '나' 자 오른쪽 위에다 찍어주는 것입니다. 그러면 '나' 자 하나가 생략되었다는 뜻을 충분히 나타내는 동시에, 그 모양은 도안적으로도 특이하고, 개성이 있습니다. 자아, 이런 모양이 됩니다."

장우진이 들어 올린 종이에는 너나"사모 네 글자가 크게 씌어 있었다.

"예, 사람들의 시선을 끌겠는데요." 고석민이 말했고, "누구에게나 궁금증을 불러일으킬 것 같아요." 문현지의 말이 곧 이어졌다.

"예, 궁금해할 때 '너와 나 나라 사랑하는 모임'이라고 풀이해 주면 인상이 뚜렷하게 남게 되겠지요."

장우진이 말했다.

"근데 나는 대중가요 감각이라서 그런가, '너와 나는 서로 사모해'로 오해할 것 같은데요."

김선재가 뚱하니 말했다.

"아, 그것도 나쁘지 않아요. 시민단체 활동이라는 게 원래 우리가 서로서로 사랑해서 하는 행위니까요." 장우진이 얼른 대꾸했고, "아이고, 우리 장 기자는 말도 미끈미끈하게 잘해요. 그런 넓은 뜻이라면 그대로 정하지 뭐. 튀기는 되게 튀는데, 튀니까 쉽게 관심 끌 수 있는 것 아니겠어요?" 김선재가 사람들을 둘러보았다.

"예, 좋습니다. 개성 있고 신선해요."

황원준이 박수를 치자 모두가 따라서 박수를 쳤다.

"그런데 그 명칭 위나 아래에 우리 모임을 한마디로 표현할 수 있는 표어를 넣는 게 어떨까요? 깃발이나 책자 표지에나 한 덩어리로 쓸 수 있게 말입니다."

고석민이 말했다.

"표어? 그거 괜찮은데, 가만있어봐……."

장우진이 눈을 질끈 감으며 손바닥으로 이마를 짚었다.

"자아, 어서 식사하시면서 말씀들 하세요. 음식 다 식어요."

김선재가 식사를 권하고는 입이 미어져라 하고는 숟가락 가득 밥을 떠 넣었다.

"아, 생각났어요. '정치에 무관심한 것은 자기 인생에 무책임한 것이다!'" 장우진이 말했고, "그러니까 '당신 인생에 책임지기 위하여 이 시민단체에 가입하라' 하는 뜻이잖아요. 좋아요, 너무 좋아요." 최민혜가 밥을 떠 넣으려다 말고 숟가락을 놓고는 박수를 쳤다. 모두의 박수 소리가 어우러졌다.

"'너나'사모'를 크게 쓰고 그 아래에다 두 줄로 박으면 아주 좋겠어요. 우리 모임의 성격도 분명해지고요."

고석민이 말했다.

"예, 뜻이 척척 맞아 돌아가는 것은 좋은데, 그만 얘기하고 어서 식사들 하세요. 음식 다 식었네."

김선재는 계속 주인 노릇 하기에 바빴다.

"예, 그만 식사에 열중하십시다. 얘기가 너무 진지해 많이 시장들 하시잖아요."

좌중을 둘러보며 장우진이 말했다.

그들은 고개를 끄덕이고, 앉음새를 고치고 하며 식사를 하기 시작했다.

"차는 녹차와 커피가 준비되어 있습니다. 편히 타 잡수세요."

남들보다 먼저 먹기 시작했던 김선재가 식사를 제일 먼저 끝내면서 말했다.

모두 식사를 끝내고, 화장실을 다녀오고 해서 다시 회의 분위기가 짜여졌다.

"그럼 너나"사모의 회원 확보 계획부터 말씀드리겠습니다. 지금 김 사장님께서는 가인과 같은 톱스타를 10명 확보해 두고 계십니다. 1차 100만 명을 목표로 한 것입니다. 그런데 재청이 10만 명을 돌파하면 자연스럽게 200만 명이 확보될 것이고, 거기서 끝나지 않고 또 10만 명이 삼청을 요청했는데 고맙게도 가수가 또 응해 주면 회원은 300만 명이 되는 것입니다." 장우진은 여기서 잠시 말을 멈추며 옆 눈길로 김선재를 힐끔 쳐다보았고, 김선재는 못 들은 척 눈을 지그시 감고 앉아 있었다.

　"어쨌든 지금부터 내년 6월까지 1년에 걸쳐 500만 명을 반드시 확보할 작정입니다. 왜냐하면 500만 명이 뭉치고, 외치고, 행동하면 그 어떤 권력도 굴복하지 않을 수 없기 때문입니다. 그러면서 또 1,000만 명 확보 완료를 위한 노력을 계속해 나갈 것입니다. 그 1차 목표 달성을 위한 또 하나의 방법으로 제가 유튜브 활동을 곧 개시할 것입니다. 김 사장님께서 저쪽에 방 하나를 내주셨습니다. 그 유튜브에서 두 가지 일을 할 것입니다. 첫째 신뢰받고 존경받는 사회 각계 저명인사들이 나오셔서 우리의 시민단체 활동의 필요성과 지지를 표명해 주실 것입니다. 제가 출연해 주실 100분의 섭외를 이미 마쳤습니다. 둘째 톱가수들의 콘서트에 대한 자세한 안내와 함께, 회원 500만이 확보될 때부터 우리가 전개하게 될 나라 바꾸기 사업들에 대해서 단계적으로 자세히 설명해 나갈 것입니다. 사회 저명인사들의 지지 표명은 그 파급 효과가 커 회원 참여를 크게 촉진시켜 줄 것입니다. 그리고 우리가 전개해 나갈 사업 설명 또한 세상이 바뀌기를 마음속으로 바라고 있는 수많은 사람들을 자극해 회원 참여로 적극 이끌게 될 것입니다. 그건 제가 인기 가수들과 겨루기를 하는 어리석기 짝이 없는 자살극이 될 수도 있습니다. 그러나 그 반대로 가수들을 압도하는 회원 유치의 효과를 낼 수도 있습니다."

갑자기 최민혜가 박수를 치는 바람에 장우진의 말이 중단되었다. 최민혜를 따라 문현지가 박수를 치기 시작했고, 그러자 남자들도 다 같이 따라서 박수를 쳤다.

"참 말은 기막히게 잘해요. 저 말재주로 정치를 했더라면 지금쯤 저 푸른 집 차지하고 앉았을 텐데 참 아깝다, 아까워." 혼자 박수를 치지 않으며 김선재가 쯧쯧 혀를 찼고, "괜히 질투하지 말고 형도 박수 좀 지세요. 박수 많이 치면 혈액순환을 촉진시켜 치매 예방에 특효예요." 장우진이 장난스럽게 웃었다.

"그 사업 설명을 저희들도 유튜브를 통해서 들어야 하는 겁니까?"

최민혜가 물었다.

"아닙니다. 오늘 이 자리에서 공개하고, 여러분들의 의견을 듣고자 이렇게 모인 것입니다. 지금 계획된 것은 초안에 불과하고, 앞으로 여러분들의 의견을 모아 더욱 치밀하고 충실하게 짜나가야 합니다." 장우진은 녹차를 한 모금 마시고는, "아까 말씀드린 대로 내년 6월까지 500만 명 회원 확보를 완료함과 동시에 첫 번째 사업을 개시하는 것입니다. 그것은 2020년 5월에 실시하게 될 총선을 겨냥한 출발입니다. 이미 여러분들께서 짐작하시겠지만, 국회를 첫 번째 대상으로 삼는 이유가 명백히 있습니다. 모든 걸 법에 의하여 다스리는 법치국가에서 그 법을 만드는 곳이 국회이기 때문입니다. 국회를 완전히 혁신시키고 뒤집어 바꾸면 나머지 행정부와 사법부의 혁신은 당연히 이루어지게 됩니다. 왜냐하면 그 혁신법을 혁신된 국회에서 만들어내기 때문입니다. 문제는 지금까지 난공불락의 철옹성으로 군림하고 버티어온 국회를 무슨 수로 뒤집어 바꾸어 혁신시킬 수 있느냐 하는 것입니다. 여기서 한 가지 주지할 사실이 있습니다. 국회가 법치국가의 근간을 이루는 법을 만드는 중대한 임무와 함께 또 한 가지 중요한 특징을 가지고 있습니다. 행정권, 사법권과는 달리 국회의 권한은 바로 국민이 직접 만들어낸다는 점입니다. 다시 말해 모든 국회의원들의 생사여탈권은 바로 우리 국민들의 손에 쥐어져 있다는 사실입니다. 이것이 국회의원들의 아킬레스건인 동시에 국회를 완전히 뒤집어 바꿀 수 있는 공격 포인트입니다. 이게 무슨 소린가 하면, 눈치 빠른 분들은 벌써 알아차리고 계시겠지만, 우리 너나"사모 회원 500만이 국회 혁신대로 차기 총선 국면에 나서는 것입니다. 그건 단계적으로, 제1단계에서는 국회의원에 출마한 모든 의원들에게 우리 너나"사모가 보내는 서약서에 서명을 받는 것입니다. 그 서약서 내용은 모델로 제시한 스웨덴 국회의원들처럼 국회의원 노릇을 하겠다는 약속입니다. 모델 내용은 좀 기니까 여러분들은 댁에 가셔서 읽어주시기 바랍니다. 그 서약서를 보고 서명하지 않을 후보들이 적지 않을 것입니다. 그럼 제2단계 행동이 전개됩니다. 이것이 우리가 전개하는 본격적인 싸움인데, 그건 다름이 아니라 '낙선운동'입니다. 그런데 낙선운동은 새로운 것이 아닙니다. 참여연대가 이미 18년 전에 시행해서 엄청난 효과를 낸 국회의원 정화 운동이었습니다. 86명을 지목해서 59명이나 낙선시켜 버렸던 것입니다. 우리가 여기서 주목해야 할 것은 그때 참여연대는 초창기였기 때문에 지금에 비하면 아주 허약했고, 전반적 민도도 촛불집회를 거친 지금보다는 낮았던 게 분명합니다. 그런데도 그런 큰 성과를 올렸던 것입니다. 그런데 지금은 민도가 완전히 달라졌고, 우리 너나"사모의 힘도 그때의 참여연대보다 훨씬 더 강력할 것입니다. 그러나 더 큰 힘이 있습니다. 여러분이 집에 가서 읽어보시면 알겠지만 그 스웨덴 모델은 우리의 상상을 초월하는, 굉장히 혁명적인 내용입니다. 선거 국면에서 한 시민단체가 모든 후보들에게 뜻밖의 서약서를 받고, 그에 불응하면 낙선운동으로 연결시킨다는 사실을 매스컴들은 어떻게 대하겠습니까. 그거야말로 최대의 뉴스거리가 아니겠습니까. 모든 매스컴이 서약서 내용을 다투어 보도하고, 그 혁명적 내용은 모든 국민들이 간절히 바라는 것이고, 그럼 우리의 노력이 별로 필요 없도록 모든 유권자들이 환호하고 나서서 서명 거부자들을 다 떨어뜨리고 말 것입니다. 그렇게 탄생한 혁명적 국회는 국가 예산을 현재의 3분의 1 정도밖에 안 쓰면서 효율은 몇십 배로 올리는 혁명적 법안들을 계속 만들어내게 될 것입니다. 그 법에 따라 행정부도 사법부도 완전히 새롭게 바뀌지 않을 수 없게 됩니다. 그러나 그들을 믿어서는 안 됩니다. 방치해서도 안 됩니다. 우리는 시민단체로서의 임무를 한시도 소홀히 하지 말고 철저하게 수행해야 합니다. 그건 다름 아닌 줄기차고 끈질긴 감시, 감독입니다.

그뿐만이 아닙니다. 또 하나의 거대 권력인 재벌들도 새로운 법에 따라 선진국의 대기업들처럼 특혜 없는 투명 경영을 하지 않을 수 없게 됩니다. 그동안 헌법에만 있었고 긴 세월 동안 실행되지 못했던 경제민주화가 본격적으로 추진되면서 수십 년 동안 곪고 곪아온 재벌들의 적폐가 마침내 수술되어 정상 경제로 회복되게 될 것입니다. 국가권력들과 경제 권력이 정상화되면 하나 남은 언론 권력은 돈을 좇아 곡필을 일삼았던 구태를 버리고 새롭게 서지 않을 수 없게 됩니다. 그러면 문제의 5대 권력은 대수술을 끝내고 우리나라는 존망의 위기에서 벗어나는 정상 국가가 되는 것입니다."

장우진은 갈증이 심한지 물 한 컵을 다 들이켰다.

"그거……, 말이 근사해서 그럴듯하긴 한데, 푸짐하게 잘 차려놓은 잔칫상을 화면 커다란 텔레비전으로 구경만 한 것처럼 헛배만 부르다니까요. 어디, 여러분은 안 그러신가요?"
김선재가 좌중을 둘러보며 불만스러운 듯 말했고, "네, 지금
까지는 총론을 피력하셨으니까 이제부터는 각론으로 들어가
는 단계 아니신가요?" 문현지가 또렷한 소리로 말했다.

"아하, 진정한 동지를 만났습니다. 바로 그것입니다. 우리
김 사장님은 다 좋으신데 좀 성급하신 게 탈이에요. 이제부터
한 분야씩 구체적으로 설명해서 우리 사장님이 헛배 안 부르
고 진짜 잔칫상을 받으시도록 헤드리겠습니다."

장우진이 김선재에게 한쪽 눈을 찡그리는 짓궂은 눈웃음
을 보냈다.

"그래, 자네 말이 딱 맞아. 이런 때 가만히 있으면 본전은
찾는 것인데 괜히 입 벌려 무식이나 탄로하고 말야……."

김선재가 꿍얼거리듯 말하며 얼굴을 훔쳤고, 모두 소리 낮
추어 웃었다.

"그런데 이해를 돕기 위해서 모델로 제시된 스웨덴 국회에
대해서 한마디로 압축해서 정보를 주실 수는 없나요?"

최민혜가 복사물을 손끝으로 들추며 말했다.

"아 예, 그걸 한마디로 요약하자면, 한국식 특혜 전무, 850만
원 정도의 봉급에, 철저한 봉사로 일관하는 생활입니다."

무슨 중대한 선서나 증언을 하듯이 장우진은 정색을 하고
단호한 어조로 말했다.

"어머나 기막혀라!"

문현지가 토해 낸 감탄이었다.

"그게 사실입니까?"

신경훈이 믿을 수 없다는 얼굴이었다.

"글쎄 말입니다. 꼭 꿈만 같군요."

황원준이 고개를 갸우뚱거렸다.

"내가 같이 들었는데, 지금까지도 실감이 안 납니다."

김선재가 커피 잔을 들며 말했다.

"그런 조건을 수용하는 서명을 하라는 겁니까?"

고석민이 부정을 강하게 드러내며 물었다.

"왜, 고 교수는 안 될 것 같소?"

장우진이 민감한 반응을 나타냈다.

"예, 대충 통계로 보면 현역 의원들 3분의 2 이상이 재출마 하는데, 그들 중 몇이나 그 조건에 서명하겠습니까."

"아마 한 명도 없을지 몰라요."

"그럼 선거가 어떻게 되겠습니까?"

"우리가 노리는 게 바로 그거요. 그런 사람들을 다 낙선시 키는 겁니다. 그럼 그 정당들은 당연히 해체, 소멸됩니다. 그 러면 그 조건에 호응하는 새 정당이 등장하게 마련입니다. 대 한민국 5천만 인구 중에 그런 뜻에 호응하는 사람이 300명이 없겠습니까." 장우진은 잠시 말을 끊더니 문현지를 향해, "문현지 씨는 나라를 바꾸는 정치인이 될 꿈을 가지고 있다고 했는데, 그런 조건에 서명하면 당장 국회의원이 될 수 있다면 서명하겠어요, 안 하겠어요?" 냉정한 얼굴로 물었다.

"네에, 열 번, 백 번이라도 서명하지요. 지금 논술 강사를 하는 것도 최소한의 선거 비용을 장만하려는 거거든요. 근데 선거 비용 전혀 안 들고 국회의원 되면 그보다 더 좋은 일이 어디 있겠습니까."

문현지가 실레는 목소리로 내답했나.

"보세요, 저런 사람이 3백 명이 아니라 3천 명도 될 것입니다. 그런 사람들로 국회가 결성되는 그 순간부터 대한민국은 무혈혁명을 성공시킨 새로운 나라로 태어나게 됩니다. 그 일을 우리가 해낼 수 있습니다. 그건 공상이 아니고 망상은 더욱 아닙니다. 잠실 올림픽주경기장에 10만 관람객이 찰 날이 머지않았습니다. 안 그렇습니까, 김 사장님?"

장우진은 날카로워진 눈길을 김선재에게 돌렸다.

"글쎄, 아까 말했잖아요. 관람료 2천 원이 문제라고. 만 원을 받아도 서로 들어가려고 박이 터질 판인데 2천 원이라니. 허나 매달 천 원씩 평생 내기로 약조한 사람들한테 서비스하는 거니까 이익 한 푼 없이 딱 진행 실비 이상은 받을 수도 없는 일이고. 내 경험으로는 한 50만까지는 밀려들 것 같은데, 그렇게 되면 철없는 장우진은 신바람 나겠지만, 난 골치 아프게 돼요. 그 생각을 하면 지금부터 머리가 띵해져요."

김선재가 쩝쩝 입맛을 다시며 머리를 내둘렀다.

"여러분, 아무 걱정 하지 마세요. 그런 일 처리에는 타의 추종을 불허하는 탁월한 도사예요. 작년의 촛불시위를 보세요. 한겨울의 한밤중 추위 속에서, 그 많은 사람들이, 그렇게 오랜 시간 버티게 한 것은 김 사장님이 연출해 낸 정치문화축제화의 힘이었어요." 장우진이 말했고, "하이고 어려워라. 정치문화축제화?" 김선재가 혀를 찼고, "하나도 안 어려워요. 다 알아들었어요. 정치와 문화를 뒤섞어 축제화했다는 거 아니에요?" 최민혜가 말했고, "역시 최변!" 하며 장우진이 엄지손가락을 세웠다.

"아까 한마디로 요약한 대로 국회가 변한다면 그것만 가지고도 그야말로 혁명적 변화를 하는 건데, 국회가 그렇게 변하면 그럼 지방의회도 따라서 변하는 겁니까?"

신경훈이 물었다.

"아 예, 각론에 들어가서 설명하려고 했었는데 또 질문이 먼저 나왔군요. 지방의회의 문제점은 두 가지로 정리할 수 있습니다. 적지 않은 보수와 함께 그 자리가 권력화해서 봉사는 실종되고 온갖 비리의 온상이 되고 있고, 또 하나는 출장을 빙자한 외유로 모든 지자체 의원들이 해마다 말썽을 일으키고 있다는 점입니다. 여러분이 가진 복사본에 명시되어 있습니다만, 스웨덴 모델대로 우리 지방의회도 완전한 무보수에, 전면적 봉사로 바꿔야 합니다. 우리도 출발할 때는 무보수였습니다. 그런데 보수를 주면서 문제가 야기되기 시작했습니다. 또 그 말썽 많은 가짜 출장성 외유는 국회고 지방의회고 완전히 없애버려야 합니다. 관광이 주 목적인 그 외유로 아까운 국민 세금이 해마다 수백억씩 탕진되고 있습니다. 세금은 국민의 피고 눈물이고 고통입니다. 이 지구상에서 국민의 혈세를 그렇게 헛되이 탕신해 버리는 나라가 몇이나 되겠습니까. 그러나 공무상 꼭 필요한 해외 출장이 있을 것입니다. 그럴 때는 첫째 객관적인 업무 보고서 제출, 둘째 업무 수행이나 시찰 등에 대한 상대국 기관의 확인서 제출, 셋째 소요 비용에 대해 100퍼센트 영수증 제출 등을 철저하게 이행시켜야 합니다."

"어허, 드디어 나라 한번 제대로 돼가는 것 같으다!"

김선재가 쿠렁한 소리로 추임새를 넣었다.

"국회가 모든 특권과 기득권을 버리고 오로지 국민 행복을 위해 봉사하는 입법기관으로 바뀌었으니 그다음 단계는 당연히 사법부와 행정부의 횡포, 비리, 부패를 척결하는 법과 제도를 만들어야 할 것입니다. 그럼 사법부부터 살펴보겠습니다. 국민들의 사법부 신뢰도는 일본이 65퍼센트인데, 우리나라는 27퍼센트에 불과합니다. 그리고 불신도는 해마다 상승해 70퍼센트를 넘어서면서 국회를 따라잡으려 하고 있습니다. 그 절대 원인이 어디에 있을까요? 바로 전관예우 때문입니다. 판검사에서 법복을 벗고 바로 변호사가 되어 전관예우 대접을 받으며 벌어들이는 돈이 한 해에 100억, 200억이라는 사실은 이미 수없이 신문에 보도되어 세상이 다 아는 사실입니다. 그 전관예우란 무엇입니까. 판검사와 변호사가 짜고, 변호사에게 수임료를 많이 내는 쪽을 무조건 이기게 해주는 것 아닙니까. 그것은 '법과 양심'에 따라 심판하고 판결해야 하는 법관의 절대 원칙을 저버리고 돈에 법도 팔고, 양심도 팔아버리는 파렴치의 극치를 보여주는 범죄가 아닐 수 없습니다. 큰 돈을 받아먹고 분명 질 재판을 이기게 조작하고, 감옥에 보내야 할 죄인들을 무죄로 만들어 풀어주고, 이건 명백한 사법 범죄입니다. 그런데도 그런 반사회적 범죄가 수십 년에 걸쳐서 버젓이 저질러져 온 나라가 우리의 조국이라는 대한민국입니다. 그 악랄한 범죄의 뿌리를 뽑는 강력한 법을 만들어야 합니다. 전관예우를 절대 금하되, 만약 적발될 때에는 종신형에 처한다는 식으로 말입니다. 그러나 법이 아무리 엄해도 범죄를 저지르는 것이 인간입니다. 옛날에 궁녀들은 모두 임금의 여자이기 때문에 그 어떤 남자도 탐할 수 없고, 만약 연분이 들통나면 두 남녀를 함께 목 쳐 죽였습니다. 그런데도 연분 사건은 끝없이 일어났고, 더러는 도주해서 성공하기도 했습니다. 그리고 지금도 간통 사건이 벌어지면 여자를 돌로 쳐 죽이는 몇 나라가 있습니다. 그런데도 간통 사건은 계속 일어납니다. 마찬가지로 전관예우 금지법을 아무리 강력하게 만들어도 머리 좋으신 법관님들께서 기묘하게 일을 저지를 위험이 다분합니다. 인간의 탐욕이란 식욕이나 성욕처럼 이성적 힘으로 잘 통제가 안 되는 본능이니까요. 그 탐욕의 뿌리를 완전히 뽑아버릴 수 있는 한 가지 좋은 방법이 있습니다. 미국식 배심원 제도를 모든 재판에 도입하는 것입니다. 우리나라도 참여연대의 노력과 수고로 '국민참여재판'이 극히 부분적으로 시행되고 있기는 합니다. 그러나 미국식으로 본격적으로 시행해, 배심원단을 15명에서 20명 정도로 구성하면 변호사가 판검사와 결탁할 도리가 없습니다. 배심원단의 신원은 비밀에 붙여져 변호사가 알 도리가 없고, 판사는 재판을 진행만 할 뿐 판결권은 배심원단에 있으니까 변호사가 접근하고 회유할 도리가 없게 됩니다. 그리고 배심원제는 모든 국민들에게 여러 가지 긍정적인 영향을 미치게 됩니다. 자기도 법관 노릇을 해봤다는 긍지감과 참여 의식 고양, 법의 엄중함에 대한 인식과 바른 삶에 대한 성찰, 민주 질서와 국가에 대한 책임감 등 시민 의식이 크게 강화되고 높아지는 계기가 됩니다. 그뿐 아니라 검찰 권력 또한 문제입니다. 일본식 잔재가 그대로 남아 있는 검찰의 지나친 권력이 계속 사법 비리의 온상이 되어왔습니다. 검찰의 권력을 분산시키고 재조정하는 법을 반드시 만들어야 합니다. 경찰 위에 군림하는 검찰이 바로 대표적인 일본식 잔재인데, 그 두 권력을 균등한 수평 관계로 만들어야 하는 건 필수입니다. 검찰과 경찰이 서로 견제와 협조의 관계를 유지해야만 검찰의 오래된 횡포와 비리를 근절시킬 수 있습니다."

장우진이 긴 말을 마치고 다시 물을 마셨다.

"아이고, 우리 장우진이 할 일 많아서 걱정이네요. 그렇게 힘 빼다간 곧 야식 시켜야 되는 것 아니야?" 김선재가 기지개를 켜려다가 깜짝 놀라 똑바로 앉았고, "예, 조금 더 있다가요." 장우진이 손가락으로 동그라미를 그려 보였다.

"예, 정확하게 짚으셨어요. 최근 조사에 따르면 사법 불신에 대한 지독한 조롱인 '유전무죄 무전유죄'에 동의한 사람들이 91퍼센트나 되었습니다. 이건 사법 불신의 극치를 넘어서 사법에 대한 사형 선고입니다."

검사 출신답게 황원준의 말이 날카로웠다.

"사법에 대한 사형 선고, 예, 아주 정곡을 찌른 표현입니다. 그런데 장본인들만 그 잘난 기소독점권, 강제수사권, 구속영장 청구권 등에 취해서 그들 자신만 위기인 줄을 모르고 있습니다." 장우진이 말했고, "그게 바로 국민을 개돼지로 취급하는 국민 무시에서 나온 자만이나 오만 아니겠습니까." 고석민이 불쾌한 기색으로 말했다.

"네, 마침 말이 나왔으니까 하는 말인데요, 국민을 개돼지라고 했다가 파면당한 교육부 국장 있잖아요. 그 사람이 억울하다고 소송을 낸 것도 뻔뻔하기 이를 데 없는데, 판사가 승소 판결을 내려 한 직급 낮춰서 복직시킨 것은 도대체 뭡니까. 그 판사야말로 국민을 개돼지 취급한 국민 무시의 극치 아닌가요? 이걸 어떻게 받아들여야 하죠?"

문현지가 얼굴까지 상기되어 말했다.

"그게 바로 국민의 법감정을 무시한 사법부의 저질 판단이고, 사법 불신의 또 하나의 요인입니다. 한 가지 명백한 사실은, 저질 공무원들이 법을 악용해 자기들 보호에 써먹은 표본적인 사건이라는 것이지요. 한번 판결을 내렸으니 어쩔 수 없는 것이고, 그것이 법의 모순이고 허점입니다. 그런 것도 우리가 뭉쳐서 바로잡아야 될 문제입니다."

장우진이 쓰디쓴 표정으로 말했다.

"저는 그 판결이 하도 어이가 없어서, 그러나 어쩔 방법은 없고 해서 학원 학생들에게 논술 주제로 내세웠습니다. 사건 전모를 알려주고, 저의 의견은 완전 배제해서 논술을 쓰게 한 것입니다. 제가 지도하는 다섯 반 50명 전원이 그 판사의 판결은 있을 수 없는 일이라는 결론을 내렸습니다. 그 판사는 고등학생 50명에게 사형당한 것입니다. 저는 그래서 그 판사의 이름을 학생들에게 알려주고 싶은 충동을 느꼈습니다. 학생들이 오래오래 기억하도록. 제가 그 판사한테 할 수 있는 복수는 그것뿐이었으니까요. 그러나 너무 잔인한 것 같아서, 또 법에 걸리는 건 아닌가 싶어서 가까스로 참았습니다. 그런 제 행위가 옳은 것인지, 틀린 것인지 아직까지도 판단이 잘 안 됩니다."

문현지는 답을 하라는 듯 장우진을 빤히 쳐다보았다.

"이거 참 어려운 문제로군요. 황 검사님, 판단 좀 해보시지요."

장우진은 공을 황원준에게로 넘겼다.

"아이고 갑자기……. 예, 그건 참으신 게 잘한 것 같습니다. 아까 문 선생께서 표현하신 대로 그 판사는 50명 학생들에게 사형을 당한 것으로 처벌을 충분히 받은 셈입니다. 학생들 모두가 그런 반응이었을 때 세상 사람들 반응 역시 그와 똑같을 것입니다. 어쩌면 그런 수준 미달의 판사 이름을 학생들이 기억하는 것이 그들을 불행하게 만드는 것일 수도 있습니다. 죄송합니다. 대답이 부실해서."

황원준은 애인의 친구에게 고개를 약간 숙여 보였다.

"아, 명답입니다. 그 판사에게 전해 주지 못해 안타깝습니다. 전해 줘봤자 무슨 뜻인지 모르겠지만."

장우진이 황원준을 향해 엄지손가락을 세우며 고개를 끄덕거렸다.

"그 판사님 누군지는 몰라도 귀가 간질간질하겠다. 그다음은 행정부 작살낼 차렌가요?"

김선재가 시계를 힐끔 보며 일어섰다. 그가 야식을 준비시키려고 자리를 뜨는 것임을 장우진은 눈치채고 있었다.

"예, 김 사장님 말씀대로 다음은 행정부 차례입니다. 행정부, 여기 또한 문제가 한두 가지가 아닙니다. 왜냐하면 입법부와 사법부에 비해 수십 배, 수백 배 비대한 백만 명의 조직인 데다가, 그들이 날마다 하고 있는 일 하나하나가 다 권력 행사이기 때문입니다. 한마디로 그들에게는 너무나 큰 권력이 주어져 있고, 반면에 책임은 지워져 있지 않기 때문에 숱한 문제와 비리가 야기되어 왔습니다. 사법부의 불신을 상징하는 말로 유전무죄 무전유죄가 있는 것처럼 행정부의 불신을 상징하는 말도 있습니다. 모든 국민들이 지난 70여 년 동안 귀가 닳도록 들어온 복지부동 무사안일이 그것입니다. 그 사자성어를, 직업 공무원으로서 총리까지 지낸 어떤 유능하신 분이 쉽게 순우리말로 풀어서 평생 입에 달고 살며 출세의 비결로 삼았던 것이 '가만히 있으면 됩니다'였습니다. 국민을 위해 부지런히 일해야 할 사람들이 눈치만 보고 가만히 있으면 반드시 일은 잘못되고, 탈이 생기게 됩니다. 그런 상황에 대비해 공무원들이 미리 준비해 둔 말이 있습니다. '인력이 부족해서 어쩔 수 없다.' '예산이 부족해서 어쩔 수 없다.' 그들은 이 말도 지난 70여 년 동안 줄기차게 반복해서 써 먹었고, 그것은 책임 회피의 만능 열쇠로 효과를 발휘했습니다. 공무원들이 저지른 모든 부실과 사고는 그 한마디로 덮이고, 책임지는 자는 아무도 없이 넘어가기를 되풀이해 왔습니다. 그러면서 나라는 병들고, 국민들은 불신을 키워가며 절망과 체념에 빠지게 됩니다. 공무원들에게는 신분 보장만 있고 업무 처리에 대한 무한 책임을 묻는 업무실명제가 없기 때문에 그 유명한 철밥통의 신화가 만들어졌습니다. 그리고 어이없게도 그 철밥통 신화가 공무원을 인기 직종 상위에 올려놓았습니다. 그런 고질적인 문제에다가 또 하나의 중대한 문제점이 있습니다. 사법부의 전관예우와 똑같은 행정 범죄가 있습니다. 그건 다름 아닌 퇴직과 동시에 유관 기관에 재취업하는 것입니다. 이 문제도 지난 70여 년간 각 부처별로 광범위하게 자행된, 나라 망쳐먹는 부정부패의 길이었습니다. 고급 공무원 출신들은 유관 기관에 몸담고 후배 공무원들과 결탁해 온갖 부정과 비리를 저지르는 것입니다. 그런 망국 행위를 뿌리 뽑기 위해서는 두 가지 법을 철저하게 만들어야 합니다. 첫째 유관 기관 재취업을 전면 금지하고, 만약 위반자가 적발되면 중형에 처하는 것입니다. 둘째 업무 처리에 대해 무한 책임을 지는 업무실명제를 신분보장제처럼 철저하게 시행해야 합니다. 권한 행사에 있어서 그에 상응하는 책임이 따르지 않는 것은 부정 해먹으라고 권장하는 것이나 마찬가지인 것입니다.

그런데 어느 양심적인 법학 교수가 말했습니다. '대한민국은 야만 국가다. 왜 공무원과 교사와 언론인 들의 정치 활동을 금지하는가. 그 법은 조속히 폐지되어야 한다. 왜냐하면 국가적으로 최고 수준의 화이트칼라 그룹의 시민적 권리를 제한하는 것은 국가 사회의 민주 발전을 막대하게 저지하기 때문이다. 그것은 권력을 쉽게 장악하고 통제하려는 군부 독재의 유산인데 민주 정부 이후에도 계속 바뀌지 않고 있는 것이다. 이것이 권력 이기주의의 속성이다. 그 통제를 풀면 백만 공무원들이 권력의 속박과 압력에서 벗어나 자율성과 독립성을 확보하게 되어 훨씬 개성적으로 창의력을 발휘해 가며 국가 발전에 크게 기여하게 될 것이다.' 저는 그 말에 전적으로 동의합니다. 공무원은 공무원이기 이전에 자연인이고, 그러면 모든 시민이 누리는 기본권을 공무원도 누리는 것은 너무 당연한 일입니다. 그리고 공무원은 국민을 위해 헌신 봉사하는 존재이지 특정 정권의 하수인들이 아닙니다. 그런데 지금까지는 정권의 하수인들로 속박당하고 부려져 왔습니다. 이것도 필히 고쳐지지 않으면 안 됩니다.

그런데 현재의 공무원 사회가 얼마나 썩고 병들었는지를 보여주는 국제적 평가가 있습니다. OECD 35개국 중 우리나라의 부패지수(청렴 순위)는 29위입니다. 경제력은 세계 11위인데 청렴 순위가 29위인 것은 얼마나 썩은 나라인가를 실증하는 국제적 망신인 것입니다. 그리고 우리가 왜 이렇게 나서지 않으면 안 되는지 당위성을 부여해 주고 있습니다. 그 통계는 또 하나의 사실을 보여주고 있습니다. 부패지수가 70점이 넘어야 선진국으로 진입할 수 있는데 대한민국은 54점이라고 지적하고 있습니다.

그런데 절망 속에서 희망이 보입니다. 공무원 조직 중에서 국민의 절대적 신뢰와 존경을 받고 있는 조직이 있습니다. 여러분도 다 아시겠지요? 119입니다. 그 소방공무원들은 불만 끄지 않습니다. 응급 환자와 조난자 들을 신속하게 이동시켜 살려내고 구해 냅니다. 그뿐만이 아닙니다. 국민들의 사소한 불편까지도 다 나서서 해결해 줍니다. 말벌들 집을 떼어 내 주고, 대형 고드름을 제거해 주고, 심지어 고장 난 현관문까지 열어줍니다. 그 투철한 직업의식과 자상한 헌신과 봉사가 국민 모두를 감동시킨 것입니다. 그런데 정작 그분들이 국가직 공무원이 아니라 지방직 공무원이라 홀대를 받고 있는 것입니다. 그 부당함에 대하여, 국가직 전환을 촉구하기 위해서 바로 서너 달 전에는 인기 스타들이 나서기도 했습니다. '아이스 버킷 챌린지'를 본떠 밀가루를 뒤집어쓰는 '소방관 고(Go) 챌린지'에 가수 이승환을 시작으로 배우 김혜수·류준

열·박보검·박정민·유지태·정우성·조우진·한지민 등이 참여했습니다.* 모든 공무원들이 그렇게 신뢰와 사랑을 받기를 소원하며 우리는 이렇게 모여 앉아 있는 것입니다."

장우진이 말을 마치며 긴 숨을 내쉬었다.

"아, 말 많이 하면 기가 다 빠진다는데 우리 장우진이 큰일 났다. 자아, 빨리 보신, 보신!"

김선재가 과장되게 서둘러대며 밖에 대고 소리쳤고, 곧 야식이 들어왔다.

"국가 대사를 논하는 자리에 술은 한 방울도 안 된다는 게 우리 장 기자님의 엄숙함인데, 이 닭튀김 야식에는 쐬주 한두 잔이 곁들여지지 않으면 제맛이 안 나거든요. 민주주의는 다수결이니까 쐬주 딱 한두 잔씩, 어떻습니까?"

김선재가 장우진을 외면한 채 좌중을 둘러보았다.

"네, 그건 술이 아니라 야식 반찬입니다." 문현지가 말했고, "네, 동감입니다. 김 사장님 그 여유, 최고 멋쟁이세요." 최민혜가 말을 받았다.

그러자 남자들이 다 박수를 쳐댔다.

"배신자들! 술병 이리 주세요. 말 듣느라고 수고들 하셨으니까 술은 제가 따르지요."

장우진이 벌떡 몸을 일으켰다.

"장 기자님은 더 멋쟁이세요." 최민혜가 말했고, "맞아요.

저도 신랑감 하나 구해 주세요." 문현지가 불쑥 말했다.

그들은 술 한두 잔씩에 야식을 맛있게 먹고 다시 자리 잡고 앉았다.

"지금부터 말씀드릴 것은 제왕적 대통령의 권한에 대해섭니다. 그 전에 여러분들은 핸드폰의 기능을 좀 염두에 두시기 바랍니다. 핸드폰의 순기능이 앞으로 우리가 하고자 하는 일에 중요한 무기인 동시에 둘도 없는 효자 노릇을 해줄 것이기 때문입니다. 본론 시작하겠습니다. 제왕적 대통령제는 권력을 독식하고자 했던 군부독재의 산물입니다. 그런데 민주 정부라고 자처하는 정권들이 계속 바뀌었지만 그 말썽 많은 제도는 그대로 유지되어 왔습니다. 그것이 권력의 야비하고 얄팍한 속성입니다. 자기들이 야당일 때는 제왕적 대통령 권력의 남용이니, 횡포니, 폐해니 온갖 말을 다 동원해 가며 비난하고 공격을 해댑니다. 그러다가 자기네가 정권을 잡으면 언제 그랬냐는 듯 그 권력을 행사하기에 여념이 없습니다. 그걸 그대로 정치인들에게 맡겨두면 속 뻔히 들여다보이는 그 추태를 앞으로 백 년이고 2백 년이고 계속할 것입니다. 그런데 그 시대착오적인 제왕적 대통령제를 일거에 고치는 방법이 있습니다. 그 제도가 야기하는 가장 큰 문제는 사법부의 독립과 검사의 정치적 중립입니다. 이 문제는 수십 년 동안 시비 거리로 말썽이 되어왔고, 풀리지 않는 숙제입니다. 그건 너무 당연한 일입니다. 사법부의 수장인 대법원장을 누가 임명합니까? 검사들의 인사권을 누가 쥐고 있습니까? 예, 대통령입니다. 그래놓고 무슨 독립이고 중립 운운하는 겁니까. 그런 위선과 모순이 어디 있으며, 이보다 더 심한 국민 기만이 어디 있겠습니까. 국회가 그나마 대통령 권한에서부터 벗어나 독립성을 유지할 수 있는 이유가 무엇입니까? 국민이 직선하기 때문입니다. 사법부도 국민이 직선하면 독립성이 유지되고, 중립이 확보됩니다. 직선이 많은 대표적인 나라가 미국입니다. 대통령부터 시작해서 연방 상하의원, 주지사를 거쳐 주의 법무장관, 감사원장, 대법원 판사, 검사장, 검찰총장, 경찰국장 등 카운티와 시 단위까지 내려가면서 수십 가지의 직선을 합니다. 그거 복잡하고 정신없어 어쩌냐구요? 아닙니다. 미국인들은 즐거운 마음으로 참여합니다. 내 나라의 일, 곧 내 일이라는 주인 의식으로. 그게 바로 정치의 생활화이고, 미국 민주주의의 힘입니다. 우리의 대법원장 직선도 간단하게 끝낼 수 있습니다. 그때 바로 핸드폰을 이용하는 것입니다. 대법관들 중에서 한 명을 뽑도록 하고, 인구 비례에 따라 도별로 5천 명에서 1만 명 단위의 선거인단을 자원자들을 대상으로 선정합니다. 자원자가 많으면 컴퓨터 추첨을 합니다. 그리고 대법관들은 그 능력이 대동소이하니까 일정 기준에 맞춘 이력서만 인터넷에 공개하여 선거인단이 자유롭게 판단하게 한 다음 일시에 핸드폰 투표를 합니다. 그러면 비용도 적게 들고, 복잡하지도 않고, 완전한 비밀투표를 하게 됩니다. 이것은 이미 선관위에서 얼마든지 가능하다고 확인받은 사실입니다. 검찰총장 직선도 똑같은 방법으로 하면 됩니다. 그렇게 되면 사법부 독립이 안 될 수 없고, 검찰 중립이 안 될 리 없지 않습니까."

"대통령이 그 큰 권한을 놓으려 하겠습니까?"

신경훈이 말했다.

"물론 안 놓으려 하죠. 부자의 돈 욕심과 정치인의 권력욕은 규제가 안 되는 거니까요. 그러니까 처음 말한 대로 국회를 완전히 뒤집어 새로 짜야 하는 것입니다. 그 새 국회에서 그런 새 법을 만들어버리면 권력욕의 화신인 대통령도 속수무책이 된다 그겁니다."

"멋져요, 꿈일망정 멋져요." 최민혜가 말했고, "그 국회에 저는 꼭 들어가고 싶어요. 제가 막연하게 바라던 게 바로 그런 것이었거든요." 문현지가 간절한 표정으로 말했다.

"그럼 내친김에 또 다른 권력 핵심인 경찰청장이나 국세청장도 직선을 하면 어떨까요?" 고석민이 말했고, "하이고, 대통령들 미치게 만들려고 그래요?" 김선재가 헛웃음을 쳤고, "맞아요, 대통령은 외교·국방·통일, 세 가지 일만 맡아도 벅찰 지경이에요. 그런데 하나도 안 놓치겠다고 다 몰아 잡고 욕심부리면서 계속 설사해 대는 거지요. 그리고 무엇보다도 감사원장을 직선으로 뽑아야 해요. 감사원은 1,100명이 넘는 엘리트 집단인데 대통령 밑에 깔려 제 기능을 다하지 못하고 있어요. 그 기능과 역할을 대폭 확대하는 새 법을 만들어 공무원들을 상시로 감시 감찰하는 '공무원 경찰'이 되게 하는 겁니다. 그럼 공무원들의 부정 비리가 훨씬 줄어들 겁니다."

장우진은 지치는 기색 없이 말을 이었다.

"그럼 대통령 선거도 핸드폰으로 할 수 있는 겁니까?"

황원준이 조심스럽게 물었다.

"예, 그 말 하려던 참이었어요. 역대 대통령들은 단 한 사람도 헌법에 명시되어 있는 경제민주화를 시도해 보려고도 하지 않았어요. 왜죠? 막대한 선거 자금을 재벌들 도움으로 해결했기 때문이죠. 재벌들이 선거 과정에서 유력 후보들에게 적당액을 보험 든다는 말은 오래전부터 들어온 공개된 비밀 아닙니까. 대한민국에서 대통령이 작심하고 하려고만 하면 안 될 것이 없다. 이건 진리화된 말입니다. 그런데 그 말썽 많은 재벌들을 상대로 한 경제민주화는 선거운동할 때는 큰 소리 요란하게 냈다가 선거가 끝나면 풍선에 바람 빠지는 식으로 흐지부지되고 맙니다. 그건 안 하는 것이 아니라 못 하는 것입니다. 신세를 졌으니! 그 돈의 속박으로부터 대통령이 벗어나게 해야 합니다. 그 방법이 바로 핸드폰 투표입니다. 막대한 돈 낭비, 시간 낭비, 인력 낭비를 하는 전국 유세를 전면 금지시킵니다. 그리고 텔레비전을 통해서 후보 개개인이 아무 휴대 자료 없이, 사전 질문 제공 없이, 500명 단위의 유권자들을 상대로, 최소한 3시간 정도씩, 평균 3회 이상 생방송을 하는 겁니다. 그리고 후보 전체를 모아 2회 정도 상호 토론을 벌이게 한 다음에 핸드폰 투표를 하는 것입니다. 4,200여만 명이 핸드폰 투표를? 그게 가능한가? 예, 우리나라는 IT 강국답게 5천백만 인구에 핸드폰 소유 수가 6천3백만을 넘고 있습니다. 이건 기본 요건 해결을 의미합니다. 그래서 그것도 선관위에 문의했습니다. 법적인 문제만 해결되면 기술적인 문제는 얼마든지 가능하다는 답이었습니다. 그 기술 해결에 들어가는 비용은 어차피 선거에 소요될 예산이 책정되어 있으니 걱정할 게 없구요.

재벌들에게 전혀 약점 잡힐 것 없이 탄생한 대통령이 제일 먼저 해야 될 일이 무엇일까요? 국가의 존망이 걸려 있는 경제민주화입니다. 재벌들을 향해 경제민주화의 칼을 과감하게 뽑게 될 것입니다. 그런데 그 경제민주화에 대해서 사회적으로 큰 오해가 있습니다. 경제민주화는 곧 재벌 해체다. 재벌 해체는 경제를 망치고, 모두 잘살 수 없게 된다. 이것은 바로 재벌 쪽에서 만들어낸 음모이고, 그 거짓말을 기업들의 광고에 얽매인 대다수 언론들이 줄기차게 반복해서 주입하는 바람에 국민 대중들은 막연한 두려움 속에서 갈피를 잡지 못하고 있습니다. 우리는 그 악의적 음모부터 깨야 합니다. 경제민주화는 재벌 해체가 아니라 재벌 개혁입니다. 재벌 개혁은 한마디로 기업을 선진국 수준으로 투명하고, 합법적이고, 양심적으로 운영하라는 것입니다.

경제개발을 시작하면서 대통령이 말했습니다. '우리는 국제경쟁력을 가진 기업들을 키워야 한다. 그래야 국가 경제가 발전하고, 국민들도 모두 잘살게 된다.' 그때 1인당 GDP 80불의 전후 가난에 허덕이고 있던 국민들은 잘살고 싶은 열망 하나로 그 말에 다 동의했습니다. 그리고 15년쯤 지나 총리가 또 말했습니다. '지금은 분배의 시기가 아니라 축적의 시기다.' 국민들은 또 충직하게 그 말을 따라 침묵 속에 열심히 일했습니다. 언젠가 분배의 시기가 오리라고 기대하면서. 그 후로 20년이 지나고, 30년이 지나고, 40년이 지나고, 국제경쟁력을 갖춘 기업들이 수십 개가 생겨나고, 수출액이 세계 10위권 안으로 진입하고, 1인당 GDP가 3만 달러에 육박해도 그 어떤 정권에서도 '축적의 시기가 끝나고 이제부터는 분배의 시기다!' 하는 말은 하지 않았습니다. 참고 견디며 묵묵히 열심히 일했던 국민들만 배신당하고 사기당한 거지요. 그 사기의 명백한 증거가 30대 기업이 가지고 있는 사내유보금이 900조가 넘는데, 그들 기업의 비정규직이 평균 42퍼센트라는 사실입니다. 세계 어느 나라에 이런 기막힌 일이 있을 수 있겠습니까. 이건 지난 60여 년 세월 동안 역대 정권들이 기업을 비호하며 저질러온 정경 유착의 살아 있는 증거입니다.

시대적 요구인 경제민주화의 첫 단계는 지난 60여 년 동안 대기업들에게 베풀어온 모든 국가적 특혜를 일소하는 것입니다. 저리 융자, 소득세 감면, 부동산의 낮은 공시지가 적용, 법인세율 인하, 카드 수수료 대폭 할인, 싼 전기 요금, 사익을 위한 공익 재단 설립 묵인, 비정규직 방치 등 일일이 셀 수 없을 정도로 많습니다. 그 실례를 몇 가지 들겠습니다. 일반 편의점이나 중소 마트의 카드 수수료는 2.5퍼센트인데 재벌들이 하는 3개 대형 마트는 0.73퍼센트에 불과합니다. 일반 빌딩들은 취득세를 시세의 85퍼센트를 적용하면서 재벌들의 빌딩은 평균 30퍼센트 정도만 적용합니다. 20개 대기업에 2012년부터 단 3년간 감면해 준 전기료가 3조 5천억 원이었습니다. 그들이 누린 60여 년간의 특혜를 차근차근 다 따지면 얼마가 되겠습니까. 계산하기도 쉽지 않은 어마어마한 액수입니다. 그런데 재벌들은 그런 상상할 수 없이 엄청난 특혜를 받는 것으로 만족하지 못하고 또 쉴 새 없이 불법을 저질러왔습니다. 그것이 탈세고, 비자금 빼돌리기고, 일감몰아주기입니다. 그들이 그 세 가지로 착복한 돈이 또 어느 정도인지 상상을 초월합니다.

그런데 여러분, 새로운 국회가 전관예우와 유관 기관 재취업을 전면 금지시키는 법을 만들면 재벌들이 저지르는 부정비리의 절반은 그에 따라서 해결이 됩니다. 그럼 특혜 일소에 따라 나머지 절반이 해결됩니다. 그렇게 되면 우리 기업들도 선진국 수준으로 탈세와 불법 없는 투명 경영의 시대를 맞게 됩니다. 그래도 기업들은 적정 이윤을 확보할 수 있도록 국법이 보장하고 있습니다. 그럼 비정규직도 없어지고, 무너진 중산층도 복원되고, 돈은 돌고 돌고 잘 돌아 경제는 활력 있게 발전하고, 우리나라는 모두가 함께 잘사는 행복한 세상이 될 것입니다. 그런 건전하고 건강한 세상이 오면 모든 언론은 그에 따라서 건강해질 수밖에 없습니다. 얘기가 대충 된 것 같습니다."

장우진이 등을 퍽퍽 두들기며 물컵을 들었다.

"오늘 하신 말씀 굉장히 중요한데, 여기서 듣고 끝나서는 안 되는 것 아닌가요?"

문현지가 진지하게 물었다.

"예, 물론입니다. 유튜브를 열게 되면 잘 정리해서 매일 단계적으로, 지루하지 않게, 머리에 쏙쏙 들어가도록 얘기할 계획입니다." 장우진이 대답했고, "유튜브는 언제 시작하나요?" 최민혜가 물었고, "지금 준비 중인데 빨리 끝내라고 어찌나 독촉을 해대는지 제가 죽을 지경입니다." 김선재가 대답했다.

"예, 그럼 이 자리를 정리하면서 우리와 같은 생각, 새 나라를 만들어야 한다는 생각을 《녹색평론》 발행인이고 문학 평론가인 김종철 선생께서 글로 쓰신 것을 읽어보도록 하겠습니다. 인기 논술 강사께서 잘 씌어진 논설을 한번 읽어보시지요. 원고는 여러분의 복사본에 다 들어 있습니다."

장우진이 문현지를 향해 부탁한다는 손짓을 했다.

"어머나!"

문현지는 문득 놀라면서도 다음 순간 스스럼없이 원고를 집어 들었다.

시민권력과 시민의회*

생각하면, 참으로 감격스럽다. 120년 전 동학농민항쟁이 부패한 지배층의 퇴영적 행태와 외세의 개입으로 처참하게 패퇴한 이래 이 땅의 민초들은 늘 노예적이거나 굴종적인 삶을 강요당해 왔다. 물론 잠복된 형태로 면면히 흘러온 저항 정신이 분출할 때마다 우리의 하늘은 더러 맑아지기도 했으나 이내 먹구름으로 뒤덮이기 일쑤였다. 4·19가 그랬고, 5·18항쟁도 그랬다. 심지어 87년 6월 항쟁에 의한 민주화의 쟁취도 반동 세력의 재등장을 돕는 방향으로 정리돼 버렸다. 그리하여 그것은 궁극적으로 이명박, 박근혜 정권 시기를 거치는 동안 굳어진 '헬조선'의 주요 원인이 되었다.

그런데 이번에는 어쩐지 '실패'로 끝나지 않을 것이라는 낙관적인 정서가 꽤 있는 듯하다. 이것은 아마도 철저히 평화적인 방법으로 거둔 승리의 경험에서 오는 자신감 때문일 것이다. 유모차를 끌고 나온 젊은 부모들, 시골에서 상경한 늙은 농부, 책가방 대신 촛불을 들고 달려온 어린 학생 등등, 지금까지 데모라는 것을 해보지 않았던 허다한 사람들을 포함한 모든 참가자들이 한목소리로 '민주주의'를 외칠 때, 그 누구도 항거할 수 없는 '권력'이 생겨나는 것을 사람들은 똑똑히 경험한 것이다. 이 권력은 민중 위에 군림하는 국가기관이 행사하는 폭력적인 강제력이 아니라, 평등한 자격으로 모인 사회 구성원들의 민주적 열망이 만들어낸 '시민권력'이었다. 우리는 지난 몇 달 동안 이 시민권력이 어떻게 탄생하고, 그것이 어떤 위력을 발휘하는지 극명히 보고, 느꼈다. 우물쭈물하던 국회가 탄핵소추안을 통과시키고, 검찰이 모처럼 밥값을 하고, 경찰이 평소와 달리 시위대에 고분고분해지고, 그리고 (본질적으로 기득권 세력의 일부인) 헌법재판소가 전원 일치로 대통령의 파면이라는 역사적 결정을 내리게 된 것도 결국 막강한 시민권력 때문이었음은 말할 필요가 없다.

그런 의미에서 2016~2017년의 촛불혁명의 가장 큰 의의는 대통령을 파면시켰다는 게 아니라, 이 나라의 보통 사람들이 시민권력이라는 게 무엇인지 깊이 깨닫게 되었다는 점일 것이다. 우리들 다수는 각자 모래알처럼 흩어져 자신 속에 갇혀 있기를 그만두고, 광장으로 나와 저마다 '공적 개인'이 되어 다른 사람들과 함께 어깨를 나란히 하여 행동할 때, 국가의 억압적 메커니즘이 무력화되고, 보다 인간적인 나라를 만들 수 있는 가능성이 열리는 것을 발견했다. 그뿐만 아니라 우리는 이 과정에서 가장 차원 높은 행복, 즉 '정치적 행동'에 능동적으로 참여함으로써만 도달 가능한 '공적 행복'을 누릴 수 있었다.

집단적 정치 행동에서 성공을 거두는 것은 매우 소중한 경험이라고 할 수 있다. 왜냐하면 그 성공을 통해 사람들이 행복감뿐만 아니라 자신감을 갖고, 자신들의 미래를 낙관적으로 보는 능력을 기를 수 있기 때문이다. 이런 뜻에서도 이번의 촛불혁명은 정말로 위대하고, 아름다운 경험이었다.

그런데 대통령의 탄핵이라는 일차적인 목적이 달성된 지금, 이 촛불혁명을 어떻게 승화시킬지, 전망은 안갯속이다. 대선이 코앞으로 다가온 시점에서 이른바 대선 주자들은 각자 자신이 잘났고, 경쟁자들은 못난 사람이라고 주장하는 것 외에는 어떠한 이상도 비전도 보여주지 않은 채 아까운 시간을 허비하고 있다. 그런가 하면, 언론들은 뉴스=상품을 찾기에 혈안이 되어 사소한 가십거리를 열심히 침소봉대하면서 때때로 대선 주자들이 정책 경쟁 대신에 상대방 흠집 내기만 하고 있다고 상투적인 비난을 퍼붓고 있다. 다른 한편, 현학적인 학자·지식인들은 이제는 시민들이 주도하는 광장 정치에서 제도권 정당정치로 돌아가야 한다고 점잖게 충고하고 있다.

제도권 정치, 즉 대의제 정당 민주주의기 제대로 작동을 하였다면, 대통령 탄핵이라는 미증유의 사태 자체가 발생하지 않았을 터인데, 이제 모든 것을 제도권 정치에 맡기자는 것은 무슨 말인가? 이해하기 어려운 말이라고 하지 않을 수 없다. 나는 양심적인 지식인들이 지금 해야 할 일은 기존의 정당정치, 대의제 민주주의의 파탄을 명확히 선언하고, 그 원인이 무엇인지를 면밀히 진단·분석하고, 그 위에서 이제는 근본적으로 새로운 대안을 강구하는 것이라고 생각한다. 새로운 대안이란 다른 게 아니다. 촛불혁명에서 발휘된 '시민권력'을 어떻게 살리고, 민주주의의 영속화를 보증하는 방법으로 그것을 어떻게 제도화할 것인지 방안을 찾아내는 것이다.

다른 사람은 모르지만, 적어도 내게는 지금 일부 지식인들 사이에서 제안되고 있는 '시민의회'라는 아이디어야말로 '시민권력'의 지속성을 담보하는 제도로서 우리가 구상할 수 있는 가장 현실적이고, 설득력 있는 대안으로 보인다. 여기서 말하는 '시민의회'란 기존의 국회와 별개로 존재하는—선거가 아니라 추첨에 의해 뽑힌 시민 대표들로 구성되는—말하자면 입법부, 행정부, 사법부 외의 제4부라고 할 수 있다. 4년 임기 내내 다음 선거에서 이기는 것 말고는 아무 관심이 없는 사람들이 모여 있는 현재의 무의미한 국회는, 원칙적으로는, 폐지하는 게 옳다고 할 수 있다. 하지만 국회의 폐지도 결국은 현국회가 결정해야 하는 문제인 이상, 그것은 현실적으로 불가능하다고 하지 않을 수 없다. 따라서 타협적으로 현행 국회는 그대로 두고, 그 국회와 정부가 하는 일을 감시·통제·평가하는 권한을 가진 시민의회를 따로 설계하자는 것이다. 선거라는 것을 백번 해봤자 명망가나 재산가 등 기득권 세력이 언제나 국가권력을 독과점하게 되어 있다. 그러므로 진정으로 평범한 시민들을 고르게 대변하려면 그 의회는 무작위 추첨으로 뽑힌 시민 대표들로 구성되지 않으면 안 된다. 무작위로 뽑혔기 때문에 어떠한 이익집단으로부터도 자유로운 수백 명의 평범한 시민들이, 예컨대 헌법이나 선거법 개정, 사드 배치, 남북 문제, 탈핵, 4대강 문제 등등 국가의 중대한 현안에 대해 전문가들의 도움을 받으며 활발한 토의와 충분한 숙의를 통해서 결론을 내리는 시스템, 이것이 시민의회이다(혹시 모를 시민의회의 부패와 특권화를 막는 방법은 간단하다. 임기는 길어야 1년으로 하며, 임기 후 개개 의원에 대해 엄격한 평가를 하여 책임을 묻고, 또한 임기 동안 시민의회 멤버들에게는 생활비를 지급한다 등등).

추첨으로 뽑힌 시민 대표들이 의회를 구성하여 국사를 논하고, 국가기관을 통제한다는 것은 많은 사람들에게는 아직 생소한 아이디어일지 모른다. 하지만 깊이 들여다볼수록 민주주의를 제대로 하자면 이 방법이 최선이라는 생각을 하지 않을 수 없다. 왜냐하면 민주주의란 근본적으로 민중이, 엘리트들에게 통치를 위임하는 게 아니라, 스스로를 다스리는 정치제도이기 때문이다. 시민의회는 고대 아테네 민주주의를 모방한 것이면서 동시에 아테네 민주주의의 결함, 즉 숙의의 결여를 보완한 것으로 현대사회에서 얼마든지 실천할 수 있는 새로운 제도라고 할 수 있다.

우리는 선거 때마다 탁월한 지도자의 출현을 기대하고, 결국은 실망하여 차악을 선택하지 않으면 안 되는 딜레마에 늘 빠진다. 그 결과 지금은 서구식 '자유민주주의'의 종언이 설득력 있게 들리는 상황이 되었다. 하지만 원래 민주주의란 지도자 개인의 능력에 의존하는 제도가 아니다. 그것은 잘 났든 못났든 민초들 자신이 공적 공간에서의 자유롭고 평등한 대화를 통해서 최선의 집단적 지혜를 얻는 방식이다. 엄밀히 말하면, 민주주의에서는 사회자가 필요할 뿐, 지도자란 필요 없는 존재이다. 추위를 무릅쓰고 우리가 몇 달 동안 광장으로 나간 것은 단지 '지도자' 하나를 바꾸기 위해서가 아니었다.

노래는 마음 따라

"국민 여러분, 안녕하십니까. 저는 시사주간지《시사포인트》심층추적팀 기자로 일했던 장우진입니다.《시사포인트》를 애독하고 계시는 독자들께서는 저를 좀 기억하실 겁니다. 저는 조금 더 큰일을 적극적으로 펼치기 위해서 얼마 전에 기자 생활을 정리했습니다. 그리고 이 1인 방송의 문을 열었습니다. 이 1인 방송의 이름은 제 뒤에 크게 적은 것처럼 '너나"사모'입니다. 이 낯설고 이상한 이름이 무슨 뜻인지 아시겠습니까? 아주 소박하고 쉬운 긴 이름을 넉 자로 줄인 것입니다. '너와 나 나라 사랑하는 모임'입니다. 이 이름을 충실하게 줄이면 '너나나사모'가 됩니다. 그러나 '나나'가 두 번 겹치기 때문에 발음하기가 거북합니다. 그래서 우리가 '같다, 겹친다'의 뜻으로 쓰는 부호인 쉼표 두 개를 '나' 자의 오른쪽 위에다 찍어서 '나' 자 하나가 생략되었음을 나타내었습니다. 좀 낯설지만 특이하고 개성적이지 않습니까? 처음에는 낯설더라도 자꾸 대하면 익숙해지고 친밀하게 될 것입니다. 그런데 적지 않은 분들이 '뭘 촌티 나고 후지게 나라 사랑하는 모임이냐' 하고 비웃거나 외면하는 모습이 환히 보입니다. 그러는 당신은 어느 나라 국민입니까? 당신은 어디서 태어나서, 어디서 살다가, 어디에 뼈를 묻을 것입니까? 바로 당신이 발 딛고 있는 이 땅, 대한민국입니다. 그래서 대한민국은 죽으나 사나 당신의 모국이고, 조국입니다. 그러므로 대한민국의 운명은 당신의 운명입니다. 그런데 그 대한민국의 운명은 지금 어떤 상태일까요? 제가 기자 생활을 하면서 정치 경제 사회 분야에서 벌어진 큰 사건들을 쫓아 심층 추적을 하면서 내린 결론은, 이 나라는 위기다, 위기도 심각한 위기다, 난파 직전의 배와 다름이 없다. 구해야 한다! 빨리 바꿔야 한다! 이것이 긴 고민에 대한 명확한 답이었습니다. 그 답을 현실 속에서 실현시키기 위해서 기자 생활을 청산하고 '너나"사모'의 길을 시작했습니다. 너나"사모는 새로 출범시킬 시민단체의 이름입니다. 그 시민단체의 캐치프레이즈는 '1,000만 명이, 1,000원씩, 100개의 시민단체'입니다. 1,000만 명이 매달 1,000원씩 회비를 내서

100개의 시민단체를 만들고, 그 단결된 힘으로 이 나라를 완전히 뒤집어 바꾸자는 것입니다. 이것이 공상처럼 들립니까. 이것이 망상처럼 생각됩니까? 여러분, 작년의 촛불혁명을 잊었습니까? 그 엄동설한, 한밤중 혹독한 추위 속에 모였던 총인원이 얼마였습니까. 1,700만 명이었습니다. 그 모임은 자발적인 것이었으되, 그것이 지속되고 진행되는 데는 기획자들 노력이 있었습니다. 저도 그 기획자들의 말석에 있었습니다. 이것은 세 자랑을 하려고 하는 말이 아닙니다. 여러분들이 저를 믿지 않을 것 같아서, 믿어도 된다는 그 조그만 근거라도 대려고 드리는 말씀입니다.

여러분, 이 나라가 얼마나 엉망진창인지 그 좋은 증거가 터져 나와 요즘 한창 시끌시끌합니다. 그게 바로 국회 특수 활동비입니다. 그 사건은 여러 가지 심각한 문제점을 내포하고 있습니다. 그동안 국민들 아무도 모르게 쓰여져온 그 돈의 실체가 드러난 것은 우리의 신뢰하는 시민단체 참여연대가 이룩해 낸 또 하나의 성과입니다. 그 사건의 첫 번째 문제는 참여연대가 특수 활동비 사용 내역의 공개를 요구했지만 국회는 거부했습니다. 그래서 참여연대는 어쩔 수 없이 소송을 제기했고, 그 소송은 자그마치 3년을 끌어 결국 참여연대가 승소해 공개하기에 이른 것입니다. 그런데 여기서 두 번째 문제가 발생합니다. 국회가 공개한 것은 2011년부터 겨우 3년 치에 불과했습니다. 지금이 2018년인데, 그 마지못한 국회의 행위는 국민 무시의 표본이 아닐 수 없습니다. 그리고 세 번째 문제는 매년 80억 내외의 거금을 현금으로 지급했고, 영수증도 낼 필요 없었고, 감사 또한 받지 않았습니다. 국민들이 피땀 흘려 낸 세금을 법을 만드는 국회에서 국민을 속이며 제멋대로 써 없앤 것입니다. 네 번째 문제는 그 소중한 국민의 혈세를 나랏일과는 전혀 상관없이 사적으로 탕진했다는 사실입니다. 술값과 팁, 안마시술소 이용료, 경조사비, 자식 유학비, 집안 생활비 등으로 쓰고 말았습니다. 다섯 번째 문제는 이 사건이 표면화된 다음의 국회 태도입니다. 모든 매스컴이 비판 공격하고, 전 국민이 분노하고 실망하는 가운데 국회에 대한 불신이 하늘을 뚫고 있는데 정작 국회에서는 진정한 사과와 반성이 없다는 점입니다. 이것이야말로 국회와 국회의원들이 평소부터 국민들을 얼마나 경시하고 무시해 왔는가를 보여주는 생생한 증거입니다. 여섯 번째 문제는 들끓는 사회 여론에 따라 특활비 폐지를 핵심으로 한 국회법 개정안이 발의되었습니다. 그런데 공동 발의자로 이름을 올린 것이 12명뿐이었습니다. 국회의원은 모두 300명입니다. 일곱 번째 문제는 이 문제의 특활비가 1961년부터 57년간이나 집행되어 왔다는 사실입니다. 그 돈을 다 합쳐놓으면 얼마가 될까요? 끔찍하게 많은 돈일 것입니다. 민주국가에서 이런 일이 벌어지고 있는 나라가 몇이나 될까요? 민주국가에서 국민의 세금은 단 한 푼도 국민 모르게 쓰여서는 안 되는 것이 절대 원칙입니다. 그런데 법을 만드는 국회가 그 원칙을 파괴해 버렸습니다. 그러면서도 그들은 입만 열면 국가와 국민을 위해 일한다고 해왔습니다. 누군가가 말했습니다. 정치인들이 정직하기를 바라는 것은 맹수가 온순하기를 바라는 것과 같다. 한마디로 줄입니다. 영수증이 없고, 감사받지 않고 국민 세금을 쓰는 것은 명백하게 '공금 유용'이고 '횡령'입니다. 그건 엄연히 처벌받아야 하는 범죄입니다.

그런데 특활비는 국회만의 문제가 아니었습니다. 행정부와 사법부도 특활비를 썼는데, 특히 행정부는 국회보다 100배 가까이 되도록 극심했습니다. 그러니까 입법, 사법, 행정부가 쓴 특활비가 연간 9,000억이었습니다. 그러니 지난 60여 년 동안 국민 모르게 써 없앤 국민 세금이 도대체 얼마이겠습니까.

그러나 여러분 놀라지 마십시오. 이런 비리는 극히 일부분의 문제일 뿐입니다. 여러분이 모르는 더 큰 비리, 더 큰 사건 들이 수두룩하게 많습니다. 그 비리와 사건들이 모아지고 모아져 우리나라는 이제 난파의 위기에 몰려 있는 것입니다. 그 위기를 조장한 것은 다섯 개의 권력 집단입니다. 입법·사법·행정의 국가권력과 재벌·언론의 사회 권력입니다.

그런데 여기서 꼭 귀담아듣고 명심해야 할 말이 있습니다.

'모든 권력자들이 부정부패를 저지르고 타락하는 것에 대한 절반의 책임은 국민에게 있다. 왜냐하면 그건 국민이 감시 감독을 소홀히 했기 때문이다.' 바꾸어 말하면 국민들이 모든 권력자들을 철저하게 감시 감독하면 부정부패를 저지를 수 없고, 타락할 수 없다는 뜻 아닙니까? 이 명언이 뜻하는 바는 두 가지입니다. 민주주의는 투표만 한다고 이루어지는 것이 아니라는 것입니다. 그리고 국민 전체의 행복을 만들어내는 참다운 민주주의를 원하거든 모든 권력자들을 철저하게 감시 감독하라는 것입니다.

그 감시 감독과 연관하여 또 이런 말이 있습니다. '모든 권력은 횡포하고, 타락한다. 그러므로 줄기찬 감시 감독이 필수다. 그 역할을 대신 맡는 게 시민단체들이다.' 시민단체의 필요성과 역할을 밝힌 말입니다. 그렇습니다. 모든 국민은 제각기 자기들 생업에 정신없이 바쁘고 또 충실해야 합니다. 그러다 보면 아무리 권력 집단들에게 신경을 쓴다 해도 놓치게 되고, 소홀해지기 쉽습니다. 그런 난점을 해결하기 위해 발명해 낸 것이 바로 시민단체 활동입니다. 1차적으로 시민단체 회원으로서 후원금을 내서 활동가들이 상시로 감시 감독과 함께 저항 고발케 하고, 더 거대한 힘이 필요할 때는 2차로 회원 전체가 앞으로 나서는 것입니다. 작년의 촛불혁명 때처럼.

그럼 저는 지금부터 여러분을 새로 태어날 시민단체 '너나"

사모'의 회원으로 모시는 것에 대해서 말씀드리고자 합니다. 아까 '너나"사모'의 캐치프레이즈가 '1,000만 명이, 1,000원씩, 100개의 시민단체'라고 했습니다. 그와 나란히 걸리는 또 하나의 캐치프레이즈가 있습니다. '정치에 무관심한 것은 자기 인생에 무책임한 것이다.' 이 말은 우리의 깃발에 적혀 있습니다. 이 말을 굳이 설명하지 않겠습니다. 여러분의 인격을 모독하지 않기 위해섭니다.

'너나"사모'는 여러분을 회원으로 모시기 위한 대대적인 캠페인을 벌이기로 했습니다. 그건 다름 아닌 대형 노래 잔치입니다. 그게 무슨 소리냐고 어리둥절하시지요? 놀라실 것 없습니다. 시민단체 활동은 활기찬 국민 축제이기도 합니다. 나라의 주인으로서 주인 노릇에 활발하게 나서는 것이 시민단체 활동이니까요. 그래서 우리의 첫 만남을 열광적인 노래 잔치로 꾸미기로 한 것입니다. 그래서 잠실 올림픽주경기장에서 회원 10만 명을 초대하는 톱스타 대형 콘서트를 개최합니다. 거기에 초대하는 조건이 있습니다. 잘 들어주십시오. 오늘부터 우리 '너나"사모'의 은행 계좌를 공개합니다. ARS, 자동이체로 매달 1,000원씩 평생 입금시키는 은행 업무를 완료하심과 동시에 여러분의 핸드폰에 회원 번호가 찍힙니다. 그 번호를 보여주시면 콘서트장에 입장하실 수 있습니다. 그런데 입장하실 때 입장료를 2,000원 내셔야 합니다. 그것은 서울시에 내야 하는 임대료와 간이 의자 배치, 밴드 동원 등 최소한으로 줄인 실비입니다. 그리고 거기에 출연하는 톱가수들은 우리와 뜻을 같이하기 때문에 '재능 기부'를 하는 것입니다. 재능 기부를 하고 나선 그 고마운 첫 번째 가수가 누구일까요? 여러분께서 너무나 잘 아시고, 너무나 사랑하는 가수입니다. 그 가수는 바로 '가인'입니다. 예에, 여러분의 환성이 폭발하는 소리가 지금 들리고 있습니다. 그 환성과 함께 지금 화면 아래에 떠오른 문자가 있습니다. '너나'사모'의 계좌번호입니다. 여러분은 여러분의 인생에 책임을 지십시오. 이 콘서트에는 단 한 장도 초대장이 없고, 10만 번까지만 입장이 된다는 것을 미리 알려드립니다.

그리고 이런 톱가수들이 앞으로 10명이 재능 기부를 하기로 약속했습니다. 그 명단이 궁금하시겠지만 참아주십시오. 그때그때 발표하는 것이 회원 모집에 유리할 것 같아서 약은 수를 쓰는 것이니 이해하여 주시기 바랍니다. 그리고 1차 10만 명이 마감되면 가수 가인이 여기 나와 여러분들께 인사드리게 될 것입니다. 전혀 장담할 수도, 약속할 수도 없는 일이지만, 여러분들의 성원이 빗발치면 그날 가인이 노래 한 곡을 부를 수도 있을 것입니다. 저와 가인이 어떤 사이냐고요? 제가 오래전부터 형이라고 부르고, 지금 제가 타고 다니는 독일제 차가 가인의 자가용이었습니다. 그거 공짜로 준 거 아닙니다. 미국식으로 1달러를 저한테 받고 팔아먹었습니다. 그렇게 짠돌이입니다. 이 말 가인한테는 절대 비밀입니다.

그리고 저는 이 방송을 통해서 당분간 두 가지 일을 하게 될 것입니다. 첫째는 아까 언급한 다섯 가지 권력이 어떻게 국민을 속박하고 속이고 횡포를 저질러대면서 부정부패를 일삼았는지 자세하게 알려드릴 것입니다. 둘째는 여러분들이 신뢰하고 존경하는 사회 각 분야 전문가들을 모셔 시민단체의 역할과 중요성에 대해 좋은 말씀들을 들을 수 있게 하겠습니다. 그 100분도 이미 섭외가 끝나 있습니다.

여러분, 어떤 사람이 인간의 세 가지 불행에 대해서 말했습니다. '인간의 세 가지 큰 불행은 탐욕을 본능으로 타고난 것이고, 국가라는 것을 배격할 수 없는 것이고, 돈이라는 것을 없앨 수 없는 것이다.' 아주 명쾌한 지적 아닙니까. 그 세 가지 불행 중에서 우리는 두 번째 배격할 수 없는 국가가 야기하는 문제들을 해결하고자 시민단체를 결성하려는 것입니다. 우리는 고달픈 인생살이를 해나가면서 '인생이란 무엇인가……' 하는 회의적인 질문을 자주 하게 됩니다. 그런데 그 질문처럼 자주 하게 되는 질문이 또 있습니다. 그것은 '국민에게 국가란 무엇인가' 하는 질문입니다. 정치인들의 작태가 절망스러울 때, 공무원들의 나태와 무책임이 한심스러울 때, 법조인들의 오만과 상식 이하의 오판이 역겨울 때, 그리하여 국가가 환멸스럽고 불필요하다고 느낄 때 어김없이 떠오르는 회의적인 질문이 '국민에게 국가란 무엇인가' 하는 것 아닙니까. 그러나 인생이란 질문에 마땅한 답이 없듯 국가에 대한 질문에 대해서도 속 시원한 답은 찾기 어렵습니다.

그런데 그 질문에 답한 사람이 그다지 많지 않지만, 전혀 없는 것도 아닙니다.

'국가는 폭력이다.'

작가 톨스토이의 말입니다.

'국가는 강도다.'

법률 이론가 스푸너의 말입니다.

'국가는 가장 강력한 조직적 폭력 집단이다.'

사회학자 틸리의 말입니다.

이것은 결코 극단적이거나 편파적인 정의가 아닙니다. 국민이 권력 집단을 철저하게 감시 감독하지 않은 모든 나라들에 적용되는 보편적인 정의입니다. 국민들이 국가권력을 감시 감독할 수 없었던 모든 봉건 왕조 국가들, 스탈린의 소련, 히틀러의 독일 등이 대표적입니다. 그리고 우리도 군사독재 시절에 국가 폭력의 맛을 실컷 보았습니다. 그러나 군사독재를 종식시켰다고 해서 국가 폭력이 일소된 것이 아닙니다. 다소 정도의 차이가 있고, 방법이 달라졌을 뿐 국가 폭력은 계속 자행되고 있습니다. 다시 말하면 모든 국가권력 기관들이 국민을 속박하고, 속이고, 횡포를 자행하는 것 전부가 국가 폭력입니다. 조금 전에 우리가 확인한 국회의 특활비 탕진, 그것이 바로 국가 폭력입니다. 그리고 그 불법 제도를 폐기하지 않고 계속 유지해 나가겠다고 배짱부리는 것, 그것이야말로 국민을 완전히 무시하고, 깔아뭉개는……, 아 죄송합니다, 저속한 말을 써서. 이 경우에는 꼭 '깔아뭉개는'이라는 말을 써야만 실감도 나고 적합하기도 하고, 그게 엄연히 사전에 나와 있는 단어이기도 하지만 방송용으로는 좀 천박스러우니까 취소하도록 하겠습니다. 그러니까, 국민을 완전히 무시하는 행위야말로 명백한 국가 폭력인 것입니다.

저는 앞으로 그 부당한 국가 폭력의 사례들을 여러분들께 자세히 전해 드리겠습니다. 그리고 그것들을 하나하나 다 척결해 내면서 우리 모두가 서로를 아끼고 존중하면서 행복하게 살 수 있는 새로운 나라를 만들어가기 위해서 여러분들과 진실한 얘기를 끝없이 나누고자 합니다. 여러분들도 적극적으로 참여하여 주시기 바랍니다. 우리가 제각기 따로따로 흩어져 있을 때는 지극히 미미한 존재일 뿐입니다. 그러나 서로서로 어깨동무하며 숲을 이루어 나아가면 그 숲은 거대한 밀림이 됩니다. 그 밀림의 막강한 힘은 모든 국가 폭력을 제압하고, 병든 나라를 새롭게 탄생시킬 수 있습니다. 여러분, 작년의 촛불혁명을 언제나 기억하십시오. 뭉쳐진 우리의 힘은 그렇게 막강하고 위대하고 거룩했습니다. 거미줄이 천 겹이면 호랑이도 묶을 수 있다고 했습니다. 종이 1,000만 장을 쌓아 놓으면 그 높이가 얼마나 될까요? 그렇게 쌓아 올려진 종이의 두께는 그 어떤 최신 대포로도 뚫을 수 없습니다. 쌀알 1,000만 개면 몇 킬로그램이 될까요? 그것을 짊어질 수 있는 사람은 이 세상에 아무도 없습니다. 저는 우리 1,000만 명이 '너나'사 모'의 이름으로 함께 어깨동무하기를 욕심부리고, 간절히 희 망하고 있습니다. 그렇게 모이면 우리는 우리가 원하는 행복 한 우리의 나라를 틀림없이 새롭게 이룩해 낼 수 있습니다.

오늘 첫날의 문을 닫으면서 제가 평소에 소중하게 여겨온 말을 여러분께 선물하고자 합니다. 이 말은 유명한 사람의 말 이 아니라 어느 이름 없는 시골 할머니의 말씀입니다. 그런데 그 말씀의 진솔함이 우리의 가슴을 칩니다. 특히 국가권력을 장악하고 있는 유식한 사람들의 심장을 찌르는 훈계이고 경 고이기 때문에 더욱 여러분들께 들려드려 그 순박한 깊이를 여러분과 공유하고자 합니다. 이 글은《전라도닷컴》의 기자가 순천시 송광면 왕대마을 윤순심 할매의 말씀을 받아 적은 것인데요, 제가 더 실감나게 살을 붙여 들려드리겠습니다."

우리 손지가 공부허고 있으믄 내가 말해.
'아가' 공부 많이 헌 것들이 다 도둑놈 되드라.

맴 공부 해야 쓴다. 사람 공부 해야 쓴다. 그러코 말해.

착실허니 살고, 넘 속이지 말고

넘의 것 돌라묵을라 허지 말고

니 심으로 땀 흘림서 벌어묵어라와.

내 속에 든 것 지킴서 살아야 써.

사람은 속 짚은 것으로 허는 짓이 달라지는 벱잉께.

지 맴을 잘 지켜야제

돈 지킬라고 애쓰덜 말아라 잉.

아이고, 이쁜 내 강아지!!

"여러분, 안녕하십니까. 너나'사모 대화의 시간 이틀째 날입니다. 먼저 여러분께 감사의 인사부터 드려야 되겠습니다. 여러분, 감사합니다. 정말 감사합니다. 이렇게도 뜨거운 성원으로 참여해 주시다니, 정말 감사합니다. 여러분이 하루 만에 10만을 다 채워주신 것입니다. 그런데 그 기쁨에 잇따라 긴급 사태가 발생했습니다. 예, 이건 분명 '긴급 사태'입니다. 저의 이 말이 무슨 뜻인지 눈치 빠르신 분들은 금빙 알아차렸을 겁니다. 예, 회원 가입자가 10만을 돌파하여 현재 시간 15만을 넘어서고 있기 때문입니다. 그런데 문제는 시간이 갈수록 가입자가 줄어드는 것이 아니고 오히려 늘어나고 있다는 사실입니다. 그건 당연한 현상이기도 합니다. 여러분들이 퍼 나르기를 부지런히 해주시고, 거기에 발맞추어 스마트폰의 무한 기능이 신나게 작동되고 있기 때문입니다.

이 반갑고, 고맙기 그지없는 일이 '긴급 사태'로 받아들여지는 데는 이유가 있습니다. 첫째, 우리 실무진에서는 10만 명이 채워지는 데는 대략 2~3일이 걸리지 않을까 생각했었습니다. 그런데 그 예상이 여지없이 깨지고 만 것입니다. 둘째, 우리 실무진은 10만이 넘어 20만이나 30만이 되면 어찌해야 하는가 하는 걱정과 숙제를 안게 되었습니다. 아무리 뜻이 같다고 해도 '재능 기부'는 한 번이지 두 번 세 번 요구할 수는 없는 일이기 때문입니다. 그러나 실무진의 욕심은 그 20만, 30만을 그냥 놓치고 싶지 않았습니다. 그래서 이 콘서트의 기획자에게 간청을 했습니다. 그랬더니 세 번까지는 어렵겠고, 두 번까지는 어떻게 부탁해 보겠다고 반승낙을 받았습니다. 그러면서 그 기획자가 하는 말이 '입장료 2천 원이 문제'라고 했습니다. 여러분, 무슨 말인지 금방 알아들으시지요? 여러분께서 잘 아시다시피 가인 같은 톱가수의 콘서트는 A석이 15만 원, B석이 10만 원 아닙니까. 그러니까 2만 원을 해도 10만 석이 넘칠 판인데 2천 원을 해서 왜 문제를 만드느냐는 뜻이었습니다.

지금 제가 '긴급 사태'라고 하는 것은 이런 속도로 하루가 더 지나면 30만도 훌쩍 넘어 50만을 향해 치달아가게 생겼기 때문입니다. 그럼 그 기획자가 감당할 수 없는 상황이 되어버리니 어쩌면 좋으냐 하는 것입니다. 그래서 이 사태 수습에 제가 직접 나서기로 했습니다. 그건 다름이 아니라 가수 가인을 이 자리에 모셔 정면 승부를 하기로 한 것입니다. 물론 가인은 저의 이런 음모를 까맣게 모르고, 공연을 앞두고 그저 여러분께 인사드리러 오는 줄로만 알고 있습니다. 가인이 곧 모습을 나타내게 될 것입니다. 이 방송을 시작하기 직전에 연습실에서 출발한다는 전화를 받았으니까요.

그런데 어제의 첫 방송을 보신 시청자들께서 달아주신 댓글에 '기존 시민단체와의 관계'에 대해서 여러분이 궁금해하셨기에 그 대답을 빨리 해야 될 것 같습니다. 지금 우리 너나"사모가 새 국가 모델로 삼고 있는 것이 스웨텐입니다. 그런데 스웨텐 인구는 990만 명인데 시민단체 수는 25만 개입니다. 믿어지십니까? 39명당 1개꼴입니다. 그 많은 시민단체들이 눈에 불을 켜고 모든 국가권력 기구들을 감시 감독하기 때문에 스웨텐은 국민 모두가 행복 속에서 사는 모범적인 청결 국가가 된 것입니다. 스웨텐에 비하면 우리니라는 시민난체가 없는 것이나 마찬가지입니다. 그리고 지금 우리가 이나마 지탱되고 있는 데는 기존 시민단체들의 노력과 역할이 컸습니다. 우리 너나"사모는 앞으로 기존 시민단체들과 적극적으로 연대하고 협동하고 단결하면서 활동 효과를 극대화시켜 나갈 것입니다.

아 여러분, 가수 가인이 막 도착했다고 합니다. 바로 모시겠습니다."

장우진이 일어나 문을 열었고, 굵은 뿔테 안경을 쓴 가수 가인이 들어섰다.

"안녕하세요, 가인 씨. 어서 오십시오. 지금 수십만 시청자들이 기다리고 있습니다."

장우진이 반갑게 악수하며 말했다.

"수십만 시청자요?"

가인이 의아한 표정을 지었다.

"예, 우선 앉으십시오. 지금 가인 씨의 콘서트 관람을 원하며 우리 시민단체 너나"사모의 회원이 되신 분들이 어느 정도인지 아십니까?"

"그 수가 수십만이라는 겁니까?"

"아, 눈치 빠르시군요. 이거 보세요. 방송 시작하기 직전에 15만이 넘은 것을 확인했는데 벌써 20만이 다 되어가고 있습니다. 이 사람들이 다 가인 씨를 보고 싶어 하고 있습니다. 정식으로 인사 좀 하시지요."

"아 예, 저는 노래하는 가인입니다. 이렇게 유튜브를 통해서 여러분을 뵙게 되어 반갑습니다."

가인이 안경을 밀어 올리며 공손하게 인사했다.

"저는 지금 심각한 고민에 빠져 있습니다." 장우진이 심각한 표정으로 미간을 찡그렸고, "무슨 심각한……?" 가인이 덤덤하게 반응했고, "눈치 빠르시면서 무슨 느낌이 없으세요? ARS로 회비 낸 분들이 20만 명이 다 된 걸 보시고……." 장우진이 가인을 빤히 쳐다보았고, "그럴 줄 모르셨어요?" 가인이 불쑥 말했고, "아니, 가인 씨는 그럼 아셨어요?" 장우진이 멈칫 놀라는 기색을 보였다.

"당연하잖아요. 커피 한 잔에 3천 원이 넘는 세상에 2천 원 입장료로 콘서트를 한다는데 이럴 줄 몰랐냐구요. 눈치 빠르기로 타의 추종을 불허하는 장 기자……, 아니지, 장우진 씨가 그걸 몰랐다면 좀 이상하지 않아요?"

"아니, 예상은 했지만 이렇게 정신없이……, 폭발적으로 많아질 줄은……, 앞으로 2~3일이 지나면 어떻게 될지……, 지금 고민이 말이 아닙니다."

"아니, 회원 1,000만 명 확보가 목표라서 수가 많을수록 좋다고 할 때는 언제고, 이제는 수가 많아서 고민이라니, 도대체 무슨 말을 하는 겁니까?"

"아니, 가인 씨의 재능 기부는 한 번 아닙니까. 한 번에 소화할 수 있는 관람객은 10만뿐이구요."

"아니, 나보고 재능 기부를 딱 한 번만 해달라고 횟수를 정한 적이 없잖아요?"

"예에……? 아니, 그럼……."

"좋은 세상 만들자는 우리와 뜻을 합쳐 매달 1,000원씩 평생 내기로 약속한 마음씨 고운 분들이 저의 노래를 듣고 싶어 하시는 거잖아요. 그럼 당연히 불러야지요."

"다섯 번, 아니 그보다 더 될지도 모르는데요?"

"괜찮아요. 열 번도 스무 번도 상관없어요. 노래는 돈 때문에 부르는 게 아니라 마음 따라 불러야 진짜 노래 아닌가요? 저와 뜻이 같은 분들의 박수를 받으며 노래 부르는 것이 노래 부르는 자의 가장 큰 보람 아니겠어요? 가난했을 때 돈 때문에 많이 불렀으니까 이젠 됐어요."

"혀어엉! 고마워요."

장우진이 울컥 울음을 터뜨리듯 하며 갑자기 가인을 끌어안았다.

"어, 어……, 이거 이래서는 안 될 텐데……."

가인은 어쩔 줄을 몰라 하며 안경을 밀어 올렸다.

〈끝〉

* 출처

322쪽_ 김누리, 「광장의 촛불, 삶의 현장에서 타올라야」 전문(《한겨레》 2016. 12. 26)

354쪽_ 안재승, 「소방관 소원 좀 들어줘!」 부분(《한겨레》, 2019. 4. 10)

363쪽_ 김종철, 「시민권력과 시민의회」 전문(《한겨레》, 2017. 3. 24)

1943년   전남 승주군 선암사에서 아버지 조종현과 어머니 박성순
           사이의 4남 4녀 중 넷째(아들로는 차남)로 태어남. 아버지는
           일제시대 종교의 황국화 정책에 의해 만들어진 시범적인 대
           처승이었음.

1948년   '여순반란사건'을 순천에서 겪음.

1949년   순천 남국민학교 입학.

1950년   충남 논산에서 6·25를 맞음.

1953년   작은아버지들이 살고 있던 벌교로 이사. 최초의 자작 문집
           을 만들었고, 글짓기에서 전교 1등상을 받음.

1956년   광주 서중학교 입학.

1958년   아버지가 서울 보성고등학교로 전근.

1959년   서울로 이사. 광주 서중학교 제34회 졸업. 보성고등학교 입학.

1962년   보성고등학교 제52회 졸업. 동국대학교 국문학과 입학.

1966년   대학 졸업과 동시에 육군 사병 입대.

1967년   시인 김초혜와 결혼.

1969년   육군 병장 제대.

1970년   《현대문학》 6월호에 「누명」이 첫회 추천됨. 12월호에 「선생님
           기행」으로 추천 완료. 동구여상에서 교직 근무 시작.

1971년   중편 「20년을 비가 내리는 땅」《현대문학》, 단편 「빙관」《신동
           아」, 「어떤 전설」《현대문학》 발표. 「선생님 기행」이 일본어로
           번역됨.

1972년   중편 「청산댁」《현대문학》, 단편 「이런 식이더이다」《월간문
           학》 발표. 부부 작품집 『어떤 전설』(범우사) 출간. 중경고등학

교로 전근. 아들 도현을 낳음.

1973년　중편 「비탈진 음지」《현대문학》, 단편 「거부 반응」《현대문학》, 「타이거 메이저」《일본 한양》, 「상실기」를 「상실의 풍경」으로 개제 《월간문학》에 발표. 10월 유신으로 교직을 떠나게 됨.《월간문학》편집일을 시작. 「청산댁」이 일본에서 간행된 『한국전후대표작선집』에 번역 수록.

1974년　중편 「황토」 작품집 『황토』에 수록. 단편 「술 거절하는 사회」《월간문학》, 「빙하기」《현대문학》, 「동맥」《월간문학》 발표. 작품집 『황토』(현대문학사) 출간.

1975년　단편 「인형극」《현대문학》, 「이방 지대」《문학사상》, 「전염병」을 「살풀이굿」으로 개제 《신동아》에 발표. 「발아설」을 「삶의 흠집」으로 개제 《월간문학》에 발표. 「황토」가 영화화됨. 월간문학사 그만둠.

1976년　단편 「허깨비춤」《현대문학》, 「방황하는 얼굴」《한국문학》, 「검은 뿌리」《소설문예》, 「비틀거리는 혼」《월간문학》 발표. 장편 『대장경』을 민족문학 대계의 일환으로 집필 완성. 월간문예지 《소설문예》 인수, 10월호부터 발간.

1977년　중편 「진화론」《현대문학》, 「비둘기」《소설문예》, 단편 「한, 그 그늘의 자리」《문학사상》, 「신문을 사절함」《소설문예》, 「어떤 솔거의 죽음」《창작과비평》, 「변신의 굴레」《신동아》, 「우리들의 흔적」《소설문예》 발표. 작품집 『20년을 비가 내리는 땅』(범우사) 출간. 10월호를 끝으로 《소설문예》의 경영권을 넘김.

1978년　중편 「미운 오리 새끼」《소설문예》, 단편 「마술의 손」《현대문학》, 「외면하는 벽」《주간조선》, 「살 만한 세상」《월간중앙》 발표. 작품집 『한, 그 그늘의 자리』(태창문화사) 출간. 도서출판 민예사 설립.

1979년　단편 「두 개의 얼굴」《문예중앙》, 「사약」《주간조선》, 「장님 외

줄타기」《정경문화》 발표. 중편 「청산댁」이 KBS 〈TV문학관〉
에 극화 방영.

1980년 단편 「모래탑」《현대문학》, 「자연 공부」《주간조선》 발표. 도서
출판 민예사의 경영권을 넘기고 주간의 일을 봄. 장편 『대장
경』(민예사) 출간. 문고본 『허망한 세상 이야기』(삼중당) 출간.

1981년 중편 「유형의 땅」《현대문학》, 「길이 다른 강」《월간조선》, 「사
랑의 벼랑」《여성동아》, 단편 「껍질의 삶」《한국문학》 발표. 중
편 「청산댁」이 프랑스어로 번역 출간.

1982년 중편 「인간 연습」《한국문학》, 「인간의 문」《현대문학》, 「인간의
계단」《소설문학》, 「인간의 탑」《현대문학》, 단편 「회색의 땅」《문
학사상》, 「그림자 접목」《소설문학》 발표. 작품집 『유형의 땅』
(문예출판사) 출간. 중편 「인간의 문」으로 대한민국문학상 수
상. 중편 「유형의 땅」으로 현대문학상 수상. 중편 「유형의 땅」이
MBC TV 6·25 특집극으로 방영.

1983년 중편 「박토의 혼」《한국문학》, 단편 「움직이는 고향」《소설문
학》 발표. 대하소설 『태백산맥』을 원고지 1만 5천 매 예정으
로 《현대문학》 9월호부터 연재 시작. 연작 장편 『불놀이』(문예
출판사) 출간. 『불놀이』가 MBC TV 6·25 특집극으로 방영.

1984년 중편 「운명의 빛」을 「길」로 개제 《한국문학》에 발표. 단편 「메
아리 메아리」《소설문학》 발표. 장편 『불놀이』 영어로 번역.
중편 「박토의 혼」 독일어로 번역. 작품 「메아리 메아리」로 소
설문학작품상 수상. 도서출판 민예사에서 《한국문학》을 인
수하고, 주간을 맡아 12월호부터 발간.

1985년 중편 「시간의 그늘」《한국문학》 발표. 대하소설 『태백산맥』 연
재 집필을 위해 매달 안양의 라자로마을에 10여 일씩 칩거.

1986년 『태백산맥』 제1부 4천 8백 매 완결(《현대문학》 9월호). 제1부
를 3권의 단행본으로 출간(한길사).

1987년 『태백산맥』 제2부를 《한국문학》 1월호부터 연재 시작하여 12월호까지 3천 2백 매 완결. 제2부를 2권의 단행본으로 출간.

1988년 『태백산맥』 제3부를 《한국문학》 3월호부터 연재 시작하여 12월호까지 3천 2백 매 완결. 제3부를 2권의 단행본으로 출간. 작품집 『어머니의 넋』(한국문학사) 출간. 신문사 문학 담당 기자와 문학평론가 39인이 뽑은 '80년대 최고의 작품' 1위 『태백산맥』(《문예중앙》, 1988년 여름호). 성옥문화상 수상.

1989년 『태백산맥』 제4부를 《한국문학》 1월호부터 연재 시작하여 11월호까지 4천 5백 매 완결. 제4부를 3권의 단행본으로 출간(전 10권 완간). 『태백산맥』 완결을 고대하며 투병하시던 아버지의 별세를 소설을 쓰다가 전화로 연락받음. 소설의 완결까지 연재 1회분 반을 남겨놓은 상태에서 아버지의 장례를 치름. 문학평론가 48인이 뽑은 '80년대 최대의 문제작' 1위 『태백산맥』(『80년대 대표소설선』, 1989년, 현암사). 80년대의 '금단'을 깬 대표 소설 『태백산맥』(《한겨레신문》, 1989. 12. 28).

1990년 새 대하소설 『아리랑』의 집필을 위해 중국 만주, 동남아 일대, 미국 하와이, 일본, 러시아 연해주 등지를 취재 여행. 12월 11일부터 《한국일보》에 2만 매로 예정된 『아리랑』 연재를 시작. 출판인 34인이 뽑은 '이 한 권의 책' 1위 『태백산맥』(《경향신문》, 1990. 8. 11). 현역 작가와 평론가 50인이 뽑은 '한국의 최고 소설' 『태백산맥』(《시사저널》, 1990. 11. 22). 동국문학상 수상.

1991년 『아리랑』 연재 계속. 작품 『태백산맥』으로 단재문학상 수상. 『태백산맥』으로 유주현문학상 수여가 결정되었지만 수상을 거부함. 이를 계기로 그 상이 폐지되었음. 『태백산맥』 연구서 『문학과 역사와 인간』(한길사) 출간. 전국 대학생 1,650명이 뽑은 '가장 감명 깊은 책' 1위 『태백산맥』, '대학생 필독 도서'

1위 『태백산맥』(《중앙일보》, 1991. 11. 26).

1992년 『아리랑』 연재 계속. 대검찰청에서 『태백산맥』이 국가보안법 상의 이적 표현물과 적에 대한 고무 찬양에 저촉되는지를 내사한 결과 작가에 대한 의법 조치나 책의 판금을 문제 삼지 않기로 했다고 발표. '학생이나 노동자들이 읽으면 불온 서적 소지·탐독으로 의법 조치할 것이며, 일반 독자들이 교양으로 읽는 경우에는 무관하다'는 내용의 대검 발표는 모든 언론들의 비판과 조롱거리가 됨. 대검의 그런 공식적 태도는 『태백산맥』 1부가 단행본으로 발간되면서부터 작가에게 몇 년 동안에 걸쳐 줄기차게 가해져 온 모든 수사 기관들의 음성적 압력과 억압 그리고 협박이 대표적으로 표출된 것에 지나지 않음. 일본의 출판사 집영사와 『태백산맥』 전 10권 완역 출판 계약 체결, 일본에서 대하소설을 완역 계약한 것은 최초. 한국의 지성 49인이 뽑은 '미래를 위한 오늘의 고전 60선'에 『태백산맥』 선정(《출판저널》, 1992. 2. 20). 서울리서치 조사 독자 500명이 뽑은 '가장 기억에 남는 작품' 1위 『태백산맥』 (《조선일보》, 1992. 8. 25).

1993년 『아리랑』 연재 계속. 외아들 도현이 육군 사병 입대. 중편 「유형의 땅」이 영어로 번역되어 현대한국소설집(제목 『유형의 땅』, 샤프 출판사) 출간.

1994년 6월 『아리랑』 제1부 「아, 한반도」를 3권의 단행본으로 출간 (도서출판 해냄). 8월 제2부 「민족혼」을 3권의 단행본으로 출간. 10월 제3부 「어둠의 산하」 중 일부가 제7권으로 출간. 12월 제8권 출간. 신문 연재로는 원고량을 다 소화할 수가 없어서 《한국일보》 연재를 중단하고 후반부 집필에 전념. 4월에 8개의 반공 우익 단체들이 작품 『태백산맥』과 작가를, 역사를 왜곡하여 국가보안법을 위반한 불온 서적 및 사상 불온자로 몰아 검찰에 고발함. 거기에다 이승만의 양자에 의해 이승만의 명예훼손죄 고발도 첨가됨. 6월에 치안본부 대공수사실(속칭 남영동)에서 수사를 받았고, 그 후 몇 개월에 걸쳐 출두 요구와 거부를 반복하는 동안에 『아리랑』 집필에 치명적인 피해를 받음. 『태백산맥』 영화화(태흥영화사), 영화 개봉을 앞두고 작가를 고발했던 반공 우익 단체들이 영화를 상영하면 극장과 영화사를 폭파하고 불 지르겠다고 공공연한 공갈 협박을 자행하여 대대적인 사회의 물의를 일으킴. 전국 애장가 720명이 뽑은 '가장 아끼는 책' 1위 『태백산맥』(《한겨레신문》, 1994. 10. 5).

1995년 2월 『아리랑』 제3부 「어둠의 산하」 중 일부인 제9권 출간. 5월 제4부 「동트는 광야」 중 일부인 제10권 출간. 7월 25일 총 2만 매의 『아리랑』 집필 완료, 4년 8개월 만의 결실. 7월 제11권 출간. 8월 해방 50주년을 맞이하며 제12권 출간(전 12권). 『태백산맥』을 출판사를 옮겨서 출간(도서출판 해냄). 「조정래 특집」(《작가세계》 가을호). 서울대학교 신입생 218명이 뽑은 '가장 감명 깊게 읽은 책' 1위 『태백산맥』, '가장 읽고 싶은 책' 1위 『태백산맥』(《한겨레신문》, 1995. 3. 15). '우리 사회에 가장 영향력이 큰 책' 《시사저널》 조사 2위 『태백산맥』, 3위 『아리랑』(《시사저널》, 1995. 10. 26). 20대 남녀 독자 294명이 뽑은 '가장 읽고 싶은 책' 1위 『아리랑』(《도서신문》, 1995. 12. 30). 《한겨레21》의 독자들이 뽑은 '1995년의 좋은 인물'에 선정(《한겨레21》, 1995. 12. 28). 사회 각 분야 전문가 47인이 뽑은 '올해의 좋은 책' 1위 『아리랑』(《출판문화》, 1995, 송년 특집호). 1천만 명 서명을 목표로 하는 '태백산맥·아리랑 작가 조정래 노벨문학상 추천 서명인 발대식'이 1995년 11월 28일 종로 탑골공원에서 시민 단체 자발로 이루어짐(《중앙일보》, 1995. 11. 30).

1996년   단일 주제 비평서인 『태백산맥』 연구서 『태백산맥 다시 읽기』 권영민 집필로 출간(도서출판 해냄). 『아리랑』 연구서 『아리랑 연구』 조남현 외 11인의 집필로 출간(도서출판 해냄). 세 번째 대하소설을 위해 독일, 프랑스, 미국 등 취재 여행. 중편 「유형의 땅」 이탈리아어로 번역. 프랑스 아르마땅 출판사와 『아리랑』 전 12권 완역 출판 계약 체결. 일본에서 『태백산맥』 완역과 마찬가지로 프랑스에서 한국의 대하소설을 완역 계약한 것은 최초의 일. 미혼 직장 여성 502명이 뽑은 '친구에게 가장 권하고 싶은 책' 1위 『태백산맥』, 3위 『아리랑』, '가장 감명 깊게 읽은 책' 1위 『태백산맥』, 4위 『아리랑』《동아일보》 《조선일보》, 1996. 1. 18). 전국 20세 이상 독자 1천 200명이 뽑은 '가장 기억에 남는 소설' 1위 『태백산맥』《동아일보》, 1996. 4. 29). '우리 사회에 가장 영향력이 큰 책' 《시사저널》 조사 1위 『태백산맥』, 5위 『아리랑』《시사저널》, 1996. 10. 24).

1997년   새 대하소설을 위해 베트남, 사우디아라비아 등 취재 여행. '『태백산맥』 100쇄 출간 기념연'을 3월 6일 프라자호텔에서 개최(도서출판 해냄 주최), 증정본 겸 기념본으로 『태백산맥』 양장본 100질을 제작. 대하소설로 100쇄 발간은 최초의 일이며, 450만 부 돌파는 한국 소설사 100년 동안의 최고 부수라고 각 언론이 보도. 3월부터 동국대학교 첫 번째 만해석좌교수가 됨. 장편 『불놀이』 영역판(전경자 교수 번역)이 미국 코넬대학교 출판부에서 출간. 프랑스 유네스코에서 『불놀이』 번역 시작. 각 대학 수석 합격자 40명이 뽑은 '후배들에게 가장 권하고 싶은 소설' 1위 『태백산맥』, 5위 『아리랑』《중앙일보》, 1997. 2. 25). 전국 국문과 대학생 150명이 뽑은 '가장 좋은 소설' 1위 『태백산맥』, 4위 『아리랑』《조선일보》, 1997. 5. 15). 서울대학생 1천 명이 뽑은 '가장 감명 깊게 읽은 소설' 1위

『태백산맥』, 4위『아리랑』(《조선일보》, 1997. 7. 23). 1997년 서울 6개 대학 도서관의 문학 작품 대출 1위『태백산맥』(《동아일보》, 1997. 12. 28). 전남 보성군청에서 추진하던 '태백산맥 문학공원' 사업이 자유총연맹과 안기부의 개입·방해로 전면 좌초(《시사저널》, 1997. 9. 18).

1998년 『아리랑』프랑스어판 제1부 3권이 4월 말에 출간(아르마땅 출판사). 문예진흥원 번역 지원으로 작품집『유형의 땅』프랑스어로 번역 시작. 세 번째 대하소설『한강』을《한겨레신문》창간 10주년을 기념하여 5월 15일부터 연재 시작.『태백산맥』사건은 이 때까지도 미해결인 채 국가보안법 위반 혐의자로 검찰에 걸려 있었음. 20·30대 사무직 남·여 600명이 뽑은 '지금까지 살아오면서 가장 기억에 남는 책'(전 세계의 작품을 대상) 한국출판연구소 조사 남자 국내 1위『태백산맥』, 여자 국내 1위『태백산맥』(《동아일보》, 1998. 4. 21). 서울대학 도서관 대출 1위『아리랑』(《조선일보》, 1998. 7. 23). 제1회 노신(魯迅)문학상 수상.

1999년 《한국일보》조사, 문인 100명이 뽑은 지난 100년 동안의 소설 중에서 '21세기에 남을 10대 작품'에『태백산맥』선정(《한국일보》, 1999. 1. 5).《출판저널》특별 기획, 각 분야 지식인 100인이 선정한 '21세기에도 빛날 20세기 책들(국내 모든 저작물 대상)' 36종에『태백산맥』선정됨(《출판저널》1999년 신년 특집 증면호).《한겨레21》창간 5돌 특집, 전국 인문·사회계열 교수 129명이 뽑은 '20세기 한국의 지성 150인'에 선정됨(《한겨레21》, 1999. 3. 25). MBC TV〈성공시대〉70분 특집방영 '소설가 조정래'.『조정래문학전집』전 9권(도서출판 해냄) 출간.『태백산맥』일어판 1·2권(집영사) 출간. 장편『불놀이』프랑스 유네스코에서 프랑스어판(아르마땅 출판사) 출간. 소설집『유형의 땅』이 문예진흥원 선정으로 프랑스어판(아르마

땅 출판사) 출간. 출판인 50인이 뽑은 20세기 최고 작가 2위
(《세계일보》, 1999. 12. 18). 《중앙일보》 선정 '20세기 명저 국
내 20선(국내 모든 분야 망라)'에 『태백산맥』 선정됨(《중앙일
보》, 1999. 12. 23). 《중앙일보》 선정 '20세기 한국의 베스트
셀러'에 『태백산맥』 『아리랑』이 동시에 선정. 30개 중에서 한
작가의 두 작품이 동시에 선정된 것은 유일함(《중앙일보》,
1999. 12. 23).

2000년   『태백산맥』 일어판 10권 완간(집영사). 9월 29일, 『아리랑』의
발원지인 전북 김제시에서 시민의 이름으로 '조정래 대하소
설 아리랑 문학비'를 벽골제 광장에 세우고, 제1호 명예시민
증 수여. 그날 10시 29분에 첫 손자 재면(在勉)이가 태어나
희한한 겹경사를 이룸.

2001년   「어떤 솔거의 죽음」이 그림을 곁들인 청소년 도서로 출간(다
림출판사). 광주시 문화예술상 수상. 자랑스러운 보성(普成)인
상 수상. 11월 『한강』 제1부 「격랑시대」를 3권의 단행본으로
출간(도서출판 해냄). 12월 제2부 「유형시대」를 3권의 단행본
으로 출간.

2002년   1월 3일 총 1만 5천 매의 『한강』 집필 완료. 3년 8개월 만의
결실. 1월 『한강』 제3부 「불신시대」의 일부를 2권의 단행본으
로 출간. 2월 「불신시대」의 나머지를 2권의 단행본으로 출간.
『한강』 전 10권 완간. 1월 17일 작품 집필 때문에 6개월 동안
미루어왔던 탈장 수술 받음. 12월 등단 33년 만에 첫 번째 산
문집 『누구나 홀로 선 나무』 출간(문학동네).

2003년   중편 「안개의 열쇠」 《실천문학》, 단편 「수수께끼의 길」 《문학
사상》 발표. 2월 'Yes24 회원 선정 2002년의 책'에서 『한강』
이 남자 1위, 여자 2위. 3월 만해대상 수상. 4월 제1회 동리문
학상 수상. 5월 프랑스 아르마땅 출판사에서 『아리랑』 전 12권

완역 출간. 유럽 지역에서 한국의 대하소설이 완간된 것은 최초의 일. 5월 16일 전북 김제시에서 건립한 '조정래 아리랑 문학관' 개관식 개최. 생존 작가의 문학관이 세워진 것은 처음 있는 일. 둘째 손자 재서(在緖) 태어남.

2004년 4월 30일 프랑스의 시인이며 극작가인 테르지앙(Terzian)이 『아리랑』을 희곡화하여, 『분노의 나날』로 출간(아르마땅 출판사). 7월 1일 희곡집 『분노의 나날』을 『분노의 세월』로 시인 성귀수 씨가 번역 출간(도서출판 해냄). 8월 20일 『태백산맥』 프랑스어판 제1권 출간(아르마땅 출판사). 9월 1일 중편 「유형의 땅」이 독어판으로 출간(독일 페페르코른 출판사). 12월 15일 만화 『태백산맥』 1권이 박산하 씨 그림으로 출간(더북컴퍼니 출판사). 12월 20일 『태백산맥』 일어판 문고본 계약(일본 집영사).

2005년 단편 「미로 더듬기」《현대문학》. 1월 1일《문화일보》 2005년 신년 특집으로 〈광복 60돌 '한국을 빛낸 30인'〉에 선정. 5월 26일 순천시에서 '조정래 길'을 지정하고 표지석 개막식 개최(낙안 구기-승주 죽림 사이). 4월 1일 서울지방검찰청에서 『태백산맥』 고소 고발 사건에 대해 만 11년 만에 무혐의 결정 내림. 5월 20일 MBC TV에서 〈조정래〉 3부작 제작(『태백산맥』 고소 고발 사건의 발단과 수사 경과, 무혐의 결정이 내려지기까지의 전 과정). 6월 23일 인터넷 서점 Yes24와 포털 사이트 네이버가 진행한 '네티즌 추천 한국 대표 작가-노벨문학상 후보를 추천해 주세요'에서 네티즌 6만 명이 참여해 조정래를 1위로 선정. 또, '한국인에게 큰 감동을 준 작품'으로 『태백산맥』을 1위로 선정. 8월 10일 장편 『불놀이』 독어판 이기향 씨 번역으로 출간(페페르코른 출판사). 8월 15일 『태백산맥』 프랑스어판 3권 출간. 8월 13~21일 인천시립극단에서 광복 60주년 기념 특별 공연으로 연극 〈아리랑〉을 인천종

합문화예술회관에서 공연. 10월 5일 MBC TV와 『태백산맥』 드라마 계약.

2006년 장편 『인간 연습』 분재 1회 《실천문학》. 3월 15일 『태백산맥』 프랑스어판 4권 출간. 4월 10일 〈한국소설 베스트〉 시리즈로 『유형의 땅』 포켓북 출간(일송포켓북). 4월 15일 「미로 더듬기」로 현대불교문학상 수상. 6월 28일 장편 『인간 연습』 출간(실천문학사). 장편 『오 하느님』 분재 1회 《문학동네》, 10월 15일 『태백산맥』 프랑스어판 5권 출간.

2007년 1월 5일 한국 문학 대표작 선집 27 『황토』 출간(문학사상사). 1월 29일 『아리랑』 100쇄 돌파 기념연 개최(도서출판 해냄). 3월 26일 장편 『오 하느님』 단행본 출간(문학동네). 4월 20일 『태백산맥』 프랑스어판 6권 출간. 8월 10일 조정래 소설집 『어떤 전설』 출간(책세상). 10월 25일 '큰 작가 조정래의 인물 이야기(위인전 시리즈)' 첫 다섯 권(신채호, 안중근, 한용운, 김구, 박태준) 출간(문학동네). 11월 30일 『태백산맥』 프랑스어판 7, 8, 9권 출간. 12월 27일 『태백산맥』 프랑스어판 전 10권 완간.

2008년 4월 7일 KYN과 『아리랑』 TV 드라마 계약. 4월 10일 『교과서 한국문학』 시리즈 조정래편 5권 출간(휴이넘 출판사). 5월 1일 『죽기 전에 꼭 읽어야 할 책 1001』에 『태백산맥』이 선정됨. 서기 850년경에 씌어진 『아라비안나이트(천일야화)』에서부터 최근에 이르기까지 1,200여 년 동안 발표된 전 세계의 소설을 대상으로 평론가·학자·작가·언론인 등으로 구성된 국제적인 전문가 집단이 참여하여 1,001편을 가려 뽑은 책으로 우리나라 작품으로는 『태백산맥』과 『토지』가 뽑혀 수록됨(영국 카셀 출판사, 번역서 마로니에북스). 11월 20일 '큰 작가 조정래의 인물 이야기' 제6권 『세종대왕』, 제7권 『이순신』 출간(문학동네). 11월 21일 '조정래 태백산맥 문학관' 개관식(전남 보성군 벌교읍 회정리『태백산맥』이 시작되는 지점). 12월 11일 '자랑스러운 동국인상' 수상. 12월 23일 '사회 각 분야 가장 존경받는 인물' 문학 분야 1위로 선정됨(《시사저널》제1,000호 기념 특대호 특집).

2009년   3월 2일『태백산맥』200쇄 돌파 기념연 개최(도서출판 해냄). 대하소설로 200쇄 돌파는 최초. 9월 30일 자전 에세이『황홀한 글감옥』출간(시사IN북). 10월 26일 2007년 출간한 장편소설『오 하느님』을『사람의 탈』로 제목을 바꿔 개정 출간. 11월 18일 장애문화예술인들을 위한 'Art 멘토 100인 위원회 1호' 위원으로 위촉됨(한국장애인문화진흥회).

2010년   장편소설『허수아비춤』을 계간지《문학의 문학》여름호에 600매 분재함과 동시에, 인터넷서점 인터파크에도 2개월간 60회로 연재한 후 10월 1일 단행본으로 출간(도서출판 문학의문학). 11월 10일 장편『불놀이』, 12월 1일 장편『대장경』개정판 출간(도서출판 해냄). 12월 2일 경남 창원에서 '고려대장경 팔각 불사 1,000년 기념'으로 장편『대장경』을 오페라로 공연(경남음악협회). 12월 22일 장편『허수아비춤』이 독자들이 뽑은 '2010 최고의 책'으로 시상식 거행(인터파크 도서). 12월 26일 장편『허수아비춤』이 '2010 네티즌 선정 올해의 책'이 됨(Yes24).

2011년   4월 대하소설『태백산맥』『아리랑』『한강』전자책 출시, 이와 동시에 장편소설 및 중단편소설집도 개정 출간과 동시에 전자책 출시 결정. 6월 3~4일 예술의전당에서 '고려대장경 팔각 불사 1000년 기념' 오페라〈대장경〉공연(경남음악협회). 4월 25일 초기 단편 모음집『상실의 풍경』개정판 출간, 5월 30일 중편「황토」와 7월 25일 중편「비탈진 음지」를 장편으로 전면 개작해 단행본『황토』『비탈진 음지』로 출간, 10월 10일『어떤 솔거의 죽음』개정판 출간(이상 모두 도서출판 해냄).

2012년 2월 유비유필름과『태백산맥』드라마판권 계약. 4월 영국 놀리지펜 출판사와『태백산맥』의 영어·러시아어 번역출간 계약. 4월 30일『외면하는 벽』개정판 출간(도서출판 해냄). 7월 중편「유형의 땅」이 전경자의 영어번역으로 영한대역『유형의 땅』으로 출간(도서출판 아시아). 9월 30일『유형의 땅』개정판 출간(도서출판 해냄), 11월에는《출판저널》이 뽑은 '이달의 책'으로 선정됨. 10월 5일『사람의 탈』영어판 출간(Merwin Asia).『금서의 재탄생』(장동석 저, 북바이북)과『금서, 시대를 읽다』(백승종 저, 산처럼)에서 금서로서의『태백산맥』을 집중 조명함.

2013년 2월 23일 참여연대로부터 공로패 받음. 2월 25일 단편집『그림자 접목』개정판 출간(도서출판 해냄). 3월 대하소설『아리랑』의 뮤지컬 제작을 위해 신시컴퍼니(대표 박명성)와 판권 계약 체결. 3월 25일부터 인터넷 포털 사이트 네이버에『정글만리』일일연재를 시작, 7월 10일 108회를 끝으로 연재 종료와 동시에 7월 12일 단행본 전 3권으로 출간(도서출판 해냄). 10월 7일『정글만리』중국어판 출판계약 체결.『정글만리』에 대해; 10월 7일 문화계 인사 60인이 선정한 '2013 출판 부문 1위.' 10월 24일《중앙일보》·교보문고가 공동 선정한 '2013년 올해의 좋은 책 10.' 11월 26일 제23회 한국가톨릭 매스컴상 수상(출판부문). 12월 9일 출간 5개월 만에 100만 부 돌파 최단 기록. 12월 11일 한국예술평론가협의회 선정 제33회 '올해의 최우수 예술가상' 수상(문학부문). 12월 14일 《동아일보》가 선정한 '2013 올해의 책.' 12월 20일 Yes24 네티즌 선정 '2013년 올해의 책' 1위. 12월 21일《조선일보》가 선정한 '2013년 올해의 책.' 12월 26일 인터파크도서 '제8회 인

터파크 독자 선정 2013 골든북 어워즈'에서 골든북 1위, 골든
북 작가부문 1위. 12월 30일 알라딘 독자 선정 '2013년 올해
의 책' 1위.

2014년 1월 8일 《매일경제》·교보문고 공동 선정 '2014년을 여는 책
50'. 1월 10일 국립중앙도서관 통계, '2013년 도서관에서 가장
많이 이용한 도서' 1위. 3월 6일 뮤지컬 〈태백산맥〉 개막, 3월
8일까지 공연(순천시립예술단). 3월 15일 『정글만리』 100쇄 돌
파(『태백산맥』 2번, 『아리랑』 1번에 이어 네 번째 100쇄 돌파가
됨). 6월 12일 벌교읍 부용산 아래, 복원된 보성여관(소설 속
의 남도여관)으로 이어진 '태백산맥길' 첫머리에 조성된 '태
백산맥 문학공원 기념조형물 제막식'이 열림. 높이 3미터, 길
이 23미터의 조형물에는 작가의 약력, 『태백산맥』에 대한 평
가, 『태백산맥』의 줄거리, 그리고 작가의 흉상이 조각되어 있
다. 그런데 그 조각은 모두를 놀라게 할 만큼 특이하고도 독창
적이다. 조각가인 서울대학교 이용덕 교수는 세계 최초의 기
법인 '역상(逆像) 조각'으로 그 창조성을 감동적으로 보여주고
있다. 9월 20일 제1회 심훈문학대상 수상. 12월 15일 인터뷰
집 『조정래의 시선』 출간(도서출판 해냄).

2015년 6월 15일 『아리랑 청소년판』 출간(조호상 엮음, 백남원 그림,
도서출판 해냄). 7월 16일 뮤지컬 〈아리랑〉 개막, 9월 5일까지
공연(신시컴퍼니). 8월 5일 장편소설 『허수아비춤』 개정판과 함
께, 문학 인생 45년을 담은 『조정래 사진 여행: 길』 출간(도서
출판 해냄). 10월 3일 제2회 이승휴문화상 문학상 수상.

2016년 7월 12일 장편소설 『풀꽃도 꽃이다』(전 2권) 출간(도서출판 해
냄). 10월 4일 『정글만리』를 영어로 옮긴 『The Human Jungle』이
브루스 풀턴 교수와 윤주찬 씨의 번역으로 미국 현지에서 출간
(Chin Music Press Inc). 11월 8일 『태백산맥 출간 30주년 기념본』

(전 10권) 및 『태백산맥 청소년판』(전 10권) 출간(조호상 엮음, 김재홍 그림, 도서출판 해냄).

2017년   7월 25일~9월 3일 뮤지컬 〈아리랑〉 공연(신시컴퍼니). 11월 21일 은관문화훈장 수훈. 11월 30일 시조시인 조종현, 소설가 조정래, 시인 김초혜의 문학적 성과를 기념하고 그 정신을 이어 나가고자 전라남도 고흥군에 설립된 '조종현 조정래 김초혜 가족문학관' 개관.

2018년   2월 9일 〈2018 평창 동계올림픽대회〉 성화 봉송(오대산 월정사 천년의 숲길). 4월 20일 맏손자 조재면과 함께 집필한 『할아버지와 손자의 대화』 출간(도서출판 해냄).

2019년   장편소설 『천년의 질문』을 네이버 오디오클립에 오디오북 형태로 30회 연재한 후 6월 11일 단행본 전 3권으로 출간(도서출판 해냄). 11월 2일 조정래 작가의 문학적 성취를 기리고 국내 문학을 대표하는 중견 작가의 작품 활동을 지원하기 위해 제정된 '조정래문학상' 제1회 개최(전남 보성군 벌교읍민회). 11월 11일 '서점인이 뽑은 올해의 작가'로 선정됨(한국서점조합연합회). 12월 12일 『천년의 질문』이 '2019년 올해의 책'으로 선정됨(Yes24).

2020년   3월 1일 서울 종로구 배화여고에서 열린 〈3·1절 101주년 기념식〉에서 묵념사 집필·낭독. 6월 25일 강원도 철원군 백마고지 전적지에서 6·25전쟁 70주년 기념 '한반도 종전기원문' 집필·낭독. 이 기원문은 김정은 북한 국무위원장, 도널드 트럼프 미국 대통령, 안토니우 구테흐스 유엔 사무총장 등에게 전달됨. 7월 2~4일 뮤지컬 〈아리랑〉 공연(전주시립예술단). 8월 1일 등단 50주년을 기념하며 자전 에세이 『황홀한 글감옥』 개정판 출간(도서출판 시사IN북). 10월 15일 대하소설 『태백산맥』 『아리랑』, 11월 30일 『한강』의 등단 50주년 개정판 출간

(도서출판 해냄). 『한강』 100쇄 돌파(『태백산맥』 2번, 『아리랑』 1번, 『정글만리』 1번에 이어 다섯 번째 100쇄 돌파가 됨). 10월 15일 반세기 문학 인생 및 남녀노소 독자들의 질문 100여 개에 대한 작가의 답을 담은 산문집 『홀로 쓰고, 함께 살다』 출간 (도서출판 해냄).

2021년 4월 30일 장편소설 『인간 연습』 개정판 출간(도서출판 해냄). KBS와 한국문학평론가협회가 공동으로 진행한 연중기획 〈우리 시대의 소설〉에 『태백산맥』 선정 및 방영됨(제26화).

2022년 6월 18일 경남 창원에서 콘서트 오페라 〈대장경〉 공연(창원문화재단). 『천년의 질문』 경기도 공공도서관 60대 이상 대출 1위 도서 선정.

2023년 4월 영국 펭귄-랜덤하우스가 '펭귄 클래식' 시리즈 최초로 출간한 한국문학 번역 선집 『The Penguin Book of Korean Short Stories』에 「유형의 땅」 번역 수록. 브루스 풀턴 교수가 편집하고 권영민 교수가 서문을 씀. 윌라 오디오북 대작 라인업으로 조정래 대하소설 3부작과 『정글만리』를 독점 공개하기로 함. 7월 24일 『태백산맥』을 시작으로 10월 『아리랑』, 12월 『한강』 공개. 10월 28~29일 태백산맥문학관 개관 15주년 기념행사로 북토크와 문학기행 등 진행. 11월 21일 장편소설 『황금종이』를 단행본 전 2권으로 출간(도서출판 해냄).

2024년 4월 22일부터 윌라 오디오북 대작 라인업에 『정글만리』 독점 공개. 9월 『인간 연습』 독일어판이 장영숙 씨 번역으로 출간 (이오스 출판사). 『황금종이』가 제주도 공공도서관 60대 이상 대출 1위 도서로 조사됨. 새 장편소설 집필을 위해 프랑스와 네덜란드 등 취재 여행. 12월 3일 전남 순천에서 창작판소리 〈태백산맥〉 공연((사)무성국악진흥회).

조정래 장편소설

천년의 질문 3

제1판 1쇄 / 2019년 6월 11일
제1판 24쇄 / 2024년 12월 31일

저자 / 조정래
발행인 / 송영석
발행처 / (株)해냄출판사

등록번호 / 제10-229호
등록일자 / 1988년 5월 11일(설립일자 | 1983년 6월 24일)

04042 서울시 마포구 잔다리로 30 해냄빌딩 5·6층
대표전화 / 326-1600 팩스 / 326-1624
홈페이지 / www.hainaim.com

ⓒ 조정래, 2019

ISBN 978-89-6574-684-3
ISBN 978-89-6574-685-0(세트)